裁缝

禹风

著

Tailor

浙江文艺出版社
Zhejiang Literature & Art Publishing House

图书在版编目(CIP)数据

大裁缝 / 禹风著. —杭州:浙江文艺出版社，2022.1

ISBN 978-7-5339-6760-4

Ⅰ.①大…　Ⅱ.①禹…　Ⅲ.①长篇小说–中国–当代　Ⅳ.①I247.5

中国版本图书馆CIP数据核字(2022)第000206号

责任编辑　周　易
装帧设计　@Mlimt_Design
责任印制　吴春娟
营销编辑　张恩惠
数字编辑　姜梦冉　任思宇

大裁缝

禹　风 著

出版发行　浙江文艺出版社
地　　址　杭州市体育场路347号
邮　　编　310006
电　　话　0571-85176953(总编办)
　　　　　0571-85152727(市场部)
制　　版　浙江新华图文制作有限公司
印　　刷　浙江新华数码印务有限公司
开　　本　880毫米×1230毫米　1/32
字　　数　278千字
印　　张　12.875
插　　页　1
版　　次　2022年1月第1版
印　　次　2022年1月第1次印刷
书　　号　ISBN 978-7-5339-6760-4
定　　价　59.00元

目　录

　　恒必祥西服公司老板乔百祥端着咖啡忘记喝,定睛看马路对面英国店家杰姆斯男装的门面。

　　杰姆斯其人早年从利物浦来上海,心高气足,不服帖中国人的西服铺子,硬把犹太人雪茄店门面盘下,开张高档男装店,跟乔家打对台,想着上海滩成千上万的英美人都会找他做衣服。

　　可叹,他忽视了日本人。

　　这会儿日本人又来找杰姆斯了。不是日本兵,是穿西服脸色阴沉的一行小个子,个个戴深色镜框眼镜,打黑色大雨伞,无声无息地站在杰姆斯店门口。

　　六月,上海租界还在梅雨里泡着,连着几天淅淅沥沥,静安寺路积水成潭。民国三十二年的这个雨季,黄金已难抓到手;银锭早叫美国人整船整船地收购去了;外汇嘛,普通人是兑换不到的。所以,顾客们一心想拿贬值个不停的货币换店铺里所有的好东西。

　　乔百祥看这架势,猜日本人不会往恒必祥店里来,他近日里刚同他们周旋过。那么,他们找杰姆斯是为什么?

　　隔着雨水马路和反光的橱窗玻璃,乔百祥看不清杰姆斯店里情形。

　　不会第二次来逮杰姆斯去集中营吧?上海滩上的英美人很多

已被关进集中营,杰姆斯说到底只是个裁缝而已。就算集中营的日本领班们想做衣服,也完全可以来店里嘛。不见得吃个饭要把厨师抓到自己家。

日本人磨蹭了好一会儿,乔百祥不知不觉间把杯里的冷咖啡吞下肚,闹得肚子有些不舒服;他放下杯子,凑近二楼的落地窗,看日本人在杰姆斯店堂里稍稍欠身告辞,一个个面无表情。

日本人鱼贯走出店门,也没自己的座车;雨暂歇,树还滴着水珠;他们一个个顺序张开黑伞,像同一帮会的桩子那样,不回头地联袂东行。

乔百祥没打伞,他往自己英国薄呢西服外头套了件风衣,戴上礼帽,穿过马路,推开玻璃门进了杰姆斯的店堂。日本人刚走,兀自给店堂留下一股皮革气味。

杰姆斯没在店堂里,迎客的伙计抬头喊了一声"乔老板"。

哎,这可真是名副其实英国人开的成衣店!像倾颓的房檐镶着爵士徽,孤清清早没豪客光顾的铺子竭力保持那副冷冰冰的高档气色。货架全镀金,一排排笔挺的英国毛料(其他店轻易搞不到的),此刻还整整齐齐墩在货架上……

乔百祥回想起杰姆斯初到上海、一心同恒必祥对着干的那些年,他苦笑起来,并非全笑杰姆斯,也笑易逝的好时光。

伙计进后堂去通报;百祥转身看着店铺的玻璃门,上海滩上气派十足的英美大班们每人至少一次踏进过这家店,进来致敬他们的盎格鲁-撒克逊母国。大班们里头有几位早已把上海这块小飞地当成了伊甸园……

"乔。"杰姆斯稳重的声音在背后响起。

乔百祥转过脸:"杰姆斯,没事吧? 我过来看看。"

　　杰姆斯像所有英国人那样粉红着脸颊和脖子,透过他的金丝边眼镜,向店外雨景凝视:"乔,这不是关于我的厄运。乔,因为我是上海这泥城里剩下的英国人,他们来邀请我出席工部局典礼,最后的典礼。英国时代结束了,工部局要把租界交还给汪政府。"

　　"哦。"乔百祥如梦方醒地叹了口气,"杰姆斯,这只是一场戏。你知道,国民政府如今在重庆,日本人和汪政府之间的底细……"

　　杰姆斯没接嘴,他继续凝视着店外静安寺路晶亮的泛着雨水光泽的路面。

　　他是个英国人,一个作为敌对国臣民在日占区经营西服店的可怜虫,他还没被拘捕,而日本人此刻想要他去扮演一个恭顺的降民。

　　羞辱与荣耀,身份与混同,时运与停滞,贸易与争战,兴旺与死亡……乔百祥觉得:这一切对立景象之间,无非只差一套精工裁剪、能陪着人抛头露面的好西服。

　　日本军队在偷袭珍珠港的同一天跨过外白渡桥,从英美大班们手里接管了工部局大楼和华栋丽厦的英美租界,并以演出般的心态明令所有英国人午饭前离开上海总会,好像彻底忘怀了当年英国人终于接纳日本商人个别地加入这英商俱乐部时所有在上海的日本人曾有的窃喜。

　　几乎两年工夫了,乔百祥从日军进驻苏州河以南那天起,没一天不到恒必祥西服公司巡店。上海滩的洋装第一铺子嘛,生意不会因为租界更换主子而枯竭:新的显贵达官和拿到日本人大订单的商人们在上海滩的体面不可能离得开乔家的恒必祥。

　　乔百祥知道只有自己才能撑持恒必祥的门面:从前那些温雅

宽和的客人们离城的离城,被抓的被抓,如今的新豪客们不是那么好伺候的。

并不是这些人对恒必祥不客气,乔百祥觉得还是因为西服本身。

西服在上海其实早就超出了服装的范畴:对刚开始渴慕正装的人而言,沐猴而冠绝非一件轻松愉快的事。

别说汪政府里那些拿自己孤注一掷的赌徒,就算暂时的征服者日本人自己,站上堂堂上海滩的庙堂,能有几多底气?

一套妥帖贵气的深色西服是他们此刻渴慕的,这简直不再是衣装,而是异形的拐杖,是猢狲们荡高时需要拉扯借力的树枝……

所以,乔老板就亲身在店里坐镇,等着这些人物陆续上门。

他乔百祥是人心的一帖良药,店伙计和七工师傅们见到他来就松了心:有东家在,大家不会再被东洋兵吓到六神无主、针刺拇指;有东家在,他洋文说得简直比西洋人还好,他对上海滩了如指掌,他才不会会错意、说错话,轻易得罪人;有东家在,他本是天生一个妙手裁缝,任何怪身材的跑进来,最后都会开开心心穿着新衣服出去……

"乔,你来了?进来喝茶吧,茶已煮好了。"杰姆斯的红头发太太夏洛特穿着深绿色长裙(英国妇人如此红发绿衣,却是好看)从店堂后面露出身影。她朝百祥微笑,洋溢着欢喜的情绪,像把百祥看成了上海滩如假包换的祥瑞物。

店堂里头有个中式天井,犹太前租户并没在这里动过手脚;苏州人房东曾不遗余力地在天井一角开凿了水池,周围饰以小巧湖石,栽下一株羸弱的枫杨树。

夏洛特把茶桌安放在小水池东首,宾主分三侧环坐,可以一起看西边水池里的橙色金鱼。夏洛特历来认定这是上海自发的最英式的园艺。她赖在这里,任凭日本人露骨地威胁也不肯坐船回国,凭借的或许正是这一丝错乱的乡愁。

"那么,结束了。"杰姆斯端起自己茶杯,"英国城上海,结束了!"

"上帝啊,"夏洛特喉咙里发出颤音,"我可是上海女人哪! 难道这是大梦一场?"

夫妻俩都惊讶地看着四周,像要确认这是梦的舞台,一个悠长的迷梦。最后他们看定了乔百祥。

百祥操纵一颊他人难以判定的笑纹,像蜘蛛操纵织网的银丝,他喝了口上好的大吉岭茶,俯视水里金鱼:"那么,英国时代结束了? 不过,汪政府只是日本人养的宠物,就看日本人什么时候真会把这城市交还给中国人了。"

他看看杰姆斯和夏洛特,他俩也正意味深长看着他。

百祥微笑说:"如果日本人只是吞并上海,也许他们能吞下它一百年。不过,蛇的胃口太大,已吞下半只大象,我们就可以期待象牙顶开蛇的肚子。"

杰姆斯对夏洛特使了个眼色,夏洛特进屋子去,不一会儿拿来一个账本。

杰姆斯嘶哑着嗓子说:"乔,你是我们唯一的中国朋友,当年我刚来时对你可不算友好,我记得我有雄心,想把你的客人全部抢过来。"

百祥感到暖流拂面而来,不管是自己曾付出的温情还是如今人家纪念这温情,反正那是一股时间的暖流。

你可以对一个咄咄逼人的家伙克制住自己本能的反感,适时向他奉上温情这种东西。

时间会像抹布一样抹去人所有的愤怒和嫉恨,但抹不掉那些不思回报的好意。

夏洛特咯咯的笑声打破了杰姆斯制造出的微微尴尬,她乐不可支,抹着眼角的泪水。百祥想岁月总暗中下手,也总是达到目的:这俊俏的英国女子如今已成了发福而俗气的妇人,在这城市里她蓦然失去了自己的交际圈。

夏洛特喘着气笑:"假如没有日本人,也许我们仍可以同乔面对面把店开下去的。"

"你们打算关店?"百祥一阵凄然,他推开了茶杯。

"日不落帝国的太阳已经下山了。"杰姆斯几乎发出一声哽咽,"我和夏洛特也该回利物浦去了。在利物浦,也许我们还有办法重整旗鼓。"

杰姆斯把账本放到百祥面前:"还好,我们的店没债务,这两年,幸亏你一直把订单转给我做,我们才没被送去蹲集中营。"

"我宁愿跳进黄浦江。"夏洛特尖厉地插嘴。

"这是我库房里存下的所有面料,现在,它们全归你了,祝你一帆风顺。"杰姆斯拿起手里茶杯,把残茶往金鱼们的红尾巴上洒去,"我俩出席完日本人要求我们出席的仪式,就上船回英国。"

"这是日本人提出的交易。"夏洛特说,"我俩被逐出伊甸园了。"

走出杰姆斯男装店,雨又在不停不休地倾落,百祥看了看马路对面自己的店堂,一扭身朝东边迈开了步子。

走在雨中,他意气难平,想起了很多过去的事。从辛亥年革命党人起事,到如今上海落在日本人手里,他自己从一户宁波人家出生在横滨的学童成长为上海滩吃得开的小开,跟洋人混了小半世,终又拘束成替众人谋食的坐店老板。

故人来,故人去;兵火开,兵火缓,上海从来不怕乱。每次重归太平它就旺发,这城市像是在血水里发大的。不过,这世道,虽人在其中身不由己,有时还真叫人烦乱!

百祥看看雨里的静安寺路,东边远处是外滩,他晓得自己在往《大陆报》的报社旧址走,寄爹美国人阿瑟早不在那里办公了,报社已囫囵搬去了马尼拉,阿瑟也跟着走了。

阿瑟没留下特殊的临别赠言,阿瑟只说这是你的人生、你的上海,按你自己的方法去过吧。

可是,百祥还是习惯走到《大陆报》旧址楼房下,他习惯站在那里,慢慢消化很难消化的东西。是的,阿瑟了解他这个中国寄子:百祥能坚持,他总是最终消化掉难消化的东西,就如消化掉时代派给他吞咽的枚枚硬果。

其实杰姆斯并不能代表结束,他只是一个迟钝的缺乏预见性的小人物,他代表的充其量是大结束的尾曲。

英国人早吹响了他们悠远的苏格兰风笛。在这个古老的东方国,他们窃取了扬子江口的一百年,想多一年也不可得。

卫惕南爵士和爵士夫人早预见了日本人将在上海干出丑事。爵士和爵士夫人没对中国人发出任何语言性的警示,他们的警示是以黯然姿态登上黄浦江上的法国战舰,与上海作永别。作为工部局颇有权势的大班,卫惕南爵士放弃了他家留下两代人财产的上海。

爵士在工部局就职的最后一个月,像个有心人那样举行了一系列回顾和纪念性的颁奖仪式,他代表上海城的英国管理当局对许许多多曾有益于上海的人士给予感谢和表彰。

乔百祥没想到自己也在爵士的表彰之列,或许这是爵士夫人私下倡议的一种曲折的个人致意?

那天百祥应邀来到工部局大楼,在正厅出席严肃的聚会,他得到了一小尊镀金铜像。

铜像是一位穿着西服的上海绅士。制造铜像的技师非常细腻地表现了人物修长的衣摆,暗示这是乔百祥创造的海派西服。

爵士在简短致辞中强调,百祥·乔是租界百年史中值得人们纪念的裁剪大师。

经过不断回思和追想,百祥认定这带给自己谬赞的技艺并非个人努力的结果,仅仅是天分,因此这是上帝的礼物。

百祥晓得经他手裁剪的其实不是什么衣服,而是人内心期待的荣耀。

人身上没真正的荣耀,一身好西服则满足了一百年来上海滩男人们对荣耀的渴望。

第一章
1860年　奉化·上海·南京

一

乔家祠堂四四方,院庭蔓生嘎拉草。时日不靖,村里男人往外跑,像惊鸟:天下那般大,总有地方落脚,避兵灾。

村裁缝乔双琪的独生子乔方才满十六了,还不算成年,大家仍唤他小名茄生。既然阿爹安生在家替宁波开钱庄的大户裁马褂,他便不好学人离家。阿爹明讲:"太平军跟我无怨仇,家里这几把剪刀、几个熨斗就是护身符,我不信太平天国不要裁缝。"

乔方才也没担忧,十六岁,人刚活到兴头上,他看啥事都高兴;村里那些富户才真怕,他们有大宅、银圆和好家当,还养着嫩皮肤老婆和女儿,他们怕太平军糟蹋。

乔方才只是闲得无聊,村塾先生前天也急着回乡搬家眷,村里童子一概不用读书。方才疑惑,朝廷怎么不像朝廷,如此左支右绌？里边跟太平军打个胜负不明，外边却被海上来的洋鬼子揍得七荤八素，听说旗兵粗细辫子都叫洋鬼子剪去卖钱了：大清既成窝囊废，八股文还考它干啥？

吃过午饭没多久，有人在巷里唤茄生；乔方才笑着朝外望，他本在摆弄阿爹给他练手的一把铜针，阿爹已告诉过他子承父业好，乱世里倒比师爷还安全。

"去去去，看你手势就不像。"阿爹摇头叹，"茄生，出去散散心吧。这种世道，你开心一日，我们就开心一日。学生意嘛，慢来不迟。"

茄生把那把针扔在针匣里，哗啦啦连声响，煞是好听；针四散倒下时的细小辉光有些迷人。

他在长衫外穿上马褂，辫子一甩，打开门，门外遍地亮，阳光普照，两张光润的脸朝他笑。茄生跟上隔壁乔三乔四，布鞋在卵石路上不打滑，一路跑进祠堂，三攀两抓，顷刻间从祠堂背后影壁翻上了祠堂屋顶，顺溜滑的青瓦往上爬，油黑辫子左右拍打，人已站屋脊线上。

小男人们安静下来，低下身，跨屋脊坐稳，像骑在游龙背。

他们看见了全村白墙青瓦，这些洁净的上年纪的屋子，看似顶连顶，像天底下游动的一群大青鱼，围绕村中一鉴方塘。

池塘是淡绿色的，围了汉白玉栏杆；池塘中有山石，放生的老少乌龟们爬山石尖上晒太阳；池塘靠边近栏杆处，一丛丛橘黄花瓣的美人蕉被老太婆们种进水里，花朵开得水灵；田螺把白色卵成串撒在水线之上塘壁，远看像女人家盘里粉酥糖……

小男人几个抬起头，远眺出去：啊，蓝天白云，远方黛色天际线岂不是浙江的青山！青山悠远，山底下伸展到这边海滩的平原却

一年年不太平。太平军要从里往海边打,洋鬼子舰炮从海里往岸
上轰;朝廷老在下诏退贼,许诺赐人顶戴花翎⋯⋯可贼呢? 一年
年,只见贼势浩大!

这光景下,村里有心做新衣服的人家少了,阿爹越来越被缝缝
补补的烂生意烦到。不晓得哪天起始,阿爹也举起了烟枪!

从祠堂屋顶溜身而下,茄生同乔三乔四奔过村里弯石子巷道:
如今好安静啊,女人们都躲房子里,男人们,出去了。

“去哪里? 城里去不得,红毛人在城墙上,洋枪洋炮。我们去
田里吧,棉桃子裂了,白得像雪!”

顺水田跑,前路边青蛙蹿水,稻叶倒影间,缩蹬绿腿;发黑的黄
鳝也朝田中间稻叶稠密处蜿蜒游动;油蚂蚱蹦起来,黑肩绿蟥却伏
在庄稼秆子上一动不动⋯⋯

跑过稻田,远处棉花地里绽开了成片银桃子,这银桃子不是镶
在绿叶上,它们全有一个个质地坚硬灰暗色的托,庄敬地把白絮团
举向田地至高处。

茄生伸出细手指抚摸棉花,阿爹说过,这是老天赐的庄稼,人
家家里吃稻米,裁缝家靠的是棉花。没棉花,庄户人家也许照样
活,裁缝可就没了饭碗,也得起早摸黑下地,弄得本来套着好布鞋
的脚涂满湿泥⋯⋯

果然乔三乔四对棉花没多大兴趣,他们可不是来看棉花的!

棉花地是一宗绝妙的掩护,走在大路上的人马远远望来,只见
无穷无尽的棉花秆子,他们不会特意往棉田里进。

本地乡人精明,宁波人从不会傻到招洋鬼子和走私贩子来骗
自家辛苦钱:棉花地绵延不绝,绕着田走,它看似四四方方小平原。
不过,知道的人知道,四方小平原中间圈出很大很大的圆,种上完

全不同的一种"庄稼",很值钱、很有用。

茄生也喜欢在扬花季节去看那块秘藏的圆地,他记得自己第一回走去那圆地边缘的惊奇:一起去的男孩们兴奋得像黄昏的乌鸦:啊,红啊,红海!

茄生倒不是被罂粟花海的红艳惊到,他镇定自若看那成千上万在绿秆子上飞舞的红花,心里被异样美感浸湿:原来阿爹吸的就是这些红花变出的东西!

这花,看上去叫人心驰神往,它们结出的果自然大有妙处。阿爹成天佝偻着身子裁衣服,平房里潮湿,他腿关节一直痛,前年开始还低低地咳,他已经像拖不动犁的病黄牛;可一口鸦片膏烧软,连珠般吸下去,阿爹反复吐出沉闷舒缓的长叹,脸上皮肤会发酥松弛,闭眼睛,哼唧哼唧,像一只吃饱喝足的老猫……

阿爹温和但阴森地警告茄生,鸦片是碰不得的。

你不要因为看爹吸,自己也去吸。

"茄生,你还刚起始,你要去做生意,去赚洋钱,盖房子、讨老婆、生孩子。如果吸了洋药,你就把小命弄完结了!要吸,到老了再吸,像爹这样,混到头了,就吸吧,一天天实在长。懂?"

为什么说不懂呢,要懂,就能懂。茄生觉得自己懂阿爹意思:若不想做裁缝,有心想像村里发了大财、出人头地的人家那般花好桃好,就须万事小心:走路不掉坑,才走得远。

乔三乔四跑前头,忽然嚷起来,茄生赶上去看,原来村里派壮丁们看守了正结果的罂粟田。罂粟果子模样像戴个草帽的小人儿,几多值钱,绝不能叫外人随意摘。

不让进田去,只能站棉花地和罂粟田交界的田埂上。茄生放眼望,这里的罂粟即将收割,送去制成黑膏:阿爹吸的就是土产膏。

阿爹说多亏族长恩德,否则抽洋药先败家再衰人。难得村里晓得要自己种,家家有些分润。

图个眼前吧:躺下,躺在榻上,一锅好膏,人生如梦啊!

听说,沿浙江的海岸往北,或往南,多少人家为鸦片遭了祸害。茄生暗暗盼自己能迈开腿出去看,眼见为实。

二

裁缝乔双琪倚住床头,慢慢往零星柴木养的小火上烤一小丸烟土。他弓腰忙活半天,终于躺倒,眼望土墙,长长呼出浊气,烟枪塞嘴巴,呼噜噜地吸。

可恰好这时候,小舅子吴其英来了。

乔双琪忙隔门吩咐老婆把她弟弟引来后房,又取一管待客的烟枪,一边对小舅子点头,一边替客人装烟土。

吴其英身材高大,模样比姐夫中看。他戴顶锦缎瓜皮小帽,帽下天庭饱满,一副玻璃小圆镜架鼻梁上,历来驻留宁波城,给红毛洋人当通事:洋人大多数不肯学宁波话,也不屑学官话,总要其英这样通洋话的人帮忙,才能同地方打交道。

其英从前下广东做过生意,他那洋话是在广州学的。他知谦逊,说自己半通半蒙,混口洋饭吃。

乔双琪晓得小舅子这口饭混得好,比做裁缝出息到天上去。他其实已跟老婆唠叨了好多次,想把其英请来,帮年龄尴尬又不肯再乡试的茄生设法,把茄生带去宁波城找饭碗。乔双琪心底深处,其实最不想儿子干的,就是裁缝这一行。

其英也不客套，到姐夫这儿跟回了家似的，绕绕辫子一头躺倒，接过姐夫烧好的烟泡，呼噜噜便大抽一通。等浑身极舒服地酸软，心头通泰，他搁下烟枪，看看早吸完了烟土、坐等他说话的姐夫。

"姐夫，依我看，茄生还不如走远点，到出息大的码头试试。"吴其英下决心出高妙主意。要想这外甥有出息，将来能指望，就该送他去最有前程的地头，哪怕冒险。

"宁波城已很大。"乔双琪脱口而出。

"宁波小，"给洋人当通事的吴其英摇头，"要去，如今也不必下广东，就去上海。上海滩，英国人吃定了，它就是大英帝国按在大清朝廷腰眼上毛茸茸的那只手啊！上海滩，万事可为，茄生得去那里。"

烟土的浓重气味弥漫了决定茄生前途的破旧后房，双琪望望窗外茁壮的小青松，想想这是吉利的呀：瞧，S形的烟雾，其间并排两根直溜溜的烟枪，岂不就是美国钱的符号吗？

其英笑了："从前大家在广州给洋人办事发财，如今，到上海给洋人办事，才发大财！"

茄生要走了，也像村里绝大部分男人那样到外头出息出息。不过，大家都糊涂了，讲不清现在算好年景还是兵戈之相的凶年。

要说年景不好吧，田里照样子是丰收，无论油菜、稻子、棉花，甚或罂粟，都一一丰收了。但要说年景好，太平军跟官兵打得周遭乡野哀号遍地，苏州城被占了，那边的乡绅都逃去上海滩；红毛兵又在海边时不时轰掉朝廷的炮台，这些天，鬼子都从舟山闹到宁波来了。

茄生也明白浙江地方风气，人多地少，一代接一代，留下来的男人没出息，去得远，大家才记挂你。

阿姆夜里抓着茄生手哭过了，阿姆哭得嘤嘤呜呜，但没说要留儿子。留儿子是不作兴的，是害他。小男生要送出去，然后为娘的就是苦熬着等，等有一天他披金挂银地回来，带着外头讨下的娘子、生下的孩子，给家里置地、造大房，到祠堂请全村喝个三天三夜，那便是做娘为人光彩的一刻：一辈子，说到底，活这一刻。

茄生自己提出，阿爹点了头，在他包袱里放下了剪刀、长尺、烧炭熨斗和针线匣子。虽茄生没怎么练手，但他自小看熟的；等实在没饭吃，给人做点粗陋长衫短打什么的，想必能行。

天没亮，甥舅两人就悄悄站在祠堂门口，垂袖管，俯首拜了拜，便往村口一路走。茄生娘不出门，在门口低声哭；爹一大早就给自己烧了锅烟。茄生忍住泪大踏步往前，倒让舅舅追得气喘。

日出时他俩行走在田野上；田野美得叫人忍不住要放声呼喊。

远树笼在淡蓝色岚气里，金黄稻穗叫大地丰厚得沉实。空气里有一股清甜寒意，从鼻翼进鼻腔，不往下跑，升腾到脑里，人清醒得如数清自己每根枝条的垂柳，万千思绪齐飘，互不缠绕。茄生问："阿舅，我没见过红毛洋人，真长得同鬼一样吗？"吴其英嗤笑一声："屌孩子你毛病多，难道你见过鬼了？"

大步流星地走，说着笑话，舅舅不把他当小孩，说一旦到了宁波或上海，茄生这年龄，也该跟着去见见女人了，宁波上海都有能让茄生一夜长大的女人哟。茄生听舅舅这话，也笑笑，其实并不懂舅舅说些什么，只生出朦胧的期待。

到了宁波，在舅舅小商号里打地铺住了三晚。红毛人确实占了宁波的城墙，城墙上升了英国旗。

舅舅镇定自若,照样跟着常在宁波的英国人培黎先生进出官府和清兵营盘,替兵舰上来的洋人传话送信。舅舅说英国人打的是满人朝廷,我们汉人何需烦心?我们自做生意,过日子。

舅甥两个择时出城往上海,本该坐船,海上有英国兵舰,怕万一生事,落进水里没处说理。吴其英不怕路遇洋人,雇了两头骡子往北走官路,要先到定浦地方,收一笔英国呢绒生意的定银。

一路走,颇不寂寞,舅舅随口教茄生几句急用英文,又说这种英文其实初到天朝的红毛外人是听不懂的,只有在海疆扎下根、做两边生意的外国人和来天朝传教的洋教士们才懂。

舅舅的意思是把茄生交给上海英租界的通事朋友王小虬。王小虬也是宁波人,他家是奉化一个大户,从来开着许多家当铺。王小虬跟吴其英一起在广州搭档做过生意,吴其英算小股,不过,小虬讲义气,对同乡一贯地好。送茄生去,看能跟住他干什么吧。十年八年跟出师,大致自己能成点气候。

他们走走停,停停走,口谈择业为人的事,一会儿心思重,一会儿又放轻松。

好不容易骑骡行到定浦地面,要进城办事,还没见城门,先听闷沉沉大炮响,就在耳根边,震得人三心六腑,内脏怕已裂成很多片。

两个人滚鞍下骡,于路边林子树干上系好牲口,方要蹲草里看风色,一队红衣服黑帽子的英国兵忽现身面前大路,一杆杆毛瑟枪远远指定了他舅甥两个。

茄生并没害怕,他其实不曾看过枪,更不曾见过红毛人。

与其说他没害怕,不如说他一时间呆了!那些还冒着淡淡白烟、刚击发过的步枪有种黑沉沉乌亮的立体感;茄生觉得这些枪有生命,有壮健公狗的好气色。

茄生被红毛英国兵的长相搞糊涂了:这些人长得真丑啊,每张脸都毛茸茸,眉毛淡得找不见,脸又长,像刚被拧过的手巾!不过,天晓得,才离家,他就觉察了自己那裁缝世家的底色,他欣喜地盯着英国兵红呢绒的军服看,上面还缀金流苏,兵们活像一群戏台上的小鬼……

舅舅手舞足蹈叽叽呱呱对着红毛兵说话,那些红毛兵围过来,不解地瞪着这发出似是而非音节的人。他们端着枪,竖起耳朵听一会儿,终于不耐烦地摇摇头,放弃了。

红毛兵互相说着说着争执起来,一个穿蓝军服骑马的像来发号施令,他骑在马上摆手,说了短促几句,对茄生指指。红毛兵登时上来几个,把吴其英往大路上拖,吴其英大叫大嚷,说茄生啊,你不要怕,如果他们杀了我,你自己找路回家去。他又对着红毛兵反反复复大喊两个字:"抬了!抬了!"

穿蓝军服的"洋管带"骑在马上转身问:"抬了?"

舅舅跪着,指指茄生的包袱。红毛兵扯下茄生包袱,打开乱翻。茄生的"裁缝小铺子"在光天化日下滚落出来,开张在路面上。红毛兵放开吴其英,个个像松口气,挥手喊:"狗!狗!"

只一瞬游移,天地间又只剩他舅甥。

吴其英瘫倒在小树旁,忍不住抽抽搭搭干号。茄生安静地等舅舅,仰脸看啄木鸟从树林深处飞来,附到松树干上,摆定花尾巴,笃笃地啄。

"茄生啊,阿舅差点被鬼子枪毙啊!"舅舅哭叫,"他们以为我是奸细。"

"你是通事。"茄生说。

"我的洋话他们听不懂。"舅舅哭停了,抹泪水一笑,"也不是全听不懂,'抬了'听懂了,救了我一命。"

"抬了?"茄生问。

"'抬了'就是'裁缝'啊。他终于听懂了!"舅舅大笑着站起来,"我又活过来啦! 我毕竟是通事嘛!"

"舅舅,他们骂你是狗。"茄生并不愤愤,只小心翼翼说出事实。

"那不是'狗',那是'走开'的意思。"吴其英小腿不打哆嗦了,翻身上骡子,"咱们进城吧,看看城里到底怎么了。能收上钱,今天不住店,连夜往上海赶!"

可是,城门口不住地打炮,两头骡子只好驮着人沿城墙跑,也许还能从西门进城。

定浦城的西门敞开着,竟荒凉凉没人。舅甥赶骡子一进城,就见地上横七竖八的死尸,打扮皆是旗兵。前头有个旗人营盘,汉人素常不能进,路过时吴其英觉得蹊跷,就带着频频作呕的茄生,悄悄往旗人营盘大敞开的门里探头探脑,不勒住骡子,顺势进去。

地上死尸越来越多,背上胸上没枪伤,有些明显自己拿刀抹了脖子,刀还在手里紧攥着。

吴其英往一个富丽堂皇的院落里探头,一看,转身来捂茄生眼。茄生却已瞧见了:旗人家的女子被刀抹了脖子,倒在地上;几个孩子湿淋淋死在井边,像从井里捞起的,都死绝了;旗人的兵和将,瞪着眼珠子,自己抹了脖子,靠墙角萎着……

"太惨了。太惨了!"舅舅终于放弃了收定银的主张,掉头出城,"这些旗人以为英国兵要屠城,自己先杀了全家!"

茄生方才在旗人院子里没动大声色,此刻听舅舅这一句,呜一声,俯倒骡背一侧,猛呕特呕……

三

上海的太阳不从浑黄的黄浦江面升起，更不从颜色发乌的吴淞江里升起，是越过东边更广袤的滩涂，从浦东之东的洋面上升起。

随太阳升起，吴淞口外各色外国兵舰开始游弋，它们所护卫的各国商船抵达外码头卸货；中国人掌舵的小驳船往来穿梭，越聚越多，把洋船卸的货送至外滩。苦力们无论寒暑，都一身短打，像蚁群那样，把难以背负的重物背负起来，弯身九十度往栈桥堆货处送。

站外滩马路的靠江一侧眺看百千苦力，读了许多圣贤书的茄生只觉得苦力们形同始皇帝的奴隶。耳朵里听见的依旧是"嗨哟哟"的古号子，眼前飞舞无数被汗水浸亮的黝黑胳膊，乌黑辫子或盘或绕……

王小虬拍拍茄生肩膀，要他回头看：

路的那一边令人肃然起敬，是绵延外滩的一长排三层高的石头大洋房。大洋房庄严美观，满镶大窗，被围廊环绕。

同宁波三江口一式的湿泥地，因为许给洋人当租界，短短十几年里已建了大片房屋，还铺设下光滑坚硬可跑马的平路。

在外滩洋房背面，顺名气响当当的花园弄往西，不但还有洋行、西人店铺和花园别墅，不显眼处也有了一些中国人经营的商铺商行。

"茄生啊，看清楚没有，俱乐部里那些洋大班在做啥？"王小虬问他。

外国大班们在做啥？自然坐在外滩俱乐部露天桌子边喝酒抽雪茄嘛！

茄生回想起自己头回闻到外国雪茄气味，还以为谁烧着了臭袜子。不过，现在他已闻惯，竟有点喜欢那味道。他想搞一支这种褐胖烟卷，点上火，尝尝滋味。

王先生王小虬也天天抽大烟，不过他模样周全，发辫是顶光亮的，说起话来中气十足，喜欢听人家叫他"弓不拉多"，据说这是西班牙国的叫法，中国人管这叫"买办先生"。买办先生是租界地头除了洋人最神气的人类。王先生自己道奥妙："洋人吃肉，阿拉吃汤。"

王先生曾对吴其英和茄生的到来表现出同乡同道的热情，他请吴其英到宁波馆子吃饭，又进烟馆。茄生被安排在大马路虹庙后头王先生的公馆里住。王先生建议茄生暂且打打杂，练机灵些再出来捞世界。

什么算打杂呢？王先生让茄生先跟家里厨子去老城厢买菜买南货买零碎杂用，顺便开眼界。

厨子阿申年已五十多，扁鼻子暴眼珠曲辫子，前年死了老婆，有点惊心，不肯一个人孤零，倒喜欢在王公馆成天干活不歇着。他喜欢讲话，见谁就同谁热络。你想他静一静，他也静不下来。一见茄生，阿申挤眉弄眼学宁波话，"人要咸齑饭，田要菜籽烂"之类，一串串连珠俚语，莫名其妙，说完便笑嘻嘻看定茄生。

茄生不怕生，跟阿申笑笑；阿申开心了，急煞煞带"小宁波"去上海县城玩。

"县城是华界，洋人管不着，好白相。"阿申挤挤眼。

茄生记得自己跟定阿申一路走,从西门进上海县城。他俩站城墙外就听里头热闹,鸡飞蛋打的那种闹。

阿申一跨入城门,脸上亮开,笑得像一盘向日葵了:"茄生,这里勿是夷场,照旧是大清地盘哪。"

老县城没有宽敞马路,条条青石铺的小道。小道两边密密店铺,卖咸食甜食油余臭豆腐,卖米卖油卖茶叶,卖油布伞灯笼,卖五金榔头铁叉,卖棉布卖织染料子兼卖丝绸……啥样货色这些铺子没有?也有卖洋货的:英国纱布、呢绒、洋织机,法国镶边镜子、旧书、裁纸刀、妇人香粉,还有美国烟卷和火机……

集市恁般热闹,茄生眼都看花,不过,他晓得这些没稀奇,到处大同小异。茄生有点失望,百无聊赖,甚至怀疑自己和阿申在一起绝不相配:阿申年纪这般大,也不摆起大人的功架,比小孩还闹腾,随意讨好人,这种家伙能可靠?

陌生日子和蹊跷人物忽从茄生心头滚过,他蓦然想爹娘,想起自己村里晨钟暮鼓,他瞬间难受得脸也抽搐:陌生叫他反胃,心里黯淡了。

阿申缺少感知别人情绪的能力,他自顾自兴高采烈。他带茄生到肉铺子买了新鲜猪肉和拔掉毛的鸡鸭,让茄生背上。阿申问:"小阿哥,要不要自己到处玩玩?我去菜市里挑青菜,你随意走走吧,走乏了来,我便在此等你。"他指指菜市边小鸦片烟馆,咧嘴笑了。

茄生背着肉食,闻着那股熟悉的鸦片臭味,沿石子甬道走,走了不远,就看见烧焦的断垣残壁,好多房子颇不吉祥地被打碎了,瘫在无人的街角,朽成一团,野狗野猫趴在破房子砖地上……

集市区的上海县城热闹喧腾,等靠近衙门,便静悄悄没甚动静。

茄生东张西望,走进瓦片平房的寻常人家街巷,一股淡淡屎尿臭扑鼻而来。

人家瓦檐上一样是蹦跳的褐雀,瓦盘里种着葱蒜,搁门外墙角。邋遢小孩们尖叫着追逐飞奔,有些穿旧布褂子的女人打着圆竹扇,蹲门口生煤火炉,白烟弥漫,呛得茄生流泪。

茄生听见了矮房子里咳嗽不止的声音,像有痨病鬼,他速速跑过几个门洞,想拐弯走出这巷,却发现自己再也分不清东南西北,登时迷路。他不知所措地站在十字小巷口,听见噼啪连声,原来有人家晒一匾毛豆在门口,快干透了,豆荚爆裂开,像有生命般蠕动,溅出豆丸……

打小南门出县城,抽过鸦片便心满意足的阿申笑话茄生“洋盘”,没见过洋枪洋炮洋兵舰怎么打仗:“侬勿晓得洋枪队帮清军打小刀会?没过几日哪,样样还在我眼前!城里那些破房子就是叫洋炮打坏的。小刀会那几日占县城多风光!刘丽川带他拜把子的兄弟们在豫园聚义,还给洋鬼子下照会。嘿嘿,后来弄得如何,还不都叫洋枪队打死!”

王小虬想讨个姨太太,不是一天两天了。如今人已看好,眼看要抬小轿进门。王夫人本不说什么,事到跟前竟不依,屡次三番砸好东西、抢绳套要上吊,可闹了又不做。阿申缩身厨房,捂嘴笑死;茄生却被这大婆差使得团团转,一会儿要他跟前来服侍,一会儿又命他当探子,看王小虬动静。

王小虬尚在哭笑不得,王夫人竟把个洋人请来做家庭的仲裁。这也是“弓不拉多”买办人家才有的稀奇:夫人大大方方与王小虬的外国朋友、新教牧师麦肯西来往。王小虬每逢星期日带娘子到泥城浜洋教堂拜耶稣，麦肯西就在教堂当他们夫妻俩的牧师。

难道王小虬你信了上帝还要讨小吗？让英国人来说说理！

上海滩能有英国人牧师的，也就王小虬这种身份模糊的大清国民哪。茄生原不晓得王先生到底归官府管还是归洋人管，现在跑出个牧师，彻底把他搞糊涂了。

王小虬在家不爱说话，如今老婆闹得下人们争看笑话，他也不以为忤，至少不露在脸上。他吩咐阿申开出客菜单，专等麦牧师到，就摆桌。

面对自家的大自鸣钟想了会儿心事，王小虬忽传茄生，交代茄生："英人麦牧师要来。前回我同他提起你。你到时也上桌，陪牧师聊天，麦牧师会宁波话。"

麦牧师？听着只让茄生想起田野里的麦子。当然，麦牧师是英国人，是上海地头上的人物，跟田里麦子没半点关系。

茄生忍不住想象这英国人穿着红色厚呢子漂亮制服，高鼻子下肯定有两边卷翘起的黑胡须，凛然看着本地人，即便看不见，也时刻看着大家背后长长的辫子。他将慢慢开口说话，冷冷吐出叫人无所适从的洋文……

一想到马上要面对面看清一个洋人，茄生哆嗦了一下。他不是害怕，是激动，他很期待仔细看看洋人的模样。就像，就像看阿爹裁衣，耐心细致看一看，心里本有长久的疑问。

麦牧师来了，穿牧师黑袍子来的，脖子下四四方方一块白绸。他完全不是茄生幻想的模样：首先，牧师算是个老人吧，毛发已沙色了，软软覆在脑门上。他皮肤粉红粉红，有一张和气的笑脸，仿佛愿和世上所有的悖逆和解。老人极有礼貌，问候了王公馆里他曾遇见过的人，还特意走到厨房，对咧开大嘴冲他作揖的阿申说："好吃的饭，谢谢厨师。"

牧师看见茄生，愣一愣，想不起这是谁。他遗憾地微微摇头，仿佛谅解了自己的记忆力，用宁波话对茄生说："新衣裳。"

新衣裳？茄生觉得心重重被洋人一碰。新衣裳？哦，恍然大悟：王先生命他陪客，他翻出了阿爹亲自替他缝的那领蓝长衫，端正穿来见人。

麦牧师坐下同王小虬喝茶，一起进内堂见王夫人。茄生站在客堂，想不明白这洋老头的神气为何同任何中国老头子都不一样。说起来，这就像祠堂屋檐下的燕子与麻雀，随你怎么混飞，也是不一样的鸟儿。

王先生陪麦牧师从内堂出来，脸上看不出开心还是难过，他招手把茄生唤来，用宁波话告诉麦牧师这是乡亲，来上海没多久，不晓得是不是当通事的料作。

麦牧师看看茄生，没接王小虬嘴。麦牧师坐下用餐，意犹未尽，依旧给作陪的人以教训……

阿申给牧师端出的菜是浦东矮脚三黄鸡配上海小青菜，热腾腾葱白清汤大肉馅荠菜馄饨。三个人各人各饭菜，低头吃自己碗碟里的。王小虬见茄生稀罕，笑了："茄生，你想当通事，怎么不晓得自己巴结呢？麦牧师好好的亲自上门，还不赶紧跪下，请牧师收你当个学徒？"

麦牧师拿白布巾擦嘴，放下手里的刀叉。

茄生醒来，推开椅子，才要朝麦牧师拜下去，被麦牧师伸手拦住，用宁波话说："宁波小囡？学过英语没有？没有，那才好！你这年纪学得快,租界正需要受英式培训的年轻通事。你,这就来吧!"

四

跟麦肯西麦牧师学生意,茄生心里像十五只吊桶打水。

第一件想不明白的事是麦牧师到底长什么样。

茄生觉得自己眼睛是好的,从不曾记错人,或几乎可吹牛:见过谁,有时虽忘了人名,但极少忘记活人脸。

可茄生这回脑子发晕,只为他第二次见麦牧师竟没认出来,以为是别一个洋人!

没穿黑袍子的麦牧师看上去几乎像穿黑袍子麦牧师的儿子,精精神神站在外滩小石头码头台阶上眺望黄浦江面,迎接他远道而来的英国朋友。他握王小虬手,谢他亲自把茄生送来:"下回不必再接送,他认识了路,可以自己找到我。"

茄生依旧住在王公馆。王夫人战胜了未曾见面的准姨太太,心情像上海滩难得的艳阳,对家乡人普施光照,尤其看中茄生,因为他如今跟着麦牧师了。

茄生畏畏缩缩站麦牧师身边,偷眼打量自己的"洋掌柜":麦牧师这身什么衣服?什么衣服把麦牧师打扮得如此挺刮?首先衣服是高级英国呢绒料,不像大清上下连体的礼服。茄生先看清牧师下身带丰裕垂感的呢绒长裤,裤子有笔挺的裤线,接着发现他上身衣服似乎没扣子,敞开衣襟,露出里头的白衬衣。衬衣胸前垂条蓝色带白花点的"颈带子",好看或许好看,可不让人想起上吊绳吗?

麦牧师眺望吴淞口,江面上帆樯如林;上海船夫们驾驶单桨小舢板,泥浪间来去自如,从远方洋面大客轮上往外滩载客。麦牧师看看茄生:"我以后就叫你'生',这发音在英文里是'太阳'的意思。现在我们再来学一个英文,就是这条江,英文叫作'瑞发',你先记住。往后我教你写下来。"

瑞发?黄浦瑞发?茄生记了,像记一个暗语。麦牧师上来就"太阳""瑞发",这是好兆,吉利的。

茄生暗自高兴,又去打量牧师那衣裳。这衣服还有个妙处:牧师举手投足,没被衣裳挂累,爱怎么跳怎么跑都行,比武馆师父穿的练功服都轻省。茄生低头看自己做工不错的马褂长衫,太碍手碍脚,难以跑动。他简直羡慕起牧师的洋衣服来(当然不要那条上吊的带子),穿牧师这种衣服,连爬树都不必脱。

牧师的朋友到了,是个比牧师更高大更瘦削的年轻洋人,穿着同牧师相似的"短打扮"外衣,脸上透露着快活。茄生立刻醒悟,上去提起洋人从舢板上拿下的行李。麦牧师打手势要了辆马车:他和朋友坐后座,茄生同行李坐前座。

赶车的马夫挥鞭吆喝,茄生觉得自己是在梦里,马车一往直前,坐着它,有低飞感。远处江滩里,各式各样船,有外国火轮、蒸汽轮,有渡轮,也有本地人褐红风帆的小帆船,还有首尾相连的驳船和穿梭往来的小舢板……天上云朵共江里船舟漂动,到处空气浑浊,烟气呛人。闹哄哄的人声在江边形成一条嗡嗡的声带,比蜂群拍翅还杂乱。

茄生没法细看右手边长长排列的那些四方大洋房,外国女人们坐洋房平台上喝茶,奇怪的衣服袒露了她们的手臂大腿和脖颈。茄生第一回见楼房有如此多的窗户,这些房子由于过多的窗户简直不再像房子了。

拐上另一条马路不久，马车停在一栋洋楼前。

麦牧师同他的朋友轻捷地下了马车。麦牧师走到茄生跟前，和蔼地笑笑："生，你不能跟我一起进工部局，这是租界的官府，中国人不可以进。这样，我刚才为你想好了几个英文词，你留在门口好好学，恐怕今后这都是你学英语的方式。听好，中国就是'恰那'，中国人是'恰尼丝'，我们英国人是'布列铁须'，丝绸叫'锡克'，茶叶叫作'屉'，英国来的呢绒都叫作'克老丝'……你先记这些吧，很快就能用。"

麦牧师交代完，让马车夫等着，转身要走；不晓得什么东西作怪，茄生浑身有一股子兴奋，忽问："牧师，你系着的蓝带子是什么？"

麦牧师茫然回头，顺着茄生眼光看了看自己胸前："哦，这是'泰'，是领带，孩子。"

茄生管不住自己的心情，咧嘴笑了："牧师，这东西是干吗用的？有点，有点滑稽呢！"

麦牧师的脸慢慢变长，他朝自己那朋友打个手势，然后彻底转身看着茄生："滑稽？领带滑稽？我看不会比你脑袋后头的辫子更滑稽！孩子，我会好好教导你的，有一天你会成为一个得体的年轻人，跟王先生一样，不，甚至比王先生更像一个文明人！你会自觉自愿管住嘴，不让愚蠢的话说出口。"

麦牧师同朋友走进了工部局洋楼，茄生感到脸上火辣辣的。牧师脖子上系一条上吊带子，这难道不滑稽？我的辫子嘛生来就有，世世代代不都这样？滑稽，辫子有啥滑稽？身体发肤，受之父母……麦牧师不懂忠孝，他才真滑稽呢！

一跑神，茄生把方才死记的英文给忘了一大半，只记得"茶叶叫作踢",以及"英国来的布料是克老死",其他模模糊糊,只好等麦牧师重新教一回。

　　回到王公馆,茄生的恍惚更重了。

　　工部局?那地方既然是此地租界的官府,为什么中国人不能进?对了,中国人是"掐你死",英国人是"布裂铁喜",麦牧师分得清清楚楚。

　　茄生忽然想起那天王小虬讲从前外国人只是聚拢一起住在上海滩,仅有一个道路码头委员会办事,并没工部局。是小刀会闹起来,杀得各处难民逃过来,华洋杂居,一下子规矩混乱了,洋人才同上海道台商量,推举成立了工部局管上海。当然,工部局只讲洋规矩,不允许中国人在此做主!这……

　　马上,茄生觉得自己累得发慌,或者,误会了收留自己当学徒的麦牧师?一日为师,终身为父。不要胡思乱想,该早点歇息,明天还得去牧师跟前当差。

　　寻回自己一贯的欢喜心,茄生吐口长气,努力忘掉当天发生的懊恼事,只记住外滩给他的印象:上海就在脚下,诸事新奇,一切刚开始。

五

　　到底是男人,茄生没思乡成病。有时会想阿姆,却不怎么念阿爹。

　　茄生发现麦牧师总按固定时间使唤自己。上海滩上的洋人们松心得很,上午十点进洋行办事,下午三点就收工,他们吃午饭其实也花了不少时间,都算做生意办事。

麦牧师几乎固定在下午三点前回外滩,便打发茄生回去。当然,茄生学洋文的功课越来越多,麦牧师不但教他拼写,还要他每天背许多新词,连珠串起来说洋话。要不是茄生背惯四书五经,天生背功好,恐怕真应付不了。

即便如此,茄生回到王公馆还有闲余。他打开包袱,掏出简单的裁缝工具,不由自主暗暗摆弄起来。

茄生见阿申的布长袍破了,跟服侍夫人的黄瘦婆要了些同色布,很快就补缀好了。

黄瘦婆拿几件太太不要了赏她的袄子,问茄生能不能帮她"改瘦"。

茄生没说不行,他躺到床上,瞪着天花板回忆阿爹怎么把人衣服改小。想着想着,起床点油灯,他就拆那几件袄子,凭自己手去做。原来人真有些奇妙底子的,做着做着,衣服就改好了。黄瘦婆一试,蛮开心。

公馆仆妇们都找茄生做衣服,茄生有求必应。他淡淡的,没把这当回事。钱是一文不收,若不怕弄坏料子,就试试,毕竟他从前看过阿爹做裁缝。

给各仆妇量过尺寸,下午四五点,茄生先在后廊尽头摆桌椅,分开剪刀针线,要只小煤炉,烧红煤球块,添在熨斗煤膛里。弹线落粉,在料作上划路数。茄生不要人看,独自边想边做,终究历来用心看熟,如今只手生,并非茫无头绪。

大约两个礼拜工夫,茄生越练越熟,心里有点丘壑了。新衣裳的毛样叫仆妇们试了,她们竟高兴得很,说茄生比马路上叫来的

"包袱裁缝"做得好。

茄生磨了剪刀,在布料上像心像意弹线,暗暗享受刀剪破开布料时畅滑的曲弧,大概这就是家学,有子承父业那种自然,反正,他挺喜欢阿爹给他的裁剪工具,现在,他有了半秘密的喜好。

茄生望向窗外,王公馆芭蕉婆娑,他发现自己也很喜欢麦牧师手写的教材,他喜欢学洋话,英文仿佛同奉化土话有秘密的音节上的联络,他觉得麦牧师教自己的还少,他现在可同人讲些"洋泾浜英文",他晓得这样子勉强讲洋文并不是麦牧师希望的,麦牧师说过,要让他茄生像个体面人一样讲英文,至少,"至少要比王先生讲得好"。

麦牧师的原话让茄生一阵阵战栗,不晓得为啥,他看见阳光照耀在自己走着的每条大小马路上。

裁剪衣料或缝制衣服,他可以一边干活,一边背诵麦牧师每天布置的功课。他感到单纯的学习的快乐,尤其学的是从心眼里想学会的技艺。

王夫人亲自拿来了她自存的绸缎,还有一本洋文画册,她要茄生照着画册上的模特,给她做件洋款坎肩。

王小虬回公馆,吃了晚饭,也笑嘻嘻来看茄生做衣服。茄生依旧淡淡的,毕竟这是家传技艺,技艺不如阿爹,只求别丢人。

在这滩涂上的冬季里,麦牧师蛮关照茄生。他喜欢做的一件事是要求自己访问的各处准许茄生进房屋里等他,不让冷风吹病茄生。

麦牧师若去酒吧同人碰头,就会亲自端一杯威士忌洋酒,命令茄生一饮而尽以抗冬风。某天茄生竟如愿以偿,接过了麦牧师朋友递给他的一支小雪茄。

他没呛，就同他喜欢观察阿爹裁剪那样，他早看熟了洋人吞吐青烟的动作。他是不是喜欢这洋烟卷呢，喉咙里留一丝丝的清苦，不，他吸雪茄的初心不是品尝滋味，是想知道为何洋人把鸦片卖给中国人抽，自己只抽雪茄。

你看，麦牧师年纪不小了，身材挺拔，身体还强壮，抽鸦片烟的中国人，就算年纪轻轻，都犯烟瘾，流鼻涕眼泪，没大烟就心烦。茄生想弄明白洋人留给自己的是什么宝物，给中国人的又是什么祸害。

那天麦牧师从颠地洋行走出来，一个穿条纹长裤赭红皮鞋的高个子洋人送到门口。麦牧师坐上马车，茄生仍旧独坐前座，一前一后往花园弄跑下去，一直跑到冷清的涌泉浜沸水泉边。

麦牧师从马车上下来，四处瞭望。茄生凑近，只听麦牧师说："生，这里要热闹起来啦，要多多造房子，很多中国人要进租界。南京周围打仗，打得人心慌了。"

是太平军作乱！茄生忽然想起来，王先生在公馆里已发表了多次议论。王先生的丝绸和茶叶生意倒没被太平军掐断。"太平军也要赚钱嘛。"王先生说到最后就大笑。

"生，王先生生意还好？王先生怎么看，太平军会攻打上海吗？"麦牧师终于不耻下问。

茄生不晓得说什么好，这些他一概不懂。

"听见可能攻打上海的消息，你要及时告诉我。上海是英国人造的城市，我们要保卫它。"牧师低声说，抬头望天边。

六

本来麦牧师怎么教，茄生就怎么学。既然能背诵四书五经，自然也能背麦牧师教的洋词和语法。麦牧师夸他天赋好，茄生没感激也没喜色，反正，这些是王先生说的"学生意"，要学，必须学好，但本身不值得感怀。

茄生自认跟麦牧师熟了些，麦牧师没夫人在身边，儿子女儿也不在东方；麦牧师已十多年没回过英格兰老家。他待茄生总客客气气，不远不近，像特意维护茄生想保持的那种半陌生感（只有亲阿爹催逼自己，茄生才不会难受；其他人莫太紧凑，否则他会一下子发蒙）。

本为了王夫人暗中向他打听王先生的行踪，他想搬出王公馆去，但王先生对他软弱的提议不予支持。

王先生说你既然已在公馆住了这般久，又是其英的亲外甥，上海滩此刻正闹房荒，没必要急着自立门户。再说，跟麦牧师也需要时间，急切间什么也不成功的。

"这样吧，茄生，要是觉得吃口闲饭不舒服，你就接着给我家老老小小做衣服吧。冬天虽快过去，还来得及再做一身冬装，明年穿。"

确实，跟牧师学着洋文，又摆开摊子替王家上下做衣服，这般忙起来，日子倒过得平顺，可惜没什么值得记取。茄生家里寄了信来，说乡下一切都好，无须记挂。阿爹这些日子又忙碌，替村里大户人家裁婚礼吉服，更收了隔壁乔四当徒弟。

茄生不晓得阿爹身子如何,想必还是天天抽大烟。茄生见苦力们在外滩搬运粤船送上来的一箱箱鸦片,那股子生涩气,已在他喉头留下了某种印迹。

平平安安也混混沌沌,他日子确乎过得平顺,直到那一个早晨。

那个早晨茄生陪着麦牧师行路,又到小石头码头接牧师新从苏格兰来的老友。这回是个金红头发矮胖老汉,来这边某大班的洋行里上任。麦牧师叫了辆马车,让茄生提着不多的行李,一起先去礼查饭店安顿。

短短一路麦牧师兴致很高,同他朋友不停说话,又指点外滩风物。茄生本坐在他俩对面的车座角落,像往常那样默默环视。他听麦牧师问起一个个老朋友,又打听这新来老友一路上经停哪些码头⋯⋯

茄生忽一愣,心急跳,手指放自己唇上,展掌捂了嘴。他意识到麦牧师并没同他朋友说宁波话或大清官话,他们一路说的是英语。

不晓得是不是该为此高兴,他发现自己不但能听懂他们的对话,还能一五一十把这些对话用英文字母拼写记录下来⋯⋯

接着便是整个春天的窃喜,尽管不晓得自己是否真心喜欢洋文,但学通英文的喜悦感是浓烈的。他没告诉麦牧师他的耳朵听见了,他一发在裁剪时琢磨麦牧师给他写下的那些教案。裁衣是家传,他对王先生一家该作报答,而洋文似乎是无形的新朋友,一旦彼此心知肚明,相处起来顿生灵犀⋯⋯

春花开又落,淅淅沥沥春雨渐次收干,天就一日比一日暖。

麦牧师自冬天来一心关注上海赶造的成排房子。花园弄离外滩不远的路侧很快造起了密密挤在一起的木板房,编成"lane",上海话就叫"弄"。

这些新房子还在造时就已售空了,江苏和浙江每天都有人携家带眷逃进租界地,他们害怕太平军,他们带着金银细软跑离了家乡。麦牧师告诉茄生,租界的英国商人们已一致同意搬迁跑马场,把跑马场的地也拿来造更多房子。除了鸦片,现在就是房子能赚快钱。

"现在,茄生,你必须开始用英文同我讲话了,"麦牧师吩咐,"是时候开口了。你跟我去租界外头北边,看那里的情况。"

桃树挂了果子,金橘树也在香喷喷地扬花,白花招来青蜂,还没大热,夏天尚是青的。麦牧师雇了马车,过威尔斯桥朝北,走在虹口美租界地头。牧师凝视茄生:"生,你知道,你们中国人是不肯信上帝的。我来了上海这么久,跟从我信上帝的才几个人,可能这几个人亦是因为吃了上帝的饭才说自己信他。我很想看看,你是不是那个将真正信上帝的中国人。"

茄生摆脱不掉麦牧师殷殷的目光,但心里立刻想起种种流传甚广有关洋教士的谣言。自然,麦牧师是位和善的洋教士,自然,他肯定不会"吃婴儿"。但是,他那个上帝又是什么过路神仙?

茄生的心理大概从他眼神里跑泄出来,被麦牧师捉住。麦牧师说:"不着急,你先好好看看这世界吧。上帝的恩典为每个人准备着,并不着急。"

世界确实不都是租界里的冠冕端庄和车马络绎,等来到美租界北尽头,麦牧师同茄生下了马车。马车不肯再往外头去,车夫说外头没能跑车的路。

有一群推着江北独轮小车的苏北汉子站在租界界域外,麦牧师招招手,同茄生背靠背坐到一辆小车两侧,那苏北汉把车绳往自己颈上一套,推起独轮板车就往荒地里跑,一边问客人"去辣块(哪儿)"? 麦牧师一声叹:"知道齐老五住的棚子? 是不是又有小孩子病了?"

推车的嗯一声,推车跑得挺快,他对茄生一笑:"棚子里的人,辣(哪)一个看得起病? 都靠洋和尚慈悲。"

茄生还没来得及琢磨这话,眼睛已被远处闪现的烂土棚子吸引。土棚子灰蒙蒙,隐隐送来一股酸臭味,还没见人,先见浑黄泥塘和泥塘边污秽人粪,臭不可当,飞蝇成团。麦牧师在背后命令他:"生,拿袖子捂住口鼻!"

等跑过露天粪池,屎臭减弱,到处又散发尿臊味,夹杂烂菜发甜的腐气。小车停在一堆半人高的草棚前,几个面目呆滞的女人本敞着怀坐阳光下奶孩子,看见牧师,都抱起小孩往黑洞洞棚子里钻……

女人尖厉的声音在窝棚里头喊齐老五,齐老五从窝棚弯腰钻出来,破麻袍露鸡胸,脸盘瘦得像鸟,却露桃红,咧嘴笑着朝茄生看,又朝麦牧师拱手,却不敢正眼看牧师。

女人干柴般手臂托举一个小男孩,从棚里送出来。小孩俯下头颅挂着手脚,一动不动,像是死婴。

麦牧师轻轻接过孩子,小心翼翼探他鼻息,用官话询问齐老五。齐老五叹长长的气,嘴喷臭气:"没得吃,哎哟喂,没得吃!"

茄生忍不住把放下的袖子又抬起来,抵挡一阵阵冲来的酸臭味。天上呱呱低飞黑乌鸦,乌鸦肆无忌惮落在这些人栖身的棚顶,张开黑翅膀,伸一棱棱乌羽毛,再收翅,歪过脑袋看人。它们打量齐老五的眼神是不屑的,而看见麦牧师和茄生,鸟眼便露些忌惮。

茄生才一挥手,乌鸦便腾空而起,拍着有尖叉的翅膀,呱呱飞远,落到枯树枝上,仍低头瞧热闹。

麦牧师从他的布袋子里掏出罗宋大面包和两瓶牛奶,齐老五伸手来接,麦牧师拦他:"让你的女人和孩子们先吃。把这奶用火煮开,喂这病孩子。"

仍坐江北小车回租界,麦牧师问茄生:"见过这样子的人家吗?"

"麦牧师,这些是穷光蛋。"茄生摇摇头,"我们宁波没这般穷的人家。"

麦牧师沉静地看茄生:"你现在看见了? 租界外头就是污秽之地。听说他们把死了的人全停在北边破庙里。一旦起瘟疫,恐怕立刻会传进租界。"

七

王小虬同夫人商议,让茄生搬进了东厢房。茄生架起正儿八经的裁缝台,又去花园弄背后的铺子,添了顶针箍、馒头凳跟刮糨刀各几件做活的家生。

王小虬卖弄说前日里有个荷兰人推销西洋新发明的缝纫机,机器可以缝衣服,脚"嗒嗒嗒"踩下去,衣服就缝好了来。王小虬说,等茄生手艺好到能在上海滩开成衣店,就想法跟洋人买台这西洋机器送他当礼物。

茄生没把洋人的缝纫机放心上,厨子阿申近日有些疯癫,忧心忡忡咬茄生耳朵,怕王公馆要出事:"王先生在外头养女人露了马脚,王夫人越来越怪了呢。"

因为王夫人的古怪,麦牧师又来了王公馆。

茄生不想听王小虬的私事,跟麦牧师请了安,躲在东厢房里头做衣服。

等过了好些时候,王小虬派人请他过去,他才轻手轻脚走近客堂。

只听麦牧师还在顺着自己的心情对王小虬发问:"你是抽鸦片的,你模样为什么这般精神呢,你难道不是林则徐林大人所说的受害者?"

王小虬笑:"总之鸦片是祸害人的,上到王公贵族,下到无业游民,多少人都上了瘾。"

"谁拿鸦片祸害中国人了呢? 英国拿鸦片平衡贸易之先,中国没鸦片烟鬼吗? 假如你自己不吸,不肯受诱惑,谁又能逼你? 何况,英国从印度运来贸易的鸦片只能满足中国市场的一部分,那么,其他鸦片从哪里来的?"麦牧师并不放松,端起茶杯不喝,就一个劲地追问。

"是的,中国自己也种了一小部分鸦片。"王小虬点头。

"一小部分?"麦牧师冷笑,"我自己往四川云南贵州连日步行了数千里,田野里除了庄稼,种满色彩缤纷的罂粟,这可不是一小部分! 王先生,鸦片就是个贸易和金融问题,不是大清政府说的谁祸害谁的问题! 从前英国贸易逆差,不得已用鸦片来平衡。如今,大清贸易逆差,白银外流伦敦,造成银少钱贵,清廷征税只收银子,老百姓被榨干了,反了,所以朝廷急着把屎盆子扣到英国头上。"

王小虬点点头,又摇手:"麦牧师,你是个明白人,咱们不宜往下多说。你放心,慈善租界外难民的银钱我和我的同道们愿意一起捐,英国公司出多少我们一样出多少,拜托你把界北污秽地带肃清,防止瘟疫流行。"

茄生听见说鸦片,站到麦牧师侧背,一直竖起耳朵听。他其实不傻,等麦牧师喝茶,茄生就拱手问了:"麦牧师,我阿爹吸鸦片,他会死掉吗?"

麦牧师盯着茄生看了一小会儿,似乎有些儿愠怒:"他哪来的鸦片,花掉家里很多银子?"

"不是。"

茄生描绘了村边棉花地围住的那方罂粟田,阿爹有村里自种烟土的稳定供应,他只要开着裁缝铺,村里自产大烟总还抽得起。

"是啊,这不就是我方才告诉王先生的?"麦牧师终于和善地拍拍茄生,看着王小虬,"是有些病人抽鸦片,但不是抽了鸦片生病。鸦片只让人上瘾,并不直接致病。打仗是为鸦片打,并不为道德打,是为平衡贸易和稳定金融,或者说,大清皇帝这一边,是为了稳江山!"

噢,是吗?茄生不由自主反手摸摸脑后辫子,不懂的事他不置喙了。

"茄生是聪慧的,耳朵嘴巴都认识英文了,英文可以拿来用了,很好。"麦牧师看看王小虬,"王先生同意的话,我想叫茄生随我去趟南京城。从这趟旅行开始,我将付茄生一些工钱,他可以用度,可以存着,也可以寄回去给母亲。"

王小虬看见茄生的表情,笑了:"好事!茄生终于开始当见习通事了。不过要好好想想,这职业究竟适不适合你。"

后几天裁剪几件衣服,茄生都弄到半吊子,心思不定。

麦牧师到王公馆同王小虹打过招呼,带了茄生,出门上马车。这回租的是出城车,两匹马拉的大车,车身有圆拱形黄油布遮雨篷,马蹄声嗒嗒嗒,偶尔飞扬脆亮鞭声,往官路上去,直奔南京。

此刻南京又叫了天京,叫太平天国占住,同朝廷动刀枪。麦牧师宽慰茄生说:"是太平军头领自请我去见面,我有大英帝国护照,你我皆是贵客。"

茄生还记得自己从前指点麦牧师领带的轻狂,如今他对牧师已习惯于只听不说,管住自己嘴巴。至于去南京有无危险,他不觉得跟着麦牧师会涉险。

可南京被湘军牢牢围困着,从上海到南京,随你怎么绕行,也绕不开如今朝廷最彪悍的这支大军。麦牧师沿途被兵将拦下,如实说明自己作为英国驻沪领事指定的代表赴南京会见太平军首领。湘军派出一队人马护着麦牧师的马车前进,先到太湖边,有一位位高权重的左大人要见见牧师。

左大人并非驻扎于此,他正好见过他上司曾大人,往浙江上任路过。左大人把营帐扎在太湖边风景绝佳处,摆开茶桌,请麦牧师用点心。茄生作为麦牧师唯一的"通事"随员,一旁侍立。

茄生偷眼看左将军,此人风尘仆仆而不失精神,举止颇有礼,对洋人也似乎不陌生。待客的竟不是中国茶,皆为英式瓷器,奉上红茶。

攀谈一阵,麦牧师发现左大人与众不同,就说:"左将军快人快语,我也喜欢直来直去,很好。既然南京是一个存在很久的事实,我们秉持中立原则,也不能不前往了解实际情况。"

左大人点头:"匪患浩大,不止一日。小将但知尽忠,报朝廷以贱躯。吾等亦有英法盟友,洋枪队与湘军若同时进攻,收效颇大。

吾此去浙地,誓不日克复杭州。"

麦牧师不作声,良久,叹道:"将军若能爱惜沿途百姓,就将保持您的令名,亦会给各国公使留下良好印象。"

左大人捋过颏下胡须,慨然点头:"牧师之言谨记。您此去若能劝说南京贼王收摄凶焰,也是一番功德。望牧师亦以天下苍生为念,多加斡旋。"

两人不再谈太平军,麦牧师提起李鸿章李大人,左大人便说李大人有心派人去欧洲学习制造枪炮,有必要的话,同时派一名"钦差"。麦牧师沉吟说:"如果从此派公使,倒是明智之举。"

见过左将军,麦牧师的马车继续由湘军接力护送,直奔南京城下。茄生听见麦牧师不住声地祷告,向他的神灵祈求普遍的怜悯与饶恕。

麦牧师此番出行又穿上了他传教的黑袍子,领口一方白绸。他的蓝眼珠眺望远方时露出令茄生感动的悲伤……茄生以前没思想过自己的人生,但在马蹄声与护送兵卒刀剑的叩击声里,他不由得为自己茫然:我是谁? 我为什么在此时此地? 为什么同一个洋人守在一起?

护送的湘军马队折返后,太平军打开了城门。正如谣言所传,太平军没辫子! 不止太平军没辫子,他们还割掉了南京城所有男人的辫子。茄生意识到自己忽然间与众不同,他是周遭唯一一个还挂着乌黑辫子的男人。

当然有人注目茄生的装束,不过,那些没辫子的"南京人"没把话说出口,他们看看茄生,眼里有不屑,也有努力的容忍。

出来招呼洋牧师的"郑将军"问明底细,朗声一笑:"我明白上海滩的规矩。麦牧师远道而来,今天我为牧师接风洗尘。你们休息一晚,明天便去东王府。”

所谓东王府,并不像上海县城城隍庙那般矗于闹市。第二天早上,在秦淮河边洁净客舍用过早饭,太平军的两顶大官轿便抬着麦牧师和“通事”乔方才往王府去。

郑将军披挂整齐,在地处偏僻的王府门口候客。他笑吟吟递给茄生一顶软帽,让他把辫子盘起,塞进帽子。

沿王府的青石路直直往里走,一条倒映垂柳的小河道流淌于府院正中,河上飞跨道道石桥。一个个雕梁画栋的院落静悄悄散开于花木深处。郑将军说:“我们直接去东王府,那里,大首领已在恭候麦牧师。”

亲兵们在一栋朱红木楼前月洞门外站岗,他们向麦牧师行礼,把手放胸口鞠躬。没人向茄生行礼,但也没人拦阻他。他跟在麦牧师身后,觉得不能独自落后。

郑将军忽然恭敬行礼,语气变得飘忽而谄媚,他把麦牧师引见给一位大眼睛青年,茄生立刻意识到重要的会面要发生了。东王府弥漫着庄重气氛,那大眼睛青年身份尊贵却衣着朴素,只着一袭青衫。

这青年人会讲英文,立刻同麦牧师攀谈起来。他竟也熟稔麦牧师念兹在兹的《圣经》,不一会儿就同麦牧师讨论起经文的奥义。麦牧师看来挺愉快,声音比往日更浑厚,话如流水,随那青年人的发问汩汩生发。

青年人的父王随即来到,也只穿着直裰,好生简朴,原来他们姓杨。这位父王面部皱纹深刻,除了跟麦牧师打招呼,一直不太说话,若有所思。他听儿子说英国国教信的就是耶稣,便哦一声,连连点头:"那么,这不就是同道的弟兄嘛,洋枪队原不该同我们为敌呀!"

麦牧师说:"我听得懂官话,我们不必讲英文了。"

王爷脸上终于活泛起来,露出笑意:"对于洋人,我们并不排斥。我们愿意洋人来做生意,只要禁止鸦片,其他货物都可以买卖。我们欢迎洋人到内地省份,我们不像清廷,中国的事全是臊鞑子做坏的。太平军并不要你们帮忙,只要英国美国法国保持中立就好,我们靠自己就能打下北京。"

大眼睛年轻人脸上露出了明媚神色,茄生想,麦牧师若能同太平军说到一起,那位湖南人左将军恐怕不能期待他保持不偏不倚之态度。

不过,麦牧师并无喜悦之色,他穿了他那黑袍子,年纪看上去又成了自己的父辈,苍苍然一个老迈洋翁。

麦牧师说:"我很喜欢你们关于自由贸易的主张,这符合贵国也符合英美诸国利益,我实在非常喜欢这主张。

"然而,说到耶稣我主,我有义务坦诚相告。我不觉得你们的信仰同新教信仰一致。不,我们是因信生义的信仰,不会因行为称义。

"况且,恕我直言,圣父圣子圣灵三位一体,圣子绝不可能还有什么人间兄弟。你们,要么敬拜神,谦卑自己,把自己归为罪人;要么就继续高举自己,把自己同神并列,称兄道弟,最后大大得罪神。这中间,没有折中的路途。"

麦牧师说完,竟带了一丝怒气,直视眼前的王爷和王子。那大眼睛年轻人大惊失色,他的父王倒不动声色,点头道:"既然麦牧师说得如此清晰,我很敬仰。不过,为牧师的安全着想,此地你们不宜久留。我们愿意做英国的朋友,也不曾计划攻打上海租界。请你把这话带回去给你们的领事。"

茄生并不懂王爷和麦牧师的对话,这过于深奥,他一直呆呆看王爷和王子身上简单却好看的衣裳,这恐怕就是前朝汉人的服饰!

茄生觉得一股特别的清气氤氲在这王府,汉式服装让他目眩神迷,雅致又飘逸,如入幽兰之室!遗憾这就要走,若多留一天,他便能把这些服饰好好看熟。剪裁之道,在于格调,明显他遇见了格调高雅的织造物。

东王府的王子一直恭送麦牧师到城门口,在看清城外无敌、打开城门的一瞬间,茄生听见他对麦牧师说:"牧师,我很敬重您。您说的是真道,人该敬畏上帝,而非攀附上帝。"

麦牧师点点头:"愿仁慈的天父看顾你,我的孩子。"

原路返回,麦牧师于路打尖休息,迤逦才到上海地头。仍从美租界过苏州河,进英租界地面。

还没到家呢,一个英国商人喊叫着跑来拦住马车,热切地跳上车辕,脱下礼帽对麦牧师说:"牧师,你还不知道吧?他们在北京点燃了圆明园!"

茄生径回王公馆,见阿申吊着胳膊,纱布渗出血水,蹲在花圃前拔草想心事。见了茄生,阿申站起身,忙不迭地告诉:"公馆出事体了,王夫人半夜放火烧自己,我冲进去救的。现在王先生打算送夫人回宁波,里厢一团乱,侬避着些!"

茄生到东厢房放下东西,进去请安。王小虬在,也没特别愁眉苦脸,只指指被火烧黄的一面墙:"茄生,昨日你家舅来了,等你有话讲。我这里收拾收拾,要跟其英一路回宁波,把夫人送回去住。"

茄生拿起裁缝台上落下的生活,动手做起来。一旦手里握住剪刀,拿起火烫的熨斗,他心头种种不安就退隐到角落去。

能做好一件件新衣服,心里就满足,就有平安的浪涌。仿佛还留在自家村子,刚偷爬过祠堂屋顶,同时拥有了冬天火炉兼夏日的清幽。但茄生的心终于痛了一下,他发现手里拿着的是王夫人的衣料,是她寿衣的衣料。

舅舅吴其英悄悄走进东厢房时茄生正沉浸在梦幻节奏里,他想起自己读过的古文,他感悟"庖丁解牛"的出处是篇美文,他手里拿的虽是把裁缝剪刀,却能体会庖丁的顺畅和庖丁的某些幽密创意。他终于明白自己喜欢当裁缝,这是他可以全盘决定、游心如鱼、自由发挥的活计,也是一种能让许多人高兴的技艺。

吴其英在门口拍手:"不得了,我以为看见了年轻时的姐夫!"

八

偶尔看见老皇历,茄生恍觉自己来上海滩满两年了。黄浦江气味他已闻惯,江水潮雾免不得混裹生鸦片气,但也有街市上香粉的甜味,镶嵌一丝丝外国俱乐部里飘出的咖啡香,并雪茄烟臭臭的辣麻……

厨师阿申碰上了命里注定的麻烦,王先生决定要尽快辞退他。

阿申担负着每天采买食物和零碎杂用的职责,不过,他的鸦片烟瘾越来越大。

他绝没贪污王先生拨给的款子,他吸大烟吸尽了自己的工钱,他利用买菜时间为那间污脏小烟馆的老板做一顿饭,好多吸一个烟泡。对阿申滥用的时间，王先生本来睁一只眼闭一只眼，不过，大家说得对：阿申相貌开始变了，变得像民间绘本上枯骨耸肩迎风流泪的鸦片鬼。那种萎靡，那种猥琐，那种叫人看了惊惧的惶惶然，从阿申乞怜眼神里滴落出来，弄得满院子满厨房都是……谁还放心吃阿申烹调的东西呢？

茄生夜里晚睡，一边读洋文书，一边为阿申洗过的衣服打上厚实补丁，能加衬里的给加了衬里。茄生还取出自己买的呢料，给阿申做了件遮风挡雨的西洋式披风，一条呢裤子……

阿申卷铺盖滚蛋那天，茄生躲在东厢房里，没同他道别。他撩起竹帘，偷偷看着这鸦片鬼曲着一条毛松松辫子，背负厚厚包袱，低头挨出门去。

很可能那些新衣服马上就会换了大烟，但茄生还是固执地盼望阿申有一天能穿得齐齐整整地倒毙在县衙门前，不给他自己，也不给其他抽鸦片的男人们丢脸……

麦牧师带着茄生拜访了工部局的几位董事。

虽说茄生只能在门房等，却也有一两次工部局破例传他进去，请他用英语讲讲他和麦牧师一起在南京看见的东西。

麦牧师指着茄生："他能讲述这些简单事实，证明南京的势力哪怕对一个普通中国人，也造成深刻印象。不过，这正是我所担忧的，太平军的王们公开号称自己是耶稣基督的兄弟，这种出格的不敬和狂妄，假借主的名，证明了他们的虚妄。我担心南京势力会散播误解，无益于传教士们的终身努力。"

"是的，牧师。"工部局雍容的董事们点头告诉他，"既然已签署了最新条约，清廷允许传教士深入内地传教，区区反政府武装对传教的负面影响,应不至于过分困扰人。上海是纯粹的商业港口,无论南京北京的力量谁占上风,只要不影响租界商业运转,我们并不想插手其中。"

"不,"麦牧师说,"英美势力还是插足了。当然不是工部局,是那些游荡在上海四周的英法水手。他们个人应征清政府雇佣军的行为肯定会影响历史进程。"

麦牧师到底想要什么,谁也说不上来。每个人都很尊敬这个不拜金钱的老人,在上海滩的空气中,他算凤毛麟角。

麦牧师每个月都带上茄生,驱车往美租界北沿,再换搭江北小车,去探望住在"滚地龙"里的一大群贫民,给他们面包和牛奶;麦牧师不断敦促王小虬这样的上海闻人们捐钱献款,管理北边荒地的卫生,以防疫病传播。

也许,麦牧师唯一满意茄生的是他学习语言的能力:茄生吞咽了麦牧师塞给他的所有洋文,并不曾反胃,相反,对此他显示出很好的消化力。他不仅希望听懂麦牧师说的每一句(牧师说话总话里有话,茄生就喜欢琢磨一句句话背后的意思),更有一种朦胧渴望,说不清这渴望是什么,但他想看清洋人的世界,如看懂阿爹裁剪的方法,看清之后……

他自从看懂描绘服装时尚的洋画报,忽生出一种向往:他想裁剪出麦牧师平素穿的西服。

自从第一眼看见麦牧师的西服,他就懂了男人不能被冬烘衣裳限制,男人必须穿上能提供自由的衣裳,摆脱衣裳的限制,做自己该做的事。

茄生终于决定了,要跟麦牧师和王小虬告假,坐洋火轮回奉化乡下看看阿爹阿姆。

麦牧师说:"好的,孩子,回去看看吧。等你再回上海,你的英文满师了,你已是一个合格的上海滩通事,你必须选择自己的职业。我已获得正式的盖了官印的护照,要往内地去传福音。我希望走得尽可能远,也许到贵州或云南的乡间去。你愿不愿意做我的助手呢?"

王小虬也对茄生说:"回去看看,回来决断。你这么好的裁剪手艺,又懂英文,如今上海租界的洋市面日盛一日,富商满街,无论华洋都要穿时髦衣裳。你不开个高档裁衣铺子,我都可惜白白流过去的银子。你来,我出资开店,你我对半取利。等你做出名,我另让你股,做你小股东也好。"

九

船到宁波港,宁波港竟也新设了由英国人管理的海关。舅舅吴其英来接,他现在深得英国人培黎先生赏识,经手的洋货翻了一倍还多。吴其英说不忙马上回奉化,远房兄弟潘则仁从东洋回甬,见见面,大家看看有无机缘可觅。

"浙江人嘛,跑得越远,离开越久,越让人看重想念!"其英感叹。

宁波不比上海,这里洋人没成大气候,还是浙人天下。吴其英安排茄生会则仁,老实不客气就去堂子里摆席。其英是有身份的本城通事和商人,去的堂子自然属城里最风雅。

他给外甥和半个东洋人的则仁叫了局,都是宁波一等一的佸人。

风花雪月，飞令传韵，亏得这几个凤毛麟角的才女，能诗能文，大家高高兴兴浮三大白。则仁留着东洋胡子，笑说："固然上国高雅，但如今却是东洋人励志求新。我们在岛上看得清楚，东洋人与吾族不同，从美利坚黑船舰队闯横滨要求贸易，东洋人视之为被迫开国至今，全国上下推开幕府一心改革，都争着师法洋人，想建立亚洲第一强国啊。"

"那么，洋人是否也卖鸦片给日本？"茄生不由得好奇。

"并无鸦片。"则仁笑，"东洋人尚武士道，不肯吸食鸦片。"

"这次回国却是为甚？"吴其英打听。

"家父自从出海做东洋买卖，辗转东瀛九州岛长崎地方定居，本属奇缘。吾自从应父之命到东洋会合也好几年矣。家父在长崎经营裁缝业，经一位荷兰洋人指点，为西人修补缝制西服，生意日隆，缺乏得力人手，命吾回乡寻觅应手人才，日后专制西装。"则仁和盘托出，是浙人做生意习以为常的坦率。

吴其英笑了："我这外甥若不是跟从洋牧师在上海滩大有前程，倒正是兄寻觅的裁剪好手，他阿爹是老家村里的大裁缝。"

则仁大喜，拱手对茄生："改日我们好好聊聊，老弟内秀多才，前途不可限量。"

次日雇两台轿子，舅甥俩一清早往奉化村里来。一别经年，茄生颇有近乡情怯之感：英人运抵上海的机织棉布价廉物美，如今挤垮了苏浙棉业，棉株已被铲除一空，初秋田野上到处是缤纷杂色罂粟花，成就了更广大的烟田。唯鸦片终究值钱，不会让农民亏本。乡间，除自己要吃要存的稻谷，几乎到处成了鸦片烟的产地。

茄生很想快快看见阿爹,阿爹吸了多少鸦片下肚? 如今不知是好是歹。

离开村子尚有两三里地,吴其英便携茄生下轿,喜欢自己在田地里走一走,闻一闻家乡田野清甜的气味。城里到底污浊,何曾有过乡间好气息。

"茄生,怕你担心,不曾同你讲。如今就要到村边,你该心里有打算。你阿爹身上并不太好,你莫惊奇。"吴其英拍了拍茄生臂膀,"你阿姆还好,不多忧!"

茄生奋力吸一口旷地里的清气,这清气没增添他的勇毅,反使他心里空虚一片。他难道不是早就忧心阿爹的嘛,阿爹相信天下少不了裁缝,阿爹也相信鸦片是失望之人的寄托,他原就奏响悲调了的,一步步宕到今天……

吴其英早遣人送了信给阿姊,茄生才在祠堂里拜过几拜,走来自家巷口,远远便望见阿姆扶着门框正向自己望。

茄生奔行过去,跪在门槛上磕头,他觉得自己辫子碍事,撩起来绕在颈子里,两泡热泪流到脸上……阿姆倒笑了,摸着他肩膀:"茄生,大男人家了!"

阿爹急促而汹涌的咳嗽声在后房里震荡,茄生推开门,喊了声"阿爹",虽说自己有料想,一见之下,尖利而惊惶的害怕还是揪住了他的心:这哪是个病老翁? 这就是个被鸦片耗尽的活骷髅! 刹那间,麦牧师为英国叫委屈的辩护声响起在茄生耳边,牧师见过这样老实巴交的一个村裁缝变成这半死不活的枯体吗?

茄生哭了,他跪在阿爹床前,奔涌的泪水像决堤的河,他不只为阿爹哭,也为自己走去上海见识世界的两三年寒暑哭,他说不清自己到底哭什么,但明白自己哭所有那些无望和羞耻……

阿爹伸出枯干手臂,老手擦了擦茄生脸蛋:"老子还没死,儿子就哭成这样?听说你跟着洋和尚学洋话,说得比阿舅都好?听说你会裁剪衣服?好好好,不枉我望你一场,我放心。"

说多了话,阿爹皮包骨头陷着眼窝的脸泛出潮红,气喘连连,他伸出手:"烟,烧烟!"阿姆闻声赶来,熟络地取出烟灯和烟枪……一股熟悉而可恨的气味刺入茄生鼻腔,茄生退出房间,接过阿舅递来的热手巾,一把擦尽了泪痕……

阿爹是等着儿子来送终的,没过数日,出殡队伍就吹吹打打逶迤在田埂上了。墓地在村东头,那是稻田边一方小小丘陵,埋着村里列代先人。

等服丧过了冬,阿姆说:"茄生,阿姆还健,你走吧,难不成你想留在这靠天吃饭的地方当个村裁缝?来,你给阿姆把寿衣做了,做好衣服就去上海。"

依旧是舅舅吴其英来接,不过,这回却同着那个留东洋胡子的则仁一起往上海。则仁想认识王小虬,想看看上海滩的气象。

他们夜里从刽江搭上夜航船,早晨到达宁波三江口,换乘"上海轮船"走海路。

太平军李秀成部正在攻打上海的西侧,打下了松江,打到了徐家汇。不过,这太平军终于没和上帝接通关系,时势同他们作对,他们被朝廷大军联合洋枪队打散了……

街头到处是为躲太平军逃入租界的难民,据说法租界难民更多,茄生看见一位歪在树根死去的农妇,她手里的婴儿也奄奄一息……麦牧师在外滩牧师公寓里接见变得有些陌生的茄生。

麦牧师已把这居住多年的公寓收拾得空空净净,他所有东西都打包在几个皮箱里："茄生,也许你我要说再见了,我已接受了内地会的安排,到云南昭通去当牧师。我想,那里不适合你,你该留在上海,上海才是你施展上帝赋你之能的地方。"

茄生从麦牧师房间窗户望出去,正望见花园桥横跨苏州河,黄浦江滩涂上是抬重物的如蚁苦力,江面百舸争流……

"麦牧师,是你打开了我的眼;有眼睛的,就应该看。是你给了我另一条舌头,能当一个胜任有余的通事。任何话都说不尽我的感激,我愿你到内地一切走运,多多保重。"

茄生递过自己送给麦牧师的包袱,他不会做洋装,所以替牧师做了两套长衫和一套厚实冬装……

二十五天之后,则仁帮着办妥了茄生的船票和身份证件,带他登上英国人经营的火轮,往日本国九州岛驶去。

茄生告诉王小虬："王先生,一切的秘密都在衣服里。麦牧师的西服是玲珑的,我们的长衫是扁平的。我曾想偷偷拆开麦牧师的西服,如今,长崎的西服店会教我做。"

王小虬笑说："茄生,格物致知,寻求真理是好的。你还欠我情,我等你早日学成回上海。我一定要在上海滩开张一家大大的西服商号。我是'弓不拉多',你是麦牧师的高足,我们要把全上海大班们的生意都包圆!"

茄生摇摇头又点点头,说："我想去看看敢拒绝西洋人鸦片的东洋族,难道他们真和我们有所不同?"

第二章
1919年　北京·上海

一

乔正冠乔掌柜的坐在东交民巷店侧小院国槐树下石桌边,蘸墨挥毫,给在上海滩的双胞胎弟弟乔端冕修家书一封。

他双眉紧蹙,眉毛末梢往下掉,颇有些劳神费心;拍拍长袍袖子,拂去上面小小旧槐花,他悄声叹气。这个春天,过得真说不出的憋闷。

新吾很不能让他这当爹的放心。乔正冠后悔自己没纳妾,既然大夫当初已宣布夫人不能再生育,自己该借此题目找个好的年轻女人。虽然当时这般做,秦梅也许会吃一阵子醋,但应该不敢太过分。那样,如今家里也不至于独子一个,什么事都为他惊惶。

错过就错过了,悔也没用。

这阵子,北京城的大学生们个个都发疯了,拦是拦不住的。你看新吾,看他那神情!

爱国? 其实爱国哪轮得着你们这些学生仔!

乔正冠有点怨恨阿爹,怨恨阿爹把自己这颗子落在北京,却安排弟弟端冕留在天高皇帝远的上海。端冕也只一个儿子,但就得着上海风气,公子哥儿做做,店里四处看着,什么也不上心,连读书都进西人学校,打球跳舞,像一枚树枝上度夏的知了。如今却见他这样性格合适,宁愿心思放到谈情说爱! 哪像他堂弟新吾,一心闹风潮。

能进到东交民巷里头,开设这爿独一无二的西服店,乔正冠不但颇花了力气打点各路土地爷,且多少还仰仗了洋人帮衬,兼顶着日人朋友的名(这巷子不让中国人住)。

如此这般,回味起来,独自一人喝点家乡黄酒,总有弯弯绕绕上了心头的辛酸困乏。

店铺生意是好的,不但那几个家乡奉化来的七工师傅们没一个闲得下,连带正冠自己也得动手裁衣。洋人在北京城得钱容易,讲究个鲜衣怒马的场面,一年到头地要做正装:三件套外衣(各种面料),秋冬大衣,燕尾服,外加猎装和跑马装。要不是乔家从日本学生意过来,刻下在横滨和东京依旧有店有名气,还真不敢揽东交民巷的活儿。

新吾虽不是在东交民巷呱呱落地,但跟着爹妈,他在这院这店里也享了十几年的福。家里同洋人总和和气气,新吾从小还跟美国小孩、日本小孩间或法国小孩们一起玩。讲良心话,洋人里头的外交官们一般还肯管束自家,并没哪家外国小孩欺负过新吾的。若不是如今学堂里普遍的风气,想来新吾也不会跟着其他学生到处演讲吵闹,反对什么和约。山东转交给日本人固然可恨,但这可恨又不是第一天叫大家品尝。

大清朝廷已不在了，可它造下的孽，全体中国人还得苦苦受着忍着。

乔掌柜的刚把家书封好，想交代伙计拿去法国人管的邮局寄发，铺子里已连声传进来：陆先生来了，陆先生来了！

好个老友陆先生，现在东交民巷比利时公使馆帮办。他既有好堂兄洋堂嫂，都是鼎鼎大名人物，公使馆不拘束他，任由他逐日追着阳光鸟鸣出来遛圈，信步常来乔家店喝茶聊天。陆家是上海边上太仓人，一般江南水乡之地，在这北国，算有一份近似同乡的亲切。

乔掌柜亲自去铺子里把陆先生接过来，也不在院里走，就到客堂坐了，吩咐沏龙井茶。

陆先生年过五十，在洋人公使馆做事，发势清爽，戴一副圆边眼镜，淡眉细目，脸颊少许皱纹，随比利时人穿洋装，他身上这套英国薄呢西服就是乔家铺子出品。

陆先生笑笑，从胸袋里扯出白手绢擦鼻尖，问："生意还好？没受影响？"

"还好，生意都在巷子里，本不计较东交民巷封不封锁，"乔正冠点头，"我只担心犬子。北京大学这些天就是一锅子沸水，我又没法勾拘他回家。嗐，局势不稳。"

陆先生喝一口茶，摇摇脑袋："乔老弟大可不用担心，家兄现在巴黎，和议诸事由他主持。以我对吾兄的了解，他不肯办蠢事的。他本人是欧洲女婿，不像别个见了洋人就发怵；他吃过亏，如今不至于真签卖山东的条约！孔夫子孟夫子都山东人，送山东入虎口，就等于送中国入虎口了。不至于，不会！"

"但愿如此。如今年轻人,像对令兄这样的耆宿也信托不过了,非要群儿闹喳喳。唉,哪还有平静的讲堂呢?"乔正冠想起了什么,犹不肯停嘴,"中国的事,三言两语去讲,是不尊敬不肃然的。眼下虽是东洋倭人欺负咱们,但其实西洋人跟东洋人全是叮腐肉的苍蝇。中国这块肉,自从吴三桂引着清兵入关,就开始烂。臊鞑子害惨了中国人,以至于国家今日要被列强分而食之!"

陆先生听着,并不亢奋。他放下茶盏,又笑一下:"老弟暂时息怒。我们生来就在它治下,这是老天安排,生气没用。如今这世界,你我皆已老朽,连家兄也该及时抽身,老而归去了。希望确在年轻人身上,这世界虽千疮百孔,毕竟将是他们的产业。我觉得学生们该闹,幸好,他们还剩点血气。"

正说学生呢,这冠德西服店的少东家乔新吾同着几个年轻男女跑进院子里来,有说有笑,模样儿挺高兴的。年轻人们坐在院子里的石凳上,围住了一个剪童花头的女生说话。新吾一撩身上灰蓝薄布长衫,跨进门来。大概屋里暗,高高大大的他站在阿爹和陆先生面前愣怔了一会儿,才看清,笑道:"陆伯伯,阿爹,你们在家呀?"

"不读书,回家有何贵干?"乔正冠问他。对这独子,他总是既不赞成又不敢随意训斥。

新吾长得康健匀称,在北大跟一位美国毕业来校任教的新加坡教员练举重,练得肱二头肌跟身体不协调,乔正冠有点看不惯,只是没说。新吾脸上一笑,甩动手脚,不好好站立:"我跟店里拿些白布,我们有用。"

只听啪一声,新吾同陆先生齐吓一跳。乔正冠冷不防拍了桌子,瞪圆眼睛:"胡闹什么,拿布去写标语,上街闹风潮吗?!"

陆先生朝新吾摆摆手,他站起来:"乔老弟还是不要为难年轻人了,这时代也到了关口上啦。又不是他独一个儿。我先回公使馆,咱们有空再聊。"

陆先生一告辞,新吾看阿爹一路送出去,就出屋子招呼几个朋友,蹑手蹑脚跑进铺子后头仓房里,挑了卷白布。看阿爹往房里回,躲国槐树后头的年轻人们便轻轻巧巧溜出院门,顺使馆区的大路跑远了。等阿爹追出院门,只看见新吾神气活现的背影,身边有个白上衣黑裙子小巧的女孩儿。

正是五月头上天气,北京城春意盎然,各种树干粗黑的老树,无论榆槐或枣柿,树冠都绿得叫人心动。萌生的嫩叶像青年人的遐思,咕嘟嘟成串成排,翘挺在风中,一起嗫嚅。

这般美好的天地怎可流传史无前例的羞耻?

这个国家,明明是战胜国,却要受逼,把眼看赢回的国土转交给倭寇?公理呢,公义还在吗?

新吾心里想的,嘴里说不出,更说不好,他因此特别仰慕能说会道的同学。

大学同学们告诉新吾:"大同世界是平等的天地。虽说买卖双方利益上平衡,不过,新吾兄,拿你家西服店打比方,等哪一天洋鬼子也乐意替中国人量体裁衣了,咱们才算打倒列强,扬眉吐气。"

也有这么说的:"新吾,如今咱们寄希望于美利坚国的总统,总算他公开说要建立公义的世界。日本人和俄国人,历来想瓜分我们中国人土地,最最要不得。其他那些国,愿意帮中国对付小日本和俄国佬的,暂且当它们是友邦。"

新吾觉得这些同学说的话很明白也挺新奇,一下子撕开自己眼前厚重的混沌。新吾看见女校学生们也来北大合议,他感到温暖，又一阵温馨，更一阵隐约的浪漫。

日本人想以"二十一条"灭亡华夏。新吾每想到这家国之恨就浑身不适通体冒汗；新吾帮着大家裁剪从铺子里搬来的白布，卷到竹竿之间，写下呐喊的字词……

大家明白将一起去做什么，但不确知最后会发生什么。

巴黎和会迟迟没再传消息，陆伯伯的堂哥代表北洋政府在巴黎力争，一切前途命运好似在一九一九年的春风暖气里不稳定地摇曳，所有人等待着那等不来的消息。

趁校园停课，大家不晓得做什么好，新吾溜出校园，到电报局去给百祥发电报：吾兄，北京停课，翘首巴黎消息，上海停课否？

乔百祥比堂弟新吾大三岁，生于上海滩，长在洋场里，虽没上教会大学，大家已当他十足上海滩小开。

百祥的阿爹乔端冕是大老板，他独资静安寺路恒必祥西服公司，算是上海滩最高档最摩登的西式男装店，同时还在法租界霞飞路开了两爿高档绸缎呢绒庄。

一般人都觉得乔百祥仗着老爹有钱就不务正业。年纪轻轻的，不是到处赌狗赌马，就是自己给自己裁漂亮衣裳（听说从小练出一手好裁剪，家传绝技）。诸般模样，不算个花花公子，是啥？

乔百祥听说人家背后议论自己，先鼻子里哼一声，对镜子翻个白眼。猛觉得自己有点女里女气，立刻端正表情，扮出很严肃的样子，模仿《申报》上那些军阀政客，想象面前陈列危亡大局，不能不老成持重一点……

穿衣镜里嘛，这么个人物：总体来说身材瘦削高挑。江浙一带富足人家子弟的长相，细眉俊眼，鼻梁不高不矮，带点鬼精灵气度。

乔百祥看见上海滩上时时涌来外地难民,难民们的一无所有和惊人的饥馑相曾令乔百祥瞬间惶恐不安,就算上海屋檐上的麻雀,也比这些人幸运!在外滩公园桥,他头一回碰上苏北难民,乔百祥凄惶之下,掏出了自己的皮夹子,把里头所有大小面额的纸币都施舍给衣不蔽体的男女。

他施舍时心旌摇曳,不由自主指着那些鼓胀肚子、根根肋骨顶皮肤的半死小孩,"给小孩吃东西","给孩子买牛奶"……他叫嚷的是这些,而接过他钱的难民们却沉默无语地看着他,那些眼珠蒙了白翳,也是半死的……

乔百祥为这番偶遇难受了好几天。后来他忽从那种莫名其妙的难受里挣脱出来,觉得自己是蝉蜕后的新生命,有了某种免疫力。

生意场上都夸阿爹乔端冕是挺挺刮刮的"上海老板"。阿爹做洋装生意,是选对了营生,发财,很发财。可他仍对自己不满,说自己生于横滨,发达在上海,但归根结底只是个"小裁缝"。

培养乔百祥,因此不该照鸟画凤,乔端冕决意照真正的上海派头来教养独养儿子。

乔端冕在独子十六岁那年给他找了个外国寄爹,摆三十桌请客,要自己苦心拜托的美国人阿瑟明白那寄重之心。找阿瑟,是想阿瑟倾心带百祥出道,让百祥从裁缝世家飞出,在上海滩化鸟成凤。

阿瑟是个在上海沉浸多年的美国人,但不是传教士。他是《大陆报》雇用写稿的记者兼专栏作家。乔端冕从前受过阿瑟帮忙,生意上受惠不说,还看出阿瑟是个比任何人都实在,且懂得利用"实在"价值的人。

把独子百祥交给洋鬼子,其实乔老板是犹豫过的,不过,他务实的性格叫他得出结论:上海滩十里洋场,西人和中国人其实全不能驾驭。要在上海滩未来时光里得胜,必须炼出看透上海的火眼金睛,成为明了上海滩一切潜术暗道之人,并养成吃透上海的老成手段。

要培养儿子日后成海上闻人,除送他进好学堂,另外就寄望于阿瑟肯将自己的见识传授给年轻人。

阿瑟到乔家赴宴,按中国人规矩,受了乔百祥三个响头。他回送乔百祥一样礼物,是一架德国林哈夫折叠相机。阿瑟说,与其信那些古书文言,不如相信这只笨重的木框相机,它拍下来的全是实际存在的东西。

乔端冕大喜,认为儿子寻到了好导师。

因阿爹的路数,得洋人眼开眼闭,乔百祥一直在西童中学就读,混在洋童堆里念书,很多人误以为他是南洋巨富之后呢。

洋学堂不读孔孟,却让百祥详详至至懂了英文,自然能说会写。自从认阿瑟做寄爹,下了课,乔百祥就穿过极司菲尔路到静安寺附近找阿瑟请益。阿瑟喜欢这里一家飞鹰酒吧,酒吧里替阿瑟留着打字机,他专在这儿喝酒写专栏。

"百祥吾儿,你晓得上海滩都发达些什么人呢?"阿瑟照美国人不拘束的风格,点啤酒给百祥,"其他的,学校里尽可以教你;我无非比你看得多,跟着我,我就让你多看看上海滩上各色各样人。男人,女人;贵人,贱人;好人,恶人;还有聪明人跟糊涂蛋……"

有一天下午,猝不及防,就像在公园桥上初见难民一样,乔百祥见识了他暗中已渴望很久的……

那天百祥才到达酒吧,阿瑟就摸着连鬓胡子复看稿件了。平日里他看完稿,总打发酒吧西崽跑腿,替他送去报馆;自己留在酒吧,同百祥讲沪上各样闻人典故。

那天他把稿纸塞进信封交给西崽,站起来对刚到的百祥说:"把你书包留在这里,我带你去看看巡捕房要收拾的一个所在。"

出酒吧,百祥跟随阿瑟往东走。阿瑟是个走路大步流星的美国人,百祥嘛,看着身子细长像绿豆芽,却也不慌不忙跟定阿瑟,飞快地就过了戈登路。但见静安寺路两旁商肆林立,铺面琳琅,不过,百祥看惯了,也不稀奇。

阿瑟左看看右看看,拔腿跑过马路,回头招呼百祥。到了僻静些的斜桥弄,阿瑟停住脚,对百祥摇手指:"等会儿你会看见些美国女孩。美国女孩,听说过吗?"

百祥的脸红了,美国女孩,谁没听说过呢?

阿瑟点点头,拿出一副教训人的派头:"百祥吾儿,巡捕房里有我朋友,他们决定要收拾那些美国女孩,当然,也许她们闹过分了,谁知道? 我是个记者,在这城市,各行各业都有我朋友,你懂? 我现在去通知我的美国朋友,而你,齐巧同我在一起,可以开开眼界。"

没几步路,他俩就站在斜桥弄的石头排楼前。要进这些楼,必须先往下走,楼门深深开在底层,仿佛是通往地府的入口。有股子夹杂香粉气的臭味扑鼻而来,下水道里明文章有腐败东西。

阿瑟随手推开一道玻璃门,动下巴,要百祥跟进。大白天,这道门里头也暗,没沾到一丝街上的日光。里头是个小过道,过道靠外地方挂几串红灯泡,上头绕些肮脏布料做的假玫瑰。

阿瑟在过道里呼喊一个洋女人的名字,他每呼喊一声,就低声咒骂一句。过道中间一扇门终于打开了,阿瑟带百祥过去,一个肥胖洋婆叽里咕噜同阿瑟问答几句,转身朝昏暗的房厅里走去。百祥站到阿瑟身边,他眼尖,一眼看清了里头厅堂景色。

这就是传说里那些美国女孩的巢穴吗?这些白生生的妖艳女子身上都没什么衣服,几乎光溜溜地站在厅堂里,或坐沙发上抽长长细烟卷。她们的头发烫出了波浪,斜睨阿瑟和百祥。

百祥感到额头上脉搏噗噗跳,他神思昏乱、透不过气,不过,还是忍不住偷看那些野猫般的美国女人……

阿瑟找的熟人终于来了,高挑个子,远远娇笑,身上也只有小小布片。她甩动丰腴的白肉搂住阿瑟,叫阿瑟甜心。

阿瑟笑笑,转头看看百祥,他有点犹豫,问那女人:"有没有地方叫这中国孩子单独坐一坐,我有事同你讲。"

洋肥婆过来对百祥撇撇嘴,带他进一个小小房间。这房间没窗户,只放下一只黑色大沙发和一张茶几,四面白粉墙壁。洋婆子咕哝说这是唯一免费的地方,尽管待着去吧。百祥冲她笑笑,说英文:"我有钱,你对客人该殷勤点,给我来点啤酒!"

洋婆子吃惊地看看百祥:"说英文的中国孩子?南洋来的咯?你等等。"

百祥喝着啤酒,摊手摊脚躺到沙发里,摸摸自己上过发蜡的头发,他嫌自己的学生服泄露了太多秘密,根本该穿上一套西服来这里,最好是自己照着英国杂志裁剪的,要打扮得比阿瑟漂亮才行。当然,为什么来这里呢?从没来过这种乌糟地方,这里不就是风骚美国女孩的老窝嘛!

百祥答不上来,他感到口渴,大口喝啤酒,没几下子,一瓶酒就见底了。

百祥不晓得阿瑟要到何时才说完话。阿瑟单身住上海,那美国女人不可能是他亲戚,只能是他相好,否则他急巴巴地来送信? 百祥摇头笑了,阿瑟是美国人,美国人不在乎露出自己的马脚,只有英国人才藏尾巴。

他走去门边,想让胖老太婆再送一瓶啤酒来。他有点不习惯厅堂里那种故意制造的昏暗,他眺望,望不见什么。

等眼睛适应了黑暗,他看清了,登时心如鹿撞,脸红一半:一个比他高半个头的美国女孩正笑嘻嘻看他,眼色又甜又花,她披着金褐鬈发,皮肤乳白,身上几乎啥也没穿,手里夹一支烟,飘来一股女人体香……百祥觉得自己身体不能平衡,有种吸力要把他吸过去凑近女孩妙不可言的身体。呵,血液在脉管里怦怦跳呢!

……

阿瑟找到百祥的时候,百祥一手托着自己额头,一手拿着空啤酒瓶。阿瑟说抱歉,说着话就耽搁了时间。百祥微笑着对阿瑟摇头,他站起来,觉得自己既玉树临风又虚弱欲倒。他跟着阿瑟往外走,朝黑暗里又多看几眼。门口的肥婆子不肯收阿瑟给的酒钱,她悄悄朝百祥眨眨眼。真是不挤眉弄眼犹可,一做鬼脸,肥婆丑死人!

站静安寺路边,阿瑟看手表,他朝百祥耸耸肩:"谁没几个老乡呢,是吧? 我们可以再去酒吧喝一杯,我跟你说说我在戈登路捕房的英国朋友。"

百祥慵倦地谢绝阿瑟:"我还是回家吧,书包放酒吧,我明天去拿。"

阿瑟点点头,扬手为百祥招人力车:"百祥,开开眼界是好的,不过,斜桥弄这种地方,你不可以再去。我不允许你去,你明白? 对你,那将是可怕的地方。"

百祥挤出一个微笑,他跳上人力车,同阿瑟挥手。他急于找个清静的地方,一个人好好回味刚才发生得太快的故事。

五月这天接到新吾从北京发来的电报,知道北京学生要停课闹风潮。不晓得为啥,百祥莫名其妙想起了阿瑟带他去斜桥弄那个下午赤身裸体站他面前的美国女孩桃丽丝。新吾有没有见过这世面?想必没有。上街去闹事很有趣吗?百祥想想,却只有无聊的感受。

上海滩的马路窄小,到处栖满人力车,又到处站着巡捕。巡捕们有英国人,也有印度阿三和中国人,他们成天认真等待自己的猎物,从不放松。

租界里没见过学生或其他任何人上街闹事,对了,从前人力车夫们为捐税的事小小闹过一场,反被巡捕们一顿痛打。

百祥知道新吾他们为什么闹事,他也晓得日本人不安好心,想吞下山东。

在这类事情上,百祥不怎么相信新吾有脑子。譬如,新吾不该待在天子之城,天子已退位,那个城,现在肯定风水不正。

阿爹乔端冕时常是要关门训儿子的,不过,他的诸般教训,百祥倒竖起了耳朵蛮听得进。

"下饭呒告,饭吃饱(菜不多,饭吃饱)"。阿爹做人,跟大多数宁波人一样,实惠来分!

关于洋人问题,阿爹从来想得清爽,否则没法做生意。虽说现在租界大小买办、洋行各级职员都学洋人治洋装,但毕竟像恒必祥西服这种高档店,好生意还是洋人做成的,尤其靠工部局的董事大班们跟各家洋行的高层。

乔百祥听得进阿爹的私房话。阿爹讲，乔家这口饭吃得好，是洋人给的饭碗。洋人在上海滩上作威作福一天，西服店就阳头足足赚一天。即便是北洋政府或军队里当官的，总不能不做几套好西装，否则个个上不了场面。

列强欺负中国，看见听见心里当然不好受，但这个不是我们乔家人的错。那些八旗子弟尚且不担当不请罪，要我们瞎起劲？

"上海滩上海滩，各色人马去了来，闷声大发财！"

阿爹的意思，是不露声色做百家生意，过自家日子。

进门是客，各路财神。生意人不要树敌。

阿爹反复对百祥说："你爷爷讲过的，我家从日本迁回上海开店，就是爱乡爱土中国人，不用做其他事体证明自己。你看这上海滩，世界太平，要靠各国势力均衡。"

寄爹虽也是这意思，但他是美国人，美国人讲起来，就比较赤裸裸。

阿瑟大概受了阿爹委托，要让百祥学老成。阿瑟每每喝着咖啡数落日本人，手指在咖啡桌上蘸起散落的白糖。

日本人在阿瑟嘴里是这么个模样：

百祥吾儿，你听我讲：几个大个子出去抢，碰上第一个矮子打开门，请抢劫犯进门喝茶，愿意送礼物。大个子们得了些好处，不好意思抢这一个，就出门抢别的矮子去。没想到日本这小矮个，立马关起门练肌肉，练壮了也赶来，要求加入大个子们一起抢。大个子们之间本有道义，互相照顾，彼此妥协；没想到日本没道义，身子横着一壮，就想吃独食，竟比强盗更强盗。所谓"二十一条"，就是小个子日本不地道的证据。

阿瑟说，其实你们中国是被各路强盗抢的人家，也没力气跟强盗斗。跑出来又叫又喊的,不是上海滩历来风气,也找不着救星的。还不如耐心,忍着,受着,等大个子们集体看不惯小个子,一起动手收拾日本,就好了。

乔百祥本不是愤怒的性格,也正是爱玩年纪,况且阿爹和寄爹说的都蛮中肯。来店里做衣服的日本人,大多住在虹口,难得来苏州河南静安寺路,从来也客客气气,千鞠躬万点头的。乔百祥学会了把事情分开看待,所谓既反对日本强占山东利益,又欢迎日本客人们来店做衣服。好买卖嘛,多多益善。

二

巴黎传回来的消息不但模糊,且越来越叫人激愤:英法意竟同日本有密约,支持日本谋夺山东;美国威大总统本想维护世界正义,奈何中国代表自曝中日借款秘密协议,如此,不但美国人帮不了中国,而且,到底是谁在断送山东啊? 卖国贼啊,出卖国贼啦!

乔新吾留在国立北京大学校园里不回家,连着几个晚上睡不好觉。一个寝室有六个学生,每天晚上无休无止争辩,争辩的主题却只有一个:怎么做才能唤起全国人民保山东,怎么做才能震动巴黎,要日本还青岛。

新吾觉得脑子里一片嗡嗡,似乎只要哪里能弄来枪,整个北大的学生们都会从军,打到山东去。

这天五月三日,新吾心潮起伏无法入眠,北京大专学校学生代表们临时来北大校园召开了紧急会议,形势叫人不能再拖,会议决定第二天便召集各校学生举行群众大会,抗议外交政策,就青岛问题到东交民巷各国公使馆请愿。

有个同学咬破手指，滴血写了"还我青岛"，令新吾感动得浑身酸涩。大家知道新吾家其实就在东交民巷里头，都来问他请愿的行进路线。新吾答应到时候由他撑持北大旗帜，带着十三所大专学校的学生们进使馆区。

也许阿爹会反感如此行事，但新吾自己必须就此表表寸心。阿爹是在日本开店开出名气后跑回国内的，他跟日本固有的关系很难同国人讲清楚，自己一定要采取超常规办法表白一下，跟那些暗中卖国的头面人物们划清界限。

蔡校长非但没约束学生，还召见领头的学生们加以慰问，这更让新吾确信自己参与在神圣的努力中：凭借集体意志和公义，学生必胜，山东必能收回。他特别爱读已悄悄印成传单的这份《北京学界全体宣言》：

> 日本在万国和会上要求并吞青岛，管理山东一切权利，就要成功了！他们的外交大胜利了！我们的外交大失败了！山东大势一去，就是破坏中国的领土！中国的领土破坏，中国就亡了！所以我们学界今天排队游行，到各公使馆去，要求各国出来维持公理。务望全国工商各界，一律起来，设法开国民大会，外争主权，内除国贼。中国存亡，就在此举了！
>
> 今与全国同胞立两条信条道：
> 中国的土地可以征服不可以断送！
> 中国的人民可以杀戮不可以低头！
> 国亡了，同胞起来呀！

新吾知道自己容易情绪激动，不但阿爹严厉地指责过，要他取君子宁定之衷，或者至少像个宁波人，哪有宁波人像这样感情用事的呢？而新吾自己也晓得自己毛病，他一冲动就要"坐言起行"，一刻等不得，心里像燃起火堆，需要煮沸些什么才得到交代。

他其实不是不动脑子，他挺爱动脑子的。正因为爱动脑子，他不但看见许许多多人的尴尬猥琐，也看见自家人的懦弱与矛盾。他时下还不想说出口，他不想犯上、罗列阿爹如何逃避现实，也无意于批评远在上海的堂兄百祥。

没人挺身而出的时代是荒凉的时代，没人冲冠一怒的种族是要亡的族类！我乔新吾虽披学袍，也是条壮汉。唉，这身子，趁早为国捐了吧，它可不是为了当奴才而造的。即便宁波人聪明，宁波人也是中国人，哪怕五家抽一丁，也得有人冲在前，乔家，那就是我新吾吧！

如此设想，便是新吾在国立北京大学养成的新思想。他爱用白话文给校刊写文章，他喜欢读西人的小说《堂吉诃德》。他觉得假如那小说里的瘦骑士是个中国人，他要刺杀的一座座风车就是中国大地上的各路军阀。军阀们不在乎这国家，只在乎他们的势力范围和军事实力，事实早已证明，他们为了能向日本借款，可以出卖任何日本人垂涎的中国土地和利益。

在新吾寝室，另外五位学生三位是湖南人，两位来自东三省，这寝室早就成了北大校园里最铁血的寝室。他们暗地里商议，却不在公开场合多发表意见，以免被人勘破行藏。这寝室最爱的一首古诗是："赵客缦胡缨，吴钩霜雪明。银鞍照白马，飒沓如流星。十步杀一人，千里不留行。事了拂衣去，深藏功与名……"

深夜,有个问题被提出来:山东问题,谁是真正卖国贼?

大家的公议就是三个名字:曹汝霖、陆宗舆、章宗祥。

如果明天的群众大会和请愿被警察驱散,或者根本不让学生进东交民巷,怎么办?

寝室同学们沉默了一会儿,有一个湖南同学轻声说一句:那我们只好不客气了!

乔百祥跟阿爹乔端冕长得有点不像,这是家里常开玩笑的话题。阿爹丰壮,百祥细瘦修长。

不过,乔端冕说百祥是子随父业的一个典型,虽如今家道兴裕,不需要百祥自己拿起剪刀熨斗做生活(那些,店里的师傅们当仁不让),他蛮可以学点洋课,懂点经济,弄明白上海滩诸般窍坎,不是说甘做小开,倒是养足见识,将来可以把阿爹的店铺好好接过去,那样就花好桃好了。

可你看百祥天生这般秀气,他抓周时抓个针线盒就露了端倪。

从小爱看阿爹裁剪,两只眼珠子乌黑发亮,滴溜滚圆;上了学,回家,也拿剪刀,手灵巧得不得了,让七工师傅们来看,都讲稀奇稀奇,老板这儿子是生着了!

百祥就跟七工师傅们从头下功夫学,阿爹冷眼旁观,心里从惊喜到吃惊到佩服,庙里烧高香,请朋友吃饭,高兴得喊儿子"小七工",大概这就是造化。

上海滩是生发的所在,万业兴发,商洋财气,自家这门生意做对了,上海滩西服第一块牌子,跟紧洋人发洋财。

乔百祥在洋学堂里功课不算特别出色,就一门英文学得好,平日里跟着洋小囡们踢球击剑,学那些嬉玩之术,跟学裁剪一样,只要师傅领进门,自己就生发本事,所以他和洋小囡能相处。

自从跟了寄爹阿瑟历练,百祥同上海滩上的洋人们往来甚密,人家看来也不嫌他,不怎么拿限制中国人的规矩待他,常请他去各处私宅出席洋人家的宴会或园会。

更叫阿爹乔端冕惊喜的是这儿子不像他举轻若重,倒是反过来举重若轻,什么端冕心里犯计较的事,到了百祥身上,多似流水落花。一番自在,他轻巧做,都做得顺风顺水。

他能讨同学父母们欢喜,人家或许意识到他是中国小孩,仿佛要给他一块豁免隔离的招牌,都有意无意说他是南洋大亨的后代,叫他南洋乔。阿爹听过,小小一点不是滋味,马上就释然:上海这地方,不比宁波乡下,谁在意一个绰号?恐怕这反倒是混迹上海滩的奥妙,不懂这奥妙的,上海并不待见。

美国人阿瑟从另一个角度对百祥解释上海滩的秘奥。阿瑟把一张自己编写的"上海滩名人表"放百祥面前:"百祥吾儿,这些都是上海势力的顶尖人物,你仔细瞧瞧。"百祥看一眼,中国名字排在最后,不多几个,其余全部是洋名。

"作为一个记者,在上海这么多年,其实我只做了一件事,就是弄懂这些人物,识破他们的行藏。百祥,你阿爹要我教导你,那么,我要你做的,也就是一个功课:哪天你看懂了上海滩上这些名人,你就识破了上海的窍坎,你就满师了。接下去如何,那是你自己的造化。我那时恐怕要回美国去。"

阿瑟老嘀咕这个,百祥总和顺地点头,在他眼里,这名单并不瘆人,这和桌面上摊开一块布料差不多:拿来时你只见布料,看不见衣服,等你伏身上去动了手,慢慢布料自会变成一件漂亮洋装。

百祥不反对阿瑟告诉自己这些上海滩大豪佬们的底细,这和法租界南边上海县城里头的说书人讲故事有异曲同工之妙。说书人讲"三言两拍",讲"大小五义",那是中国人头脑;阿瑟讲的是他当记者访谈来的秘闻,阿瑟赌咒发誓说这些其实是真事,只不过这些人拼命想让别人忘记他们从前的所作所为。

百祥听听阿瑟讲的名人往事,归纳起来无非几类:

一是凡上海滩最大最富最气派的大豪佬,必定是卖鸦片出身,鸦片是上海滩发家致富的根本。

另一类事关很多洋人"名门望族"的底牌:当然有稍稍几个洋爵士是世袭来的(他们家一般人多,留在家乡的总看不起跑去印度又转来上海的亲戚),其他很多所谓"名门望族"都值得推敲。阿瑟认为"英国人倒算了,若不是英国人,尤其不是从英法两国来的洋人,凡号称自己有爵位的,基本全是骗子"。

鬼晓得有些人哪来的,从前是苦役犯都有可能。

至于上海滩上的洋女子,阿瑟提醒百祥,除了在人家家里规规矩矩当着太太的,其他都要怀疑。怀疑不是坏事,怀疑是一切聪慧的起点。

再有一类人,就涉及上海租界本身。

公共租界是上海的基石,自从一战驱逐了德国人,公共租界其实就是英国人和美国人当着家,只是要防备苏州河对面越来越多的东洋人,东洋人可是不甘心的岛屿民族。

法租界不像公共租界是工部局自治,法租界属于法国海外领地,有个公董局管理。

最好推敲上海滩名人时立马想到他们背后种种靠山。阿瑟说等有一天百祥看人分得清人和人的靠山,就差不多可以出来混了。

五月到来时,百祥正当着寄爹阿瑟的助手,暗里摸一个美国人的底细。这美国人在美租界地面上开了个星东银行，号称惯做银锭交易，已吸引了上海滩四万多大小储户。阿瑟查到了此人真名（某个在上海的美国公司给阿瑟一笔调查费）。

"多半不是个好人"，阿瑟对百祥说，"上海不需要护照，是谁都可以来的东方贸易市，还拥有治外法权，简直成了招募妖魔鬼怪的飞地嘛！我打赌星东银行早晚卷掉客户的钱。"

对于日本人非要从德国手里吞青岛、接盘山东利益，阿瑟冷笑说，你们东边的邻居长相虽同你们分不清，剖开心，颜色肯定不同。

阿瑟说，目前什么都改变不了，眼下还不是时候。中国人爱说"虎落平川被犬欺"，现在中国正是一只翻倒在地的病老虎：清廷没了，北洋那些人是旧时代的余存，不可能靠余存的旧人建立新体系。现在得靠时间了，时间才是朋友，或者还需期待一点运气。

总之，百祥吾儿，幸运的是你身在上海滩，上海滩是中国也不是中国，上海滩不可能允许日本人撒野。你照着上海规矩做，早点在上海滩上吃开，才是你发挥本事的正路。

公共租界之外，甚至苏州河北边的公共租界里头，已有学生呼应北京，撒传单挥小旗要求声援在巴黎的中国代表，百祥跟着阿瑟到静安寺路华人商铺走动，也听到纷纷的议论。

百祥回家跟阿爹说起堂弟新吾。阿爹乔端冕说："你不管，我要通电我兄弟，把新吾多劝劝。年轻人的血是烫的，不要傻乎乎只去乱洒。不行的话，让吾兄把新吾送上海来，你带着堂弟，叫他见见上海的世面，那样，他自然也聪明起来。"

早上到天安门和十三所大专的学生们会合，新吾魁梧强健，大家选他和另一个会武术的同学一起，在北大队列前举起以学校冠名的横幅。

国立北京大学的学生们到得最迟，因为临出发前有教育部的长官到校劝阻。新吾认真听教育部长官对学生的劝慰，觉得这劝慰的话也对：学生的天职自然是学习，不是政治。国家的首都自然要维持住平安，不让外人有可乘之机。日本人自然比咱们实力强大，反抗有时确实要讲实力，要面对现实。鲁莽确实常常把事情搞得更糟糕。学生的父母们自然要子女安全太平，不想发生任何悲剧。教育部的长官肯定也为学生着想，要保护学生，也维护学校。

新吾看看陪同教育部长官前来的蔡校长，蔡校长今日一语不发。新吾听见一位以善辩出名的同学问那长官："学生的天职是学习不是政治。但若是外交官不履行自己的天职，反把卖国当求荣的招数，国将何以为国？"

教育部长官叹息说，政治是专业家们的事，不是升斗小民能理解的。

长官自己作为一个国民，他说他也知道国耻……

没让他说完，学生们就欢呼起来，一涌而出，竟挽起教育部长官的胳膊，一起向天安门行来。那长官尴尬无比，学生们笑着安慰他，请他到天安门对各大专的学生统一劝慰。

到了天安门，其他十二所大专学校的学生都已在等待，警官学校的学生也早已到达。教育部长官勉为其难，再次劝说学生选派代表，不要去东交民巷。然后，步军统领衙门统领和京师警察厅总监也来劝学生回校。学生们以礼相待，呈上《北京学界全体宣言》，便出发向东交民巷而去。

乔正冠乔掌柜的听伙计们说上工途中看见一大群学生，心里就惶恐个不停。他又想瞒着夫人秦梅，又找不到人商量。特地走来比利时公使馆,请人送进名片找陆先生。

陆先生跑出公使馆,西服笔挺站在巷子里同乔老板说话。确实有学生要来东交民巷请愿,巴黎那边一塌糊涂,据说都已谈得溃不成兵的了。这是免不得要出事了!

会怎么样呢?到底会闹腾到什么样呢?乔掌柜的别的不担心,学生们就算跑来砸了他这个顶着日本人名字开的成衣店,他也不怕。就是这儿子,儿子只有一个,怕有三长两短。万一巡捕开枪呢?新吾人高马大,还有点呆头呆脑,岂不是个活靶子?

"吾兄想多了,不必担心。看见令公子的话,我会亲自同他说话,要他凡事小心的。"陆先生拍拍乔掌柜的,回公使馆办公去了。

乔掌柜的心事重重往回走,走到店门口,伙计拿来电报局才送来的电报,上海来的,看了稍稍几行字,还是兄弟贴心,提醒了自己。若近日有幸无事,跟秦梅说清楚。北京,新吾是不能待的,赶紧送他到上海去,就说到阿弟的大店名店学生意。哼,不去也得去!

正想着,猛见胡同那头学生仔排着队大声喊过来,当头举旗帜的那个,岂不正是新吾?

又回头,心扯紧了,胡同那一头,中国的警察自然没有,使馆区的巡捕们威风凛凛站成了一排,腰里都别着手枪。

乔掌柜的一愣,脸上变色;他手一推,把账房推到院门口:"你进院子给我看着,别让我家娘子出来看见!"他交代完了,当门一站,准备等学生们走来,一把把新吾扯进店来。

新吾也早就看见了阿爹,他头一抬,朝天上白云看,步子跨得更猛。身上穿的是长衫,若是西服,就没长衫碍手碍脚。

"国际公理!拒绝签字!"

学生们齐声高喊,各国公使馆在望,他们的心气高到了顶点。

乔掌柜的举起手，往前一步，奋力抓住了儿子胳膊。这胳膊正鼓得硬邦邦举着横幅，横幅上写着"不复青岛宁死"。

新吾早就做好了准备，阿爹这一抓，他松开握住旗杆的另一只手，逮住阿爹胖乎乎的手背，轻轻只一掰，就掰开了。新吾一边往前走，一边对阿爹说了声"请放心"。

各国公使大多数不在公使馆里，只有随员们出来接下学生们的说帖。巡捕们竟然很友好，不但不对游行的学生动粗，还朝他们点头微笑。

学生们喊声震天，却一无所获。

退出东交民巷，游行请愿的队伍略停了一会儿，大家都希冀国立北京大学的学生们拿主意接下来该怎么办。几位领头学生嘀咕一阵，交代新吾他俩换一面横幅，白底黑字书五个大字：打倒卖国贼。

举起横幅，沿路观看的市民们一阵欢呼。队伍掉头北行，走过户部街、东长安街，一路持续不停喊"卖国贼去死"，渐渐来到了离外交部不远的赵家楼曹汝霖住宅。

后来的一系列光影在乔新吾来说完全出乎意料，他站在曹宅的西式洋房前，心里琢磨的是眼睛看见的几十个警卫和警察。

新吾站在最前面，比其他学生更清晰地看见曹宅的守卫力量。曹汝霖在不在家？若见到这卖国贼，是大声骂他还是要揍他，他心里全没定案。

新吾晓得这曹汝霖、陆宗舆及章宗祥三贼，全是在日本国读书毕业的，准是早被东洋人收买了，可耻的不是他们，是让他们当上外交官再去跟"日本阿爹"一起算计中国的北洋政府。新吾想学生不骂政府而骂个人，已经很顾全大局。

这么想着,不晓得要怎么办,他眼角一扫,奇怪,正看见自己寝室那三个湖南学生和两个东北弟兄:这五个人二话不说,沉着脸,推开别人朝前奔。

另一边有人呐喊,他扭头再看,不晓得何时一群学生手里多出了石头,已经不管不顾朝曹家大门和围墙里砸过去,刚才看到的警卫和警察四散躲避石块。说时迟那时快,但见五个同寝室的哥们飞身上了围墙,翻墙跳进曹宅去了!

乱了,四处呐喊奔跑起来,没了整齐队列。曹宅的门从里头打开了,学生们呼啦一下喊叫着都朝里冲。新吾扔开横幅,也跟进去。警察没拉起队形阻挡学生,他们都站到墙脚,好像泥人贴在墙壁上,呆呆地看着穿长衫的读书人们愤怒地吼叫。

房子里有曹家的女人在,没看见当官的卖国贼。新吾看见有学生砸了曹家家具和门窗,要求警察把曹家老小带出宅子去。这时候他听见有人高喊"烧掉卖国贼的家",新吾有些手足无措,不晓得自己该干啥。

突然间就有人喊"卖国贼出来啦"。新吾扭头,看见三个男人从曹家洋楼里慌慌张张跑出来,其中一个穿着礼服,正朝自己跑来。新吾慌了,心扑通扑通跳。

等那三个跑到面前,他喊了声"站住",他们看他一眼,还是往前跑。新吾急了,猛追上去,往那穿礼服的背后推一把,推得他跟跟跄跄,有个男学生追上来往这穿礼服的头上拍了一砖,他就应声倒在了地上。那两个蹲着拉扯他喊他,穿礼服的闭着眼,脸膛发白,像是晕了……

乔新吾觉得害怕,他并不想杀害任何人,但怎么解释呢?

新吾往四下看,正没有什么人,连敲打穿礼服者的男学生也跑掉了。新吾不及细想，撒开脚丫子就跑出了曹家院子。外头地上一片狼藉。只听附近学生传说大批警察就要来逮人，一个北大的学生跑过来拍了一下新吾的肩膀，说快回学校，到学校再会合。

新吾连忙离开了赵家楼，他熟悉路，脚步又快，没回北大，跑回了东交民巷。巷口的警察认识他，放他进了巷子。他跑进自家院子，没看见阿爹，阿姆秦梅在，唤住儿子，端热水叫他洗脸净手。

北京学生火烧曹宅殴伤章宗祥的消息不胫而走，消息经天津传来上海。上海市面也有些不稳，到处传说上海的学生也要闹风潮，只见租界里多了不少巡捕在马路上巡街，虎视眈眈。生意人也不肯好好做生意，都聚头商量。

乔百祥问阿爹"新吾所在国立北京大学的校长有什么靠山"，阿爹鼻子里哼一声，说听闻这校长自己已躲了起来，即便有什么靠山，也不是大靠山。

百祥说那么新吾会不会被关进牢监，他是闹风潮很积极的学生。

这个倒不妨，阿爹告诉百祥，新吾跑回家，他父亲没放他再出去。

这几天北京风声紧，到处拿犯事的学生。大伯已把新吾带到天津上了英国人洋船，一路往上海来了。

百祥笑了，自己同新吾，兄弟道里，只小时候聚在一起玩过两三年，早已见面不相识。现在倒好，时势使然，把新吾送来了上海滩。

百祥很想听听新吾的言辞，肯定是京城里腔调。百祥也想同堂弟私下里辩论辩论，为什么他那么热衷搞风潮，实在引发自己好奇。到底是新吾没见过世面呢，还是自己不到北京不晓得天高地厚？

阿爹关照百祥,等新吾来,不要拿什么话头刺激他,大伯也只有一个儿子,要留下替爹娘养老送终的。你上海滩样样熟络,就带新吾各处去长见识,去玩,也见见你洋同学。我会交代账房先生,给你钱用。

三

乔新吾的阿爹同乔百祥的阿爹是双胞胎兄弟,百祥新吾堂兄弟俩却长得不一样:新吾浓眉大眼,身体强壮;百祥眉目细巧,是宁波男人普遍的豆芽身材,细长纤秀。

不过,所谓血浓于水,两兄弟一见面很亲。百祥把自己卧房让给了北方来的堂弟,自己反住到客房。新吾跑出北京时匆促,什么也来不及收拾,身上也没什么可送百祥当礼物。他人实在,阿爹给他的钱,他大剌剌拿出来,桌子上划拨划拨,一半送百祥用。百祥也不客气,把堂弟给的钱放在床头抽屉里。他带新吾到静安寺路恒必祥西服公司白相,交代店铺里这个是北京阿弟。当场就拿了一匹意国呢绒,不由分说量新吾尺寸,说说笑笑地给新吾裁了身新西服。

新吾虽也出自裁缝世家,平日里哪肯放心思到裁剪上?自己拿不起这门功夫了。

他穿上堂兄亲手裁的西服,镜子里照见英挺少年,心里也喜。百祥说吾弟样子好,穿这身衣服去舞厅,女朋友没从北京带来也不妨,临时会有摩登女郎自己送上门……

听堂兄说起上海摩登女郎,新吾心里一动。他没艳羡电影画报上的旗袍宝贝,他眼前浮现端庄的女学生装,白上衣黑裙子,那整齐的童花头。新吾意识到自己像一只白萝卜被从土里拔出,一扔,从北方扔来了南方……他呆傻了一小会儿。

等初到沪地的新奇过去,新吾不停想念北京的同学们,晓得他们没事,稍稍宽心;但不能回北京大学去,颇令他烦闷。

百祥带新吾见了阿瑟。新吾洋文不佳,同阿瑟不能畅叙。阿瑟私下同百祥谈新吾,也保持着语词的谨慎及情态上的距离。百祥心里就明白,他请新吾在淮扬馆子吃饭喝酒,悄悄问新吾是否不太情愿同洋人交朋友。

新吾大大方方讲:"洋人分东洋和西洋,东洋人将中国人看成禽畜,必畜牧我族而后快,这是不共戴天之关系,誓不能私交为友了;西洋人则另当别论。不过我无心学讲洋文,吾兄不必事事携带我,我在店里跟叔父学生意挺好,闲下来,我自有感兴趣的事办。吾兄若召我一道玩,自然好。有事却大家自便。"

百祥所想同此,畅饮一杯说:"自然抽空要带你看遍上海滩奇妙,其他,随吾弟自己罢了。"

百祥不像新吾快人快语,百祥有自己心事,对新吾不会说,对阿爹更不提,连对寄爹阿瑟也常常保守住。他喜欢自己琢磨自己的事,自己吃自己苦头,宁愿心里记账。

斜桥弄的石头排楼,阿瑟警告过他不可再去,他也告诫自己别去,过了一阵子,他一个打熬不过,还是偷偷去了。之后,一去再去,去捧桃丽丝的场。

自从跟桃丽丝生过亲密,百祥自然不再是男小囡了。他心里最后的屏障去了,如今同自己的洋朋友们处得格外自在。在他心眼里,似乎没了绝大多数中国人执念的华洋之别。

新吾到沪前,百祥刚有个奇遇,这和英国同学乔治介绍他去某洋行大班家当临时教师有关。

百祥的学生是名幼童,有深色头发和栗色眼珠,小小人儿彬彬有礼,性情愉悦。大班希望他中年才得的爱子学习上海话,并要读懂中文。

大班亲自会见了百祥,晓得他是恒必祥西服公司少东家,就和颜悦色,说既然你不缺钱而肯教导我的小孩,乔治又担保你根本就是文明人,那好,在我家,请你作朋友出入。我们一家也当你是朋友。

确实,百祥钦佩这洋行大班有智慧。自己为何答应乔治替英国小孩上课,不就是因为心里渴望有机缘进出上海滩大佬们的圈子吗?

阿瑟带教百祥,平素尽心尽力。自从跟阿瑟探得上海滩上各种洋人历来的底细,百祥对上海滩的领会不同了:各样的闻人在他心里各归本位,先成其人,再演化成人物。

百祥曾为此心生压抑的,后来忽然欢喜起来,觉得与其向自己想象出来的君子们表错情,倒不如同自己摸过底的小人们按上海滩游戏规则巧周旋,那才是自己获得能力的捷径。

百祥跟阿瑟,也跟阿瑟介绍他交际的一个意大利律师打听这位请他教习小孩的英国大班。

尽管上海滩鱼龙混杂,人家还真是英格兰的绅士子弟,一位难得有教养的人物。卫惕南爵士应该是上海滩最年轻的工部局董事,还不到五十岁呢。

想到工部局这个始终无缘参观的上海滩首脑机构,百祥心跳就快了。

这光怪陆离的都市由工部局全盘管理。百祥听说为把英国领事排除在上海事务之外,工部局历来不惜拉下脸同英国外交部对着干。工部局是自治的,太威风了!

大家都将百祥看成万事不上心的公子哥儿,只有他自己知道自己的志向。人必须干自己觉得般配、又愿意为之努力的那番事业!

裁剪西服是一种天赋,不怎么努力就干得很不错了,百祥因此不把裁剪当事业,只当是消遣。

新吾终于从信箱拿到了北京大学寄来的信件,他一字不漏反复读寝室室友们写给他的赠言。新吾本想同百祥说说这些信,但话到喉咙口没说出来,他怕百祥不像自己一样懂得这些信的含意。况且,堂兄跟自己确实不一样,就像,就像,怎么说呢,明明材料一样,放在不同水土里养了,就不一样了。说白了,百祥就是北大学生们常提起的买办呗!是的,是这意思,虽说他还没真当上买办,他岂不浑身已是买办的气派?

新吾替百祥不服气:买办怎么了,买办有什么不可以吗?吾兄百祥生来就在上海滩,这里是买办故乡,他不当买办就不能是上海人。

可是,买办究竟是我们举着横幅走在街上所反感的那些国人之一,他们是洋人的……走狗,是针对中国人的某种恶行的帮凶,是同洋人一起吮吸中华大地膏血的兽……

止住,止住,不能如此!新吾逼迫自己停止将堂兄或叔父归类,他们毕竟是自己的亲人!

他到恒必祥西服公司上班了,叔父问了他的意向,对他坚决不想学裁剪技艺感到吃惊。不过,叔父没勉强新吾,让他帮办陈襄理,负责店里一切的采购和进料。

新吾满意这工作,他可以和上海的商人们打交道,也能到一些缫丝厂和布厂去。他很乐意接触陌生人,无论是老板、职员、工人,还是最不值得他人尊重的苦力,他都有热心去结识,去关心,去研究,弄懂他们在做些什么,各有怎样的苦恼。

北大同寝室的几位老兄也陆续离开了学校,各自去做自认为对的事,他们对新吾说大学生需要各界朋友,尤其要市民、农民、受苦吃难的工人和苦力们同我辈站成一行,否则,我们的请愿和努力终归付诸东流……

新吾很快就结识了上海大专学校的学生们。他也辗转认识了一些缫丝厂和烟草工厂的工人们,工人朋友带他参观工厂,让他看童工和女工们为一点点糊口的小钱,凑在伤害肢体的机器前,不停顿地消磨本已卑贱的身体。有些女童工的手一再被烫,伤口从没痊愈过,她们因为自己的手,活不到成年……

他听百祥说起过路遇难民的故事,就特意跑到苏州河北边,走出公共租界,去访问野地河边的贫民窟。确实,他没办法忍受贫民窟的污秽,但他看清了贫民窟的可怕和堕落,这里的人们丧失了基本的尊严,是一具具行尸走肉。而一河之隔,却是远东最豪华的销金窟。

人和人如此不一样,有人像在天堂,有人却在人间地狱,而身在地狱的活人们却是和自己一样黄皮肤黑头发的同族。新吾为面前的事实感到难过。

卫惕南爵士的别墅在虹桥路上,极幽静,远离了上海滩的街市和交际场,离宽广的高尔夫球场很近,能望见球场外围的高大杨树和栾树。

百祥每次去教小亨利,爵士几乎都不在家,在外滩洋行大楼里公干。夫人带着一大帮仆役在别墅里热热闹闹地经营,有人帮她种植花草,有人戴着白帽子下厨,也有人洗地擦车,里里外外清洁房屋。爵士夫人是个性情快乐的金发少妇,她想把别墅摆弄出维多利亚花园的情趣。

确如爵士所说,夫人自一开始就把比她更年轻的百祥当成当地人朋友。百祥是开着自己的汽车去的,或者他的汽车不比爵士家的气派,但自己驾车到爵士府去的上海人恐怕历来只他一个。爵士夫人每次都亲自迎出来,当面说过下午好,吩咐跟着她的英国管家陪百祥到花园房见亨利,另吩咐上海娘姨准备下午茶。

百祥觉得爵士夫人有一种象征性,象征着决定这个城市的一群衣履光鲜的英国绅士们的生活态度。他照着从小学习且得其真味的礼仪,对夫人说伦敦口音的英语,发自内心对她微笑。(他岂不是很喜欢很尊敬这位有教养又快活的女士吗?)

想必夫人喜欢百祥特别的教养,也为他年轻的笑容所奉承,因此愿在他教完课之后,留他享用下午茶。因为百祥英文讲得好,夫人可问他一切的上海问题,满足她对于此间本乡本土人氏和风俗的好奇。

小亨利同百祥之间的缘分才独特,他同百祥见面熟。这个继承了母亲快乐性情的漂亮洋娃娃享受他周围的一切,从不哭闹。百祥想起自己看惯的吵闹不停的小孩子们,稀奇自己这个小小的学生如此沉静。

亨利安稳地玩着自己的玩具,翻翻画本,在母亲给他准备的大土盆里种植虞美人,把蝴蝶养在细格条笼子里……他对百祥百依百顺,上海话对他而言是一门陌生语言,不过他模仿得惟妙惟肖,且记忆力超群。

每次课后的下午茶时间,亨利就一个接一个把上海话的名词吐出来。百祥也故意先教他关于下午茶和饭桌上常用的词汇,小亨利每次复述上海话,能把夫人逗笑。最后,连卫惕南爵士也稀奇了,亲自留下来观摩了百祥的教课,分享家庭的这种奇趣。

小亨利扮成一个上点心的侍者,手里拎着一只有盖的上海红漆屉盘,嘀嘀咄咄吐出一连串上海话,把"客人们"照应得妥帖。爵士求证儿子说的话是"胡话"还是百祥能听懂的。百祥把小亨利的每句话都翻译成英文。爵士和爵士夫人相视而笑。

爵士说:"生在上海,必须学会说上海话。这是帝国新一代海外公民的义务。"

阿爹乔端冕当选为宁波上海制衣公会会长,他除了自己店铺,还常照管公会里事宜,跟同业的大小老板们交际,平时考校百祥的时间不多,全拜托了阿瑟。

这日阿爹得闲,见百祥独自在家,便盘问新吾的近况,为何不常见两兄弟同进共退。

百祥吐出一句,登时让阿爹警醒。百祥说的是赤俄和白俄。

沪上白俄多,从北方陆路海路逃难下来,他们的沙皇如今只存在于记忆中了,他们携带的财产只能供男人们在咖啡馆消磨后贵族人生,再供不起女人,所以上海滩各大游乐场日益添出带淡淡贵族辉光的新式白俄舞女。

乔端冕心里是担忧百祥接近白俄舞女的,不过这不是什么了不起的大事。

但赤俄绝对不同于白俄！工部局的SMP（巡捕房）对赤俄是如临大敌的。赤俄不多，听说上海滩如今也有了，也许他们是尾追白俄而下，也许尚有其他图谋。

百祥说新吾一切都好，只是他的交游是北方带下来的，怕和赤俄也有交际。

乔端冕关照儿子："你同新吾多打听，真是如此，我要同我兄弟商量的。年轻人万事该小心。"

阿爹又说："百祥，不是我管你，家里有点场面，你要开心做小开，我也无所谓，不过，一个男人，一个宁波出来的男人，当小开浪费了。"

百祥点头，不慌不忙对阿爹讲："谁讲我是小开的？我自有想法。阿爹，你送我读西童中学，学洋文洋礼，又请阿瑟寄爹教我看懂上海滩，你应该不是要我留在制衣这行吃饭吧？我倒要先跟阿爹说清讲明，我想找门路进工部局去当差！"

叔父和堂兄都不晓得，新吾接应了北京大学同寝室的一位湖南同学在上海滩落脚。这位老同学是跟着人来沪的，来办一些不便同新吾明言的要事。新吾替同学租下了法租界里头的房了，他阿爹定期从北京汇给他的钱，他自己基本不用，这种时候就派了用场。

百祥陆陆续续抽空，带新吾逛上海滩。百祥对堂弟介绍这城市，用"如数家珍"来形容并不为过。上海城不大，但全中国独此一个像样的洋场，颇有可观之处。

跟阿爹讲论过新吾不久，百祥又邀新吾游外滩，先到外白渡桥，站桥面上周转三百六十度，视野里所见的华楼丽栋，一样样给新吾讲明来龙去脉。新吾目不暇接。

慢慢步行外滩,一栋楼接一栋楼观看,最后站到麦边洋行大楼下望望江景。百祥看新吾穿着他亲手做的西服,相貌堂堂,便扬手招人力车,要同新吾去法国总会吃咖啡。

法国总会大堂里的洋伙计们个个认识百祥,百祥是有名的自己替自己裁西服的小开,给起小费来比洋人还阔气。咖啡厅里的法国跑堂笑脸相迎,带这两个西装革履的上海小先生到看得见园景的室外座。

新吾只见这洋楼里石壁辉煌,金银器皿耀眼,绅士淑女个个轻声细语,别有一番文明景色。不过,新吾想这是幻景,不是上海的现实。

上海的现实是什么?是刚才黄浦江江滩上光着膀子汗流浃背的成群苦力;是外白渡桥往北走,走出租界外,那土丘黑浜间乌鸦吃死孩子的贫民窟;也是新吾去到缫丝厂看见的童工们被开水烫烂的手,她们只为吃上一口有虫的霉饭……

新吾愿意同堂兄一起享受家庭能负担得起的好生活,不过,新吾想,自己是不会忘记那些刚开始学会罢工的工人们的,也不会忘记自己穿着西服跟堂兄进出的堂皇地方,这些美妙享乐所里,只能说洋文,不能说自己的语言,还要学会对洋人们挑剔的眼光视若无睹。

新吾明白百祥从小跟洋人们厮混,是个优秀的受上海滩热心期待的新式买办。也许,新吾想,我盼望改变的世界正是百祥所热爱的?

百祥知道法国总会并不待见英语,他笑嘻嘻用自己特意学来的餐桌法语跟侍者点了咖啡和点心,博得人家热烈的恭维。百祥笑对新吾说:"吾弟,大千世界,想改变别人难如登天。我们要在各种各样的人之间走好自己的路,不如学会文明人的客套,见人说人话,见鬼说鬼话,开开心心,还得到大家的好脸色。你说呢?"

新吾说:"吾兄,天下之势,大开大合。能像吾兄一般八面玲珑的都是有福之人,很多人无路可走,怎么走都要遭人家的白眼甚至凶相。你说呢?"

百祥晓得新吾有心病,笑笑,不同他继续。

百祥就问:"伯父伯母有消息来没有? 在京一切都好?"

新吾说爹妈都安好,年头上把店铺和家都搬出东交民巷了,不想再顶着日本人的名头开店。如今安家开店到了大栅栏,离东交民巷也不算远,老客户们那儿都交代了名片,想来生意一切照旧。七功师傅们都随着店搬动的。

新吾吃咖啡说:"吾兄可知如今知识界纷纷提出打倒帝国主义、废除不平等条约? 这新闻,英国人可不喜欢吧?"

百祥沉吟,慢悠悠吃他自己的咖啡,良久才讲:"吾弟,许是你们京城里风气,关心这一类的事。在愚兄而言,我们是上海人。上海人识相,上海租界之外,城头可以变换大王旗,不过,租界内,只有工部局是大家的保镖。但凡英国人在地球上占着不倒翁的地位,恐怕聪明的态度是不去看租界之外的气候。租界虽小,小中极大,租界外是中国,租界里头是世界。我和你,投胎投得好,家里开着西衣铺,做的是天下生意。吾弟,何不少管别人闲事,经营自己福祉?"

新吾越听越听不下去,不过,对着百祥,他脸平气顺,堂兄是爱护自己,平时不太说话的人,一下子推心置腹讲出大文章,可见兄弟同脉。只是,唉,可惜了!

新吾只唯唯,百祥见说服不了他,也就作罢。

为了叫堂兄理解,新吾勉力再说几句:"吾兄,你的话是金玉良言。然而,在愚弟心里,四万万同胞本该同病相怜。上海滩明明是中国之滩涂城,洋人却拥有治外法权,将吾人比成了下等人种,到处是中国人被欺压被奴役的景象。看那些苦力,看那些童工,看那些被巡捕驱赶、捕捉和判监的中国人,我心愤愤难平,实难自顾而喜。"

百祥点头:"吾弟,我明白。"

总会园墙铁栅栏外头忽起一阵喧哗,原来是霞飞路上走下来一大群女工,挥舞着小小纸旗帜,有气无力地喊着。她们的工钱买不到可以果腹的食物,她们挤住在阴暗潮湿的房子底层,她们有自己的孩子要养活……

百祥眺望马路的细长眼睛忽然泛起一层泪光,他对新吾点点头:"上海滩是群魔乱舞之地,吾弟善心怜悯,固然不错,只是要万般小心,实在你选的这条路,陷阱太多,毒箭难防。倘有急难处,切勿瞒着我,我俩兄弟,你记得万事还有我乔百祥。"

对着堂弟新吾,百祥总感到沉重的负担。

一坐上自己的小汽车往虹桥卫惕南爵士府上去,他便浑身轻松,扬扬自得。

爵士夫人从百祥这里听见许多上海人对上海的评说,她觉得新鲜,讲给爵士听。正逢上海众商贾为公共租界里头中国人缴税多而工部局却没中国董事之情形纷纷上书请愿,爵士便让夫人询问百祥。百祥将阿爹主持之制衣公会的情况跟夫人说明,当然也是希望增设中国董事的态度,盼望工部局能实证自己代表着全体租地人和纳税人。

工部局终于小小地让步了，破天荒设立了五名华人顾问席位。宁波上海制衣公会会长乔端冕亦是顾问之一。

小亨利的上海话现在越说越流利，能听能讲，跟着母亲在院里走，夫人说什么，他就大声译成上海话来指挥仆佣，仆佣们稀奇，还一团开心。本来百祥觉得自己的白话文不够，想介绍新吾来教亨利，想想实在不妥，也就不提。

爵士夫人品茶之间问百祥是否子承父业，既然裁得好西服，应该生意兴隆。百祥却说自己仰慕西法，虽不欲出洋留学，但想找机会为市政服务，学习工部局的城市管理。夫人赞许，说工部局亦有华人文书的，可以问问爵士，肯定会有百祥这样的人才适合的位子。

阿瑟听百祥说有意到工部局谋职位，他的规劝无非"那是无聊的事务性工作"，并非一种浪漫主义理想。不过，百祥觉得一窥工部局内幕是件再重要不过的事，对他而言，这将如一把钥匙，能打开上海在他心里还闭合着的唯一一扇内门。

第三章
1875年　横滨·上海

一

一艘荷兰商船的船长带着大副和二副,第一回光顾关内服装街上的横滨正和礼服店,他以为这是家日本店呢。他来店里时则仁和茄生都不在,米慧英文不好,只晓得红毛船长反复强调了三四回,要做一件同手里旧上衣一模一样的新西服。

"一模一样","彻底一模一样",米慧认为那高大的洋鬼子就是这样不太放心地强调过,然后才搁下定金。

茄生同则仁晚饭后一起喝宁波茶,说起这"一模一样",就笑了。留在柜台上的旧西服有个袖管肘部打了补丁,且针脚粗糙。那么,这补丁要不要模仿着打上去呢?

则仁叹息说:"茄生,你来日本这么多年,是该回去看看阿姆,阿姆怕是望眼欲穿呢。你两个小孩还小,虽说新设了横滨上海直达汽船,他俩倒还是留在横滨好,你看呢?"

茄生也大体这么个计较,回去虽说看望老娘,也是为觅时运,要到处走动,打探察看,想必将踏破铁鞋动足脑筋,并非衣锦还乡休憩作乐,带上两个小男孩肯定累赘。何况,远路来回对小孩而言也不安全,所以只想带米慧回去。

不过,店堂的生意还真有点叫他担心,他对则仁点头:"要不我一个人回去算了,米慧一起走开,和服怎么办? 就怕路上耽搁,或老家有什么事。客人那里接了生意不按时交,可不好交代。"

则仁虽娶了日本女人,但美惠子一点没裁剪的天分,她还崇拜米慧崇拜得不得了呢,不明白这大陆上过来的清国女子怎天生懂得和服的奥窍。

"和服可不仅是衣服,"则仁唬老婆说,"和服是日本女人的梦境。小心我姐姐钻到你梦里,看你心里到底想些什么!"

美惠子就哧哧笑,低下头,整齐的发髻下露出嫩白脖颈,认真把店里做好的成衣熨烫平整。她熨烫衣服倒有天分,比谁都干得好。美惠子她是长崎人,嫁则仁后跟来横滨的。横滨嘛,是海里填地填出来色色新的地方,她倒好,总乐呵呵,说这里再不会有人背地里叫她"南京女郎"了(有些日本人如此称呼被清国男人追求的日本女人)。

米慧长得身高体健,她和阿姆比她阿弟则仁先到长崎,一心一意帮衬她阿爹,虽全家住在唐人屋敷,她却喜欢和日本女子为伴。

阿爹开明,自己虽还留辫子,却同意米慧穿和服。不过,他对周围绾着本多髻的日本男子们怀有戒心,告诫女儿必须嫁个家乡人,他可不能在倭国择婿。

阿爹本不会裁剪西服，只为那些红毛西国船员们缝缝补补。早先有个荷兰客人因等修船耽搁在长崎两年多，此人原是低地国一个妙手裁缝，到东方觅丝绸的。永日间无以消遣，就教授米慧的阿爹裁制西洋服。

阿爹当然喜出望外，好茶好饭供奉这洋师傅。裁制西衣是真本事，长崎港口西洋船多，布匹面料也从西洋来，行船的荷兰人葡萄牙人外加英国人都觉得在长崎做衣服便宜，就成群结队来照拂阿爹的生意。

米慧除了给阿爹当当下手，自己却是喜欢和服，老琢磨着学点做和服的本事，愿意给当地人缝缝补补，借此仔细端详日本衣服。阿爹同她讲这本是古代汉人的服装，日本人叫作"吴服"，大概是古时江浙一带的汉人服。阿爹切齿说满族人以"扬州十日"和"嘉定三屠"坐稳大清天下，杀人如麻，一举灭了汉人的礼乐冠服。如今大清气数将尽，你学学做和服也好，说不定将来回老家，中国人改回古制，都穿前朝衣服了呢。

自从阿弟则仁回家乡带来茄生，潘家如虎添翼。那荷兰人得了船早回荷兰了，大家本不晓得阿爹教不教得会茄生（他就没教出自己儿子），也不晓得茄生帮不帮得上店里，没想到潘家阿爹日日抹自己眼，开心茄生聪明，不但底子好，且对西服心领神会，教一悟三，是个好苗苗。

紧接着他觉得自己低估了茄生，怀疑他在上海裁过西服，怎么熟门熟路？半年下来，看茄生从量体定尺度，到打板裁片，缝合连缀，又试衣改样，再至于定型，如行云流水般顺畅，服侍得洋客们眉开眼笑，他才醒悟茄生原本是天才。你看不出茄生学习的过程，他就像重温前世手艺一般。

这样子,潘家阿爹反倒忧心了,自然哪:教会徒弟,眼看饿死师傅!

在长崎口岸,客人来去不定,时运好好坏坏,除了眼前,什么都是浮云。人心在码头,本来动移不稳的。则仁看出阿爹忧思,私下就说:"招茄生做女婿好了。"

招茄生做女婿自然好,只怕这后生不肯!

虽说茄生和米慧处得融洽,有说有笑不生分,但米慧比茄生年纪大。

若还在宁波,她都这年纪了,大家会觉得她"嫁不出去的"。

米慧又爱跟日本婆娘厮混,木屐板走路噼噼啪啪,搞得活像个东洋女。

这时候潘家阿爹就后悔,觉得自己放纵了女儿,担心害她终身。对茄生嘛他有戒心,看西洋客纷来,慕名要茄生做衣服,他心里实在不是滋味。

则仁生性爱闲逛、喜交游,如今有茄生撑铺子,他就十分地潇洒,日日出去看人家做各种买卖,跟各国商人们套近乎,打听天下新事。他偷偷也去游廓找游女消遣,既然日文流利,不留辫子而穿西服,女人们只当他是出洋回国的大和儿郎。

差不多就这时候,米慧跟阿爹提出要正式替人做和服了。

替客人裁制和服?

潘家阿爹常有理智,总标榜自己具自知之明:当年从奉化乡村跑去宁波港学做东洋生意,他确是有魄力。朝廷禁止出洋行商,违者有牢狱之灾;他敢做,是条汉子。不过,瞒着朝廷想赚钱,风险也大大的。

宁波出海到长崎,海路虽短,海盗出没。听说倭寇船只以螺声和扇子为号，螺声一传，白扇一摇，海雾里就冒出海盗船。盗匪个个刮亮了头颅，打着高高的锥髻，弯刀烁闪，飞身登舷，抢船杀人。

即便听故事听得浑身冒汗，潘家阿爹那时还是上了贸易船，把丝绸布匹和茶叶往九州岛送。没来回几次，刚往家里送了些银两，他就遭了倭寇。

不过，运气还好，潘家阿爹没被捆粽子似的丢下海。海盗虽披着黑色羽织、耸着鹤式发髻，手拿倭刀，不过里头竟有中国人。他们抢了船和货，不肯杀人，把潘家阿爹这些客商和水手们扔到九州岛的荒滩上……

流落到长崎的落魄人不会有太大志气。潘家阿爹被唐人屋敷里做裁缝的老唐人收留，就定心当了伙计；想法子给宁波乡下写信，报平安，安心在铺子里为收留他的恩人效力，吃一口异国的稻米饭。

总算靠机缘学会了裁剪西洋服，生意才有点样子；又来个茄生，是个出色的西服师傅。

可要裁剪和服，须知和服虽有吴服的古意，其实已演变成日本人的国粹，里头的讲究比西服多多了。日本人对布料又很认真，一代传一代的，万一客人不满意，就容易砸招牌。这个女儿嘛算是半个日本妹，喜欢日本风俗和器具，迷在里头，但不晓得她是否真有本事。

阿爹犹豫，则仁打哈哈，米慧却说："阿爹，我做得来的。不信你问茄生。"

问茄生？

茄生做西服是天才，难道也能鉴定米慧裁剪和服有没有两下子？他平日里忙得发昏，哪有时间余力看你女人家玩日本调调？

不过,潘家阿爹觉得女儿话里有话,就狐狐疑疑问了茄生。

那天茄生刚给英国行商交了货,坐下喝则仁温的清酒。听掌柜的问自己,茄生含住酒想想说:"靠做西服,店里可以不亏本。要赚到钱,倒要靠和服。和服做出名,就真正发达了。"

潘家阿爹不由得点点头。做西服虽搞点小名气,以至到港的商船上总有西人慕名而来,不过,他们是奉着"价廉物美"的想法来贪便宜的,好东西也卖不出好价,自然只能靠它过过日子。但和服,米慧能做好吗?中国人裁和服,会不会像隔靴搔痒?

"米慧做和服,一定比那些日本师傅做得更好。"茄生喝酒说,"她,我看她是天才!"

天才?潘家阿爹和则仁都笑了。茄生说得认真,他们也不好回语轻薄。不过,猝不及防,则仁脱口而出:"茄生,你做西服是个天才,米慧做和服要也是天才,你俩可就是天造地设的一对了!"

潘家阿爹听这话紧要,赶忙拿眼睛看定了茄生。茄生神色自若,嘿嘿喝酒,并无异状。

横滨是日本开国的地点,当年黑船就是在横滨登陆的。日本人把横滨看成一个舞台,无论横滨上演什么戏码,都是眼前或未来大戏的预演。

潘家阿爹老夫妻俩决定留在长崎,店里添了两个新伙计,是从老家奉化新出来的亲戚家孩子,由茄生和米慧亲手调教出道。老的和新的留守长崎中华街,则仁和茄生两对夫妇则赶来横滨,想得风气之先,盼有个彩头。

虽说马修·佩里带着美国兵在横滨登陆,同幕府在横滨村缔结神奈川条约,令日本持续两百多年的锁国大政寿终正寝,不过,美国人和其他西洋人还是被幕府摆了一道：原以为一步踏上了神奈川的土地，却发现幕府指定他们在不毛的填海地横滨开埠。

野毛山阻挡着填海而成的人工岛，依旧将洋人隔绝在门户之外。幕府的这种心理，西方人无奈只好先接受，他们因此就埋头经营起横滨村来。

人工岛的开埠地上，所谓的"运上所"居中，负责海关和对外交涉；往左供西洋商人安顿，往右是日本贸易商的营盘；东码头进行对外贸易，名唤法国码头；西码头专供日本商人卸运货物。

横滨正和礼服店距离吉田桥不远，居于关内关外的分界处，还算靠近港湾。不比长崎是老码头，这里还是个新地方，万事靠人努力去办。

则仁有些公子哥儿气，不怎么想当裁剪师傅，横滨又没什么交游处，他就主动给茄生当起了模特。他塞给港口引航员酒钱，能提前知道下一天的货船从哪个西洋国来。若是欧洲船，他第二天就穿上英式西服或意式西服；若是美国船，就穿松宽些花哨些的美式西服。穿了西服当然要表演。

码头上有个正和礼服店自搭的晴雨兼用的接料亭，是则仁和茄生唱双簧的小舞台。

西洋船的海员们摇摇晃晃下船的第一天，人流是不可能在接料亭久留的，他们盼了好多天要去的自然先是游廓，那里有美国领事在开埠之初就同幕府商洽好的专门服务外国水手的游女们。当然，老百姓就把这种女人唤作洋妾了。官府说洋妾存在是必须的，有利于保护横滨的良家妇女。

则仁身上的三件套西服美轮美奂，全是茄生巧手裁剪的时髦款式。则仁左手插在裤袋里，右手捏着跟水手交换来的古巴雪茄，斜睨那些船上下来的洋水手。他这一手把水手们给镇住了，都呆呆停下脚，看这个时髦的"日本人"。

他们不由得细看则仁身上的衣料和领带，则仁只管仰起脸吐烟圈……

茄生以漂亮的伦敦腔宣布："三件套西服，面料齐全：华达呢，灯芯绒，粗花呢，法兰绒，提花呢，皱纹呢，毛哗叽，大衣呢，英国花呢……想什么都有，价格公道，最快两天交货。伦敦做一套的钱，这里做三套！"

晕乎乎的水手们都笑了，从则仁手里接过写着店铺地址的纸片，喊道："不要跑开，不要跑开！只要口袋还剩下钱，我们一定做衣服！"

这些嘻嘻哈哈的水手们其实很难在口袋里剩下钱，穿着和服打扮得花枝招展的游女们会尽力榨干他们，把他们光溜溜放回船上去。不过，货船上的高级雇员们会带着朋友和客人委托的各种尺寸来找茄生。茄生像已在他未曾踏足的西洋世界里成名了，这些外洋来的订单全都指定要"乔"亲手裁剪。

水手们口袋里流向日本游女的洋钱，有一部分也转流到横滨正和礼服店来。这是米慧的新女友们做和服的订单。洋妾们在游廊里争奇斗艳，知道付得起大钱的洋人们不光被她们的姿色吸引，也看重她们宝爱的衣饰所透露的日本情调。

高级船员和商人们似乎都很着迷洋妾们的衣饰品味，他们甚至从游女们手里索讨腰带、巾着袋、伊达衿这样的纪念品。一旦他们痴迷了，就会大手大脚地花钱。

游女们同米慧交了朋友，她们定期撑着花伞来礼服店，不是要做成套的新和服，就是要把旧和服重染改新，至少也新做襦袢、振袖、打褂或羽织,添一添各自的行头。

刚从长崎来横滨时这里还有一种期待着什么的宁静感,像戏台搭好了,开演的时间没到。

那时正和礼服店附近只有一家中药铺兼染料店是清国人当掌柜,对方是一个沉默寡言的天津汉子,打着粗黑辫,架着珐琅眼镜,不时抬眼看看四周,手指在算盘上划来划去。

中药铺这掌柜的和则仁还算合得来,则仁有些小毛小病,喜欢到中药铺子去看那些密密高高的小抽屉,等掌柜的从抽屉里抓出干草和晒得发白的块茎,放到散发药草气息的粗纸里包裹,提毛笔写汉语方子……

茄生和米慧是在长崎成的亲。

茄生来到则仁家店铺,从没称呼米慧"阿姐";他欣然接受潘家阿爹招他为婿的建议,让人怀疑他早就看上了米慧。

可更让人称奇的是米慧对这位比她年轻的男人欣然接受,爽快得叫人怀疑他俩早已私相授受。

不过,他们婚后夫妻和睦,于裁剪上有商有量,让大家确有"天造地设"的观感。双胞胎儿子降生后,夫妻俩更琴瑟和谐了,一起裁衣,一起带孩子。有段时间茄生连则仁都不太应付,像古书里躲在家给老婆画眉毛的人那般,恣意享用自己的福分。

"横滨可不一样啊。"这是则仁提醒茄生的话,"横滨确实不一样,日本人来真的了!"

日本人怎么了?

则仁邀请茄生说:"我俩去东京看看吧,横滨去东京的蒸汽火车我们还没坐过呢。到处都在喊'文明开化',那要怎么个做法?"

茄生笑："今年来店铺定做西服的日本男人好多，都说要改穿西服，也不留发髻了。"

嗯？则仁反而有点发蒙。

"让我想起战国赵武灵王胡服骑射啊！"茄生说，"好吧，我俩去东京看看！"

米慧一边带孩子一边替客人们做和服，似乎心里挺满足，可她终于还是忍不住问："茄生，我们的生意比从前在长崎时好得多呀，可为什么赚不到钱？"

茄生也早在想这个问题了：如今自己已不需要跟则仁天天跑码头招徕顾客，不但洋商和水手，连普通日本男人们都找上门来定做西服（大多数日本男人是第一次做西服）。

为"文明开化"这个大热的口号，日本人一个个自愿掏钱换洋装，个别身份高贵的客人还悄悄同则仁说起什么"殖产兴业"同"富国强兵"。横滨男人们脸上透着一种强烈表情，好像他们头上的云层要打开。

原以为半年一年辛苦下来，能积起不少《新货币条令》统一发行的日元纸币，花这些钱干点该干的事，可到头来手里日元并没想象中那样多。

难道被则仁偷偷拿去花天酒地了吗？茄生也想不清楚。不过米慧管柴米油盐，她恍然大悟说吃用一直在涨价，连米也贵了不少！

街上开中药和染料铺子的天津老头忍不住跟则仁说想关店回国：日本人中了洋人的邪迷啦，要"文明开化用西药"，一下子全不信中药了，老客人如今只肯找他做做针灸。铺子靠染料生意怎么维持得下去！

米慧也说，去东京看看吧，到底刮哪阵子风啊？孩子们一点点大起来，要考虑他们的学业。横滨没中文私塾讲授圣贤书，要不跟日本孩子一起上学？文部省认证小学，把藩学改中学，正干得热火朝天，想把日本学童们培养成现代文明人啊。

则仁没孩子，茄生向他讨主意，则仁笑："我已经不留辫子，你还穿着唐装。如果不想小孩变成日本人，只有送他们回国念书！"

出发去东京那个早晨，茄生起了个早，先出门往东码头去，晨曦之下到处停泊万国商船。大小商船有的已洗了船，有的才经漫漫海途到达，来不及铲洗吃水线下的海蛎和海草。大海吐出浓重的腥涩气……他回到店铺，米慧和孩子们还在睡，则仁一家也没醒。茄生忍不住拿起刚做完的新西服，找到一套同自己身材相合的，平生第一回往自己身上穿……

他目瞪口呆站在穿衣镜前，旭日的第一道光线落在他身上。茄生看见一个麦牧师那般干练的身影，可惜，长长辫子垂在笔挺西服背后……

茄生和则仁走在一起，如今也算是一种特异风景：则仁，一个穿西服割掉了辫子的清国人，不但不像从对面大陆来的，也不像是一般的日本男人。则仁的打扮正是此时此刻越来越多的日本男人所向往的：岩仓使节团已回到日本两年，文明开化富国强兵，男人不要再穿和服，要改制穿西服！则仁留八字胡，得意扬扬捏着他胸前的领带结。茄生仍是个戴瓜皮小帽，穿对襟缎子马褂的清国商人，惹眼的大辫子就像黑凤蝶的尾型。他的目光，无论如何都透着人在异国的疑惑和瑟缩。

蒸汽火车喷出大团乳白色水雾,火车驶离了横滨车站,朝东京都冲去。茄生和则仁面对面坐在车窗边,嗅着窗外原野的新鲜气息,惊讶地看农舍和耕田从身边掠过。

"看,那边在造大船厂!"则仁指向海滨,"我知道他们正招募工人!"

"看前头大房子! 就是那家大名鼎鼎的缫丝厂,有五百个女工,用的是法国机器。"则仁高兴得摇晃脑袋,"听说日本国要把所有的新汽船都交给岩崎弥太郎呢,让他跟大英轮船公司一决雌雄!"

"就是那个新辟横滨上海直航航线的老板?"茄生问道。

一下子,他脑子里出现了上海外滩的天际线。外滩轮船云集,黄浦江上百舸争流,无数赤裸的苦力们在滩涂上绷紧他们的肌肉和腰脊……

走在日本国东京都的大街上,明治年代的风仿佛有着配了乐的快节奏。茄生打量路上行人,这些人走路有精神,浑身充满了精力……

他俩一起走过银座,看见新开的资生堂西药药剂房,很多男女进出药房,忙忙碌碌。他俩一起进去,挑挑拣拣,还开了眼界,替内人们买了涂脸的香膏。

找到一家中华料理后,坐下吃午饭,店主是台湾人,则仁高高兴兴就同人家攀谈起来。台湾,正是新闻哪!

琉球漂流民几年前在台湾被虐杀,日本人没有忘记。大清朝廷对台湾懵懵懂懂,还觉得日本人不可思议。

"琉球是大清的属国,台湾是大清的属地。无论台湾山民如何对待琉球渔民,这是大清国的内政。"则仁学说大清官话。

"阿呸!"料理店老板啐了一声,"真是混账王八蛋!"

茄生担忧道:"照这个模样,日本早晚要从清廷手里把朝鲜和台湾夺了去吧?"

料理店老板和则仁都笑道:"你管他呢。如今日本要'文明开化',跟当年派遣唐使的意思有点像。我们身在东京,日本要富,总有我们的好处。"

茄生想想自己待过的上海滩,想起抽鸦片度日的一大群清国人,憋屈得说不出话来。

从东京回到横滨,茄生就料理行装。他要和米慧同行,米慧特别想去上海,很多女客托她采买中国布料和丝绸,她自己也想到处看看。

不过,米慧不能久留,她不准备和茄生一起回奉化乡下,她将一个人从上海先回横滨。

则仁拜托美惠子说,姐姐姐夫想放心回上海好好看看,孩子交给我们,你多费心。

他告诉姐姐和茄生,两个小孩子暂时就跟着美惠子学日语,其他等你们回来再商量。

二

横滨直航上海的航线经过伊豆半岛、纪伊半岛,顺着南日本海岸往西南,又要经过四国和九州岛,才从大隅海峡进东海,直接西行,驶往上海吴淞口。

岩崎弥太郎咄咄逼人,他的三菱汽船会社有志于把大英轮船公司赶出横滨上海间的航运。日本人在英国人主持的上海租界得到的至今唯有冷遇,那么英国人就不要想在横滨这个日本港市得什么好处。

三菱的新汽船不但宽体平稳,且照着日本人习惯供应餐食,还表演茶道和花道;高级房舱都是榻榻米式样,收拾得整洁无瑕;票价照着英国船公司的给予折扣。客船上的服务生全部是日本人,不收小费,对各国旅客一视同仁,照顾得无微不至。

樱井守一单独旅行去上海,除了本年度株式会社的采购,他还想拜访上海滩上少少的那些日本国臣民,他们大多数是自愿到清国的这个国际都会做生意的,聚居在苏州河北边美租界地盘上,听说平时很少过河到英租界走动。樱井守一想弄明白这些日本人在上海的愿景。

当然,海途很长,一个人旅行自然寂寞,樱井很高兴与有见识的清国人聊天,他有很多关于清国的问题盘旋在脑里,需人点拨,或至少印证自己的猜想。

秋天的海船上,穿长袍马褂留辫子却戴西式遮阳帽的茄生和他穿和服的妻子特别引人注目。樱井守一在观赏茶道时同茄生搭上话,彼此请教了对方姓名。当然这些寒暄不足以建立友谊,一切是他随口无心赞扬了米慧身上的和服组纽所用的久留米絣引发的。

米慧听见樱井说出久留米絣的来历,深感此人对面料的学识,就开口同他讨论起已失传的一些和服面料来。哪晓得樱井家自古吃的就是这口饭,他简直太懂太博学了,像是本会说话的和服典籍。

茄生旁听了这场突如其来的长对话,他意识到米慧刚开始的旅途事实上已到达尾声,这位家学渊源的服装面料商正是她寻寻觅觅而不得、寤寐求之的人。

"非常荣幸认识夫人,我家的店铺在关外,无论此去上海还是今后回横滨,一定为您效劳。"樱井笑着鞠躬,"没想到清国有夫人这样喜爱和服的女子。"

自然,他对"西服裁剪师"茄生也是"久仰久仰"及"足慰平生"了。以清国留辫子的国民而言,茄生是樱井见过的最明了洋装底细的人。

于途风平浪静,海如璧玉池。

船过四国岛,正是黄昏,海上日落,明月却已银晃晃挂在天幕。樱井先生穿了鼠色的古朴和服,在餐厅望海的内甲板上请乔氏夫妻一起品赏日本茶道。

樱井手里有一本译成日文的《东京梦华录》,他恭恭敬敬送到茄生夫妻面前:"上国繁华文雅,古籍记录详尽,素来仰慕不已。这本宋人之作,我反复诵读,悠然神往。"

谈起古中国,茄生却是哑然。米慧说:"久居东瀛,我倒可以同樱井君畅言无忌的。拙夫从江浙移来长崎横滨不久,依旧为大清臣民。樱井君须知清国不容士民议论前朝、怀思古制,故此拙夫不善谈论,敬乞恕罪。"

樱井点头:"同夫人也只谈服饰,今尤喜宋人云鬟花冠的服制,此行准备在上海过冬,春天去访北国的牡丹和芍药。宋人古制喜簪花,无论男女。我很希望亲眼去看一看有名的《簪花仕女图》。"

说起花冠和簪花,仿佛和服的花式里就有中华古风的遗韵。米慧和樱井先生便很容易叙谈,倒是樱井比他们夫妻俩更通晓唐宋的衣饰风尚,极力描绘北宋妇女"大髻大梳花冠群芳"的胜景及留给日本衣饰传统的痕迹。米慧听得高兴,仿佛看见古人的辉煌时代。

茄生并非真游移,他静听怀思,乘樱井奉茶,开口吟诵白诗云:"时世高梳髻,风流澹作妆。戴花红石竹,帔晕紫槟榔。鬓动悬蝉翼,钗垂小凤行……"

三人相视而笑,心有所感,不复付诸对谈。

夜里茄生邀樱井上甲板看夜海,不由得叹息:"自古邻邦,风尚互感。如今却迥然而异。樱井君,请教近年贵国男子为何纷纷制备西服,大有易服维新之状?"

樱井望着夜海,抬头眺望明月:"方才先生明鉴。日本国地处偏狭海隅,人乏物凋,旁观英美诸国纷至沓来启衅中华,时势竟如江河日下,贵国沿海纷纷开埠,以至于美利坚黑船肆无忌惮到横滨登陆,留书幕府要求日本开国。这是以贸易之名对清日两国行征服之事。

"贵国自古有言:识时务者为俊杰。西人行工业革命之后,财富增生,船坚炮利,日本不能望其项背,凡战自取其辱而已。日本人不是革新家,但日本人是识时务的好学生,古代可以委派遣唐使到贵国学礼仪制度,现在也能知耻忍辱,决意向西人拜倒以求新文明。日本诸岛将引入欧洲的工业技术,受欧洲的新启蒙。日本一定要成为欧美那样的强国,哪怕牺牲这几代人的福祉。"

茄生月下听樱井慷慨陈词,不由得血脉偾张,脱口而出:"这真是知耻近乎勇!可惜了,大清绝无如此的自知之明!我国百姓的苦难,还只是开始,哪里看得到头!"

日本新汽船横穿东海,于偶尔风浪中亦能平稳行驶,眼看吴淞口在望。

乔氏夫妻有沪上大买办王小虬亲自来接,樱井亦有居住在虹口的日人迎驾。茄生和樱井互相写了沪上下寓的地址，约在上海再见，彼此道别。米慧还特意同樱井互留了横滨的店铺地址，正式嘱请樱井担当今后的面料供应商。这正是制衣行内一段小小佳话，彼此相见恨晚。

王小虬带了一班新师爷，马褂长袍盛装站在外滩新筑的汽轮码头。他招手摇臂，喜动颜色，迎着茄生夫妇高喊："衣锦荣归呀，方才贤侄！这位是乔夫人吗？哎呀，美若天仙一般，'空霓几瓦'，'空霓几瓦'，哈哈哈。"

这些年来王小虬看来是大大地发达，等候着的三辆双马大马车都是王公馆自备的，连马夫们都高大精壮，穿着崭新秋衣，手执皮马鞭。

王小虬的姨太太坐在第二辆马车上等客人，这姨太太身材婀娜，洋名露丝，天足，是新派女人。没想到露丝和米慧才一照面，竟一见如故，在马车上拉着手，细细说起女人家的话来。

王小虬同着茄生上了打头的大马车，王小虬笑道："茄生啊茄生，听说你如今做一手好西服，还不快快回来上海？上海这些年就是聚宝盆呢，想来日本也未必及得上！"

马车去的方向同茄生记忆里不同，王小虬轻描淡写："太平天国之乱平定后上海变了，谁都看清了乱世里哪方宝地有太平。新来租界的洋人多，挤进来的中国人更多，上海地皮哗哗地涨价，我把老公馆卖了。"

现在新的王公馆坐落戈登路东侧，靠近静安寺路，比从前的公馆阔气得多，单单草坪和花圃就占了五亩地。房子请洋行造的，仿照英国爵士府邸。

王小虬自己告诉茄生，王夫人几年前在家乡过世了，如今这个露丝却并不要求扶正了做王太太,根本不在意名分。她家里祖辈下南洋,她随她阿爹转来上海,举止比王小虬更洋派。

"你去了东瀛这么些年,你舅舅也发财,是宁波最了不起的弓不拉多了。"王小虬笑道,"这些年是弓不拉多的黄金岁月呀。洋人逼着朝廷将长江沿岸的城市开埠,弓不拉多就随着洋人钻到大清的腹地去,做起更大的生意。"

茄生朝马车途经的马路两侧张望,确实他不认识上海了,上海变得更高大更热闹也更西洋。同上海比,横滨像是个小小的不太热闹的乡下港。

同从前茄生跟着麦牧师跑上海滩时不同,如今上海街上的规矩大大变了,无论马车、人力车、独轮车还是偶有的轿子,都一律左去右来,照着世上所有英国城的规矩行走。

"茄生,我会带你到处看看。不过,你听我的,该回上海啦!上海是销金窟,但首先是摇钱树啊!"王小虬猛拍茄生肩膀,"不过,还是先给你一个坏消息,麦牧师最近也在上海,麦牧师情况不太好。"

麦牧师?

阿爹的形象忽然和麦牧师留给茄生的记忆混同在一起,一瞬间,茄生觉得自己心里把麦牧师当成了父辈。

"麦牧师生病了吗?"茄生的嗓音尖细起来。

不是,他并非病了。王小虬收敛了笑容。

麦牧师到内地传教,花费了无穷心力,把自己耗干了,却没讨到什么好。

王小虬如此传达了他对麦牧师的观感。王小虬希望茄生见到麦牧师时不要惊讶,毕竟,回了上海,难免要见旧人的,而旧人,并不是个个都飞黄腾达。

刚到上海的一个多礼拜,米慧还同茄生,要么随王小虬,要么随王小虬和露丝一起,到处看看上海西洋景。

除了建筑更多洋式高楼,外滩还基本是原先模样:运送鸦片的船只比从前只多不少,就是用肉眼也看得出,大清帝国的瘾君子更多更多了。江滩上搬运鸦片的苦力密如虫蚁。

王小虬熟知的上海进出口数字同样让茄生心惊:上海成了中国最大的出口口岸,主要出口货物两大宗:生丝和茶叶。这些生丝茶叶积聚了长江流域最大的可出口货源,价值惊人。可是,每年上海鸦片的进口货值都远远超过生丝或茶叶的出口货值。鸦片是中国进口最多的商品,远远超过居于第二位的纺织品及呢绒。大街小巷的烟馆比从前更多,王小虬说烟馆如今成了清国男人的社交中心。饭可以不吃,烟一顿都断不了!

洋人?洋人在上海过得可舒服了。

英国人把上海当成自己的家,真心诚意地投资,要把它弄成亚洲一流的英国城,销金窟加安乐窝。

英国人不但建设工商,发展市政,新筑马路,维护路灯,清洁水源,提供清洁饮用水,而且他们在娱乐上下了很多本钱。除跑马场搬到静安寺路边外,如今还有跑狗场、网球场同高尔夫球场;吴淞江边添了西洋乐队的夜场演出,乐队由工部局养着,大班们还建起了"闲人莫入"的上海总会和法国俱乐部。

乐不思蜀的洋人们逼迫清廷取消了不许洋人深入内地的禁令,现在有人搞起了狩猎俱乐部,在上海附近乡野里到处捕猎野兔射击野鸡野鸟,用手写单据购买乡农的土产,由郊农每月月底到城里结账。有些人还别出心裁,在黄浦江上成立了划艇俱乐部……

王小虬探问茄生和米慧在横滨的近况,姨太太露丝劝米慧说:"上海才是真正发财的宝地,何苦在日本苦挨机会?茄生这么好的英文,米慧你这般好的日语,夫妻俩如此好的手工艺,回来上海,上海的弓不拉多们一齐来捧场,就在这外滩寸金之地把高档西服高档和服铺子开张,要发达真简单,就是三两年里的事啊!"

米慧同茄生住进王公馆,茄生同着王小虬出门应酬见识。米慧和露丝投契。

露丝是从外洋转回上海的;米慧差不多已是个日本女人,虽非天足,小脚没怎么缠好过。对清廷,既然身在没皇帝的上海租界地,两个女人就不必掩藏自己心里的厌恶。

米慧说上海好是好,但出了租界就属清廷天下,自己宁愿去海角天涯。

露丝说王小虬早就在南洋置下产业,要是清廷有朝一日把手伸进租界,王家就下南洋去……

没几天后一个大清早,露丝喜不自禁,嚷嚷得王公馆上下都晓得:米慧要动手为她做一件和服呢,和服上有四季的花卉!

裁着露丝的和服,米慧和茄生在王公馆里接待了樱井守一。

樱井早已仰慕大名鼎鼎的英国商行买办王小虬,他带来了虹口日本街公筹的礼物,邀请王小虬和乔家夫妻一起去苏州河北边的"小东京"做客。

王小虬对樱井的邀约保持暧昧不明的态度,他提醒茄生该去看望麦牧师了,麦牧师年纪老迈,恐怕内地会不久就会安排他回英国去。

"麦牧师?"

茄生心怯怯,麦牧师不仅仅是一个父辈,麦牧师仿佛带着无言的谴责站在上海滩上。想起麦牧师，所有人的良心都暗暗颤抖。王小虬一定也如此。

茄生正犹豫，米慧说想和樱井先生一起去长江上的汉口，那里的乡绅保留着战国传下的古帛，长江沿岸还有数代相传的老绸，简直一睹为快。

茄生一时间踌躇，米慧说你不必同行，为了方便，也算是道伴，露丝愿意陪同，还带上家里几个男女仆人，一路搭乘广隆洋行的"火皇后号"，住特等客舱，江里有英国人的兵舰，并没有匪患。

于是茄生同米慧在上海别过，他要坐船往宁波去，在宁波城里同舅舅吴其英会合，下乡望久别的阿姆。想起阿姆，茄生登时忘记了其他事。

王小虬笑说："本来回去浙地，想要快的话，洋人都认为该修铁路，开通蒸汽火车。好叫你一笑，英国人其实悄悄建了上海租界到吴淞的铁路，汽笛一响，还跑过几回，把道台大人吓破了胆，怕地面上行动的这种铁蜈蚣坏掉地方上风水。谈来谈去，拿出白花花的官银从洋人手里把吴淞铁路买了下来。你猜怎么着？"

茄生想到一个答案，但觉得不至于如此离奇。

还是王小虬自己说了出来："买下铁路，立马拆了路轨，把火车车厢装船，送去台湾，扔到野地里去了。这一大笔银子就这么花了。"

茄生苦笑问王小虬："日本人如今全体中了邪魔似的要'文明开化富国强兵'，恨不能全部换上西洋人的机器和新法。王先生，清廷蒙昧如此，就算我们回了上海，赚得了钱，将来太平日子还是难有。依我看，日本人对朝鲜和台湾，早就红了眼了。"

王小虬挥手说："你管它那么远？不过，这就是我不爱和虹口那帮日本人来往的原因。日本人,丰臣秀吉那会儿就馋朝鲜,蒙古人虽碰上台风没登陆日本,但已把日本人吓坏了。他们嘛,一是想得到朝鲜,屏障沙皇,二要吃定琉球和台湾,挡定南边,如此才觉得本土安全。在上海租界,日本人已憋够一口气,想拿到西洋国一样的权利呢!"

茄生独自上路,往宁波迤逦船行。

秋意渐浓,火轮沿着海岸线开驶,船上四只生锈的烟囱一齐向低空喷吐浓浓黑烟,景色却仍是佳美:浙地的海岸多有人家,田地齐整,房屋多巧饰,水牛在绿色规整的地里慢慢行走,白鹭一行行低空飞翔……这家园景色,衬着蓝天厚云,茄生的乡愁渐至于浓得像多年储藏的女儿红了。

沪甬之间的小火轮同三菱汽船会社的大汽船自不可同日而语,人头拥挤没餐饮还可忍忍,茄生想解手,就实在进不去那火轮上的茅厕。无论长崎还是横滨,肮脏的茅厕是绝对的羞耻,是不可接受的,但这小火轮上,旅人们全不以肮脏为意。

想了想,茄生从口袋掏出三块墨西哥鹰洋,塞到船伙计手里,把意思讲明了。伙计谢过,带茄生绕一个大圈,推开船尾舱门,让茄生带行李进去,里头竟别有洞天,有个整洁通风的茶室。

茶室里只一个洋人,洋人坐着读《字林西报》。茄生用英文道声好,放下行李,连忙跟着船伙计去船员的茅厕。

回茶室同洋人再行礼,那年纪颇大的洋人通身唐装,还戴着瓜皮小帽,只不过背后没辫子而已。洋人转动眼珠,狐疑地看着茄生:"先生打哪里来,你的英文是伦敦音?"

船伙计送上茶水,茄生便同洋人攀谈,没片刻,说起了恩师麦牧师。

"哦,原来是麦牧师教你的英文,我说呢。"那洋人放下报纸,"我自然认识麦牧师的。"

这洋人自我介绍叫作培黎,在宁波住了有二十多年。茄生脑里有遥远的记忆,恍然道:"培黎先生可认识宁波的吴其英?"

果然,舅舅吴其英正是这培黎常年的弓不拉多。

于是,培黎先生换了一副表情,像宁波老乡那样无拘束地笑起来:"是其英的亲外甥啊,原来在日本发财!"

船到宁波,茄生上甲板远眺,宁波港和十几年前的记忆完全不同了:港口洋面上停满了外国船舶,船员说现在每年约有三百艘外轮直接到达宁波(从前可是只有零星从上海转来的三四十吨的斜桁四角帆帆船)。和上海之间的通航现在每天也达到来回四班,每班三百名旅客,挤得很,普通船票价格低廉,没人坐不起船。怪不得上海有那么多宁波人从事各行各业。

舅舅站在岸边,看见茄生同培黎先生一起下船,简直不敢相信自己的眼睛:"茄生啊,转眼已经十五年啦,舅舅都已碰上好些个穿你做的西服来宁波做生意的洋人呢!"

跟培黎先生行礼道别,船上他给茄生讲的关于麦牧师的故事压得茄生喘不过气,茄生拼命想从那些故事里探出头:眼前是故乡,就要见到日思夜想的阿姆了。

舅舅吴其英比从前添了老态,他不骑马也不骑驴了,他雇了八人抬的轿子,要直接抬了他和茄生去奉化村里。后面跟一头矮种马,驮上茄生的行李。

浙江的乡野展开在面前,和日本的山水全然不同。

秋天的原野上满是唧唧复唧唧的虫吟;柿子树的树枝挂满红

果,有穿着短褂黑裤的后生爬在树枝上摘果;鹅掌楸的叶子变色金黄,在惬意的凉风里摇曳;一股股不同的草香扑进人鼻孔,叫人觉得自己是在天香的田地里行走……好多次,从山丘上淌下的小溪汩汩流过,白色细流打在河床浑圆卵石上,现出发光的水纹……

"舅舅,就算在奉化当个村裁缝,也是享福呀。这里的气味多好闻,这里的田地能种稻米,也能种棉花和桑树,这就是鱼米之乡呀。"茄生涩涩地感叹。

"是啊,就是地少人多,不能每个人都靠着田地有饭吃。"舅舅微笑透出睿智,"浙江人是朝外闯荡的命,是出门做生意的命,我们认了!"

罂粟田依旧在,比从前更广大,只是换了更好的种类,如今开起花来是白色的浪涛,舅舅吸着鼻子说:"到了你阿姆那里,我还是要先吸一泡的,这东西长精神,比培黎先生喝的咖啡好。"

大轿子停在乔家祠堂门口,赶小马的跟班去家里报喜,吴其英同着茄生进祠堂磕头,村里人顿时喧嚷起来。祠堂如今越发翻新过,大家都说自从剿灭太平天国,上海和宁波的洋人都定了心,生意做得日日大,朝廷上也有大人们要时兴洋务,所以村里在外头的人挣得了洋钱,拿回村修祠堂修路修桥呢。茄生出洋这么些年,今日里衣锦还乡,要给村里造什么呀?

阿姆还是站在门前等儿子,阿姆年纪上去了,人缩得细小,好像真的难禁一阵风。茄生赶上去扑倒在地跟阿姆磕头,泪水涟涟,阿姆却静静微笑,面如老菊,拿手在茄生头顶摩圈圈:"方才,你回来了?"

来一个瘦人站着笑看茄生,仔细相认,原来是隔壁乔四。乔四跟着阿爹学过手艺,这些年就一直当着村裁缝,也照顾阿姆。

当晚歇了,第二日村里为茄生开宴洗尘,茄生知道阿姆心思,向族中长辈们敬酒说:"方才多年流落东瀛,手艺是学了一点,但比起各家的贤伯叔贤兄弟,愧无成就。这次匆匆回来,遵阿姆的心愿,愿在村里起屋办裁剪学堂,不仅乔四兄,凡愿意学习西裁技艺的,我都收录教习。乔四兄同我商量过了,我们要培养村里的子弟,准备来日到上海滩上去开礼服店。当然,此事从长计议,办学的新屋先请诸位贤长多加关照,我带来的现银已交在阿姆手里,随时取用。今后我会多回来,一来赡养老娘,二来为村里出绵薄之力。"

他舅舅吴其英是大家都晓得的大买办,舅舅说茄生的善举是村里福音,从来造桥造路虽好,哪有培育村中子弟去外面打世界好?

村里老小全是聪明人,晓得乔方才是个实惠的业主,看得他起,认他是个在东瀛立脚的能人,个个便来敬酒,说就怕茄生你大事缠身,回了东瀛绊住脚,难记得回乡。

茄生说阿姆不愿意去日本,所以大家替我照顾着,我必定要回来报答大家的。

茄生见了阿姆,虽见老母无恙,归国回乡的心思却比以前更紧迫。

他约上乔四,在乔四家堂屋铺陈罗列,备细教乔四裁剪西服的种种奥要,乔四也聪慧,学得快,手工绝佳……

茄生在自家老房子里躺卧,梦见了早已作古的阿爹,可梦里阿爹开口同他讲话之时,忽变成了洋人,娓娓说着道理,这梦里洋人正是茄生近日无一刻不挂念的麦牧师!

麦牧师把家小抛在故国,到中国来传道已几十年;麦牧师听着内地会的安排去往内地传教,十余年吃辛吃苦,却没有好的收成。如今,听说他身体垮了,人精神也坏了,内地会要安排他告老还乡!

还来得及,茄生梦里跨上了高头大马,飞奔着回上海见麦牧师。他有无尽的话要对麦牧师倾吐,他从梦里惊醒了。

醒来天清地明,只记得梦里麦牧师接替了阿爹,对茄生重复从前的问话:

"生,你们中国人大多是不肯信上帝的。你是不是那个将真正信上帝的中国人呢?"

第四章
1923—1925年 上海

一

　　山东开往天津的"蓝钢皮"特快列车在临城被土匪截停,一名坐头等舱旅行的英国人被匪帮开枪打死,三十九位外国客和二百多个中国客被土匪绑架。

　　这立马成了上海滩街谈巷议的头条新闻,当然惊动了各国公使馆和北京政府。

　　卫惕南爵士夫人对小亨利的中文教师乔百祥说:"乔,爵士为协调'蓝钢皮'绑票案,要在工部局总办处增设一位华人文书。"

　　百祥不假思索:"我愿意去。救人于水火之中,功德大矣。"

　　就这样,百祥穿着自己替自己做的得体西服,说着让英国人吃一惊的英语,跨进了工部局大门。

　　他所在的总办处在工部局这座大厦里地位高高在上,其实就是那些大班董事的行政办公室加秘书处。

并不需要百祥冒死到山东去和绑票的土匪谈判，这也不是工部局的责任，他的工作是及时掌握"蓝钢皮"事件新进展，翻译文件，把相关人质信息呈给工部局董事会。当然，这么个特殊位子难免接触到巡捕房的来往文书，巡捕房呈报的公文也就由百祥协办。

百祥如梦似幻，终于站到了堡垒般工部局新大楼的中心，抬头仰视这颗不可思议的上海心脏。

这可不是大清治下的什么衙门，这是源自英帝国的自治市政体系。他有一种贪婪的吞食欲，想把工部局千枝万藤的脉络全看清，印入自己脑袋。

洋人是些什么人？百祥明白自己对这问题的回答与新吾不同。

工部局就是答案的一部分，如果你去过大清那些上下索贿的县衙门，再到这不升堂只办公的洋衙门，你就晓得"哑口无言"。

百祥不是头一天同洋人打交道，所以他渴望进入工部局办事。如今，他已站在工部局大楼里边，他像个终于潜到海底的渔夫，醒悟从前自己那张网打上来的并非大海，只是些鱼虾。

工部局的最高层是董事会，这些董事先生还是各大洋行的大班。他们平日里有自己的商务要操心，在工部局，他们一起决定上海大事，选 A 方案或 B 方案。

董事们不办事，办事让办事的人去办，连呈给他们的 A 方案 B 方案也是办事人设计。

办事的人先分两大类，一类是外来的，大多数从欧洲或美国聘过来；另一类是当地聘用，像百祥这样当地聘的华人，也有日本人、失了沙皇和家国的俄国人，或菲律宾人，等等。

雇用的职员又分五等,一等是行政,包括总办处的总裁、总办、副总办和帮办,警务处、卫生处、公务处和财务处的正副处长。二等是技术专业,例如教育处、卫生处、法律处、警务处、火政处、医院、乐队和万国商团的中高级职员。这一二等的聘员基本都不是中国人,像百祥虽只是文书,却是上海本地人,属于特例。三等是纯粹的财会和秘书们。四等是外勤稽查人员。五等是室外非技术人员,主要是收税员。

大城方方面面的日常要事,如卫生、交通、公共设施、建筑和治安,都按照专家管事模式,从世界各地聘来了最有实际经验的人物,有些甚至是知名的医生、教授、建筑师、律师或欧洲大城市的资深警察总监,他们按自己的见识、经验和意愿对工部局上层负责。

凡是工部局董事会有什么要垂询的或要推行什么决策,就由总办处这个最高的行政部门去和各专业部门接洽,两头沟通,它代理决策人的日常事务。

百祥除了自己该做的工作,就喜欢睁大眼睛竖起耳朵,观看和聆听工部局这只巨大蜂房里的协作过程。他完全沉浸于这种没官威也没太多人际依赖的洋务体系,不需要考虑人与人之间的交通,每个部门都在为城市一桩桩事情的顺利进行搬开卡住关节的障碍。

如果某个中国店铺在马路上晾晒货品耽误了来往车辆,那就以最快速度搬开碍路的东西,并对店铺加以警告和罚款。假使哪位欧洲绅士的马车撞伤了本地人,那协商落实赔偿,如不能取得一致,或欧洲人被告,他可以享受治外法权,由他本国的领事来裁定。哪怕产生不公平的裁决,本地人也无可奈何,这事也算按法了结了。

百祥和新吾一样，对洋人享有的特权也愤愤然。不过，百祥能把事情涉及的各种因素进行切分，他晓得工部局的办事员只按章办事，没什么可以责备他们。

如果对治外法权本身不忿，那涉及政治，并不由上海的每个市民决定或评议。

百祥和英国人有个共识，就是按现有体系把城市管好，管得尽可能井井有条不出岔子。

卫惕南爵士有意无意点拨过百祥一回，关于会审公廨兴废以来始终存在的华洋对立。

爵士说会审公廨初设之时，有一回上海地头发生一起凶杀案，一个华人怀疑老婆跟印度人通奸，就把涉及的印度人乱刀捅死了。会审公廨在英国陪审强烈要求之下判杀人者死刑，移交上海县衙门执行。不过，上海县令和上海道台完全改判，判处杀人者的妻子死刑，而释放杀人者。百祥你对这个案子怎么看？

百祥心里清楚，回答爵士说大清已寿终正寝，民国法律正不断实现现代化。如果有平民仍旧在传统和现实之间迷失，需要用不断重复的法律事实来警醒他们。

爵士不置可否，又提起洋商和华商间仍常发生的契约纠纷。华商习惯于口头承诺并信守诺言，以自己商誉作担保。洋商只认书面协议和签名印章，各种条款又很直白，"啰唆繁复"甚至"语涉无礼"，还搞中英文两种版本。中小华商普遍文字能力不高，解读协议困难，从不肯信任这种需要律师对簿公堂来解释的"合同"，所以这是上海国际贸易时常被提起的困难。作为工部局，需要了解双方的立场，凡遇到诸般纠纷，善加协调。

对于这个，百祥倒有自己的想法，他同寄爹阿瑟多次讨论过类似问题,已经"看穿了"。百祥回答爵士说:"上海的本分是商业,连接着扬子江和大海,就是中国和世界贸易的本意。我想工部局的协调目的只有一个,就是确保贸易的顺利进行。我个人所有的工作服从这个原则。"

爵士非常赞赏百祥的这个回答,爵士说:"你能这么理解问题,很适合总办处,做好了,董事会看得见的。好自为之。"

在工部局体系里,百祥对每个同僚都有天生的好感,别人或多或少也回报他以同样的情谊。总的来说,他和大家处得不错,没因为自己是上海本地人而受到歧视。

卫惕南爵士和所有的英美大班们一样不了解本地人,他对此引以为憾,对寄身公共租界的中国人,他历来抱持观望态度。

爵士之所以对乔百祥另眼相看,除工部局内部对乔的能力有好评,还因为乔在"蓝钢皮"事件(临城劫车案)初期对他提供了正确建议。事后想起来,爵士还有些后怕,因为那时乔刚被聘用,爵士并不太信任新手的判断,差点没加理睬。

山东土匪绑票后,第一时间对外界提出的尽是些政治性的交换条件;黎元洪黎大总统看上去对匪帮束手无策。

被绑票的外国人中有美国记者、上海《密勒氏评论报》的主编鲍威尔,他暗中托人把写在废纸上的亲历记寄到了自己报社。根据报道,被虏高龄英国病人史密士状况凄惨,英国与中国当局的外交接触虽频繁,却于事无补。

卫惕南爵士作为工部局因应绑票事件的主理,义愤之下想亲身前往山东与匪徒谈判,必要时愿以自己交换史密士,充当肉票。爵士夫人被他吓得花容失色,暗地里派管家飞车请乔到爵士府商议。

乔百祥平素给爵士夫人留下"沪事智多星"的印象,何况他阿爹是上海滩有名的商人,这种时候,爵士夫人特别依赖他劝阻爵士。

百祥衣冠楚楚来到爵士府,看见卫惕南爵士闷闷不乐,夫人像已用过嗅盐,仍旧紧张不安。等搞清楚原委,乔大事上不糊涂,明确无误对爵士说:

"先生,你不能去。匪徒绝对没有信用!骑士精神感化不了这种人,只会损害你自己的利益。无论怎么看,都没必要冒险!"

之后发生的事实说明爵士差点因为自己的荣誉感作出无谓的牺牲,匪徒达到了目的才最终释放手里的人质。

对爵士夫人和小亨利而言,乔实在是明智的化身,仿佛懂得处理中国事务的各种方式。

事后的秋季,在夫人要求下,爵士亲自在府邸宴请了下属乔,一则感谢他的谏言,二来关心他在工部局安身的状况。

乔在爵士府上表现轻松愉快,既不居功,又对工部局的差事有热切和满意的态度。可以用爵士的一句话来形容乔当时受到的器重,爵士举杯说:"祝我们真诚的中国朋友乔成为工部局的胜任者。"

爵士夫人坚持说,虽然乔已不再给小亨利授课,但他必须时常,甚至按照原来节奏,愉快地光临爵士的府邸,以使大家能及时领略他的智慧。

确实,乔百祥有时沉浸在得偿所愿的快活情绪里,他觉得工部局才是真正的大学,使得他每天更接近上海滩的真相,更确切地看清眼前世界,得出全套实用逻辑。

不过,不但工部局,阿爹也需要他,恒必祥西服公司的店头生意忽然间好得不得了，上海滩上的洋人和弓不拉多们无论男女都在定做新衣，仿佛即将出席什么盛大宴会，而洋行里的职员们也不甘落后。这阵子，街上打扮得衣冠楚楚的绅士们更多了；乔端冕和七工师傅们一起"开夜车"也完不成新增订单，想要儿子出手帮一把。

乔打听了一圈，并没其他特殊原因促使大家拿钱出来做新衣，这秋天上海城里的人全热衷于花钱，把"生不带来死不带去"的钱变着花样用掉；临城劫车案告诉上海所有侨民和中国居民：租界给人的安全感是有限的。

一旦走出租界，连江苏和浙江这般富庶地方都互相乱战，仿如吴越冲突再现。乱世时刻有危险，人人可能成为流弹的目标，或亡命徒眼中的"肉票"，没油水可榨的就会被撕票。唉，今朝有酒今朝醉呀，何不鲜衣怒马地过过眨眼即逝的好日子？

阿爹忽然想起，曾有不少洋人到店里求做修长型西服，他们拿不出样子，都说正是恒必祥西服的风格。

"我查了一下，百祥，原来是你裁剪给自己穿的那种跳舞西装。人家在舞场里羡慕你，就来求做一模一样的。我看，既然有这市场，不如你顺水推舟独创一派，让这样的西服在上海滩流行流行。"阿爹笑眯眯，"是好事体咪。弄得不好，你就成了开山立派的大裁缝！"

二

上海之夜于繁华地段是以七彩为表笙歌作韵的，可在妙龄男女心里，有些夜晚却是黑色漩流和隐约可见的深渊：百祥在工部局和阿爹店里两头忙,桃丽丝却又照例给他惹麻烦。

桃丽丝?对,就是那个桃丽丝。

那年百祥跟着阿瑟去斜桥弄,他那时还是一只本地俗话说的"童子鸡"呢。

看见斜桥弄里的美国女孩们,他哪能不眼热心热?其实是什么也不懂的。那时桃丽丝比他长得还高挑,其实也才从美国辗转来到东方,也什么都不懂,才二十岁,在斜桥弄她第一回遇上本地男孩。

桃丽丝对那个特别的瞬间毫无预谋,她只是好奇打量这个陌生种族的男孩。

那个下午,百祥终于在室内的晦暗中看清桃丽丝,觉得一只绝美的兽满怀善意蹦向自己。

他乐于让桃丽丝靠拢,他很想搂住这只白色光润、有异国情调的女兽,他能感到她身体的热量。

通常情况下,这只是一种瞬间的失态,彼此马上失之交臂;事后回忆,顶多沉迷于一阵青春的骚动。

不过,当时在一边留心着的洋肥婆出手推送了一把,她这一把,改变了桃丽丝和百祥的运程。

洋肥婆挪动肥躯,伸出圆鼓鼓手臂,把百祥这个"南洋孩子"同美国女孩桃丽丝一起推搡进一间只放着大床和浴缸的房间……

百祥就像一只刚孵化的蝴蝶被捏着翅膀放到一朵怒放的海桐花上……

一切发生得实在太快,桃丽丝按她的"工作流程"依次操作,百祥战栗着体会这件久已渴望之事,其实因震惊他完全没能投入,他觉得自己只是钻进大屏幕看了一场美国电影,内容过于强烈,以致他只获得许多碎裂的模糊印象……

不过,他认识了桃丽丝。

桃丽丝夸百祥皮肤好,她笑了,友好而坦诚。

后来再去斜桥弄,百祥都只要求见桃丽丝。他也不留在那里,总付钱带她出来逛街,或进舞厅跳舞,或到跑狗场看跑狗,又拿钱给桃丽丝作赌注,让她赢……诸如此类纨绔子弟能想到的取悦女子的花样……

桃丽丝跟百祥一直处得不错,她不观察周围洋人们和本地人看自己的眼色,她像完完全全同百祥窝在一起的一个有情女子,把注意力和笑脸都给了百祥。

"我认为你是个彻头彻尾的傻瓜,"她取笑百祥,"你花这些钱,可以同我们那儿所有的女孩上床了。"

百祥说:"为什么要同那么多女人上床? 应该同最好的那个相爱。"

起先这关系断断续续,桃丽丝明白斜桥弄美国女孩里只有自己在同中国男人来往。

上海滩上干这营生的西洋女子很多,以白俄和美国女人为主流,不过,绝大部分西洋女子不肯接待中国人,甚至老鸨们不允许中国人进入营业场地。百祥若不是阿瑟带过来的"南洋乔",他也不得其门而入的。

现在,知道百祥其人的美国女人们都打趣桃丽丝,说她搭上了"本地金童"。这童子不但花钱如流水,且只约桃丽丝一个,游戏逛街消磨时间,乐在其中,看来并不是个急色鬼。

"你正在犯傻。"桃丽丝对百祥说了很多次,"别怪我没提醒你,你不能爱一个分时出售的女人。"

百祥面对说美式英语的桃丽丝,用他的伦敦英语慢吞吞回答:"桃丽丝,你的工作对你的健康不利,你可以考虑辞掉工作吗?你的开销钱由我给,另外你还能做其他事,上海滩到处有事做。"

"你不能独占我。"桃丽丝笑道,"你是中国人。没中国人跟白种女人混到一起的。"

说过这话,桃丽丝就常常拒绝百祥的邀约,她不想要百祥的钱,她需要自由地从事她的职业,这职业是她自己的选择。

百祥也一度知趣地退避,有半年时间他没怎么去找桃丽丝。

他对女色有了新的领会,这半年他是各国人物打理的众多国际舞厅的常客,他的名气就是在这些舞厅里张扬开的:大家都知道了这位自己替自己裁剪漂亮西服的小开,他讲一口流利的漂亮的偏上流社会的英语,从不调戏女人,只很有礼仪地邀请她们跳舞,很傻气很诚恳地同她们交往,在金钱上大方,简直让人怀疑他的目的是拐走各大舞厅的红舞女,到另一个码头去开新店。

不过,外人虽这么看,百祥却只是个普通人,他明白自己渴望爱情,他很想从这些金发或褐发的美丽的兽们心上收获真情……

但这些外国女子一律不给他他需要的。

她们不但只看重金钱,还都对他若即若离。像上海滩所有人心知肚明的,她们暗示他她们是白种女人,他做的这些是他不该做的。所谓"不该做",不是她们绝对不愿做,但他总该付出更高的、高得有些离谱的代价,同时不要有任何奢望。

寄爹阿瑟比从前更发福,并且越来越对女人们有愤世嫉俗的言评,有一天他哪壶不开提哪壶,问百祥是否同斜桥弄的美国女孩们有来往。

百祥愤愤然道:"亲爱的阿瑟,你看外滩公园门口挂的牌,上面列明几十条'不许',还有'狗不能进入公园','华人,除了干活的苦力,不得进入公园'这种话,请问,我的长相是我受的诅咒吗?我就不能带一个美国女孩逛街?"

阿瑟愣了愣,对百祥笑:"原来你真同她们有来往,这并不叫我吃惊。不过,关于你的种族和你遇见的人对你的态度,嗨,这是个不能讲的事情,你怎么放嘴上讲呢?"

百祥参悟不透阿瑟的话,他并不想自己劝阻自己,他还是继续独自去舞厅,他几乎挥金如土,他确实同几个白俄女人睡了,也同一个日本舞女上过床,他晓得这些是逢场作戏,由金钱做媒。可他心里空落落的,有时候碰过女人之后,那里更空更难过。

一天晚上从舞厅出来,想去喝夜咖啡,有个女人穿着肥大衣服跟上了百祥,百祥转身看,原来是斜桥弄美国女郎俱乐部那个洋肥婆。

洋肥婆并不想同百祥喝一杯,她告诉百祥桃丽丝出了点事,如果百祥肯念旧,一定可以帮到她。

百祥二话没说就跟着洋婆子去了斜桥弄,美国女郎们住在排楼最高的阁楼层,肥婆把他带到桃丽丝的小房间。

桃丽丝狼狈地仰在床上,脸上敷着白纱布,嘴唇肿胀,身上也有外伤。她遇上了那种喜欢暴力的客人。

百祥在桃丽丝变得更堕落的脸上依旧看见初次相逢时她流露的那种甜蜜,百祥说:"你若愿意,我说过的话还作数。并且,假如你接受我的安排,我也无意干涉你的自由,你想干什么仍旧干什么,我从此可以保护你。我喜欢……看到你安全自在。"

于是,从那时起一直到如今,桃丽丝都住在百祥名下霞飞路(就是从前的宝昌路)的公寓里,百祥自然是经常去会她的,偶尔也留宿在她处。不过,他刻意要守自己的诺言,不过问她行止,好像她只是个朋友。

百祥只同新吾说起过桃丽丝其人,新吾没女人方面的经验可拿出来分享,他只是不明白百祥要什么。

百祥记得自己对新吾叹气:"没什么,何苦同她要,假使我同她只有这点缘分。但至少我可以一直看见她,直到看清楚她是怎样一个女人。"

新吾说:"吾兄,恕我直言,兄勿随波逐流。你有才能,该心心念念为中华尽力。依我看,洋人,包括那些洋女人,永远也不会把我们当平等种族看待的。"

眼下,百祥心里不住翻腾的尴尬也同桃丽丝有关,还和工部局内部的规矩有关。

工部局要求所有雇员避免不名誉的私生活,一旦触犯这条规范,任何雇员都可能丢掉自己在工部局的职位和前程。

自己同桃丽丝之间好几年的露水情缘该怎么评价呢?这奇怪的情丝要怎么挥剑去斩断?而且,意料之外,却是情理之中,近一年来,桃丽丝对百祥比从前热络了许多,竟不时对他有些缠绵的态度。她这样就更增添了百祥对工部局的隐秘歉意。

桃丽丝早已不公开在斜桥弄出场,她住进霞飞路公寓后就决心另起炉灶。

从前她只是混混沌沌,如今也有条件变聪明些:这个中国男人递给她一架向上爬的梯子。桃丽丝不想再无缘无故成为陌生客人暴力的牺牲品,这是无谓的牺牲,很容易给女人留下创伤。

不过,乔根本没意识到,自己同样是个令桃丽丝感到害怕的客人！

乔同样不肯遵守游戏规则，让人疑惧他怀有更深的企图，他看上去想让没脑子的女人慢慢落进他不惜工本构筑的陷阱里。

虽说桃丽丝记得第一次见到乔时他还是个毫无经验的少年，不过，他是这个东方冒险城市的富家子弟。上海滩上所有人都奔着"冒险家的乐园"而来，他也许会变得冷酷无情。

桃丽丝知道这种变化无可逃避，这是丛林世界的法则，万国码头的法则，没人可以违拗。

所以，她必须占据绝对的主动。她明白自己来东方的唯一目的是淘金，她时刻记得自己的信念。淘到足够金块之后，需要做的第一件事就是上船回国；回国，才是人生真正的开始。

乔那张狭长的、东方的、缺少西方式轮廓的脸如今频繁出现在桃丽丝面前，他黑色敏感的眸子总关切地盯着她看，带有自我怀疑的光色。桃丽丝常羞涩地转过脸去，她绝不想同他解释自己脸上留下的淡淡伤痕。

不过，乔表现得仍像一位绅士，他是来关怀她的，并非对她怀有目的。

"作为一个美国女人，你若真觉得该为我的钱付出代价，那你听着，你可以为我做一件事。"乔说。

买卖两讫是好事，桃丽丝喜欢互不亏欠。不过，真说到男女之间，互不亏欠是不可能的，何况佳人已在风月场。

乔的条件是什么？希望他不要惊吓人。

"我家现成开着上海最高档的西服店，你可以不做别的，专去把西洋人士请来定做衣服。每套定做的西服我都要给你'肯魅勋'（commission），你凭自己魅力得大概三分之一的货款吧。这不少的!"乔很用劲地解释,生怕她误会他。

听着像是个好事,桃丽丝想,不过,我哪有那么大魔力平白无故拉人来做衣服呢,如果人家为的是上床,直接付钱岂不更好?

她笑了,想起有个久在上海的英国人说过中国人要"面子",明明白白做妓女不好的,总要遮掩成暗娼。乔是这个思路吧?

乔给我地方住,想当我保护人,不就是想一直同我上床吗?桃丽丝想乔是个大主顾,能顺着他就多顺着他一些。何况,久了,看他其实也挺帅的。

这样,桃丽丝对乔撤去了大的戒心,同他能混则混。

因为乔答应不过问自己隐私,桃丽丝如今到英国人开的酒吧走动起来。坐在酒吧里,虽生意次数少,但可以挑体面客人,也可以看情形要价。不过,她从不把客人带到乔给她的公寓去,都是随客人上宾馆。

乔要来会她,总会提前一天同她约,彬彬有礼,她也完全可以拒绝,另作安排。但由于乔在这点上做得像个绅士,她能成全总成全他,很少拒绝他。

不过,这些天来桃丽丝有点为难了,甚至对乔有隐隐的厌腻。

这种变化不是时间造成的,时间只会加深桃丽丝对乔的自然情感,毕竟,乔那样克制自己来体贴她。她的新变化是因为一个人,对了,一个男人,英国男人,年纪同乔其实差不多,尽管看上去比乔更成熟。

汀康并非刚刚到达上海,他是兰开夏人,从小知道英国同东方进行着纺织品贸易。兰开夏是工业之都,极其需要中国市场。在兰开夏,大家都说"只要中国人买"这句话,这句话的魔力基于背后假想的人口数字:要是给每一个中国人做一件衬衣的话,所有兰开夏的衬衫厂都会吸饱油水,像大胖子那样挪不开步子。

汀康不是什么富家子弟,他父亲开零售店破了产,且同他关系不佳。汀康倒很想在家乡找一份安稳的工作,他不求发达,只想同中学里的女友结婚,生孩子,过小镇生活。不过,没任何工作等着他,一九一四年战争开始,更没有赚钱机会。一九一六年,他同父亲吵了一架,跑去当了兵,作为皇家燧发枪团的列兵上了法国前线……

一九一九年他退伍回到兰开夏,他很满足,并不因为发了财或立了战功,而是同他一起作为燧发枪团兵士出征的其他兰开夏青年几乎全数战死在了法国,他却在一次次英勇的冲锋里活了下来。感谢上帝,除了感谢上帝还能说什么?

没有工作等待退伍者。父亲在战争期间死了(母亲早年间就病死了),他看到上海工部局在英国报纸上刊登招聘巡捕的广告,有从军经验者优先。

汀康甚至没征求女友和自己兄弟姐妹的意见,就应聘了这份远东的工作。男人必须有和自己身份相配的工作,这是一切的基础。女友想要读完大学,那么,先分开一下吧。

汀康坐了近两个月的海船,几乎绕行地球一圈,来到了上海。他踏上外滩的码头,深吸一口黄浦江上的空气,立刻爱上了这个充满各种污浊气体的位于中国东海岸的"英国城市"。

汀康被工部局安排到戈登路巡捕房的训练所接受入职培训,然后当上了"巡警"。简单地说,汀康一个星期有五个夜晚必须在上海英租界的地盘上,独自或有个伙伴,彻夜巡逻,抓捕强盗或小偷,应有钱人的召唤去让他们的穷邻居保持安静,察看不允许乞丐过夜的区域,或作为英国人的本分,指导他遇见的工部局的印度巡捕或中国巡捕们,对他们发号施令。

就像他在一次大战前线一样,汀康从不蔑视自己的工作,他并不为当一个巡街的感到羞耻,也不为之得意。

这里是上海,一个曾经遥远却不可思议的大城市,而他只是个兰开夏的乡下人。他觉得心里耸动着好奇和期待,他不爱说话,眼睛在制帽下熠熠闪光,他相信:在上海,迟早有自己该得的一份。

那晚,桃丽丝从酒吧出来,跟随一个在洋行里做事的英国人去了宾馆。

等她从宾馆出来,夜色阑珊,她想要坐一辆人力车回公寓去。这时候,她忽然发现初夏的夜好比从烂泥里倏然开出的有芳香的大花,在黎明到来前散发着诱人甜香。她犹豫了,想漫步走回自己的公寓。

她顺着静安寺路往西走了一段,正要折而向南,有个细瘦人影朝她直冲过来。

桃丽丝明白这人的目标不是自己而是自己手里的皮包,她转过身,抱住自己的皮包,蹲下身去。她决心紧紧抓住皮包不放,保住今晚挣来的钱。这是银货两讫的生意啊,是自己"肉搏"来的钱,不能叫人说抢就抢。

她低头蹲着,等待无礼的撞击……确实有人倏然停住脚,然后重重倒在水门汀地面上,发出很惨的骨头着地的咔嗒声。她抬起头,那个细瘦黑影此刻脸朝下与大地扁贴在一起,一个高大的白人巡捕微笑着凝视她……

这是桃丽丝和汀康的相遇。

汀康很快弄明白这位桃丽丝在干哪行哪业,汀康眉宇间有种极其忧郁的神色让桃丽丝觉得心弦被拨动。巡捕?这些巡街的低级警务人员肯定都是穷光蛋;他们来上海不是淘金,是指望着挣工部局挤牙膏般挤出来的工资，一个个还惦记着自己贴上大半辈子后能拿到全额退休金。总之，桃丽丝知道自己可以感谢汀康，但不要被他纠缠。

她错看了汀康，汀康岂是纠缠一个美国暗娼的英国人？他在大战中见惯了死亡，对自己大难不死这个事实从没真正理解和接受过。若上帝留下他不让他死，肯定是要他做点让死人们看得上的事的。

汀康的性格在巡捕房英国上司眼里显得有些粗鲁，不过他因此同上海滩上做买卖的很多美国人处得不错，他一开口，桃丽丝觉得他不像其他英国人，再开口，桃丽丝想这倒是个很好的能聊天的人。

汀康始终不动声色，不过，他可没闲着。

他已经发展了自己的线人，还有愿意为他跑腿、得到他暗中宽容以便小打小闹混口饭吃的街头混混。他很快就访问出了乔百祥这男人，一个西服店老板的独子，上海滩上一个悠闲的本地小开。

桃丽丝凡去酒吧，常能在附近马路遇见汀康了。她愿意同他喝杯咖啡，聊上一阵天。

汀康护送桃丽丝回霞飞路，这超出了他夜巡的范围。汀康话不多，神色间有时显出他根本不在现场。不过，桃丽丝对他说再见和感谢时，他总在路灯下一个立正，脸上露出人世间最温暖和慷慨的笑容。

桃丽丝感到烦恼，汀康的表情越来越多地出现在她的思绪里了。她从没如此思恋过一个男人，男人从前全是顾客。

最近那个晚上，汀康护送桃丽丝到达她公寓楼下，还没等她道别，汀康一反常态站到她面前，沉着自如地说："桃丽丝，我知道乔是什么人。你听着,我想在你面前取代他!"

桃丽丝目瞪口呆,她眼前仿佛站着个现役军人,他不受阻止,诉说着一种军事行动式的决定。

"噢,可怜的乔!"她几乎脱口而出。

三

新吾一来上海,连着四五年不曾北返。冬天阿爹阿姆来上海小住,一则看儿子,二则拜访兄弟一家。上海阿弟见北京阿哥来了,开心得很,日日设宴天天游园,玩了一圈上海,两兄弟才乘兴单独喝酒谈正经事。

端冕对双胞胎阿哥讲:"上海近两年生意邪气地好!如果我们不乘此机会扩展,将来会后悔的。阿爹都快八十的人了,在奉化乡下一门心思带徒弟,把亲亲眷眷左邻右舍的小孩都带成了小师傅,我们有底气在上海加门面的。兄以为如何?"

正冠点头,先赞叹上海市面:上海在中国独一无二,洋装生意独步天下,还是呢绒进口的最大口岸。要做好西装,满足挑剔的英法洋商,各种时髦呢绒面料相当要紧。

话锋一转,正冠却说自己待惯了北京,已习惯北方风俗跟气候,上海这洋场热闹太过,自己怕只能小住,还是回去守着北京老店好,毕竟老客户们还热心光顾。

不等阿弟回言,他又手指一竖,给一条妙计:"如今我看奉化裁剪一行已大大成气候,阿爹当年决意从日本回奉化乡下办培训学堂,老人家是有长远眼色的。宁波人历来聪明,若一味叫大家为乔家做工，就怕慢慢得罪了家乡人，不如这次我回乡望阿爹，就提议村里大家入股，在上海办新店，你看如何？当然，大股肯定是吾弟你的，由你主持。大家齐心，又信托你，必能将生意做大。"

说得投机，外貌酷似的两兄弟推杯换盏，考校起具体方法来。

端冕又提出儿子百祥独创的修长型西服，是不是可以当新店开张的噱头呢，如果有了讨人欢喜的新风格，新店就方便立牢脚跟。

正冠一听，竖起大拇指："我看百祥是个天才，不晓得他为啥一心做洋人帮办。如果他愿意帮衬生意，我看我乔家当年举家回国的梦想就容易实现。阿弟，我们请些洋人跟各路报社记者一起捧捧场，从此就把百祥开创的修长型西服叫作'海派西装'，先下手为强，抢过'上海'这个大招牌！"

阿爹阿姆此来，不用他北上省亲，新吾便日夜陪着阿姆，像回到了很久以前的少年时代。阿姆是喜欢上海滩的，不过，也可能只为新吾在上海的缘故。

百祥听说阿爹和伯父摩拳擦掌要投资，还想回奉化乡下把阿爷教的徒弟们全弄到上海来，不由得也暗自点头，佩服长辈们做生意的眼光。

自从进了工部局，他兢兢业业，得四方上下信任，许可他接触各路信息、与各国专家一起琢磨市政和经济难题，百祥自然明白上海正在快速发达。

奇怪得很，租界周边无论远近，每发生一场大规模冲突或小规模战争，都会像魔法师将金豆子扔进小小的上海租界一样。

这弹丸之地的租界拥有安全和秩序，有各国外交机构、兵舰海军和万国商团百般保护,全国和世界上的钱就自动往上海租界里流,修城墙也挡不住。这当口,扩大家族的生意,无论怎样都会顺风顺水。

难得阿爹和伯父都有大气魄,肯带上乡里乡亲一道发达,自然也能得到大家最大的支持。投资的钱款容易募集,这不难,难在长辈的意思还要自己出面,打出"海派西服"新招牌。

百祥想,自己若卷进家族生意,只怕有碍工部局的规章。虽还没具体针对性的条款,毕竟这会分散职员的工作精力,似乎不为工部局所欣赏。

然而,拗不过长辈的殷殷期待,他已开始在礼拜天教授公司的裁缝师们如何裁制他喜好的修长型西服,这里头还是有不少窍坎的,他不说,人家未必能高仿。

乔正冠夫妇还没离开上海回奉化乡下探亲呢,店里就又发生了新鲜事。

有两个风尘仆仆的年轻人来到恒必祥店堂,探问店主是不是姓乔。

乔端冕好奇,亲自下楼来接待。来客脚跟一并,先向他敬了军礼,自己介绍说是从南边来的军人,奉孙逸仙先生之旨意,来乔家定做新军校的军官制服。

乔端冕心里一半疑惑一半明白,赶紧把客人请到楼上写字间奉茶。一问之下,果然是中山先生念旧,想起了在横滨时同他一起设计中山装的乔老板一家;如此这般,军需官们就辗转寻到上海来。

如今,中山先生主持广州革命政府,在黄埔岛上建立了国民党陆军军官学校，由奉化人蒋介石任校长。军校教官一律要有鲜明振奋的制服，中山先生特别关照要找到乔家，由明白中山装来龙去脉的人来设计和制作军校军官制服。

乔新吾正在店里，听说来者是广州的军人，好不高兴，上楼来同人家谈天谈得亲切。他向军人请教中山先生所倡"联俄、联共、扶助农工"的事，问长问短。两个军人看乔新吾生得雄壮，同他开玩笑，邀请他也去投奔黄埔军校。

乔端冕来不及请正冠回乡告诉阿爹这消息，先自拍板决定。他告诉来客，这几天大家一起商定军官制服的款式，不过，这批定制服装除军校自筹的面料，其他费用全由乔家捐助，很高兴为父辈之间早年在日本结下的友谊尽一点心力。

转瞬到了民国十四年，上海呈现一种奇特景象：越来越多江浙富户带着金银细软"移民"进公共租界和法租界，导致房价飙涨。

租界（公共租界和法租界）内算是繁荣安稳的东方巴黎（尽管日本人在虹口的居住区和杨树浦工厂区常发生厂主与工人间的龃龉），夜夜笙歌，日日升平，但只要一出租界进华界，立刻变得不太平。

浙江和江苏两地不同派系的军阀已围绕着上海打过一仗，不久前又剑拔弩张，第二次兵刃相接。

新吾在上海始终留在叔父店里帮办，有一份固定收入和花红。同时，他常离开租界进入华界；就算不离开租界，他也常跑去公共租界日本人出没的地方。他得了北大同学的引荐，与一些志同道合的朋友在那里经营为中国工人和难民求福利的无偿工作。他去日本人居住区，当然还因为樱井小川先生。

櫻井家和乔家有世谊,乔家父辈生意上与樱井家长年往来。这一辈的樱井小川先生迁到上海前,同乔正冠乔端冕兄弟俩也以书信做过咨询。新吾在沪,须代表阿爹(正冠与樱井家关系较端冕更密切)常去樱井府上请安。

櫻井先生现在杨树浦经营着一家中等规模的丝厂,对中国工人有格外的体贴。新吾进厂看了,觉得樱井先生与他的在沪同胞们大有不同。

近来樱井先生同比自己年轻十多岁的新吾过从甚密有特别的原因:新吾是个耿直后辈,同樱井先生谈话从不避讳。樱井也就明白他同哪些人往来,沾上了什么色彩。

"我的朋友们在杨树浦开的纱厂都是正正经经的,我保证他们是纯粹生意人。其实,英国人纱厂的条件同日本人纱厂没太大不同。现在日本人纱厂的工人越来越喜欢挑事,动不动就威胁要罢工。新吾,虽然我厂的工人还好,但你晓得,行业是共同兴衰的,我很担心形势啊。你说说我们日本人的工厂该怎么做才好?"樱井神色自若,不过问题问得焦灼。

新吾本有气势磅礴的回答,但面前是令人尊敬的樱井先生。樱井一向在自己的利润里拿出额外的补贴给工人们,比其他工厂主厚道得多。

那么,还能把日本对中国的不平等条约及虎狼心拿来作考量吗? 新吾想,实际上,樱井先生是聪明人,他现在问的问题,明面上说了出来,暗里有伏笔,他是问假如工人们最后也罢他的工,是不是算劳工方理亏。

新吾喝着樱井家的清酒,蹙着浓眉,回想自己和北大同学们历来的讨论;他挺谨慎地回答樱井:"不在其位,我想不清楚这问题。

别的工厂主我管不着,樱井先生的厂,历来也不爱出风头,你对工人好,工人们心里清楚的。依我说,到了风口浪尖,先生不如暂时停工。这样倒能更好地保护工厂。"

新吾只不过顺着自己心思说说,没想到樱井先生听取了他的意见,没过几天就发了工人一点津贴,把厂子给停了,解释说生意上的原因。

他这么焦灼是有道理的,他的厂才关几天,其他日本厂的工人们就闹了罢工。不但罢工,还同厂方的人冲突起来,闹得有家厂子的日本人怕机器受损开了枪,最后打伤几个中国工人,当中死去一个名叫顾正红的,听说是共产党。

这可不得了,就像堆了太多干柴的地方爆起一颗大火星,从没什么人敢示威的公共租界竟涌来大群学生和市民,发起了游行,据说背后有赤俄势力拨弄,也没人晓得如何在公共租界里控制这前所未有的风潮。

学生们游行到老闸捕房前,合该有事了。

学生和工人不同,他们喊出的不是改善经济待遇的口号,在他们眼里,日本人是帝国主义者,英国人则是更大的帝国主义者。

"打倒帝国主义""取消治外法权""废除不平等条约"……学生们冲着拦阻他们游行的租界巡捕而来。巡捕喊叫示警的声音被学生们的怒喊遮没。

英国巡捕们慌了手脚,也拿起了枪,最终打死打伤了游行的学生。

五月燥热的上海租界,树叶在艳阳里播洒斑驳阴影,大班们遭遇了上海开埠以来最危险的情势。工部局上层警告上海的白人家庭尽可能不要上街;北京政府则发起外交攻势,要求在平等基础上重新调整中英间的条约关系。

乔端冕及时做了一个长辈该做的事:巡捕枪击游行学生的事一发生,他就把新吾和百祥叫到自家客厅,宣布禁止兄弟俩后面十天里出门。

乔老板说:"绝对不会跟外国人善罢甘休,已经通过商会和行会在讨论所有中国人罢工罢市的统一行动。新吾乃吾兄独子,百祥乃吾之独子,哪怕街上一颗流弹都是我们乔家害怕的东西。不要作无谓的牺牲,百祥,在家陪好你弟弟,他年纪比你小,这是你的责任。"

好不容易请得工部局批准休假,接下来十多天,百祥都以镇定和温存的态度度过。他紧盯着新吾,既不让这匹打着响鼻的马突围到街头去,也不在任何地方刺激一头年轻的试图捕猎的狮子。

新吾感受到全新的苦恼,他觉得自己的心被囚禁了,而他心心相印的同伴们却自由地在大街上战斗。新吾对百祥说:"吾兄,我早已成年了,我打算搬出叔父的家,也打算重新找事做。如果我阿爹阻止我,我会同他断绝往来。"

百祥听了新吾的话觉得心惊,不过,作为年长三岁者,他脸上并没惊诧的表情,也历来不作激情应答。百祥说:"吾弟,我晓得了。让我们一起在家做十天好兄弟。之后的事情之后再说,如果你是一只鹰,再好的鹦鹉笼也锁不住你!"

大门其实是吩咐了店里伙计们来守住的,叔父要尽自己的兄弟之责,绝不想在风雨之期让新吾失去保障。但新吾没尝试离家,他和百祥形影不离,一生中唯一一次推心置腹:

"百祥吾兄,人不能选择自己的时世,生到这世上有前定的时间。

"人也不能选择自己的血气,譬如你沉得住气,或可以行大事,但我气血翻涌,很可能是个只有匹夫之勇的人。生就什么样子是不能改变的,吾兄。我要顺着我的血气去过我的人生。哪怕前头沸汤烈火,我也要前去。

"我来上海很久了,见识已够了,吾兄,我不是江南子弟,也缺少在洋场过活的智慧。我不能忘记自己的模样,我们是一种牛马,而洋人从我们身上剥取任何他们觉得值得的东西。无论日本人、英国人、德国人、法国人还是安南人,或印度阿三,我都希望将他们赶落海里去,把我们的土地还给我们。

"吾兄,孙逸仙生前联合了国民党和共产党,要联合世界上一切平等待中国的种族,我想我知道自己要做什么并怎么做。今后,假如我的所作所为不如吾兄之意,请看在兄弟之情上,饶恕愚弟的妄为。若愚弟连自己父母都违背了,但求吾兄看在兄弟一脉上,略微替我照顾一下老人。我意已坚,要和街上那些学生一样,去做不得不做的事。

"吾兄,或者你是善于和洋人共存的。但愿我所做的,不至于破坏兄的福祉。无论这世界如何,愚弟也是希望吾兄好的。你们对我的恩待,我都长记心里了。"

这么一番话说出来,新吾是个不肯回头的汉子了。

百祥面上阴晴不定,比平日里越发讲不出话。

是的,听新吾的口气,他必然是加入了共产党。苏俄如今气势看长,孙逸仙的遗嘱也大有苏俄影响在其中。

百祥在工部局看巡捕房的往来公文,巡捕房对苏俄人士及共产党人是有特别侦探来严加监视的。

百祥对新吾说的话不多:"吾弟,不要心急。已成就的世界由不得你我，还没成就的世界同样不由我们做主。何不等待，戒急用忍呢？"

五月好不容易才熬过去，百祥回到工部局办事。

工部局拉闸停电，让所有罢工罢市的工厂商铺彻底停止运作，好像也没设置恢复供电的时限。这一招，败中求胜，不久倒让市面和工商都自觉妥协并恢复了。

工部局历来不搞株连，不要说新吾没犯法，就算新吾参加了面对巡捕房的示威，也不会对堂兄在工部局的前程产生什么影响。百祥是百祥，新吾是新吾，英国人鄙视从前清廷那一套，从不株连九族。

只是，百祥知道上海滩的英国大班们对苏俄有非常负面的看法，苏俄煽动农工，夺取的是上层的权益。频繁的罢工会损害上海的贸易和经济。巡捕房已有详密侦报，上海的工厂里共产党人成倍地增加，工人们都在变成中国的共产党人。新吾在上海待下去，简直比当初待在北京更可能出事。

不过，这毕竟还没迫在眉睫。对于没到危急程度的事，百祥历来是只看不说的，没必要事先大惊小怪，只要把握住时机和分寸巧妙应付就对了。

乔端冕不敢对兄长乔正冠隐瞒新吾在上海的变化，乔正冠在京城里着急，想唤新吾回去，又怕他不肯，反倒弄成催逼他出走。

乔方才在奉化办理母丧，他没让才回北京不久的大儿子千里再返乡，小儿子同着两个孙辈从上海回了奉化，乔四家两个儿子也跟着一起来。乔方才欣慰地在他阿姆的棺材里放了一本他常同她讲论的《福音书》。她得福了。

第五章
1905 年，1910 年　哈尔滨·横滨·上海

一

光绪三十一年，就是大清宣布取消科举那年，一个身在北国哈尔滨的浙江人身临其境，旁观了俄军同日军的殊死决战。

谢天谢地，不算旷日持久，从 1904 年到 1905 年，清国东北辽阔原野上一场又一场大战役最终分了胜负：俄国兵垂头丧气捏着沾着土的胡须向日军投降，但俄国平民依旧留在哈尔滨，躲在俄人居住区，他们惴惴不安，不晓得何去何从。

早在战争之前，哈尔滨因中东铁路的兴建，汇聚了罗宋人（俄国人）、清朝臣民和少许朝鲜人日本人，还有一些其他国度的欧洲人和美国人来这新起的国际化城市。乔家良（乔四）也带着两个儿子乔新甫和乔新成从奉化辗转哈尔滨，在罗宋人居住区里开设了浙兴良洋装店，专为哈尔滨城里有钱的罗宋人或罗宋犹太人裁剪

西服。

南边天津北京虽都闹过义和拳,惹洋人起兵打进北京赶跑慈禧,但义和团基本没到达过哈尔滨。乔家西服生意本来越做越好,若不是发生罗宋人和东洋人之间这场恶战,乔家父子本已决定把奉化乡下女眷接来哈尔滨,不要再每年辛苦奔波回浙过年。

罗宋人和东洋人还真是会打仗,不在自己土地上打,倒借了大清的国土大打出手;大炮不但轰垮彼此军队,还兼带摧毁了大清臣民的房屋、耕地同各样生意,叫闯关东辛苦一辈子的人们再次变得一贫如洗。这世上无双的大清朝廷,竟有脸宣布友邦交战自己中立,滑天下之大稽……

还好东洋人同罗宋人签订的《朴次茅斯和约》没动哈尔滨;哈尔滨的土地虽属大清,由于中东铁路的西北段战后仍在罗宋人手里,哈尔滨就依旧由罗宋人管辖。城市更敞开门户,东洋人纷纷迁入,其他国家也普设领事馆,外国人较以前更多。

乔四对两个儿子说:"阿拉不怕。罗宋人既然还在,我们也不用走。你们乔方才乔阿伯在日本做西服生意这么久,同我说过日本人也讲究穿西服显摆自己。如今他们打垮了北极熊,等于成就了暴发户,肯定个个想多办行头,摆起老卵。这对我们做生意实有好处。"

不过,乔四毕竟还有点不放心,看见市面一天天太平,他到罗宋人经营的电报局,往日本国横滨发电报,问茄生东洋人打败了白种人,意气风发,西服生意是不是更旺;而哈尔滨今后会不会吸引特别多的日本人来做生意;同日本人做生意,又该怎么做。

回店里,他把街上犹太人店如今的情形同两个儿子商议:战后犹太人做生意像有些意兴阑珊呢……正没个计较,店外有人探头,一看是约瑟华。

这约瑟华年纪不到五十岁,是浙兴良洋装店的犹太股东。乔四看见约瑟华,连忙请进店来奉茶,约瑟华历来是个挺好的生意伙伴。

当年乔四只身一人到通了中东铁路的哈尔滨探路,跟人租辆小手推车,车上放着他从浙江一路背过来的英国呢料。他走到罗宋人商业街,看见开店的老板就问要不要做衣服。很多罗宋人听不懂他从茄生那学的英语,听懂的也大多数笑笑,摇摇头。

乔四并不泄气,每天睡醒,吃了饭,就从客栈出来,重复走罗宋人区的大小马路。碰到有人问一问行情,他就说先做衣服后收钱,不满意可拒收成衣。

罗宋人听他这么说,猜想他刀剪上确实有两下子,反正他要价便宜,不如就做一下试试。乔四恭恭敬敬量了尺寸,回去没两天就上门请人试样,回去再两三天改样,成衣就能送上门。没人拒收,都觉得自己占了这清国辫子裁缝的便宜,衣服做得挺有精神!

约瑟华是第五个点头让乔四量尺寸的人,他穿上做好的成衣,朝穿衣镜照照,问乔四想不想开店,想开店呢,我投资门面,你我五五分账。

乔四说我一个人推着车,混到自己能开店哪有个准时间,我当然愿意。

约瑟华说不急不急,有些条件需要先说清,我是犹太人,不订笼统契约的,样样讲清说明比较好。

乔四说这对我胃口啊,阿拉宁波人也向来算个明白账。他说着从手推车呢料里抽出只算盘,噼噼啪啪打给约瑟华看。

约瑟华笑了,约三天后碰头,各自什么计较,全放台面上讲清。

订约之后，有事都照契约来。乔四点头，说实合我意。

两个人就这么写了虎皮大旗鸡毛蒜皮面面俱到的一份"百年合约"，约瑟华把自己杂货店的铺面让一半，装潢成成衣铺子，择日开张。

生意慢慢做起。

乔四每天关铺子，都捧上当天的流水抄本去隔壁交约瑟华，约瑟华笑说不必。

乔四说时间长了大家记不住，这样每天给账，我对得起你。约瑟华说你信上帝吧，信了上帝就不必跟我添这麻烦，我俩都跟上帝交账。

宁波人和犹太人合作得高高兴兴，竟能心思相合。

不过，这日约瑟华来，来得不寻常。他喝了乔四一杯茶，说："乔，店铺的事情，我想把股份全卖给你，我要离开哈尔滨。我们合作这么几年，我不会要你足价，你看着给现钱就好。铺面嘛，我也便宜转给你。"

乔方才身在横滨，接到乔四电报，一下子却不敢到电报局去复他。

日本人这阵子真跟沸水似的，没人能灭得了沸水下的火。

在东北打仗死了太多男人哪！岛民们带着黄种人绝望的骄傲，打人高马大的俄国兵，即便今日凯旋，元气也大伤了。唉，任何不寻常的光荣，都有令人发指的代价。

据说乃木希典大将回到东京，对满大街欢迎班师日军的妇孺说的第一句话就是"吾乃杀害令郎令尊之乃木是也"，众民皆恸哭。

又听说罗宋人实属运气不好，太平洋舰队疲师中伏不说，东北战场上其实东洋人暗地里已支撑不住。若罗宋人不那么实诚,能虚虚实实地再拖上一拖,很难料说战争的胜负。日本其实胜得极险极惨。

受美国人的调解,日俄《朴次茅斯和约》签订,国内东洋人发现根本没什么战争赔款,全国都成了背战争债的苦主!于是各处城镇都闹将起来,年轻人到处袭击警察局,火烧政府建筑……

横滨秩序虽好些,当地华商心里却是十五个吊桶打水,生怕有日人迁怒留辫子的清国侨民。中华街这种地方,只要一把火,就能烧得干净。

米慧和则仁姐弟俩早就离开横滨,去东京开和服店了。

茄生带着两个双胞胎儿子留横滨,如今只做西服生意。

夫妻怎么说分开就分开,当娘的能狠心不要两个儿子?茄生后来前思后想,凭着宁波人的开明,他自愿理解她想做个纯粹的东洋女,也原谅米慧不愿再回清国,但他终不能原谅她做得这般决绝,其实他暗暗明白这事同那个对人和蔼可亲的樱井有关……这女子的心,到底蒙了什么邪气呢?还能当她是个宁波人吗?

茄生每想到这些,心便堵住,做什么事都不得劲,老想起在阿爹榻边闻到的鸦片烟味。自己如今也老了,也想试着吸几口呢。

正冠同端冕冕没和他们的娘那样迷恋东洋,各自娶的仍是同乡宁波女子,且夫妻双双安分于宁波的一切传统(自从米慧裹在和服里变得越来越陌生,茄生就越来越主动归依宁波的诸般老法),那两个叽叽呱呱的小孙儿在家说的也还是宁波话,让当了阿爷的茄生心头稍稍安宁。茄生想想自己这年龄,真不如归去,回奉化乡下。

横滨虽好,不是久留之地。

东洋人这些年越变越强蛮,现在连罗宋人皆吃了他们败仗,日人气焰肯定又要大长。整个朝鲜,外加东北的铁路沿线一半地方已落在东洋人手里,接下来呢?

茄生是经历过甲午战争的老人,当年的记忆宛在眼前。在他的记忆里,那场战争的画面是一艘艘燃着大火的清国兵舰,带着成千辫子军人,缓缓沉下浑黄的大海……那流动着的巨大坟墓,是一个针对大陆的隐喻,给茄生切肤的耻感,犹如一场他不忍正视的噩梦……

两国一旦再交兵,清国侨民留在横滨,结局就难说了。尤其正冠和端冕两对夫妻带着小小孩,不如让他们到上海去找王小虬,上海那么个好地方好风水……

不过,茄生对回国也有一点担忧,主要不为自己,还是为正冠和端冕。两个儿子虽也照清国规矩留了辫子,但他们是在横滨长大的;他们虽吵着要回国开店,但多半是对故土好奇吧?

如今横滨来了许多反清的革命党,到处向华侨募捐,拉着大家同满人作对。正冠还稳重,端冕似乎就雀跃,表扬革命党维新……

茄生不晓得清廷是不是气数将尽,但若两个儿子卷入造反的勾当,倒宁愿把他们留在横滨多看看。儿子们大了,尤其各自有了小孩,就不再对茄生讲心里话,他不晓得他们究竟想些什么。

茄生一旦心不安定,就要去麦牧师坟上说说话。

麦牧师自从二十多年前听从茄生,到横滨治病调养,年老体衰不能再做什么,就只跟人说说话还行。

麦牧师看见茄生,他心里总舒畅些。茄生是他来东方一辈子结的少少几枚果之一,或者他正是最让麦牧师感念的果子。

那年茄生带着米慧回上海,正遇上麦牧师最最失意之时。那时麦牧师在云南被声称皈依耶稣的人出卖,险些陷在当地的牢里。他被内地会救回上海时差不多已垮了,认定清国正是他见过和听过的最最贫瘠的国度,比索多玛和蛾摩拉更沉沦,不能产出一株属主的葡萄枝。

遍地皆险恶之徒,到处游荡卖主的犹大,为几块银子,就出售恩人……麦牧师忍不住自己的恨,觉得耶稣给他的爱干涸了,不能再流向任何清国人,他们背后的辫子就是魔鬼留下的小尾巴。

幸好茄生从奉化乡下回上海,随王小虬来看麦牧师了。

麦牧师变了形状,麦牧师好比一根采摘后忘在田里被烈日曝晒过的黄瓜,干瘪而萎靡,失去了往日的风度尊严……麦牧师斜睨王小虬和小虬带来的陌生男子。

"陌生男子"眼泪夺眶而出,扑通一声跪倒在麦牧师跟前:"牧师,我是茄生啊,我从日本国回来,我希望你主持我的洗礼。"

茄生说服了王小虬和麦牧师所在教会的会众,竭力主张麦牧师去日本疗养。麦牧师像霜打的茄子那样软,他选择离开伤心之地,一路由茄生尽心服侍,来到横滨。第一年牧师住在茄生家,第二年开始才由当地教会安排住进静修院。

倒凑巧,正好茄生出门去给麦牧师上坟,正和礼服店就来了三位大清国客人。

听见店堂里有人大声讲话,正冠和端冕迎出来看。一看之下,中间那位王大郎是认识的,这人一贯住在中华街,开着家苏州团扇店。王大郎身边两个陌生人都不留辫子,神采奕奕。

王大郎哈哈一笑,抓着正冠握手:"今日里来了两位贵客,要商量做西式的中国衣服呢!"

"西式的中国衣服"？王大郎这说法新鲜！

正冠和端冕兄弟俩目光越过王大郎，被气度不凡的两位生客吸引，这两个客人身量不高却着实气度不凡，很引人注意。

"这位是孙文孙逸仙，这位呢，黄克强黄兴。"王大郎做介绍。

"久仰，久仰。"端冕沉不住气，抢着招呼，"快来后堂奉茶。"

宾客落座，正冠和端冕报出自己名字；正冠点头："久仰两位大名，两位都是革新家。"

孙逸仙笑笑："我们听说两位乔公子是在横滨长大的，常常和王大郎感叹明治维新的大成功，这也是我素来羡慕的，所以特来会会两位。"

黄克强笑而不言，喝茶，听众人讲论。

正冠话也不多，都听端冕拿诸般问题请教这孙先生，不过，正冠很快就点头说："无论革新还是革命，正是关系中国时运的大事。两位先生有何差遣，我们兄弟一定奉陪。若需要资金，我们也尽力而为。"

孙逸仙朗声而笑，摆手说今日不是上门募捐，今日上门同两位乔兄的家传绝艺有关，我们要裁剪新衣服。

裁新衣？孙黄两位要各做一身西服？这还不容易！

黄克强开口了，湖南口音挺重，不过话说得清楚："不是要裁剪西服。新的时代需要新的衣装，革命军也需要适合身份的制服。我们是想同两位仁兄一起设计新的中国男装！"

端冕听得眼前天花乱坠，正冠拱手说："愿闻其详。"

孙逸仙喝过茶水便娓娓道来。他觉得对比西洋服装的轻便合身，中国男人历来的长袍马褂妨碍行动，阻滞行走速度，从而使中国男子的体魄衰弱。

孙逸仙等刚在日本成立了中国同盟会,以他自己为总理,黄兴为庶务。他俩要为同盟会创设符合革命身份的新男装,以标识中国人"创立合众政府"的决心。

交代完有关的想法,嘱托正冠和端冕两位行家从西服、日本士官服和学生服等服装中博采众长,设计出能帮助国人强健的中式新服,助中国男人昂首挺胸立于天地之间,孙逸仙和黄兴就同王大郎一起告辞,准备过些日子再来进一步商议。

送走客人,正冠陷入沉思,端冕却激动得坐立不安。

正冠说:"此事非同小可,服装乃国家大制,岂可轻改?我佩服这些革命家,不过,我们兄弟俩才疏学浅,就怕做不来这样的大事。"

端冕说:"吾兄,可不是?我有一个主意:这事得请教阿爹!阿爹不但是名师,而且阿爹一直对我们讲西服妙就妙在是立体的,大清服装却是平面衣裳。阿爹恐怕早已悟出服制之精髓,又是麦牧师的高徒,他一定有高见!"

二

乔四接了约瑟华的股份,也盘了约瑟华的店面,虽然约瑟华要价不高,乔四并无把握这是笔好交易。

哈尔滨这地方,地虽是中华的地,但做主的不是老毛子就是东洋人。所谓寄人篱下,说的就是在哈尔滨的华商,一切产业全像赌博。

乔四有点后悔当年没去离宁波近的上海,但上海又岂是自己敢去的地方?那里不但有罗宋裁缝,也有舶来的成衣,连茄生都没在上海开店,自己敢? 还不如来哈尔滨这种新地头找机会。只要老毛子和东洋人从此不开战,生意总会重新兴旺的吧?

时光不徐不疾无灾无难了;乘太平,乔家把女眷从奉化老家接来了哈尔滨。

家里一下子热火起来,婆婆一个带儿媳两个,加上小小顽们,叽叽咯咯,像鸡窝里添了母鸡小鸡,有了过日子的声色。乔新甫和乔新成也长进些,老婆到了身边,就不再偷偷往男人们消遣的深街僻巷里跑。

不过,东北这地方比不得浙地太平,不管老百姓怎么小心谨慎地过日子,像总有魔祟出没的,暗地里觊觎人命。一九〇九年十月的一天,就在哈尔滨火车站前广场上,东洋人的前首相、大名鼎鼎的伊藤博文被一个朝鲜人连击三枪打死。

乔四作为一家之主,警醒惕厉,他严格训示男女老少,身逢乱世,凡事谨慎,不要上街到处走。一家人暂且缩在铺子和家里,求个太平,至少不吃流弹,等赚到足够的钱,不如早些回奉化老家去。

两个儿子倒也不是惹是生非的性子,全家唯乔四马首是瞻,顾客盈门,日子还算安逸平顺。

乔四看主顾多生意旺,就雇人修缮约瑟华遗下的铺面,不但前店后工场,把工场间扩大,也把门面弄得更洁丽,好叫定做西服的人感受高档货的气派。

转瞬间泻落光阴,就来到了一九一〇年冬天。

这天铺子里进来一个中年客人,戴眼镜,面皮黧黑,个子不高,穿着皮袍,手里拎大大一个公事包,身边还有个年轻跟班。客人和和气气问:"赶时间的套装贵店做不做?"

乔四笑容可掬把这客人请进来,大儿媳便来奉茶,乔四请教客人姓氏,原来客人姓伍。

伍先生大大方方请乔四量了尺寸,说明要做的是场面上见客的深藏青隐条厚花呢三件套套装。见乔四笑呵呵点头,这位伍先生打开公事包,掏出一包墨西哥鹰洋放在桌上:"掌柜的,烦劳你此刻就动手,我急着要这衣服访客!"

乔四抬头,才要解释"小店加急一周内取货",忽见客人神色有异。乔四挺乖巧,就问:"客人有何急难处,不妨明说。"

伍先生点点头,说出一番话来,惊得乔四吐出舌头,半天收不回去。

这位矮小的伍先生竟然是朝廷派来的钦差大臣伍连德,伍大人为救黎民百姓的性命而来。还不知道吗?满洲发生瘟疫了!

瘟疫大得很,来势汹汹,朝廷收到急报,从天津陆军军医学堂急调身为英国剑桥大学医学博士的伍连德进京,封他做抗疫钦差大臣,然后他直接就来了哈尔滨,要和中外官员见面商议对策,没来得及带西服。

伍先生说首先要见道台和俄方中东铁路管理局局长,最好符合礼仪,穿上合体的西服。

乔四听闻此信,不由得肃然,沉吟说:"那么请伍大人明日正午就来试样,我们全力以赴,希望后日大人可以穿上衣服。"

"掌柜的务必告知家人朋友,近期不要出门,最好和生人保持距离,瘟疫是通过呼吸传染的。"伍先生交代完,转身就走,消失在店外清冷的街上。

乔四大叫大嚷,让大儿媳立马关店面;自己顾不得其他,先奔回家报信……

到了晚上,城里瘟疫死人的消息就传遍了乔四家的左邻右舍,大家隔着门户互相打听。

乔正冠和乔端冕两兄弟带着两个十来岁的男孩到东京看望了独居的母亲。米慧这时已另取日本名字,早就是东京都有名的和服设计师。

通报举家回国的消息令舅舅则仁唏嘘不已,不过,则仁自己宁愿在东京待下去。

舅舅对两个外甥说:"日本的野心到了司马昭之心路人皆知的地步,你们回国是时候也不是时候。所谓是时候,日本正式吞并朝鲜指日可待,一旦清日在大陆上再开战,可能大清就大厦倾颓了,此刻回去,各路洋人势力必大盛,咱们做西服的正好发财;不是时候的地方呢,同一个原因,兵祸连绵可能多年不绝,你们总要小心。以我的看法,只能待在上海租界里头,千万别到其他地方开店。"

正冠和端冕奉阿爹之命,把横滨的礼服店交给了阿舅。店里现有裁剪师傅和周转资金,店可以继续为新老客户经营下去。

仍旧在初秋乘坐三菱汽船会社的"大丸号"客轮回上海,由乔方才老先生带领着儿孙两代人,实现他叶落归根的夙愿。

上海流光溢彩,照样歌舞升平。

到上海之后,全家同年迈的王小虬见面,住入王小虬代乔家租下的爱多亚路吉屋。

茄生详尽向王小虬转述了麦牧师当年的遗言,麦牧师对小虬没什么责备,托茄生把他手边常备的《圣经》送小虬留念,小虬当初的洗礼原是麦牧师为他行的。

茄生说自己不在上海久留,立刻转往奉化乡下侍奉年迈老母,并可以主持村里的裁缝学堂。

茄生同王小虬提起了在上海开西服店的旧理想。王小虬说："茄生，虽然我老了，钱也赚够了，不过，我说过的高兴事我总喜欢做的。不但我入股，同两位公子一起到静安寺路上开店，我还要把胜家缝纫机的外国老板找来，让他给我配上最好的缝纫机。好饭不怕晚，不出五年，上海西服翘楚肯定就是我们的店！"

乔正冠和乔端冕两兄弟走上街头，上海滩的西洋景好比一阵春雷带下的疾雨，即刻打湿了他们。

他俩自然见识了外滩的壮观，惊奇于南京路及静安寺路的热闹；在金隆大酒店吃饭，望望跑马场。不过，在横滨长大的两兄弟却沉溺于法租界的宝昌路。

端冕还比较喜欢南京路上人潮汹涌的闹猛景色，阿哥正冠却更要安静。正冠坐在人力车上看车夫朝法租界跑，笑说："从横滨来上海，像百棵树间一两只孤蝉飞到了一棵树上百只鸣蝉堆里。"

不过，宝昌路抚慰了正冠，法国人确实是精致生活的大师：恩派亚大戏院、巴黎家具店、巴黎－上海百货、高卢鸡酒吧、老大昌面包蛋糕店、巴黎电影院、范妮女士商店、皮埃尔美发店、法国药房、文艺复兴咖啡馆、美人鱼女性用品店、国泰大剧院……一路行来目不暇接，还有不少俄罗斯菜馆和法国菜馆！

端冕扯扯正冠袖子，嘴巴一努，他俩看见了挂着"时尚男人裁缝铺子"招牌的俄国西服店，站到橱窗前仔细看，裁剪功夫不错，有浓浓罗宋味道，三个白俄师傅翘着胡须坐在店堂里，他们的名字写在店门上：迪卡诺夫、赛宝谢洛夫、罗布斯托夫……

出乎正冠意料，阿爹回奉化前夜召两个儿子两个儿媳来自己跟前："我同小虬商议了，你们两兄弟要各自打天下。你们兄弟俩性格不太一样，一起在上海并不妥当。回来前，樱井先生也决定入股我们在中国的生意，他走了日本人门路，帮我们在北京东交民巷大使馆禁区内开一家独一无二的礼服店，据说那里很多外国人还晓得我们在横滨的店。你们自己商量，谁留上海，谁去北京？"

茄生看定了大儿子，看得正冠低头。端冕心里贪恋着上海滩的好，就是开不了口。最后，正冠看看老婆秦梅，说："我们去北京吧，现成生意，人轻松点。"

议定说清，茄生归心似箭，他把儿孙留在沪上，自己奔向故乡。这一回家，就不准备再离开奉化的好田好水，要和阿姆厮守，希望能把麦牧师送给自己的福音带给垂垂老矣的阿姆，送她老人家一个天堂。

"每年过年到奉化，一家老小团圆。"茄生命令说，"阿爹不在，你们把小虬先生当长辈，时时敬重请益！"

端冕满意自己留在上海，高高兴兴出去荡马路了。正冠留下同阿爹商议北京的事，说着说着，正冠说："阿爹，我们从日本回来前，阿姆交代我同你老人家话一件事。"

"哦？"茄生惊疑不定，看看大儿子。

正冠敛容："阿姆讲，话给阿爹听，别怪她闹得跟出家似的，其实她只是从心底里讨厌清国。那年她随阿爹回国，去了长江边，到过武汉南京，她看见太多苦人儿，又帮不上，又恨，实在看不得清国的古蛮，晓得跟清国瓜葛下去，她一辈子就没个舒畅。阿姆讲她喜欢东洋的和服，喜欢东洋女人恭敬，心里安适，求你老人家原谅她，她这辈子任性了。阿姆望阿爹回家乡再娶个合适的，有个照应，她便放心。"

茄生听了，长叹一声，没有言语。

茄生嗅到奉化熟悉的气味时,对着东北方晴空发出一句感叹给米慧:"慧啊,愿你好好地过活,自己照顾好自己,这日本人也是靠不住的,愿你太太平平以终天年哪!"

乔四父子三个牢牢地给大门上了门闩,看女人和孩子们都躲进了房。大家草草吃了顿晚饭,商议接下来怎么买菜买米,又怎么开店待客。一边愁闷害怕,一边父子三人齐动手,裁剪伍钦差加急的套装西服。

乔四说亏得伍钦差提醒,否则今天傍晚大家又都去大街上溜达,过日子能不出门见人吗! 呼吸传染的瘟疫是什么呢? 还没听说过。

两个儿子告诉他,外头朋友敲门说见了真了,城那头已死了很多穷人,乱尸没人敢收。是满洲里跑出的瘟疫,跑来了哈尔滨! 满洲里那边更惨!

天黑得有些发红,乔家父子一夜没睡,不但赶制伍钦差的新衣,且忧心忡忡,怕瘟疫找上门,一家老小怎么办?

"后悔来关外呢,阿爹。"大儿子说。

"等瘟疫过了,我们逃回浙江去。"小儿子讲。

只有乔四忍住不吭声,乔四对哈尔滨有了一种满足的感情,不晓得怎么说起,他并不想抛开它走回头路。

第二天正午伍大人准时来了,乔四一看他神色,晓得跟自己一样,必定一夜没睡。乔四服侍伍大人试了样,说:"请明日一大早来取衣服吧,我们一定做好。"

伍大人看看乔四:"老掌柜,真是感谢你了。我晓得你们没睡好,不过为满洲这么多百姓,我们也只好拼一拼。我明天就去拜访俄国和日本的官员,要大家合作。来,我告诉你几点,你照着做,千万别马虎!"

伍大人要乔四给每个家人做口罩,是用纱布折叠,中间加上吸水药棉。只要出门,立刻戴上。

"伍大人,到底是什么瘟疫,厉不厉害?"乔四小心翼翼追问。

"现在还不能确定,不过,要是看见老鼠,千万离远些!"伍大人匆匆走了。

第二天一早,伍大人派跟班来结清款项取走衣服,乔四一家这才随着众邻居陷入真正的恐慌:店根本不能开了,街头到处出现倒毙的尸首。

警察一开始还积极出街收尸,送去乱葬岗子;后来有警察开始咯血咳嗽,路上的尸体就没人收了。还好是满洲的寒冬腊月,一时间还没野狗出来啃尸,也不至于臭气熏天……

乔四揣着银圆和大儿子上了一趟街,口罩蒙得脸白花花,跟人抢出高价,买回一些米、红薯和大白菜,此后就再也不敢开院门。听见朋友打着门通知附近也有人发瘟疫了,听见朋友说谁谁谁哪个熟人没了,又好几天没朋友再敲门给信息,怕是……

一家熬着,终于听见警察通知各家各户,"皇上批准伍钦差紧急焚烧城里因瘟疫积留的尸首"。乔四瞪大眼睛,心里惨然,这可是到了什么都顾不得的地步啦!"身体发肤受之父母",集中烧尸体,全没了礼制……

乔四把儿子两家分开在两个平房住,各吃各的,互不来往。自己和女人住店的后堂,吃由两个媳妇轮流送到门口。乔四下了死命令,若阿爹和兄弟任何一房生了病,不在一处的绝不能前去看视。瘟疫到了全城烧尸的地步,大家唯有自保,给乔家留种子。

于是,父子兄弟妯娌当着面哭了哭,都消失在自己的房间里,不到瘟疫过去,只能自己扎挣了……

乔四觉得最可能得瘟疫的是自己,自己老迈了,最最受不住。他悄悄戴上口罩,从店堂里开启店门到街上,拿店里存下的金条跟人换了几袋米和几袋玉米。他把米和玉米均分给两个儿媳妇,就坐下来写一封信。

乔四的信是写给儿时玩伴乔方才的。

乔四请快要回国的茄生照顾,如果他两个儿子能躲过满洲的瘟疫,请茄生给他俩安排做个店伙计,让他们回浙江故乡或者上海,从此别在苦寒之地受苦了。浙江人虽历代敢打天下,各处行商,但并不是那种钻牛角尖的呆子,命是更金贵的。

乔四后悔自己当年心大,其实不该有开枝散叶的野心,倒要跟着茄生这样会发达的兄弟,一起抱团才好。

乔四写了信,落了几滴泪,把信封好,放自己床榻上。冰凉空气中传来了浓烈的焦臭,死去的人们正借着缕缕青烟化为乌有。他晓得伍大人在城里奋斗,不但蒙着口鼻医治病人,且不得不穿上新衣斡旋华洋。乔四摆开香案,对着佛像跪拜磕头,希望伍大人得天助,救哈尔滨于水火之中。

上海滩上的外国人筹备着过圣诞节,公共租界和法租界都悬挂彩灯,商铺街头竖立起外埠运来的枞树,树枝挂满五颜六色的饰物。

南京路、静安寺路和宝昌路上到处是逛街的有钱人,无论华洋,男人都披西式大衣戴了礼帽,而女人除了狐皮大衣争奇斗胜,中国女人、英国女人、法国女人和俄罗斯女人还比试不同的发型,各衬其娇。她们都带着自家小厮，替主子提着香粉宝货。

正冠和端冕带着太太们走过刚建成的钢铁外白渡桥，从前这桥曾是木质的威尔斯桥和公园桥。

两兄弟带着太太们去苏州河北边的百老汇大厦，百老汇里的顾客很多是居住在附近"小东京"街巷的上海日本人。乔家兄弟刚从横滨到上海，想去看看那边可有同行，可有日本人经营的礼服店或吴服（和服）店。

百老汇里竟然到处是日本客，日本人仿佛约好了不过外白渡桥，只在苏州河北的商场里消费。日本女人大多数穿和服，男人有些穿和服有些穿西装，小孩子叽叽呱呱说日本话，冬天还穿着短裤跑来跑去。正冠和端冕一下子觉得很熟悉，乔家太太们轻松下来，简直感到亲切呢，后悔没把孩子们带来一起玩。

几个日本顾客把他们两家当成了日本人，欠身同他们搭话，才晓得正冠和端冕从横滨来，还是第一回到百老汇看新鲜。

端冕问那些日本人为何不去南京路和宝昌路，日本人点头说南京路和宝昌路很好，可那边没人说日语呀！

这正是一个极好的回答，正冠和端冕听了互相看一眼。

尽管太太们同日本女人们说得热闹神色亲近，正冠却悄对端冕说："不说日语便不过去！极好，极好！"

端冕也愤愤然："不说日语的中华街，今后在横滨还能撑几年？我们回来了，这是不能不回来！"

带着太太们又过外白渡桥，端冕道："吾兄，你此去北京，要多多小心，家里虽说和日本人有联系，店又在使馆区，不过，毕竟那是大清的都城。你的假辫子要请师傅做得真些，出了使馆区，连帽子戴上为好。"

"哈哈,"正冠笑说,"我假如用假辫子,就得穿马褂长袍,怕使馆区按条约规定赶我们出去。我只有在那里假做日本人,穿西服戴领带,过得一天是一天呢!"

沿着外滩慢慢走,请太太们好好看看上海滩的门脸,两对夫妻一直走到十六铺,好搭乘法国人经营的有轨电车去宝昌路上的文艺复兴酒吧,他们邀请了王小虬夫妻喝咖啡。

文艺复兴酒吧里座无虚席,基本全是洋人,好不容易才找到合适座位。

才坐下,端冕却又走出去,饶有兴趣看一些本地小孩儿拿弹弓往花园的大杨树上打乌鸦。这些小孩功夫不浅,一射泥丸,树上就呱呱落下一摊黑,在草地上跳腾。边上等着的小孩拿把利铲,上去一铲子削下乌鸦头来,拿绳拴一起。端冕问小孩子们为什么杀鸟,答话说是法租界公董局悬了赏:公园及马路上乌鸦繁殖过多,常拉屎落在先生小姐们身上,不符卫生。

王小虬带着露丝慢慢走来咖啡店,进门牵牵扯扯,同各式各样洋人牵手打招呼,他是有名的弓不拉多,虽老迈退休,人头熟,不能不应酬四方。

露丝保养得好,狐皮大衣裹着纤细身段,不显年纪,她把手背伸向洋男人们,令他们俯身而吻。

小虬把礼帽和大衣交给侍者,正冠和端冕夫妻都起身向长辈致意,然后坐下点咖啡蛋糕,畅叙起来。

露丝同女人们聊这宝昌路上的各色消遣,小虬就摆出过来人腔调,给两位后生讲上海滩典故。说着说着,他神秘举一个手指,朝着咖啡馆的圆顶:

"我在上海滩混了大半辈子,有个顶顶重要的心得要传给你们。你们年轻啊,年轻就是大把的黄金!我这里,有上海滩一个重大的机密!有心人靠它发财!"

"从哪里讲起呢?"小虬看乔家兄弟竖起耳朵、正襟危坐听老法师训导,不由暗暗得意,"就从甲午海战那年开讲好了!"

小虬伸干瘦食指朝周围各色洋人虚指一指:"上海是赚洋钿的地方,小钞票覅去想,想嘛要想大钞票。"

端冕听了点头赞:"王阿爷不愧是老前辈,愿闻其详!"

小虬见露丝同两个年轻女人聊皮草聊得起劲,笑笑,转头回来:"先说说甲午海战,你们那时都是年轻小伙子,一定体会过两国海军大战的刺激。但你们应该不晓得英国人当时同日本人有过协议。"

"英国同日本有协议?"正冠放下咖啡杯,脸上狐疑。

小虬笑道:"比起东洋人,英国人为啥还算可靠,因为他们并不喜欢出卖人算计人,他们当然为自己,不过也照顾了上海滩。日本人当时在丰岛海战击沉了'高升号','高升号'是英国商船,上头有英国人死了。日本人向英国人致歉,英国人就要求日本人约束战争范围,日本于是才保证将上海置于甲午战争范围之外,不予侵犯。"

"'高升号'近九百死者换来这个双方协议?"正冠追问。

"我要说的无关死者,"王小虬看看不说话的端冕,"你俩听好了,听懂了故事才能赚大钱!"

乔家兄弟俩瞪大眼睛,认真听老法师授业解惑。

"凡是人心惶惶战火延绵,越是人心不稳货不值钱的时候,只要你们在上海滩住着,就要明白:发财机会来了!"王小虬收起笑容,压低嗓音。

"搞清楚上海到底是什么地方!"他志得意满,低眉看眼前两兄弟,像是考校后生。

"上海是洋人的租界地。"正冠说。

"正确的废话。"小虬笑。

"上海是卡在长江口上吞噬清国财富的洋人飞地。"端冕轻声说,"是受到两三个巨人保护的,东洋人奈何得了清廷,奈何不了小小上海。"

"讲得不错。"小虬点头了,"看来你俩都不傻。只要清国有危险,被人揍,老百姓遭难,上海发达的机会立马就来。它是全国最安全的生意场,觉得不安全的财主都会逃到上海来,带着他们积攒了几辈子的钱财,把他们的膏腴存进洋人的银行,在上海买楼买地躲兵火。你们看,自从太平天国和小刀会以来,哪一次不太平不是把江浙皖的铜钿赶进租界来?打仗、死人、抢劫,这种事不管距离上海一百里地还是一千里地,总是把钱朝上海赶,让上海人大发国难财的。所以,聪明点,别的地方的人逃难,对上海来说就是发财机会。你们把握好这个道理,想不发财都难。"

端冕脸上尴尬,看看正冠。正冠却面色平和,笑说:"我家北京的店也在东交民巷里头,太平地方,太平生意。"

小虬笑笑,叹口气:"你家阿爹当初不肯留在上海,要去东瀛,他也是对的。没在横滨开店学到正宗技艺,西洋人和东洋人都不会光顾。如今到了你们兄弟俩手里,这个股东我是做了,不过不为赚钱了,是替你们年轻人当个顾问,我们老头子的见识对你们还有点用。你们大展宏图好了,我看,上海滩上那些洋裁缝的饭碗将来一定会被你们兄弟俩砸掉的,哈哈。"

正冠稳重地说:"吾弟脑筋活络,在上海一定做得好。我此去北京,那里还是大清天下,我们在日本起先还留辫子,后来都剪了。

我担心这假辫子惹麻烦，所以准备打扮成日本人模样，索性穿西服过日子。老前辈看这样子是否妥当？"

小虹笑："凡事小心，你们生在日本国，但毕竟是中国人。大清国虽气数已尽，百足之虫，死而不僵，总也要防备。我有几个朋友在京城，我修书几封，你带在身上，不得已时可请大家帮忙。"

露丝忽然停下女人们之间的家常，很认真地对着乔家兄弟说："开店选址一定要放在静安寺路和南京路金隆大酒店那边，那边才是旺地，体面人都要去的，跑马场赢钱的人最喜欢立马定做出客衣裳。哎，只可惜你家阿姆待在东瀛不肯回上海，她做的和服在上海滩我敢说一件能卖出十件的价，她要做起旗袍来，肯定也是顶尖的。"

第六章
1925—1927年　上海·哈尔滨

一

乔百祥有一番本事在工部局的外国人中传开了,这不是他裁剪海派西服的本事,是他能看清上海滩各路洋人的人种。

他站在南京路上,朝走过的洋人看看,便能说出他们是英国人、法国人、德国人、俄国人还是葡萄牙人,说得很准。有时他还能说出奥地利人和德国人的区别,说出一个俄罗斯人到底是白俄还是赤俄,并从伦敦人里头挑出那个不是伦敦人的英国人……工部局的同僚们本觉得乔百祥伶俐乖巧,现在明白他还有这本事,都不肯再低看他了。

百祥其实还不止这一点丘壑,他留了些不说:他还看出了英法德人之间那些不能点透的微妙嫌隙。

法国人是不能同英国人和睦相处的,他们早在一八六二年就退出了工部局,在法租界建起自己的公董局,把锅碗瓢盆都和英国人分清楚。

英国人法国人都愿意单独和德国人合作,对德国人,他们倒都容得下。当然,美国人只不过是英国人跑到了北美大陆,却又成了另一种模样……

对百祥来说,家里的生意不单安在南京路静安寺路上,也在霞飞路。他有几套公寓也在霞飞路,不可能不交几个法国朋友。

寄爹阿瑟给百祥介绍了一个法国人,一个在上海过得如鱼得水的法国人,以阿瑟的观感,这法国佬简直已不再显得"法国",而是非常"上海"。

这人就是"害阿拉"回力球场的老板本尊。无论他经营赛狗场还是球场,本质上都是聚众赌博,所以他的球场被上海人叫作"害阿拉",其实那法语名字的正确发音是"阿姨阿拉姨"。

百祥倒和这个布维艾赫先生一见如故,没多久互相昵称起来,百祥叫法国人范里克斯,法国人叫他小开祥。范里克斯知道百祥在工部局供职,还是西服名店的少东家,就看得起他。这个范里克斯一开始是个法国小木工,从农村到巴黎混饭吃的,后来一路搞大了,却没架子,愿和上海滩三教九流平等吃饭喝酒泡夜店,何况他还要维持赌业。

"我是杜先生的好兄弟。"范里克斯对百祥讲,"你在法租界里头的事包在我身上。"

现在,乔百祥凭着自己的精明强干以及流利高雅的英语得到晋升,当了总办处的帮办,这是整个工部局里本地华人获得的最高职位。

可以毫不夸张地说,"五卅事件"成了上海开埠以来英国人最大的噩梦,英国人的形象受到了巨大损坏。

乔百祥感到了急剧的变化,无论是上海的中国人全面罢工罢课罢市(父亲乔端冕带领宁波上海制衣公会所有会员店铺参加了罢市),还是自己作为工部局华人雇员感受到耻辱和被公众敌视,都说明此时此刻租界当局走到了与中国大众对峙的极点。

上海只是扬子江入海口的一个蜂窝,上海的英国大班们从来看不清扬子江浩荡两岸的庞大内陆以及它沉默了很久的无数子民。

百祥知道这是一场掩耳盗铃式的冒险。

汀康很久没收到英国来信,他渐渐不再期待那盖着火漆般邮戳的信封。五月三十日那天上午,轮休的汀康到十点才起床,集体宿舍的英国巡捕们共用的上海用人把早餐端到他床头,餐盘上赫然放着一封从兰开夏寄来的信。不过,这封信一看就有点蹊跷,邮戳下面贴了一朵手剪的纸金百合,百合垂着长长花瓣,如水泻地。

汀康看完信,早餐碰也没碰,匆匆穿了衣服就走到马路上。

他感到那种不伤人的哀凄像百合黏稠的花粉沾满了他的心房:女友要嫁人了,她说她知道汀康已远去,不会再回到她身旁。

汀康沿着静安寺路往东走,朝路过的爱情弄看看,那里早已没了斜桥和小浜垂柳,水流边的有情人们也早已成了明日黄花。汀康提醒自己彻底自由了,不过,这自由蒙着一层无名火。上海滩是冒险家的乐园,汀康觉得自己没冒险的资本,只能靠维持秩序活着。

这么气愤愤又哀戚戚地往东走,他发现静安寺路和南京路接头的地方今日里有点异样:学生和市民打扮的年轻人正从四面八方汇聚,手里拿着游行的小旗帜。汀康今日不想管闲事,他推开那些激动的说话语无伦次的中国人,要走去外滩看看大江。

面对黄浦江的滔滔江水,汀康掏出信来。他最后看了一眼朱红的邮戳,仿佛那是一个模糊的旧吻痕。他撕碎了信,看碎纸片在江边混着火油味的风里飞滚着落到浑黄水面,随水东去……

耳边隐约传来一声枪响,汀康激灵一下,抖了抖招风耳朵。他想起了跟自己混得不错的巡官爱伏生,爱伏生今天在老闸捕房当班吗?今天不太对头,路上那些人可疑,很像被赤俄鼓动起来的共产党人。汀康今天没穿制服,他甩了甩头,开始朝西走回去,想尽快走到老闸捕房,看看爱伏生要不要他帮忙。

汀康还没走几步,远远就望见了平时沉默寡言的爱伏生。爱伏生带着几个人,有点气急败坏,他正竭力驱赶一群拿小旗的年轻中国人,用英国腔的上海话喊叫:"走到外滩去,踅回转来!打枪,打枪,回转来,我打枪!"

汀康学上海话学得全捕房最好,他望着爱伏生笑了,爱伏生难得开口,却在说这种洋泾浜上海话,像是喜剧里的丑角。

汀康赶上几步,拍了拍爱伏生肩膀。爱伏生看着他说:"你来得正好,这些本地人听不懂英文,你帮着喊喊,不要让他们激动闹事。"

汀康看那些被驱赶的游行人,都是些半大不小的学生仔,难得有几个老成的,混在队伍里指挥其他人。汀康叹口气:"爱德华,别紧张得像护蛋的母鸡,我同你一起回老闸捕房去。最好别太刺激这些人,今天人数太多!派人去工部局大楼报告警务处,要求增援!"

汀康反倒带着爱伏生和他的手下朝西走,西面没游行聚会的人群。游行者现在聚在工部局大楼附近,也许他们想围住工部局。

捕房里还有十来个锡克人巡捕在,他们说的英语古里古怪,汀康从不同他们交谈。汀康看看四周："爱德华,这里人手太少,你有手枪吗,我没带。"

派出一个最高大的锡克人去工部局求援,汀康熟门熟路打开爱伏生的柜子,拿出一瓶威士忌,给自己倒了一小杯。爱伏生忧心忡忡朝外张望,手在胸口画十字："他们恨的是日本人,偏偏跑到英租界来闹事!"

"不是,他们恨所有的外国人,包括你和我。"汀康自作聪明,喝干了手里的玻璃杯。

只听人声鼎沸,人群又往这边来了。爱伏生诅咒了一句,拔出手枪,朝门外快跑。汀康无可奈何地看看空酒杯,也拿起手枪,跟出来。

那些人是想从东往西,顺着静安寺路一路高喊下去。汀康看了看远处呐喊过来的队伍,拉住爱伏生:"喂,你是长官,我想你还是带我们回捕房去,把门紧紧关上为妙。说到底,我们只有十几个人。"

爱伏生看汀康一眼:"老闸捕房今天是我负责,我是看家狗。不能让这班人过去,否则,我们的退休金就拿不到了!"

爱伏生闭了闭眼睛,朝游行人群冲过去。他拔出手枪对着天空,喊叫:"回去,回去,不许过来!所有人必须遵守工部局的禁令!"

人群好像流速放慢的岩浆,开始凝重于途。几个带头的中国人看着爱伏生,眼里好奇多过愤怒。

学上海话学得不错的汀康听见那些人互相议论:

"阿拉向倭人示威,关英国佬啥事体?"

"洋人都同声同气,英国人也不是好东西,英国纱厂比日本纱厂也好不到哪里去。"

"连英国人一起骂,英国人才是最老牌的帝国主义者!"

汀康拉了拉爱伏生袖子:"爱德华,我们已经尽力了。这些人不是反英国,放他们过去,我们袖手旁观吧。无论怎么样我们也挡不住这么多人!"

有辆轿车停在人群外边,车上走下一个老者,对游行的人喊叫。汀康被这个试图劝阻人群的老者吸引住了,他呆呆看着,认出这是那个乔的父亲,一个洋装店的老板。

就这么一愣,人群已涌到了面前,爱伏生脸色煞白:中国人从什么时候开始连英国巡捕都不放在眼里了?

他举起手枪,对着云层,这天第二次扳动了枪机。

枪声取得了效果,前排的中国人停下脚步,同时张开双臂,示意后面停止前进。

爱伏生要汀康告诉这些人他们必须即刻解散。

汀康身穿便衣,他往前一站,用学来的上海话说:"请各位朋友回转去!阿拉英国巡捕只是执行公务,维持秩序。如果朋友们勿肯就地解散,就是想敲脱阿拉饭碗头。阿拉也要不开心的!"

有人听了他的上海话笑起来,高声回答他:"英国人你说得蛮实在。我们抗议日本人,跟英国无关。让我们过去!"

汀康把自己挺高的个子绷绷直,摸出手枪,对着天:"敬酒勿吃吃罚酒,啥人敢再朝前来,请伊吃花生米!"

眼梢看见乔的父亲上了汽车,汽车带着一个从人群里退下来的年轻人开走了。

很多中国人绷紧了脸,开始显出怒气。汀康识时务,他在一次大战里也并不总是冲锋,这得看情形。

他收起枪,转身朝捕房走回去,希望爱伏生带着人跟上来。

"我们尽力了。怪不得我们。"汀康喃喃自语。

可是,身后传来一声枪响,汀康吃一惊,扭头看,原来爱伏生没挪窝,又对着天开了一枪。

这个笨蛋! 汀康来不及想,跑过去,拉着爱伏生就往捕房跑。

可是,后头看不见前头情形的中国人群低吼起来,他们改变了方向,跟着英国巡捕们朝老闸捕房来了。

跑进捕房,汀康想关门,爱伏生说:"捕房是我的,关上门,要是他们放火就完了!"

眼睁睁看着前排年轻的中国人像中了蛊一般朝捕房逼来,后面还有密密麻麻的人。汀康头皮发麻,一把拉开柜子,拿起酒瓶拧了盖,就朝喉咙里灌。

他灌了威士忌,拨拉开面面相觑的锡克人,走到捕房门外大街上,扯开喉咙说上海话:"走开,走开! 你们走你们的路去,阿拉巡捕已经撤退了!"

可惜没人再听他说什么,一个声音高喊起来:"打倒帝国主义! 把外国人赶出吴淞口!"

万千的嗓音汇成大浪,扑面涌来,人群朝捕房冲,二十码,十五码,只听爱伏生绝望地喊道:"停下,我要开枪啦!"

汀康转身跑进巡捕房栅栏,回头看,人群离栅栏大概只有六英尺了。爱伏生对着人群上方开了一枪,冲在前头的人变了脸色,想要停住脚,可停不住,后面的人推挤的力量就和浪头一样。爱伏生抖着手,对准人群下方打了一枪……

汀康忽然记起了自己所受的一切耻辱,记起了大战中每一次冲锋求死的快感,他举起手枪,他可不是爱伏生!

这些黄种人太可恶,难道他们真的认为英国人不会像日本人那样开枪?

汀康扣动了扳机,他知道自己杀了一个人。他再次扣动扳机,又一个穿白衫的年轻人扭动脸颊肉倒在地下……

大开杀戒吧!锡克人也举起了步枪,一阵排射,接着又一阵排射。

上海滩不是印度,但是,现在已开了枪,顾不得了。

人群开始尖叫,往后退潮般移动,留下那些中枪的躯体在地上翻滚呻吟。

血染红了这些中国人白色的衣衫,他们手无寸铁……

就像梦一样,日子流水价过去,工部局并没真正惩罚对枪击事件负责的巡捕房头目。工部局警务处长麦高云拿到了养老金,去了日本小滨;爱伏生带着养老金和家人回到了英国。他们自认为没犯错,工部局也没在他们履历上留有任何不良记录。过去的,就过去了。

租界通过散发印着"中国不能赤化"这类词句的传单,试图扭转不利于己的气氛,不过,还有什么用?

巡捕房侦探处判断说"五卅事件"之后上海的共产党人呈井喷式增长。假设租界当局仇视苏维埃,那么,这可能正是愤怒的中国人秘密加入共产党的理由。斯大林很可能正在克里姆林宫里微笑。

乔百祥答应了工部局新任警务处长道森对他个人的拜托:道森是个绅士,他对不得不引咎离开巡捕房的另外几个英国人感到歉疚,希望乔百祥能在商业界为愿意留上海的人找到合适位置。

百祥几乎立刻就答应了,作为一个八面玲珑的本地人,他很快为其中一位想开酒吧的人找到了落实愿望的路数,为另一位只想在上海"再逗留一段时间"以便观望的人讲妥了法租界的巡捕位子……

道森从前是副督察,历来同乔百祥处得不错,他喜欢乔惟妙惟肖的伦敦音,晓得乔是卫惕南爵士的座上宾,据说还得到爵士夫人的庇爱。当然,乔本人举止得体,行为端庄,是个可以交往的正派人。

只是,乔百祥并不晓得道森有个卑微的属下正在暗处冷冷打量他,恐怕处长本人那时也未觉察……

这一年,孙中山留下了他的遗嘱,这遗嘱将改变这个国家的命运。

一九二六年很快来到了,国民革命军从广东发起北伐,一路势如破竹……

战争又制造了难民,有钱和没钱的人们争先恐后涌进上海租界。乔端冕问儿子百祥:"你在工部局当差,有见识,你觉得蒋介石的军队会给上海带来什么?"

百祥说:"阿爹,不用担心,上海是生金蛋的母鸡,谁也不肯杀鸡取蛋。英国人不是傻瓜,他们不会固执,他们会保住鸡的。"

"真不需要担心什么吗?"阿爹追问一句,挺满意地瞧着独子。

"如果担心,我担心的是新吾。"百祥说,"阿爹知道孙中山的'联俄联共'吧?别问我从哪里听来的,新吾跟的那些人,绝不是等闲之辈。北伐的是两帮绞在一起的人马,输了没啥,胜了,恐怕要内讧。到时候不晓得新吾会做出什么事来。"

乔端冕点点头,又摆摆手:"我晓得了,我有计较。"

乔新吾常主动或被动地面对一个起先自己怎么也想不明白的问题:我为啥那般看不得外国人对待中国人的不公平,又为什么总被受欺负的人激起同情和冲动?

他愿意相信自己天生有公平心,希望国家的福祉建立在待人公道的基础上。

这情愫不能生发在贫穷人身上,贫穷人一心应付自己的匮乏。

新吾觉得自己正巧是一个不匮乏也不富贵的人。在他地位上,他认为大富大贵的那些超级大户该担负起接济贫穷人的职责。他们拿一点出来,就像《红楼梦》里刘姥姥说的,拔根汗毛比穷人的腰都粗。

可惜,他见的却不是他觉得合理的:大户人家狡辩说大户有大户的难处。他们个个像王熙凤那般说起话来有道理有讲究,叫人不能不服帖。

乔新吾当然认定这是有钱人在撒泼,他们吃定了这国满天下的穷人,尤其吃定了农民们和从农民中跑出来变身为工厂工人的那些苦人儿。

洋人比这个国家本国的富人更可怕,他们是外来的和尚,他们念着这个大陆上的原住民完全不懂的洋经文。

确确实实,他们比中国人拥有更多的"德先生"和"赛先生",但他们只自己分享,一点都不肯惠泽给中国人。

洋人仿佛活在另一个时空里,一个平行演绎的空间,却实实在在伸出喙来猛啄中国人的血肉,把四万万中国人当脂膏。新吾把这最大的祸害"洋祸"恨得最切,所以尤其地敏感。

当然,日本人是洋祸中的首祸,东洋人从前就是劫掠东南沿海的倭寇,如今变成登陆寇了。新吾心有"荡寇志"。

介绍接应他入共产党的北大湖南籍老同学初来上海受过新吾尽心尽力的接济,他作为新吾在党里的上级,总对新吾采取一种淡化态度,要新吾保持住半隐藏的姿态。

新吾对自己的"不被使用"提出疑问,老同学提及了新吾的家庭背景。新吾的家景或是一个阻碍他的因素。

那位老同学身为共产党人,又以个人身份加入了国民党。

他却阻止新吾,要新吾保持目前不引人注意的状态,因为"国民党本身是资产阶级政党,你一个资产阶级子弟加入进去了,会被本党有些同志打入另册,你还是不变为好"。

新吾不是从逻辑和情理上接受老同学上级的安排,他从蒋介石对待租界和洋人的态度推算出蒋并不急于驱逐洋人;他对蒋的做法不以为然,所以并没热情去加入国民党。

老同学对新吾说:"我们需要你这样的人适当保持一些距离,如果你真是个忠诚的人,早晚会找到独特的机会实现你的愿望。那样,你的价值更高。"

同时,新吾的同志们对他提到了他的堂兄乔百祥。他们提醒新吾百祥是个重要人物,如果你想成为一个对组织有贡献的人,要利用好天然的机会,同你堂兄保持紧密联系。

打打杀杀也许不是你的任务,你的任务高于打打杀杀的一时痛快。

不过,也没人要新吾半盲或半聋,大家要保持并提高他的价值,反得允许他成为更加耳聪目明的人。

新吾听闻了蒋介石对国民党内共产党人的警告,也知道来自莫斯科的种种指导……他实在对这些不会特别敏感,对新吾而言,日本人的动向才是他最关心的。

日本人才是踏足这块大陆的最凶残和卑劣的两足动物,新吾在日本度过的童稚岁月里没交日本朋友,他从自己在北京的少年时代起就听闻并警惕倭寇,他时时疑心的正是自家长辈与之有过深度交际的这个岛国,是他降生其间的那个日本。

党的同志不曾责怪他五卅时期"躲"在公馆里,相反,上级认为他这样做很好,掩藏好自己就是最大的成绩。当然,同志们也不是拒绝他参与,他被允许更多地到日资纱厂和缲丝厂去宣传鼓动,告诉糊里糊涂的工人们日本帝国主义分子是凶恶的敌人。

新吾干得很起劲,他觉得自己正在做符合心愿的事。

汀康思量如何对赏识自己的上司表示感谢,他们认为汀康在巡警工作中表现出了稳定和靠谱的素质,对维护大英帝国的形象有良好作用。

现在,汀康参加完了在戈登路巡捕房开办的技能培训,他在培训结束后长了工资,并得到一笔治装津贴。听清楚!汀康不用再穿巡警制服了,他被提拔进了刑事检查科,当上了河南路中央捕房的侦探。

侦探可以穿着便衣,就是漂亮的西服,进出豪华娱乐场所,调查那些嫌疑人物。这将是他的新工作,潜入上海滩深处的工作,汀康非常想把这个提拔告诉身在英国的妹妹,可惜她太远了,等拿到她的回信听见她的祝贺,他说不定已厌倦这份工作了呢。汀康想了想,觉得花开堪折直须折,他要找桃丽丝庆祝一下自己的升迁。

想到桃丽丝,汀康马上想到了那个华人花花公子,家里开西服店的那家伙。他有东方人沉郁的脸,心里肯定藏着万千计谋,竟然还在工部局当差,拿轻易挣到手的钱养着桃丽丝这不珍惜自己身份的美国女人!

汀康亢奋起来,他想到桃丽丝跟他讲过的话,他如今很可以不露声色地走近乔百祥,当面刺探一下此人深浅。

他目前不想告发这个小开和桃丽丝的私情,这有点过于下流。汀康从抽屉里摸出放在信封里的治装津贴,觉得自己挺聪明,计上心来。

恒必祥西服公司就在金隆大酒店咖啡厅斜对面,如果坐在这咖啡厅里喝咖啡,抬起头就能见到对街橱窗里衣冠楚楚的木头模特。

汀康在这咖啡厅里喝了不当巡警之后的第一杯高级咖啡,他明白自己从街上走进了上海滩的酒店和俱乐部。凭口袋里的侦探证,他可以同一些所谓的上流人物打打交道了,他将从他们身上探听到这城市的内情。

放下咖啡杯,签了账单,他推开旋转门,朝恒必祥西服公司的玻璃门走去。

汀康是看着西服店少东家在路边停了汽车推门走进店里的,汀康眼里射出鹰隼的光芒,他至今没碰过桃丽丝,不是桃丽丝不让,是他心里有挂碍。作为大英帝国的海外公民,他觉得必须先把桃丽丝背后让人作呕的东方人解决掉,他绝不和东方人分享同一个白种女人。

汀康走进恒必祥西服公司,身上穿着从英国越洋而来时的旧衣服,人高马大。

柜台上的店员已笑容可掬迎上来,汀康觉得这才是东方人该有的地位,好好为白人服务,而不是打白种女人的主意。

"刚才有一位先生进门,他的车停在门外。"汀康说,"我就要做一身他那样子的西服。"

店员笑了:"那还不容易?您真有眼光。那位是上海滩最出色的裁剪师,他会告诉您该怎么做的。"

围绕着汀康这大个子,笑出满脸皱纹的矮个宁波店员,拿一个小凳站上站下,量了汀康的衣服尺寸:"您稍等,已经去请我们少东家,他马上来。"

汀康不露声色,却有点喘不上气:这样做好吗?心底有种奇怪感觉,竟然酷似害怕!

工部局董事们在这个春天过得实在焦虑不安。

时势造英雄,蒋介石将军指挥的军队在上海租界外围打跑了孙传芳,停下脚步,虎视眈眈地看着租界好一阵子了。听说蒋将军就住在铁路线上的火车车厢里,不声不响地待在租界门外。

想起来这是很叫人焦虑的情形呀,工部局的董事们难以掩饰心头的担忧:如果这个资历尚浅的军人以玉石俱焚的姿态进攻公共租界和法租界,一场血战就难以避免。

英国人法国人美国人甚至日本人都会和北伐军浴血肉搏的,上海就像鸟巢,覆巢之下无完卵。一旦开打,就结下永世冤仇。工部局的大班们实在不想大打出手,但也绝不放弃在上海的基业。

还好,听说上海华人的江浙财团同身为奉化人的蒋介石达成了某种默契,蒋的军队没对上海表示恶意。北伐军一部兼程北上,一举攻克了武汉。

在武汉,北伐军对租界露出了潜伏的爪牙,竟欲染指大英帝国在武汉的产业!武汉租界若被北伐军占领,那么上海租界又将如何？

一时间，万国商团开始扩募练兵，上海滩上的白人们仿佛人人成了士兵，要用弹药和鲜血来捍卫自己的领地。更可怕的是，英国外交部竟向武汉新的占领者低头，宣布向中国人交还武汉英租界！

乔百祥有才干成了公论，于是他被工部局董事会指令协办租界安全事务，主要负责向董事会归纳简报北伐军的情资，警务处巡捕房的相关情报也由乔百祥一并汇总。

要晓得，武汉搞出这么大动作，蒋介石仍在上海租界外按兵不动，这算敲山震虎吗？

洋行大班们有点像热锅上的蚂蚁了。英国人早已把长江入海口这块弹丸之地当成了永续经营的码头，如今呢？怡然自得的心好不忐忑！

武汉英租界交还给中国人，像是往苏州河里扔深水炸弹。逃离武汉租界的英国人涌来了上海，带来许多扰乱人心的消息。当然，世上没有不透风的墙……

时局自有其深刻的纹理，乔百祥很佩服巡捕房侦探处那些伸得很远很隐秘的英国湿鼻子，他们嗅出了特别滋味。

经百祥归纳整理的报告让董事会董事们感到一丝宽慰：蒋将军与武汉那些人之间其实一言难尽，甚至，某种程度上，鲍罗廷是个苏俄，同蒋将军并非一路。而且，蒋可能要动手……

乔百祥觉得一颗心提到了嗓子眼上，可为什么呢，他没搞清楚自己的忧虑。

这天他依旧莫名忧虑，他来到阿爹经理室，正要说说新吾，柜台上请他下去接待一个英国客人。

百祥第一眼看见的汀康是个高大但并不魁梧的普通人，没什么内秀气质,表情有些神经质,但仍让百祥觉得喜欢。百祥常莫名其妙先喜欢或厌恶一个人,然后事实才慢慢演绎,解释他的直觉。

这英国人有点特别,一般英国人总喜欢回避别人的眼光,这一位却瞪着人看。百祥倒表现得像个含蓄的英国人,他垂下眼,看看客人皮鞋,笑道:"您有何吩咐,要做什么款式和面料的衣服?"

汀康回答说:"要去俱乐部,但不是去社交,去跟人谈公事。所以,我改主意了,本来觉得你这一身款式好,不过看来太轻松了,我需要适合谈谈公事的那种款式。"

百祥看汀康,觉得这人身上有巡捕房的气质,不过,不便问一个洋人到底办什么公事,反正,他意思像是说他并不做生意。百祥请汀康到展示间,那里有所有的面料样品和一长排成衣。

汀康跟在百祥身后,一下子皱紧了眉头,他想起桃丽丝,桃丽丝和这个瘦削的黄种人……他觉得很想从背后给百祥来一下子,像在欧洲战场上对一个德国兵那样。可是,这只是一种幻想,他必须面对这个黄种人,不能让他看出自己的心思。

百祥说:"如果'用于公事'指的是不想太引人注目但显出庄重得体,我建议选择藏青色的黏花呢,边道挺直,轻薄舒适;款式可以传统,甚至老派些。先生您个子大,穿着必定是神气的。"

汀康点头,说就按掌柜的你说的做,三件套,下摆适当加长。他四处张望,想看看这店里还有没有藏着什么怪异的货物。中国人嘛,他们做买卖不是历来很活络的嘛,很多人做着各路生意,还兼带卖鸦片,至少经营些租界的违禁品。若是抓到把柄……

百祥正要说什么,新吾在门口探探头:"百祥,你来了? 我要出去,到杨树浦码头接个朋友。"

汀康看看门外的新吾,这人在西服店里不穿西服,穿着中式

的对襟绸衣,他的表情让人想起某些心里藏着大事的东方人的面
孔……

汀康觉得自己在店里闹够了,有种拳头打过去却打在棉花团
里的惘然。他朝百祥点点头:"就这样,我到柜台上付定金,谢谢。"

新吾走在阳光下的南京路上,他没坐人力车,他反对坐人力
车。尤其和男女工人们相处久了,他已失去了随手花钱的习惯。
真有闲钱零碎钱要花掉的话,最开心的就是塞给工厂里最苦最像
牲口的被无情剥削的少数能力差的工人;一点点小钱就能帮他们
(她们)渡过眼前的难关。他有时间,也有精力,他准备步行穿过外
白渡桥,在虹口地面上再同人合雇马车去杨树浦。

汀康远远跟在新吾后面,如果说巡捕房里头的人直觉准,那要
看是哪种直觉。汀康不觉得自己跟住了一个会涉及刑事罪行的
人,但这人身上有一股能叫所有侦探兴奋的气息。至于到底是什
么,汀康还不晓得,所以他想跟跟看,看这人将会做些什么事。

新吾想,今天这一批手枪,从海道上过来,同上回接的子弹不
晓得匹配不匹配。不管怎么说,工人们正悄悄武装起来,越来越多
的人分到了武器,虽然大家都还没开过枪,但那不要紧,先有了武
器才能练习。

北伐军已稳操胜券,各地军阀望风披靡。武汉租界已交在新
国民政府手里,上海的租界岂不是多米诺骨牌的下一枚?

但是,工人们必须学习苏维埃俄国的经验,一定要有自己的
武装。

帝国主义分子和买办阶级是一丘之貉,蒋介石态度暧昧,不能
把上海和国家的前途全寄望在国民党手中。

新吾晓得买手枪的这笔钱来自何方,也晓得手枪是谁帮着运过来的,他不由得想起不久前湖南籍老同学跟自己说的话,如果真有机会去苏联学习一阵子,自己是去还是不去呢?新吾觉得一种明亮的壮丽从心底升起。

汀康远远靠在杨树浦私家码头尽头一根路灯柱上,他看着新吾等来了一只红帆的小舢板,小舢板上的人搬下几箱货物,新吾悄悄打开箱子往里看了看。

后来来了一辆旧轿车,来者把东西搬上了车,新吾也跟着上车,绝尘而去。

凭着自己的嗅觉,汀康觉得自己大概要抓住恒必祥西服公司的把柄了。他掏出烟盒,拍出一支混合烟叶的烟卷抽了起来,满脸厌倦之色……

桃丽丝躺在公寓沙发上,她没穿什么衣服,她常常在家里裸体走动,她不喜欢衣服。但是,她手里捏着一束黑红色百合,百合花硕大香艳,刚由一个中国娘姨送上来。

百合花丛里埋着手写的信笺,她不明白为什么署名是汀康。汀康何至于突然送她鲜花,像一个人突然在蒙特卡罗赢了巨奖一样。

桃丽丝觉得汀康已经在男人里排到了第一位,不过,她仍然没爱上他,爱上汀康是不可能的,汀康浑身洋溢着死里逃生的气息。那种悲凉感虽然吸引人,但女人都不会愿意同这种人纠缠。

这会儿乔会来。

乔已有一阵懒住他的脚,不来。桃丽丝尽管不缺用度,也认真想了想自己和乔的因缘。乔明显疲沓了,像每次从崖上跳海游泳都跳不好喝了咸水的人,现在对着崖壁迟疑起来了。今天他说要来,桃丽丝想清楚了,要向他开口。

桃丽丝找出玻璃花瓶,把深色百合插在瓶里,放到窗台上。一转身,乔已经站在门口,虚弱地朝她一笑。

"乔,你好久没来了。"桃丽丝说,"我都记不起你的脸了。"

"你说的是戏话。"百祥放下一个纸盒,"我送点家用来,你先花着。我还得去局里开会。"

"你这就要走吗,乔?"桃丽丝半裸着走到他面前,右手推上了门,"我不记得我们上次在哪里、在什么时候做的爱,好像半辈子没做了。"

乔百祥笑了,笑得跟哭似的:"桃丽丝,你不必这样,这叫我尴尬,你不能用这种方式交房租。听着,你永远可以住在这里,我喜欢你住着,但不必这样。"

桃丽丝斜睨乔,意识到他说的是某种她不太懂的心里话。不过,这不要紧了,她知道很快自己就要踏上横跨太平洋的客轮了。乔,中国情人? 有效期快到了。

桃丽丝柔声说:"来吧,亲爱的。如果你是个甜蜜的人,就会忘记你的会议。来吧,乔,你不是永远可以看到山毛榉树下的红萱草。"

她以一种提前的回望看着乔,乔是一个奇怪的中国男人,他竟然对她动真心。

乔搂着桃丽丝躺倒在床上,他放弃了,他总在这个肉欲女人面前快活地投降。桃丽丝有一种魔力,让人放下一切先喝上一杯的那种魔力。

在桃丽丝的诱导下,百祥和她大白天沉在温柔乡里。

门外,站上了一个高大的英国汉,他低着头听了一会儿,一甩头,跑下了楼梯。

晚上,桃丽丝还是去了酒吧,不过,她从手袋里掏出船票看了又看,什么男人都没找。她喝了几杯马提尼酒就走出酒吧,想回公寓去。

汀康微笑着站在路边。

她跟着汀康来到了水手寻欢作乐的血巷(朱葆三路),找了个喧闹的小酒吧又喝了一杯。汀康看着两个又肥又矮的希腊水手同几个混血女郎调笑,他嘴角露出讽刺的笑纹,像看白痴。

"喂,告诉你一声,我逮住了你那个乔的把柄。"汀康咧嘴笑了。

"乔,乔能让你逮到什么把柄? 他是个正人君子。"桃丽丝说,淡淡的,无精打采。

"或许他会因此送命的。"汀康盯着桃丽丝的眼睛看,想看出点真相。

"送命?"桃丽丝大概毫无世人的想象力或醒悟力,她大惑不解,"乔是有钱人,还是工部局的帮办。"

"好吧,就告诉你也无妨。如果乔被人逮住和共产党有来往,不但当不成工部局的帮办,还有性命之忧。"汀康像下定决心来和桃丽丝透露情报,或黔驴技穷,只想在背后给乔下药。

"什么是共产党?"桃丽丝脸上浮现云雾样的困惑,"是斧头帮那种吗? 乔是个花花公子,同那种人不来往的。"

汀康有点扫兴,不过他解释了什么是共产党,不过,对着个风尘女子解释这个真无趣。

汀康说:"这么讲你就懂了,这些人煽动租界的工人罢工闹事,你想,工厂不做工,码头不运货,上海就瘫了,老板们挣不到钱要破产,上海滩要穷。所以,巡捕房现在成立了专门的密探组,把和共产党有联系的人都记录在案。"

桃丽丝的脸红了起来,她眨动睫毛,喝掉杯子里的酒:"汀康,别告诉我你就是一个盯着乔的密探!"

"是的,我就是。"汀康勇敢地瞪着桃丽丝看,"我快要逮住他了。"

"别这样!"桃丽丝放下酒杯,抓住了汀康的手,"别对我的乔使坏!"

汀康眼里冒出火苗,不过他使劲按捺住自己,勉强笑笑:"为什么,你又不是他的谁!"

桃丽丝松开了汀康,她脸色明亮起来,像看见了什么好的前景:"不是的,我不是乔的谁。不过,他是受我保护的人!"

一九二七年春天的一个下午,百祥沿着工部局底楼长长的甬道走在清凉里,突然,警务处长道森这位英国绅士从一根廊柱后闪身出来,邀请百祥到门外马路上抽一支提神的雪茄。

吞云吐雾之间,老谋深算的英国人带着连本带利还清的笑容对百祥说:"任何人都有几个天马行空的兄弟,不是吗?乔,如果你放弃追问我原因和来源,我愿意同你分享一个不一定准确的消息:你跟我说起过那位堂弟,北京来的那个,同他来往密切的某个人有大麻烦了,很大很大的麻烦。那么,好吧,这种古巴雪茄有巧克力的后味吧,嗯?"

百祥眼神一闪,终于恍悟了自己长久以来的忧虑。

他沉默了两分钟,向警务处长道了谢,说明自己的堂弟绝不会了解到刚才这番谈话的内容。

他说了回见,拢住半支还在燃烧的褐色雪茄,扬手招来人力车。

百祥优雅而从容地撩起西服下摆,锃亮的皮鞋踩了上去。

他命令车夫直接去静安寺路恒必祥西服公司,阿爹乔端冕应该在店里……

新吾接到北京急电:母亲病危。

手里并没有紧急事务,湖南籍的老同学建议新吾火速北上,并借此先留在北京,希望他照顾母亲之余到母校北京大学从事一项关于治外法权的研究工作。老同学上级破天荒拥抱了乔新吾,请他带一封封好的信到北大的朋友那里。

乔新吾告别自己的同志们,火速坐车北上。北伐仍未停止,战争期间,交通时断时续,他拼命赶,中间还坐过马车。他对阿姆的印象已淡漠了,但一个中国女人的儿子,有义务赶回去为娘送终。他并没抱着阿姆能病去回春的希望。

他找到已搬迁到大栅栏的新乔家院落,风尘仆仆推门进去,本准备号啕痛哭一番,却看见阿姆秦梅坐在枣树下等他,蹒跚着小脚朝他赶来……

在上海,工人们发动了武装起义,攻占了租界外上海地面所有的警察局和政府机构。

四月十二日,蒋介石在租界里的帮派朋友们乔装成工人,恶狠狠袭击了新吾的那些同志,南京政府的军队随即缴了工人们的械。新吾运送过的枪支都落到了政府军手里。

新吾的湖南籍老同学最后落入捕者之手,没有什么审判,仅仅三天后他就被处决了,听说是被人推入了火车锅炉的炉膛……

很久之后,新吾才辗转听到了老同学的噩耗。这位老同学早

已预见他自己的命运,他在新吾带到北大的信里告诉上级:

乔新吾同志的价值不在于此时,而在于未来……

二

乔四一家亏得伍连德博士提醒,很早就关闭店铺和家门,不同外人接触,才侥幸躲过了一九一○年肆虐东北大地的肺鼠疫。

两个儿子乔新甫和乔新成在两年后听从阿爹乔四吩咐,拿着阿爹写的信,坐火轮沿海南下,到上海滩投奔乔方才乔阿伯。

到了上海才晓得乔方才回了奉化乡下,见到的是素未谋面的乔家生在横滨的儿子乔端冕。

虽说没一见如故,乔端冕还是对乔新甫和乔新成表示热烈的欢迎。父辈是邻居是玩伴,端冕对这两个闯荡东北的老弟礼貌周到,特意带他们在上海游览,连天设宴招待。

乔新甫和乔新成有些尴尬,敬酒说自己哥俩是想从哈尔滨搬来上海滩过活,如果乔兄用人,我俩愿在店里效力。乔端冕会看人表情,立刻说只要两位老弟愿意,就留上海试试,不喜欢还能去北京找正冠阿哥。

乔新甫乔新成大喜,家眷虽还扔在哈尔滨,毕竟男人们先在上海有了落脚处。

他俩不想烦扰乔端冕太甚,自己在苏州河边赁了一处便宜住房,写信到哈尔滨去报平安。

乔百祥在阿爹宴请乔新甫乔新成时上过餐桌,他那时还是个少年,晓得这两个是奉化老乡,阿爹说过生意上用自己人好。百祥后来有天分学裁剪,会做罗宋式样西服的乔新成也教过他几招。

十几年过去,乔新甫乔新成早把老婆接到了上海,不过,他们的阿爹乔四因为同伍连德伍博士交上了朋友,受他处处提携,生意兴隆,就留在哈尔滨不走,孙辈也愿意留在哈尔滨,跟着阿爷经营铺子。

伍博士认定当地会再次发生大鼠疫,他推却了大清肃清王的提拔,留在东北长年累月署理东三省防疫事务总处,在哈尔滨迎来了民国;他成天工作,很少有时间交朋友,为他各种国际会议及平日过活治装的乔四就同他成了莫逆之交。

身材不高的伍连德其实对自己的服装很有要求,乔四之所以受伍博士欢迎信任,是因为他善于针对伍博士的实际情况提出服装的合宜变化。哈尔滨在俄国人中东铁路管理局治理下,西服的风尚当然由俄国裁剪师引领。俄国人人高马大,服装还受到法国时尚引领,对历来严肃的伍博士来说,哈尔滨风行的款式就有些不合适。

乔四从一开始就认为伍博士更适合穿着日式或英式西服,前者轻巧,后者虽有些刻板但很庄重,两者都能强调上身的端庄而让人忽略伍博士较矮小的身材。

伍博士的最后选择是英式西服,他是剑桥大学医学博士,对英国有感情,何况他不想让自己看起来像一个日本人。

乔四除了替伍博士做西服和大衣,也替他的大衣及皮衣寻找相配的皮草做御寒的衣领,东三省有各式各样的皮草,不但有紫貂皮、北极狐皮、老虎皮、熊皮、狼皮,等等,也有屡次造成鼠疫流行的西伯利亚旱獭皮。乔四揣摩伍博士的心思,特意替他制作了旱獭皮的翻领,意思是纪念滥捕这种动物给人类带来了灾难。

平时,伍博士常深入老林和满洲里的猎人客栈巡视防疫状态,他不能总穿西服和大衣,而皮衣服又不太舒适。乔四替伍博士设计了一种前襟交合用大纽扣固定的工作服,有点像猎人的猎装,也有点像冬季军服,这种服装穿起来不但利落,且开领小,就像一件防护服,很能防止细菌和病毒沾上里衣。伍博士喜欢得很,定制了好几件轮换穿用。

因为乔四敬重伍博士,始终不肯收取制衣工费,伍博士既感激又伤脑筋,常亲自把各样应时物资和食品送来乔宅以示感谢。于是,他就常常留在乔四家唠唠家常,想念自己留在天津的老婆孩子。伍夫人有慢性病,身体不太好,适应不来关外的气候,所以一年到头伍博士就没有家庭生活。

一九一九年夏天,乔四常在家招待伍博士,话题关注着巴黎和会和京城里的五四事件,没想到八月里哈尔滨又遭难了,这次不是鼠疫,是大规模的霍乱。

乔家自然求计于伍博士,伍博士告诉乔四,霍乱没鼠疫那么可怕,只要不吃不洁净的食物和水,就不会染疫。在霍乱暴发期间,暂时把所有的水和食物都煮沸再吃。

伍博士留在哈尔滨不走,就是为了斗瘟疫,霍乱让他精神抖擞。他联络内外,照着医科的道理部署对策,慢慢控制住了这场霍乱。

乔家在上海的两个儿子都发电报来问安,乔四报了吉祥。可伍博士听闻了却对他说,霍乱是从上海传来的,哈尔滨第一例霍乱病例正是一个刚从上海回哈尔滨的商人。

上海,东海之滨,长江入海口,万国商船云集之超级东方港市,人烟辐辏,确实是亚洲历次霍乱传播的一大中转地。

秋天和冬天,东瀛先后传来了米慧和则仁姐弟俩驾鹤西去的 讣告……

乔百祥自从升为工部局总办处帮办,运气一直很好,有些工部 局历年积存难以处理的事务,他找经办人,悄悄出些主意,竟然都 有化解;人家看他没居功的意思,就添他好口碑。百祥因此感谢洋 寄爹阿瑟。没阿瑟那些年倾囊讲上海典故给他听,培养他对上海 滩的洞察力,他哪能养成替人出高招的功力? 不过,百祥自己也晓 得其中尚有爱的力量:他喜爱工部局的里里外外,把工部局当成了 自己的福地;他对每个同事,无论哪国的洋人或同文同族之士,全 抱着善意。他想同大家交往,大小事情上肯帮人,更不求报答。这 成就了他在工部局乃至上海滩的好人缘。

卫惕南爵士看见自己推荐的人在工部局里受欢迎,大概十分 高兴,跟夫人交代说今后可以把爵士府的私事交给百祥协理。虽 说这与公事无关,不过,百祥知道自己又往上海滩的核心圈里深入 一步。他得闻爵士的私密,看清爵士行事为人,更晓得这是一位冒 险家乐园中难得的绅士,也就更把自己的感情融汇到这家人身上。

一九二六年并不只有蒋介石将军带领的军队在租界外对上海 滩虎视眈眈,其实工部局董事会早在春天就有些担惊受怕:霍乱最 先的发源地印度在春天就乱了,这年的霍乱气势汹汹,整个春天里 肆虐了印度和印度支那,比七年前亚洲的霍乱疫情严重得多。

上海必定是难以躲过霍乱的,工部局严阵以待却心里发虚。 大家都明白个中缘由:上海这码头政出多门,英租界有工部局,是个自治机构;法租界有公董局,从属于法国在越南的总督府;华界则在孙传芳管辖之下。各自的公共卫生机构互不合作,各行其是。

忧虑而缺少对策,工部局董事会责令卫生处加强对霍乱的监查,一有病例就要迅速上报。卫生处如临大敌,到处采样检查。没想到一检查就有了叫人心惊肉跳的结果:英租界的河沟池塘乃至市政自来水水样里都发现了霍乱弧菌!

早期病例其实出现在五月,可在闸北被瞒报了,等确证出现,暴发态势已很明显。英法中三界互相指责,吵成一团。到八月,上海全境已有了两万多确诊霍乱病例,且霍乱通过上海口岸向全国各地及朝鲜日本扩散。

乔新甫和乔新成在乔端冕店里安安稳稳当了十多年的老师傅,替乔老板领班店里所有的七工师傅和他们的徒弟。兄弟俩看见乔老板害怕霍乱影响生意,就来献计,说家父在哈尔滨同名闻遐迩的伍连德博士有交谊,听说上海霍乱起,已通电来告知防治要点。

乔百祥一看乔四爷的电报,心里登时一喜。卫惕南爵士这些天为疫病发愁,已召见过百祥,问他有没有"当地智慧"可借鉴。伍连德博士可是世界闻名的疫病专家,他开出的"条符"一字千金,看来能当作上海防疫的重要参考。

卫惕南爵士拿到这封电报,本拟指派卫生处处长和乔百祥立刻北上拜见伍连德求助,但北伐战事围绕上海开展,他担心路途受阻,转而命乔百祥通过乔四向伍博士继续求教。

伍博士再次电传建议,工部局据此改进了防疫措施:

明令市民不得食用未经沸水煮过的任何食物,不得饮用生水;在港口和铁路枢纽检验公众粪便;集中灭蝇;与法租界和华界卫生部门协调防疫;对志愿人士注射霍乱疫苗;进行流行病学研究……

战争以及对租界前途的担忧盖过了霍乱疫情,疫情后来伴随战事和形势的变故慢慢湮灭。乔百祥由此对远在北方的伍博士特别牵记:偌大一个国际港市上海,永远难以避免疫病,如果有伍博士来坐镇工部局的公共卫生工作,上海就有福了。

乔百祥对卫惕南爵士说了自己的想法,爵士点头说,如果租界能和伍博士合作,确实很符合理想,伍先生是剑桥的医学博士,也是大英帝国的骄傲。租界肯定会对他敞开欢迎的臂膀。

范里克斯没想到乔百祥也喜欢逢赌押注,不单喜欢在他的赛狗场下注,也很愿意在他的"害阿拉"回力球场里下注。打回力球由于球速太快人很难反应过来,所以赌客们相信这里头没有作弊,全凭运气。范里克斯看出乔是个有分寸能把握自己的人,输钱有节制,赢钱能住手,从赌场老板角度,他觉得乔靠得住。

范里克斯是第一个向乔百祥示警的人。一起在法租界酒吧喝酒,范里克斯告诉百祥有个英租界巡捕房的侦探到处打听乔新吾的事。范里克斯说:"乔,记得任何时候都可以让你的弟兄们到法租界找我,在法租界他们可以受我保护。"

法国人和中国人在"互相保护"这点上理解力和想象力接近。其实,在上海滩混,范里克斯需要别人保护的时候大大多于人家要他保护的时候,所以,乔百祥很快收到了范里克斯要求他在英租界提供帮助的请求。

不过,法国人毕竟说着精细和条理分明的法语,脑子经历过繁复和高雅的进化,他们提出的要求勉强合乎体面标准,并不十分强人所难。

乔百祥按阿瑟教给自己的上海滩法则,顺水推舟解了范里克斯的急难,同时也不触犯英租界的规矩。

三番两次帮忙下来,范里克斯觉得欠了乔百祥的情,他亲自找到恒必祥西服公司,也没和百祥打招呼,请出他阿爹乔老板来,一下子给"害阿拉"的雇员订了一百多套制服,说自己是百祥好朋友。

乔端冕是什么眼色,岂是范里克斯这种后生可以小看的!听说面前是法租界的"害阿拉"老板本尊,乔端冕立马将他请上楼奉茶,当场给范里克斯七折价格,以示朋友交谊。

范里克斯没还上人情,还莫名其妙跟人家阿爹攀了交情,越发觉得欠了乔百祥,于是他下请帖把百祥请到家里吃法国大餐,让太太出面招待,还开玩笑要老婆帮百祥找个合适的女友,"乔可不是一般的上海人,他是英国人跟前的红人,大买办!"

吃过饭,坐在公寓大阳台上俯瞰有成排法国梧桐遮阴的霞飞路,那里到处走动衣冠楚楚的绅士淑女。管家进来通报:"杜先生来了!"

这位上海滩大名鼎鼎的杜先生正是范里克斯的把兄弟,是范里克斯特意约来介绍给乔百祥认识认识的。

瘦瘦的杜先生穿着中式长袍,远远拱手,一团和气。他那种和气真与众不同,一下子就让人如沐春风,像遇到了很久很久没遇到过的真君子。

杜先生柔柔地握一握乔百祥的手:"乔先生青年才俊,久仰,久仰,范里克斯见我一回提起你一回,好像我再不来见你,实在太不懂道理。哈哈。"

乔百祥高高兴兴:"杜先生大名如雷贯耳,小弟才是久仰。我家有绸布庄在法租界,一向也承蒙杜先生照顾。"

三人一番欢叙,乔百祥现在工部局效力,杜先生则可以讲顶着法租界半边天,范里克斯比起英国人不但更精明,也同中国人更亲近些……上海滩上,大概这种人情关系很有价值吧。

杜先生不喝酒只喝中国茶,喝了茶,当着范里克斯的面对乔百祥讲:"其实,乔先生,不瞒你说,令弟在法租界活动颇多,蛮惹眼的,不过,我姓杜的只认兄弟义气不讲其他,我今天答应范里克斯和你,令弟在法租界是安全的,任何时候,只要在公共租界觉得不安全,告诉他立刻奔过几条马路,到法租界来避风头!"

新吾接到"母亲病危"的电报正是时候,离开得也算候分克数。他北上没多久,杜先生就暗合着他那位势力强大坐拥万军的蒋兄在法租界动了手。

工人们手里确实有枪,不过,这些工人不太懂如何用枪,也不太相信真要明枪明火地打仗。同志们已经占领了华界所有的警察局,难道法租界和英租界里还要开火?国民革命军里头大有同志在,外国人也不是起义针对的目标!

杜先生的人马是地头蛇,他们熟知租界里地理人情。他们张牙舞爪一出手,工人们根本不是对手。国民革命军紧接着出场,好言好语收缴了工人的枪支武器,工人们还当他们是秘而不宣的同志呢!

杀戮是秘密的,带离现场,不在"高尚平和"的租界地流人的血;杀戮也是残酷无情的,带着仇恨和消灭的决心。许多新吾热爱的同志,那些富有勇气的共产党人,被迅速处死……

四月的一个下午,有人直接找到工部局门口来,要门岗通报乔帮办,说家里有急事。

乔百祥不认识门外这个操着湖南口音的人,不过他脸上那种绝望的神色打动了百祥。相跟着走到街头,那人迫不及待地说:"乔兄,我是新吾在北大的同学,新吾回了北京,我有急难要你帮忙。"

乔百祥招手叫来人力车,跟湖南人朝法租界跑。

湖南人说有一位周先生,比自己比新吾都重要得多,困在法租界没法脱身。

百祥直接找到了范里克斯,范里克斯点头就跑出去。过了一个钟点,范里克斯回来,摇头说那是一条大鱼,不,简直是金鱼,杜先生很犹豫,若是新吾,他一定就放了。

湖南人抓住百祥手臂:"周先生或许是金鱼,但还是可以换的。我不是金鱼,但至少是大鱼,请将我带去,换周先生出来。"

百祥何等聪明,百祥简直觉得新吾是幸运的,同新吾在一起的是这样子高尚的人物。

范里克斯也有点感动,百祥握住湖南人的手,说兄弟那我们就成全你。

百祥对范里克斯讲:"就拿这位朋友,加上新吾一起,跟杜先生换了那位他们爱的周先生吧。"

就这样,周先生终于从法租界脱身,消失在茫茫人海中,日后出渊腾龙。

第七章
1929—1932年　奉化·哈尔滨·上海

一

乔方才当年回到奉化，在这个多少年来几乎一成不变的古旧村落里，他又是那个茄生了。

茄生，你为什么不住东洋，回阿拉这小地方呢，是为叶落归根吗？

茄生，你是有见识的人，阿拉屋里厢小顽想要有出息，该去上海还是东洋？

茄生，你学洋人信了耶稣啦？那么，你要去宁波做礼拜咯？

茄生，你偌大年纪，开裁剪学堂不收钱哪能行，我家小顽学的是一辈子的手艺，你就是再造他的阿爷。

茄生，……

阿姆晓得茄生回家替自己养老送终，心放落，面上添了坦然的亮堂,曲曲弯弯新老皱纹全部舒展开。

阿姆问:"茄生,你日本讨的老妪(老婆)阿姆历来没见过,她到底是怎么一回事?"

是的,米慧,这一言难尽。

她后来不再是米慧了,她有日本名字,平日里她大概也少说宁波话,说的是柔和驯顺的日本女人口语……

茄生不晓得怎么跟阿姆解释米慧:一个女人会不爱自己的家乡吗,一个女人怎么爱上了别国的乡土?这真是寥若晨星的事。米慧说她想到那慈禧就要吐,她说大清是中国土地上的魔,如果大清垮了,她倒愿意回宁波看看。

是的,被她诅咒,大清可不就垮了嘛!

米慧却没回来。

不管怎么说,麦牧师必须回来,尽管他已长眠在横滨公墓,他必须回到上海,也回到云南。

茄生对麦牧师说过:"牧师,我必须要让大陆上受你恩惠的人不忘记你,看他们是不是终究会认识我主。"

茄生平日不能走远,但宁波城要去的。培黎先生介绍他认识了孝闻巷基督堂的詹森牧师,詹森牧师是伦敦人,粉红色皮肤,永远穿着洁净有香气的黑袍。培黎先生精力已有所不济,但仍常勉力到孝闻巷来敬拜,每每同茄生一起追思麦牧师。

茄生回到家乡,裁剪学堂算是办得好,立稳了脚跟。不但这村里很多同姓人家送小顽来,平原上相隔十来里地的各邻村也有不少人家带着束脩送孩子来学。

茄生到爹坟头上烧了香,因为信基督,磕头那些就免了。他想起父亲,鼻子下头就真真地闻见鸦片那种香。茄生本也想抽抽鸦片压压心口时有的怅惘，收了学生们之后就觉得不妥，终于没试。从上海法租界雪茄店买回的雪茄还够，他每天授了课，放了刀剪针线，总要出门到乌桕树下，悠然吸一支。

教这些年轻后生些什么呢，总不见得拿起来就是剪刀熨斗！茄生觉得西服这样东西，超出了"衣服"两字的范畴，他必须把自己的感受事先说给这些"小鬼才"听。他们是徒弟，自己是老师傅，不能不叫孩子们先明白个大概。

"阿爹阿姆为啥要叫你学做裁缝？"茄生站在学堂上问。

"家里穷，早点当个裁缝赚铜钿。"小人们笑着说老实话。

"好了，我晓得：家里穷，我们奉化地少人多，靠做庄稼人，养不活家。"茄生点头，"不过，谁晓得当了裁缝有啥苦处？"

小顽们哪里回答得了这个？茄生等他们叽呱完消停了，就讲："你们谁是阿姆的心头肉，要留在阿姆身边一生一世的，可以回去了。学做西服，难道是为村里人？穿洋装的人，最近的在上海，远的在北平天津哈尔滨，更远的要坐几十天火轮到大海另一边。你们学会了，就一个个走得老远去，再也看不见自己家里人，要出去赚洋人的铜钿。"

大男孩小男孩们都听呆了，骇得说不出话，央求似的看着茄生。

茄生笑说："阿爷我就是小小年纪跑出去，现在胡子白了跑回来。"

第二天，学堂里少来了两三个学徒，茄生松口气，又说："光学裁剪不够，你们要想办法学学洋文，今后要跟洋人说话呀，问清人家的要求。否则，连量体裁片你也做不好。"

这个要求，还好没再吓跑什么人。

好了,学裁衣,先从长袍开始。按茄生自己的话讲,先将就平面,再考虑立体。茄生按自己那一套教,让学徒们睁大眼睛看他指引客师(二师傅)一件件衣服裁来剪去,看熟了,才有之后。

每个学徒每天必须根据自己观察的心得练习使用缝纫工具,除了胜家缝纫机(机器金贵)之外,一切裁缝工具每天都反复用,用来做生活。茄生只要发现谁不熟悉手边的缝纫工具,就罚谁礼拜天下午打扫学堂院屋,把大枫杨树的落花落叶扫尽。

带徒弟练手的时间不短,茄生渐渐又沉默寡言。裁缝本是种不用嘴巴的行当,如果叽叽呱呱太爱说话,做不来一等生意的。茄生冷眼旁观学徒们,好在没有好炫口才的家伙。

大家像练武功一样练剪刀练针线,常有扎红手指戳破手心的;残布本就是供他们落手试练的。茄生从上海店里带回几大箱子残料布,足够学徒们实样学做。不但可动手裁剪,这些布料还是面料课的样品。乔家的学徒们必须练就眼光,一眼分清英国花呢、马裤呢、大衣呢、直贡呢、啥味呢、华达呢、克罗丁或花哔叽,到了春夏,还要认清淡色的凡立丁、派力司或康泰克斯等薄型面料。

等少年们手势有了,一个个才添出自信,茄生倒又不让他们接着学手艺,这时候他教人品。

"阿拉奉化人凭啥满天下安身立命?为啥上海滩租界地里一半的中国人是阿拉宁波人?"茄生年纪实在大了,眼珠子从薄薄眼眶里凸出,有层白翳,瞪着小顽们。

"聪敏。"有学徒回答。

"头脑活络。"还有接嘴的。

"弄错,弄错!"茄生生气地摇头,"我告诉你们,做老实人不吃亏的。宁波人之所以跑落世界上做得起生意,全靠阿拉诚信重诺,又敢为人先!"

要跟这些毛孩子讲诚信重诺,茄生没有就手的例子。倒是一个年龄稍大点的徒弟讲:"阿爹在家里夸师傅你老人家诚信守诺,好些年前讲了要回来教村里后生裁剪,果然就回来,而且回来就不走了。"

茄生听了欢喜,记住了这个叫乔林喜的伶俐徒弟。

"还要敢为人先,宁波人尽懂做在人家前头,生意蓬头没起来辰光,阿拉先去做戆佬,跑早一步。"

"师傅,呒铜钿哪能去上海滩打天下?"有小徒弟问。

"这个你不需要考虑,上海滩现有阿拉的店在,这边学堂学好了手艺,先到上海店里当小师傅。啥人有朝一日做到了七工师傅,自有前辈摸钞票出来替大家新开店!"茄生讲得大气,还挥手。

徒弟们欢呼起哄,学得愈加起劲。茄生冷眼看看,倒真有几个眼明手快的好苗苗在里头。

不过,茄生早就看见了自己裁剪学堂的吃酸地方:如果没钱在上海滩扩大投资,这些徒弟,培养得越好,越可能无处施展本事。

奇了怪了,除了教裁剪,茄生还赠送所有徒弟每人一本《圣经》,规定每天课前课后要跟他诵读。他教完了裁剪,就讲一段故事,这些故事或是《圣经》里来,或者关于一个已死掉的英国牧师。

乔林喜第一个相跟着师傅,去宁波参加詹森牧师主持的主日敬拜。学徒们的阿爹阿姆们知晓这些事,就说茄生信基督,基督徒没有欺男霸女的,也没盘剥逐利的,读《圣经》没坏处,将来小顽们到了洋人面前,也许这还是个护身符呢!

茄生八十五岁上无疾而终。

三十年代来到了。茄生的时代,终究过尽了……

二

新吾目不旁视,一边从北大图书馆走出来,一边还在想适才悟到的一线灵光:关于治外法权议题的双方攻防,不在于一招或一时的争抢,在于建树强大的逻辑。

如果这强大的逻辑因持有的一方是弱者而不被重视,不要紧,别放弃,等待时机。

时机到来的那一刻,逻辑必胜。

那么,什么逻辑能强大到叫英美法德日列强甘愿把吞下肚的肥肉吐回给中国呢?

新吾隐隐约约想到的是区分帝国主义者,按不同归类区别对待。

其实他很久之前就对上海的同志们说过,也对算不上同志的百祥说过,欧洲人美国人同日本人不一样,日本是中国面临的最大祸害……

他想在步行到餐馆前设定一条简明主线,因此他拼命开动脑筋,差点撞上一个步行的女郎。

新吾从白日梦中醒来,慌忙收拢脚,脱口而出忙道歉,这时候他从背后看清了人家的童花头发型,女郎有一股清新的发香。她转过身来,绽开笑颜:“乔新吾!”

一股直达心田的亲切如甘霖浇灌,新吾责备自己已忘记这位孔小姐久矣! 那年五四,大家一起到他家店里拿白布做横幅,一起喊着口号走在北京大街上……如今,十年过去了,孔繁玲已成为巧笑倩兮的时髦女郎,不复当年学生妹的清纯。

"孔繁玲,你好。这么巧?"他微有局促,"你吃了饭没,跟我一起去饭馆呗?"

心里泛起一阵明媚的喜悦,这在新吾还是头一回。他从来不怎么牵记女生,他一直觉得自己"匈奴未灭何以家为",阿爹阿姆为他着急了很多年,都已经灰心丧气。

阿爹乔正冠曾当面教训他:"一个西服店的少东家,既不会裁剪衣服,也不会经纶业务,还不晓得自己独子的责任,至今没给家里接续香火。乔新吾,你怎么跟乔家的列祖列宗交代?"

新吾心里烦恼阿爹的责难,他忍了很多次,后来讲:"也不要这样子怪我,阿爹你想想阿奶,我家有这样一个违背常理的阿奶,连你这宝贝儿子都不要了,怎不先怪她?我怕是受她的遗传。"

乔新吾把阿爹气得脸青,他并不得意,只是从此免听更多唠叨,毕竟,自那之后,阿爹沉默了好一阵。

让乔新吾局促不安的是在与孔繁玲重逢的这一刹那,他心里竟雨后蘑菇般长出一个鲜明的花念头:"如果孔繁玲肯同我成婚,倒是件美事!"

当然,这太荒唐了。一个人有个荒唐的脑子,就会冒出很多荒唐念头。

一起进一家时髦饭馆,点了几道菜,面对面坐着你看我我看你,孔繁玲原本笑着,突然捂住了脸。

她哭了,哭得真真,泪水涟涟,从掌缝里流下。

她哭慌了新吾,新吾扶住她手臂:"是我做错了什么吗?繁玲,你可以打我出气,但不可以再哭。再哭,别人看着以为我欺负你。"

孔繁玲掏出手绢来擦脸,也不解释,一边抹泪,一边又笑:"日子过得好快呀,男生都不变,我可变老了!"

其实,她正是一朵怒放的鲜花,正在最好的时令上呢。

新吾和孔繁玲聊着,渐渐吃了盘里食物,却不晓得咽下肚去的是什么。凑个空当,他傻乎乎问:"你现在哪里做事? 什么时候成的家?"

孔繁玲瞅他一眼:"乔新吾,我看上去已成老妈子了吗? 我什么时候成的家,凭什么要向你报告? 你自己呢,娶了几房了? 记得你们家开着洋装铺子,好有钱嗞!"

新吾抵抗道:"你们女孩子才早早嫁个好人家;我让我阿爹阿姆生气了,我不想成家,我是个漂泊不定的浪子,一定会害了别人家女孩子。"

孔繁玲的眼睛伶伶俐俐说着听不见的话,笑容像大大小小的圆珠子从她俊丽的腮上滚进酒窝:"太逗了,乔新吾,你真是太逗了!"

听说新吾还在北大做研究,孔繁玲说:"北大好像成了中国的良心,我嘛,我现在却不那么良心发现了,我爹爹要我跟着他做买卖。咱家的生意是叶子,浮在时势的浪上,倒还有点意思,所以,我就成了庸俗的公司职员。"

"是吗,浮在时势的浪上,你说得真有意思,好像很多话都省略了。"新吾琢磨她的话,觉得美人深致不简单。

"那么,新吾,来我们公司坐坐,不要见外。我俩是老朋友,这么多年才又见一面。"孔繁玲脸上泄露一种幽远的情绪,既像感怀追而不回的时间,又像对新吾诉说友情。

新吾有点发呆,他从没如此这般感知过他人的美色和生动。他忽然再次想道:如果孔繁玲肯同我成婚,倒是件美事!

孔繁玲瞥他一瞥，竟像看穿他似的，说："我也同你一样，没成家，我怕耽误别人的好前程。"

新吾诧异："你怎会耽误别人的前程？这是从何说起！你必然是挑花了眼睛，凡人很难合你心意。"

孔繁玲笑而不言，忽然闪亮了眼珠，说："不坚定的男人，会被我耽误前程的，我家的堂伯太出名，而且总是干涉大家庭人事。至于我，我才不会挑花眼呢，我还没遇到过适合我的人，如果遇到了，我愿意主动告诉他。"

新吾被她最后一句话挠了痒痒，不由痴痴三秒钟，然后他醒悟过来，问道："你家耀眼的堂伯是哪方神圣呀？能干涉孔繁玲人事的，必定是个大人物。"

孔繁玲放下刀叉，用手绢抹抹嘴，大眼睛脉脉看定了新吾，像千言万语寄付眼波。良久，她放下手绢，一低头："堂伯是孔祥熙呀。"

"哦，原来是蒋主席蒋总司令的连襟哪。"新吾打个哈哈。

"如今的大红人是堂伯的连襟和小舅子而已，又不是他自己！我不明白堂伯干吗把他自己看得这么了不起，像我们姓孔的全族都得听他号令似的。"孔繁玲露了真情，"我真烦我父亲，跟在他堂兄屁股后面言听计从。"

新吾默默无语了几分钟，孔繁玲被他的沉默弄得尴尬起来，手绢不停在唇上按敷。这时候，新吾终于听见自己按捺不住说："孔繁玲，若你遇到自己觉得合适的人，你真会主动说吗？我觉得这倒是个好主意，不至于错失良缘。"

孔繁玲扑哧笑道："新吾，你怎不琢磨琢磨我家的情形？我若觉得你是个合适的，你敢来闯这个蜂窝？"

新吾抬眼看看她，认真敛了笑容，说："我不晓得，我还没来得及掂量。不过,刚才在街上遇到你,我心里忽然有点不一样……"

孔繁玲这下子真正脸红了,低下眉眼:"有啥不一样吗?"

"我从来不肯被婚姻束缚了,我已经叫我父母伤心得很,他们以为我决定像水浒英雄那样不近女色,你该理解我,我只是没遇见合适的。"新吾喃喃。

不等孔繁玲再接嘴,他猝然又续:"我刚才在街上一直想,如果那是繁玲你,倒真是件美事!"

孔繁玲抬眼看他,那是懂事的女人鉴别男人的眼神,猝然间,她眼色迷离沉醉:"新吾,你这是心里话?"

新吾说:"我愿意领你去见见我父母,店就在大栅栏,也不远。"

孔繁玲满脸红晕:"乔新吾,我怕你是个骗女人的高手,一顿饭就想花好月圆!"

乔正冠和夫人秦梅一见孔繁玲就很喜欢,不光因为繁玲人样子好嘴巴甜,而且她是个会操持家务的女人。第一次见新吾父母,她也不客套,就把母亲早逝、自己一贯替父亲当着家这情形告诉了秦梅,秦梅说姑娘这可难为你了。

正冠在家宴上说起这宅院的隔墙邻居有些糙,老弄些破事烦恼咱们,贪图这边送些好处。孔繁玲要言不烦,轻轻巧巧给"伯父"支出几招,倒全是打蛇打七寸又留人脸面的。正冠觉得她精通北地风俗,人还善,处事显着好分寸。

至于那位孔家堂伯,倒不怎么妨碍老夫妻俩对婚事的乐观,不过是个国民政府委员罢了,他之所以出名,大概是靠他的那个老婆。

乔老板乔正冠在日本见过世面,同孙逸仙黄兴一起设计过中山装,如今国民政府的官员都穿着中山装办公,乔老板也从没到处说起什么:过去那是巧遇,巧遇大革命家,一起为理想做力所能及的小事,何必怕别人不晓得那个裁缝是自己?

正冠看重孔繁玲这个未来的儿媳妇,因为繁玲事先讲明家里有这么个堂伯,希望婚后只跟着新吾做事,夫唱妇随,不去掺和她父亲和堂伯那边的事,过自己小日子。

正冠想,新吾以往迟迟不考虑婚事看来也是好事,时代变了,时兴婚姻自主,他俩年纪大些才结婚,凭自己好头脑,也许反倒避开很多懵懂小夫妻避不开的麻烦。

繁玲对裁剪还颇有兴趣,听说新吾不肯子承父业,她笑着央求正冠,允许她跟洋装店的师傅们学学手艺;她想学会做旗袍,旗袍是中国女人的绮梦,她想做做这梦。

正冠心里大喜,私下对秦梅说:"总算有人继承这个门面了,你看,不用着急,新吾自己不做,老天安排他一个媳妇做。"

乔正冠就同新吾和繁玲说:"家里生意在北平做得也有些年头了,你们年轻人如今在这儿,事情好办,我考虑要在王府井开一家分号。乔四爷最近从东北来信,一则关东军越来越猖狂,二来张学良跟苏俄闹得有点不像样,乔四爷心灰意懒,打听北平城里有没有饭吃。他是奉化老乡亲,跟你们的阿爷从小一起玩大的,如今年纪也着实大了,我们不能不帮忙。若新开了分店,可请乔四爷过去主持,繁玲有兴趣,就代表新吾在那边。"

哈尔滨的夏天高温日不多,晚上够凉爽,这叫人愉快,不过,若一个城老被外人虎视眈眈垂涎,强人们打算随意变更城里主人们的福祉,那季节再怎么舒适美妙,人心也只有焦灼难安。

乔四在哈尔滨几乎住了小半辈子了，两个儿子虽搬去上海，孙辈却留下跟阿爷继续经营哈尔滨的生意。乔四在俄人社区是出了名的"辫子大裁缝"，尽管入了民国所有人剪去辫子，人家还是惦记他过去的辫子形象，仿佛他象征了时代。有后来人就为听着这"辫子"两字新奇，特意来他店里捧场；乔四也习惯了这种奇特好意，反正生意兴隆就好。

因为俄国客多，不管是从前逃来哈尔滨住下不走的白俄人，还是如今被派遣过来管理中东铁路的苏俄人，都要做西服。自然而然，乔家店的西服样式也受了白俄影响，带有传统俄式西服的特点：拘谨，有点古板，刻意强调合乎正式社交场合的要求，简单来说就是比较一本正经，平时穿不太舒服。

乔四培训孙辈时说，为白俄人裁剪西服有窍门，就是裁缝得比客户更讲究场面上的势利，让客人觉得裁缝比自己更懂衣服的贵族气，这样就能留住客人。而苏俄人不讲究，穿衣服喜欢舒适宽松。

乔家孙辈们都聪敏，一听老祖宗的诀窍就心领神会，把俄国人照拂的生意做得风生水起。

只可惜哈尔滨外国人的第二势力是日本人，日本人的钱乔四就难赚着。日本人刻意不进俄式情调浓厚的西服店，他们喜欢日本侨民们开设的店铺，制作日本人喜欢的板式西服，薄薄的，蛮挺刮的，穿在比俄国人单薄些的日本人身上，显出整洁肃然。

俄国人管理着中东铁路，如此日本关东军就挨近不了哈尔滨，哈尔滨全城因此并不太感受到日本方面的压力，只听说南边日本人守着铁路线，对俄势力下的东北区不怀好意。

怕什么呢？只要俄国人还管理着中东铁路，就不必害怕关东军。除非苏联和日本还想再来一回俄日战争。这不可能，谁也不想再伤筋动骨吧!

伍连德还是同乔四保持着轻松的私人关系。这伍博士吧,蒋介石请他到南京去当军医署署长,冯玉祥指望他管理新政府的卫生系统,都被他婉言谢绝了。他愿意继续窝在东北坚持他的防疫研究。他看上去像个书呆子,乔四却觉得他大智若愚,懂得避开会伤害自己的假机会。

乔四请伍博士喝酒说:"伍博士,你聪明着呢!阿拉宁波人被人家说'会做生意',其实不是'会做',是'会不做'。你跟宁波人一样的,晓得不做什么比做什么更重要!"

伍博士总笑而不言,有时候还解释说那是太太的意思,他一向都听太太的。

别看伍博士不爱出风头,他真的很喜欢治装,挺讲究衣着打扮。他常常出席国际性的学术会议和防疫会谈,也常和俄国人日本人乃至其他国家赴哈尔滨的学者或政治家见面谈事;他告诉乔四,人要衣装,西服有一种奇妙作用,能增加主人的说服力和影响力。

西服旧了,就该换新,哪怕只是式样不时髦,也该换掉。这种配合场面需要的服装就如此,它必须给人鲜明的时代感和主流感,才有魅力。

乔四认为伍博士说得好,对做西服生意也是挺实在的启发,若自己的西服店给人一种合时感,一定会拥有更多客人。可乔四却同伍博士开玩笑:"博士,我想你对付的那些细菌和病毒,也是看人看衣装的,一见你西服焕然,就逃了。"

伍博士晓得乔家两个儿子在上海,常说:"我要去上海办公事的,你要带什么东西过去,或令郎们要送什么回来,不必客气,我力所能及,就替你办。"

那时乔四听闻济南惨案,立马找他老友伍博士:"伍博士,我觉得心惊啊,这日本人怎么这么凶? 列强在中国这么多年,全不像日本兵如此凶暴!"

伍博士叹气:"狼已入室,奈之何?"

这年大热天的,张学良同苏联人干起架来,乔四比所有人都心惊。

大家都传说张作霖是被日本人弄死的,这少帅干吗要找苏俄人麻烦? 乔四一把年纪了,自认比张学良看得更清:日本人才是东北原野上的群狼,若没苏俄人这种北极熊占着中东路,狼就要到处吃人的。

可惜乔四不是张学良的谋士,他干着急也不管事。大热天的,张学良竟然冒冒失失就跟苏联人干上了,仗打得"一天世界"。乔四觉得自家西服生意要毁,先来同伍博士讨主意。

伍博士却淡漠,他更关心苏联红军大军压境会不会带来什么流行病。

至于少帅,他本是一个军阀的纨绔儿子,你想他怎样?

乔四只能想得长远:"博士,要是俄国人离开哈尔滨,你想想东北会是谁的天下? 我做的是俄国人的生意啊! 这样下去,我就离开这儿吧,我老了,叶落归根。孩子们倒可以去上海,投靠他们的阿爹。"

"北方的生意怕和上海的不同吧?"作为专业人士,伍博士想的历来是实际问题,"你们做惯了俄国人生意同北方人生意,我看就算搬家,也不要搬去上海,譬如北平就比上海合适。"

说打就真打,一点不含糊,苏联红军像老虎出山,张学良的东北军起先不怵,打着打着就软蔫了,打到快下雪日子,少帅听闻南边关东军有点跃跃欲试，警醒过来，后悔自己冲动，马上想办法跟苏联人谈和了。乔四心跳眼皮跳了好久，到此时才宁定些，觉得也不急着离开哈尔滨。两个在上海的儿子安下心来，不必北上搬取家眷。

伍博士笑乔四说："你们浙江人真是以天下为家，哪里的生意都做，都拔头筹，就是辛苦。别的地方的人恐怕没你们这股做生意的劲头。"

三

王小虬的葬礼是民国二十年英租界地面上值得记忆的盛事，他是上海滩第一代买办中的佼佼者，也是宁波旅沪同乡会耆宿副会长。出殡的队伍绵延在南京路上，很多穿黑西服套装的外国人也出现在灵柩边。

王小虬交代身后事的时候特意提到四明公所，作为一个和外国人打了半辈子交道的买办先生，他不愿意撩拨四明公所这道伤疤下的神经。王小虬和露丝在静安寺对面的外国人墓地里订下一小方墓穴，他愿意继续同与他打了许多年交道的上海滩外国人们安静地在墓地里相处。王小虬的墓碑上引人注目地写着一句英文：Friendship creates business（友谊带来商业）。

乔百祥陪同卫惕南爵士出席了王小虬的葬礼。

小虬的遗孀露丝姜戴着墨镜穿着黑色旗袍，襟上挂一方雪白手帕，肃穆又特异地站在墓穴边；她灰白发丝微动，定睛看楠木棺材缓缓入土……乔百祥深深吸入上海的湿润空气，注视着一个时代彻底从眼前过尽。

老式买办的时代终结了，新的上海滩驰骋着宋子文那样的年轻才俊，他们和江浙金融资本及南京权力机构同气连枝，并不把各大洋行和工部局放在眼里。饭锅早已不是外国人独霸，现在各路豪杰都恋爱上海滩。

"不要再贪玩了，百祥，你已经错过最好的时光，现在，无论如何，必须讨个娘子。喏，这是奉化姚家大女儿本人教会学校文凭上的照片，你认真看看。"阿爹说得有些干涩，不过，带着父亲的威严。

百祥没马上回答，他面无表情地环顾四周，避开阿爹的目光。百祥不能说什么，生命旅程就像西洋人的交响乐，像水流在厚厚冰层下朝前流淌。泪水适合流心头，不适合挂脸上。百祥被世人看成花花公子，他爱和洋女人们厮混。不过人家不晓得他是一只没来由的野蜜蜂，他采来采去采不到蜜，总品尝酸酸的树汁。

上海滩，上海滩，金银满城转；战火起，兵祸乱，租界利无算。自从进工部局供职，百祥手里流转着无数的原始数据和调查报告，他最明白这滩涂城市像瓷瓶里跳出来的魔鬼，一直飞快地变大变壮。

租界大班们最怕什么，百祥现在就像他们肚子里的蛔虫，晓得个明明白白：大班们是为商业来到这儿，只要长江口的大买卖具有可预见性和稳定性，他们就会选择做温暖而富有同情心的人类，一边大把捞金，一边为上海做些慈善事业。

蒋介石这几年从上海到广州到东北，到处跟苏俄势力对决。他骨子里和沪上大班们一样，恐惧共产党和苏俄。

这让租界工部局上层松了口气，南京政府和上海的江浙财团眉来眼去，工部局乐见其成。只要上海的工人们安心做工不罢工，上海的全球交通不瘫痪，金银哗哗流，上海滩就一切不变，继续吞金吃银，将一再地发达无限。

一九二七年租界清洗共产党之后，工人们慢慢不闹了，工厂和航运都恢复正常，上海滩闷声大发财的局面又展开，而且展开得更大。

银行家们认为上海的局势安定了，工人再次成为稳定的生产者。他们急急忙忙放款，只有放款才促成上海的繁荣。而上海确实在短期里再次繁荣起来。

蒋总司令一开始中原大战，上海的地价和房价又往上蹿升。中原地区的地主老财们同样会发现一个真理：上海的公共租界和法租界才是国家最安全无虞的地方，哪怕那里没地种庄稼，那股份公所就像庄稼地，钱投入进去会自己长出收成。更远地界上的财主们也避开兵火，往上海租界地来了！

百祥不能免俗，他和工部局的英国雇员们一样也开通起来，晓得外头一开战，上海是小战小发财，大战大发达。百祥也大手笔买股票买房子，等价格高得离谱的时候出手。任何战乱总有消停时候，和平期一到，上海飙起来的地产和股市行情也要回头跌档的，钱记得要赚到手，慢慢再等下一次开战。

好在上海滩赚钱容易，中国这国家别的匮乏，战争绝不会缺少。目前是蒋总司令围剿各路军阀，张学良同苏俄开战；将来，不必担心，自有别的地方别的军队再起祸端。

桃丽丝回了美国，她离开上海前以一个美国女人固有的热忱向百祥倾吐了她的情感和祝福。

她回去家乡应该不会再回来，她决定在田纳西州的亲属那儿落脚，用上海赚的钱买一块土地，在乡村俱乐部里找个踏踏实实的男人……她说她够了，上海马上会成为旧梦，而百祥是这旧梦里那位即将变得模糊、形象斑驳不清的土著男人……

百祥心里满是祝福,不过他没演好,潇潇洒洒一个男人却在桃丽丝面前崩溃了。

百祥流下滚烫的泪水,他觉得并非为桃丽丝而哭泣,他为他身处的时间和空间泪如泉涌。

桃丽丝受宠若惊,她知道自己是个人尽可夫的妓女。她想不明白,女人不靠想,女人只有出色的感觉器官,桃丽丝一感动,出卖了汀康。

要提防巡捕房侦探英国人汀康啊,百祥,他暗里盯着你不放,想把你从工部局宝座上拖出来,钉到会审公廨的耻辱柱上……

乔四率领全家在民国十九年年底离开哈尔滨去北平,他把哈市的房屋和铺子全卖了,只留下怅惘和对老客户的怀恋。乔四告诉伍博士:"人家说宁波人敢为人先,逃难也是,我家先逃!从济南惨案发生那时,我就觉得东北是中国和日本间怎么也过不去的坎。日本人绝不会放弃满洲的,他们从岛国登上大陆的野心就落在东北。"

伍博士点头:"早就说过,狼已入室,奈之何?兄台先行一步,如果真有事,小弟回天津接了家眷,也到北平找你。"

"博士,你不如南下去上海。租界地适合你这样的大师。我家在上海有人,你直接去他们那儿!"

互相嘱托了,含泪握手,乔四多少年的心血,就这样洒在哈尔滨的天空下。

过后才不到一年,柳条湖事件发生,张学良不战而退,东三省拱手让给日人。

报童稚嫩又嘶哑的喊声回荡在哈尔滨大街小巷:"号外,号外,日本人兵不血刃……"

谁都未曾料到,伍博士的厄运也不远了。

姚家大女儿的照片摊开在恒必祥西服公司乔老板桌上,刚在工部局交了差按例回店裏理阿爹的乔百祥苦笑着跌坐沙发上。

"不是阿爹逼你,讲句实惠的,阿爹纵容了你这么些年,为啥,我是为你着想,年轻人不爱受束缚。不过,百祥,你如今不年轻了,该面对真相了。你在工部局干得是不错,不过,你和你的日本阿奶天生有点像,我晓得你不太想做中国人呢!"

阿爹的话叫百祥吃了一惊,他抬头看看,想阿爹今天到底搭错哪根筋,要这么弹眼落睛讲话。

阿爹不但不收回锋芒,反而说得更不留情:"我不是不晓得你同洋女人厮混,不过,你混出啥结果来没有? 你确实是工部局的人才,你还是本店的少东家,有钱又有才,长相也还过得去,那么,洋女人吃你不吃呢?"

百祥腾地站起来,转了个圈,没走出门,又颓然坐回沙发。

"我听北平正冠阿哥讲,新吾虽然野得很,掺和在危险人物里做那些没着落的事,如今毕竟也收了点心,找了女同学要办婚事了。你好好动动脑筋,告诉我这姚家小姐你能不能相处。"乔老板轻轻把女孩照片又推得离百祥近些。

百祥伸手拿起姚家小姐的玉照,看一眼,觉得挺有模样。姚家,就是家乡村里那家历来在浙江和上海开钱庄的大户吧?

"姚家是看得起我们乔家。"乔老板说,"从前我家不过是村里的裁缝,姚家本是大财主。你阿爷这些年在乡里做好事有了口碑,

人家又听说你成才,在工部局当英国人高级帮办。姚小姐从上海
教会学校毕业,自然也带些洋气。所以长辈觉得你们合适。"

"知道了,阿爹。"乔百祥站起身,把姚家小姐的照片放回桌面,
"我见见姚小姐,回来同你回话。"

愤怒的呐喊声在上海的租界里响起来了。
首先传遍上海滩的是蒋介石的声音:

> 我国民此刻必须上下一致,先以公理对强权,以和平对
> 野蛮,忍痛含愤,暂取逆来顺受态度,以待国际公理之判
> 决……此刻暂且含忍,绝非屈服。如至国际信义条约一律无
> 效,和平绝望,到忍耐无可忍耐,且不应该忍之最后地步,
> 则中央已有最后的决心与最后之准备,届时必领导全国人
> 民,宁为玉碎,以四万万人之力量,保卫我民族生存和国家
> 人格。

含忍?中国人知道含忍是什么。如果上海滩的中国人要为了
"九一八"的"等待公理"而含忍,他们晓得自己至少可做一件对个
人来说微不足道但积累效果蛮可惊人的事,就是"抵制日货"。

上海的中国人认真了,几乎在一夜间捂住大小钱包,睁大眼睛
审视自己的购物清单,若其中有日本舶来的玩具、文具、纺织品、食
物,或任何带着大和民族印迹的杂物,他们就将这些剔除出去。

很多人自觉自愿这么做,也有一些不自觉的人看见了身后反
日救国会的身影而不敢不为。若此时此刻还用日货,一个中国人
无法对其他中国人交代。东三省的民众已沦为亡国奴,他们的小

孩势必要拿起从日本舶来的课本学日文,忘记自己的祖宗,那么,上海人,你还能忍心购买日货,给日本人送军火款吗?

七十多万吨各色日本货积压在上海的各个码头货栈,中国商行停止采购日货,到货的也拒收。中国银行拒绝做日货的押汇。日本与上海之间的航运被全面抵制,甚至发生了令人尴尬的事:乘坐日本客轮到达上海的中国乘客被同胞们冷淡,稍有争执便受到谩骂和围攻。

虹口的日本商人们损失惨重,他们习惯的日本食材因为货船停运不能再供应,而中国人显然不愿意为他们这些不受欢迎的日本人提供食物。有些日本人打起包裹回家了,没回国的日本人感到受威胁,请求驻扎在公共租界北区的日本海军陆战队保护。

樱井先生惶惶然跑到公共租界来拜会乔老板。乔家和樱井家有世谊,再加上樱井一直有善待中国工人的令名,端冕是不能不接待的。樱井先生因为对时局毫无心理准备,没做任何预备,狼狈间他同自己的亲友们快断粮了。

留樱井吃过饭,乔端冕把自家近日购买的粮油食物装了一汽车,要司机把樱井先生和这些食物一起送回虹口"小东京"。乔百祥自告奋勇代替司机送樱井,一路上他同樱井交换了不少实在的建议。

第十九路军本来护送孙科北上南京见蒋介石,军队经过上海却在上海华界逗留下来。

"九一八"之后,上海抵制日货干得实在凶,苏州河北虹口的日本侨民们本已沸沸腾腾喊活不下去,十九路军停下脚步虎视眈眈,叫驻扎在虹口兵营的日本海军陆战队也竖起了浑身汗毛。国联调查团刚刚成立,李顿爵士要带着五国人马前往东北调查"九一八"真相,其实,稍有点脑子的人就会琢磨,这时候难保日本人不想在上海跟十九路军干一仗,好叫列强把眼睛转回长江口来。

日本僧人果然在杨树浦遇袭,当场死了一个;日本人旋即又烧掉中国人的三友实业社作为报复。工部局的英美董事们都嗅出了气味,紧张起来。

"喂,乔,"警务处长道森又从庭园柱子后闪身出来,"抽一支?"

站在马路边吞云吐雾,道森打量百祥身上新的条纹西服:"你亲手替我裁的那套灯芯绒叫我出了点风头,呵呵,美国大班比尔的家宴上,大家都说我的西服时髦。"

百祥眯眼而笑,晓得这老狐狸绝对不是找自己说什么西服的。

"看样子,乔,咱们又可以好好发一票上海财了,这次肯定会大打出手,我有线报。日本人已从横须贺开出三艘兵舰增兵,预料会在吴淞登陆。"道森压低嗓门,"你是高手,什么时候股市打到低点,大家捞底,你记得告诉我。"

是啊,在工部局待久了,就是这样子平庸的人生。百祥看看道森:"你手下那个汀康还盯着我不放吗? 我值得他这么做?"

"哈哈哈,"道森大笑起来,"我看了他的报告了,算了,你别跟他计较,他在战场上伤过脑子。你抢了他梦中情人,叫他情何以堪?"

抽完一支雪茄,百祥和警务处长交换了所有各自关心的问题。So far so good![1]

就像是要在紧张气氛中获得一种和缓,第二天,百祥跟着一位

---

[1] 情况还算不错!

懂鸽子的朋友，跑到华界豫园，在那边采办了一群鸽子。

阁楼上修起宽敞而有篷盖的鸽笼，百祥闲暇时分要放飞鸽群到里弄的晴空……

果真，幼狮般的十九路军在闸北同日本海军陆战队接火了，一支战斗意志最强的中国军队，满腔义愤，在这城市的街道上同日本人短兵相接，一打就打了几个月。仿佛东北的账要在上海结，十九路军打得英勇无畏。

南京政府并没给十九路军什么军饷，十九路军不是中央军，跟着孙科上来，好像还有反蒋的色彩。不过，只有这支军队的首领们才晓得自己只想北上抗日，他们是求死的，一心想打鬼子。

还好上海的帮会和江浙财团的老板们给钱给粮，尽心招呼这一支义勇军……

上海的贸易破天荒地停顿了，银行和金融业也被迫停止运营。上海的工厂不再生产，上海租界第一次听见如此切近而密集的枪炮声。人们可以在高楼里俯视十九路军激战日本军队，眼睁睁看着闸北一片片地在炮火里化为废墟，尸横遍野，仿佛一场残忍的电影……这太不可思议，上海滩的大班们心里充满了绝望。

全世界的眼睛都盯着亚洲的模范租界上海，忘记了日本人在东北大地上的勾当，也没有眼睛留意大清末代皇帝溥仪的动静。

四

不可思议的事实是姚家小姐堪称窈窕淑女，百祥第一次见她，就像蜜蜂勉勉强强钻进窗户，本不期待鲜花，却落在法国香水瓶口上。

姚小姐有个不太女性化的芳名姚远纶,这姓名唤出一位高挑秀雅女子,星眸深陷于眼窝,淡眉笼烟,见人悄悄一笑,说话有种性感的沙哑……

"幸会,姚小姐。"乔百祥觉得嗓子冒烟,喉咙干涩。

"不要客气,百祥,阿拉是邻居,侬小时候大概也见过我,不过我那时是个毛丫头,你见了也看不见。"姚小姐不但大方,而且亲切随意,像同百祥早已相识。

百祥忽地放松了,像喝一口甘甜井水,他眼前出现放在房屋晒台扶栏上的一溜瓦盆,瓦盆里种着大花马齿苋,红红紫紫,想来姚远纶就是瓦盆里这些太阳花变的。

姚远纶上过教会学校,英语虽不完美,却也流畅达意,关键是她早已被修女教师训练得落落大方,只要能讲英文,她就不同百祥说奉化土话了。毕竟,在上海,说英文更实用,也更受人待见。

"百祥,我早知道你了。阿爹们说什么,你不要放在心上。我们这么谈谈天,不是挺好?我才不喜欢拉郎配呢!"远纶忽然对百祥抛个媚眼,"其实,我早就看上过一个美男子,只是没机会!"

百祥笑了,姚远纶明显是想安慰自己,她很有经验,不是个好对付的女孩。

教会学校培养的女生很能适应上海环境,这里华洋杂处,必须自己杀出一条社交的路子,这通常特别难为从闺房里跑出来的中国闺秀。

远纶看来不怕,她很应时入式。

"好啊,很高兴认识你,"百祥说英文,英文自有其礼节,使他能够放开,"很希望经常看见你,和你聊天逛街。"

"如果你是舞场王子的传言不假,我希望你带我去跳舞。我自己去不成,阿爹不许。"远纶露出了撒娇的神色……

是,百祥想,世界不就是这样的吗? 闸北被日本飞机炸成了废墟,倒霉的人断手断脚倒在那里;兵士们正在苏州河对面生死相搏,英国报纸《字林西报》赞扬十九路军是一百年来中国最奋勇的军队,连对手日本人都夸十九路军是"支那雄狮"。双方巷战多日,伤亡接近,谁也占不了上风,就只能在路巷房屋间"绞肉"……可是,窄窄一河之隔,苏州河南就是英租界,这边照样歌舞升平。夜晚,听够了北边枪炮声,俊男倩女们照样在舞厅弹簧地板上相拥起舞,旖旎世界红粉依旧……百祥无法理解这世界的荒谬。

不过,不和姚远纶这样可爱的女子跳舞,难道要自虐,继续听着枪炮声发愁吗?

登上安东到长春的火车,伍连德放好行李,掏出手绢擦了擦脸,把皮猎装脱下,坐到自己座位上。

他下意识摸摸皮猎装的后颈部,那是衣服最坚硬和厚实的部位,从来不被折叠。伍连德想起了做衣服的乔四,乔老兄离开哈尔滨之后,他还没做过任何新衣服。这个乔兄人是顶好的,忠厚自守,做生意规规矩矩,一点也不贪心,还很细心,为朋友方方面面地想。这件皮猎装有个机关,是乔四提议做的。乔四说东北匪帮多,运气一不好可能会碰上,有重要的东西,总要有个放心地方藏着。他在衣服内衬颈部做了一个暗袋,旁人怎么也不会知道。

"博士在东北千万要小心,怎么说这也是乱世,凡事谨慎为好,贵重物品别离身。"伍连德记得乔四这样叮嘱他,他记住了。想想其他还好,就把这些年在东三省防疫事务总处积累下的重要实验数据、各地防疫联络人名单及东三省防疫的缺陷分析等抄录在轻薄的纸上,随身携带,悄悄塞在皮猎装的暗袋里。如果遇紧急情况,就把口袋里钱包掏出来应付,想必抢匪不至于剥人衣裳。这次出门接受安东口岸的卫生检疫权,他也照样做了仔细防备。

火车开动,他闭上眼睛,把皮猎装盖在身上,不一会儿就睡着了。

日本宪兵们在长春站进入车厢,伍连德完全没料到日本人的目标是自己。他一边用日语解释身份,一边被宪兵推搡出站,用汽车送到长春日军司令部,立马进审讯室,要他交代间谍活动的细节。

所有东西都被日本人抄走,伍连德暗暗感激乔四,日本人没剥他衣服,只从他衣服口袋里没收了钱包和证件。

一直到他被送往沈阳日本宪兵队,经历更无礼的审讯,再到英国领事出面营救他,他都因自己英国公民的身份没受拷打,也没人野蛮地扒他衣服。他和衣而眠,担忧日本人最终发现他数年的研究资料和东三省的防疫联络网,这些东西本可分享给各国科学家和防疫人士,只是对日本军部不行,那些野蛮人只会把这当成伍连德充当英国间谍的罪证。

好在他及时被释放了,英国领事亲自见了他,要求他今后好自为之。伍连德终于明白自己在东三省献身防疫的岁月走到了尽头。

他收拾残局,直接往上海而去。

天无绝人之路,上海还有刚开始的事业等待他,他想到这,心里平静下来。

南京政府在"九一八"柳条湖事件发生前一两年就开展了收回口岸防疫权的全国性工作,要求伍连德出面负责,现在,他可以坐镇上海总部,继续收回全国各口岸的防疫权,把防疫事务当成一盘大棋,下之以他的新章法。

走进英租界,日本人的影响力被英美大班们抵制在苏州河以北,伍博士终于感到安心。

乔新甫和乔新成早已得了阿爹的信,翘首盼着伍博士到上海来。

伍连德到了上海,虽公务繁忙,却也记得跟乔四两个儿子重聚,两个乔师傅设了宴为伍博士接风。接着又向恒必祥乔老板介绍,乔端冕一听是防疫英雄伍连德,亲自和儿子乔百祥到海港检疫管理处拜访。

一来二去,不但乔家请伍博士到店里裁剪新衣,伍连德也看重百祥在工部局的身份,连忙同他交了朋友。乔百祥讲,工部局卫生处虽是美国医学博士在管理,但那位是外科医生出身,防疫还要靠伍博士。伍连德讲,防疫最要紧的是公共租界工部局、法租界公董局以及华界上海市政府三方的紧密合作。

像是要让伍博士一显身手,民国二十一年夏天刚到,上海又发生了大霍乱。压力虽聚于伍博士一身,他反而不慌不忙,一面加强口岸检疫,一面通过百祥和百祥在法租界的朋友杜先生,将工部局、公董局及上海市政府三方防疫工作协调,紧急向苏州河两岸铺设自来水管道,不让河边居民喝苏州河的生水。又加强饮食烹饪消毒,组织市民打霍乱疫苗……抢时间推展铺开,霍乱就在战争的废墟上慢慢被控制住了。

离开上海前夕,桃丽丝连着在幻影咖啡厅等了汀康三个晚上,汀康才醉醺醺地出现。他太忙了,忙得有时候想起桃丽丝会脑子里一片空白,不过他还是来了,夜晚终归帮忙,让人变回自身。

桃丽丝从手提包里掏出回国的船票给汀康过目:"我回去了,你多保重。"

汀康这些日子像在泥沼里拼命拔足,体力透支,东墙西补,一时间对桃丽丝的船票还反应不过来,不过,他虚火上头,一把按住了那小小的灰色票子:"你不能走!"

桃丽丝无动于衷,她端起酒杯喝了一口,放下酒杯:"汀康,你要保重,在上海这地方当巡捕,还是蛮冒险的,不要太陷在里头出不来。你知道我们那个胖胖的妈咪吧,我有点送你的礼物放在她手里了,你去她那里拿。"

桃丽丝不看汀康呆滞的眼睛,她拍拍他手背,汀康把爪子缩了回去。桃丽丝拿起船票,放回手提包。她喝光杯中酒,拥抱了汀康,在他头发上揉了一阵。

她站起身,要一辆人力车,坐了上去……

汀康什么也没做,就让桃丽丝如此离开了。

美国女郎们那个胖妈咪自己找了来,把桃丽丝给他的礼品盒也带了来。盒子包裹得好好的,包装纸是好莱坞电影海报。

汀康喝了几天酒才拆开这盒子,里头是一叠实实在在的美金。汀康觉得羞耻,桃丽丝是个妓女,那是她同几个不同男人睡觉挣来的肉金。

汀康意识到自己性格有缺陷,但无意于做任何改变。他醒悟自己天性藐视权威,这在一次大战的战壕里其实就已暴露,只不过战场的子弹选择了他的同胞,却轻轻巧巧放过了他的大身材。

死人不会写评语,所以只有他知道自己曾屡屡不听从指挥,甚至以个人鲁莽出击的方式表达对无能上司的不屑。他轻易玩弄掉自己在工部局巡捕房的前途是不明智的,毕竟已坚持了十多年,比大部分英国人坚持的时间要长。

别人觉得帝国殖民地范围里有更好机会,就辞职走了;别人为同各式各样的女人在一起,宁愿离开……而他,他一直留在捕房不动,他甚至磨蹭走了发誓在兰开夏等他的女友,这可怕的错误毁掉了他的心灵。

他麻木机械地处理一桩桩关于盗窃、不忠仆人、拐骗、交通事故、占路营业及人为噪声之类上海模式的日常警务,慢慢才混到指挥一个捕房的中级位子。

酒助长了他乖戾的心情,他实在太不把当地人当人来善待。他几乎忘了那个夜晚,忘了那两个报绑架案的上海居民(其中一个穿着睡袍就敢来巡捕房);他忘记自己怎么无缘无故动的手,事后他申请查阅部下和投诉人的笔录,笔录上面的自己被描绘成一个在公务时间里喝醉酒的小丑,以壮大身材肆意欺负平民:他们一致报告说汀康凶狠地抓住报案人的头发,把两人的脑袋互相撞击,咒骂他们报假案,全是不可救药的撒谎民族后代……

即便在英国上司眼里,汀康也是一个无可辩驳的种族主义分子。有位上司遗憾地指出这是由一个人受教育的程度决定的,另一个当官的则认为所谓种族主义只是幌子,真正原因是人的自卑感作祟。

汀康没为自己说什么,他倒是从头至尾保持了沉默,这为他赢得一点尊严,也顺便保住了他在巡捕房历年积累的退休金和其他福利。工部局巡捕房最后暗示他自行离开,那些上司也不是不了解汀康此人的暴躁和自行其是。

汀康并非为这些缄口不言,他觉得那些人只是顺手捞起一顶最容易的帽子扣他头上,其实他的病不在这里。

汀康历来主张用暴力的管理方式对付亚洲人,别花时间研究,别费工夫倾听,无论如何,亚洲人残破不全的思维和生来固执的脾性永不能符合大英帝国利益,也别指望谁能诱导他们真心服从工部局。

从前,他眼看耳听心里琢磨,慢慢学会用警棍和手枪对付租界地面上的亚洲人,尽管上司一年年制定更严格章程防止巡捕们对"有身份有地位"的本地人滥施暴力,汀康从心底里不愿改变自己已形成的手法。他也许有点愤世嫉俗,不过,工部局上层这群绅士们虚伪且势利,虽一样暗暗蔑视亚洲人,却想给中国人留面子,以维护上海传统商业利益。

不过,即便汀康这种人,心里也有例外:他对乔百祥的感受越来越混乱,甚至可上升为复杂的感情。

汀康的申辩最后上交到工部局警务处长道森手里,道森要求免去对汀康的其他指控,只以公务期酗酒加以处理。既然汀康对自己执勤时处于酒醉状态供认不讳,那么,按照巡捕房公平如一的老规矩,汀康应被劝退,但以担任警职满十年的资格,他离开警队时可以获得最低级别的养老金。

汀康反应不可谓不大,他立马离开上海前往日本。不晓得他在日本干了些什么,没多少天工夫,他又回了上海,好像一贫如洗似的,竟回到巡捕房在戈登路的训练营,跟相识的巡捕借钱,有时混一顿饭吃。因为他在共济会里还担当着秘书职分,大家都只好接济他,并不赶他走。

道森觉得这样不成文章,想了想,就来找乔。

乔,这是你晓得的一个人,现在很棘手,我看他走投无路,能回英国去早就回了,要是流落在上海,这样子毕竟不好看。我现在还没发声音,不想弄得不体面,不过,早晚要对他不客气。

乔百祥自然想起了桃丽丝,桃丽丝仿佛还在身边,却再也难见她一面。百祥抽了道森的雪茄,晓得道森是把难题放到自己面前,百祥说:"人家落难,能帮则帮,我不计较他从前。你让我试试,也许能帮到他。"

很"巧",汀康在酒吧喝酒时碰见他从前紧盯不放的乔。

乔穿着他有名的跳舞西装,西装是淡蓝色的。乔坐到有点痴肥的汀康边上:"我同你不必拘礼,看在桃丽丝面上,有难处要互相帮忙。"

汀康语塞,桃丽丝?她早已无影无踪,扔下上海滩跑了呀。

"汀康,听着,我有个朋友在法租界,是法国人,他历来用各种各样的人,尤其你从前是巡捕,怎样,去帮他看着回力球场?"乔看看汀康。

"或者,如果想轻松点,也可以到我新开的店去。新开的店需要一个男模特,没事,就是惯常穿着我们做的新衣走路坐凳,给其他人瞧瞧。"

汀康摇摇头。他起先想摔一个杯子,让乔这家伙赶紧滚蛋;不过,话说出口,却是"你有桃丽丝的消息吗?"

桃丽丝?百祥听见汀康半醉的问话,猝然心碎。不过,他拍拍汀康手背:"也许在哪里的农庄安顿下来,成家,过日子呢。"

汀康哈哈笑,招招手,让酒保加满乔的杯子:"乔,不管怎样,你我为桃丽丝干一杯!"

一九三二年，春天日本人被十九路军打退，夏天大霍乱又被伍连德管制住。这对上海绝对是大大的利好。道森不等乔百祥提醒，早买进了股票和新建的公寓，大家又照着老套路买买买。

战云和疫病消散之时就是上海接力腾飞之日，更多的洋钱和土钱淌进租界地，拥抱新一轮的安全和繁荣……

第八章
1932—1935 年　上海·北平

一

自从落脚上海,乔新甫和乔新成两兄弟一直住在苏州河边。

苏州河是一条奇特的河流,将上海滩割成南北两个部分。河道不宽,勉强容得上下行驶船相向而驶,水流静止时仿佛失去流速。它从前叫作吴淞江,任何人搞一条小舢板,就可以溯流而上到达苏州吴江,并找到驶入太湖的水道。

乔家两兄弟初来租界时贪图苏州河边房租便宜,就赁屋住下。后来手头不拮据,各人的媳妇也从哈尔滨过来团聚,换是换了更大的房子,住到能眺望河对岸景色的三楼,但仍旧居于河边,已听惯沙船经过的鸣笛,习惯了河边升斗小民贩夫走卒的琐碎生活。

新甫比新成更喜欢呆看乌黑发亮的苏州河。这里的水脏透了,有些河段竟像倾倒过柏油一般;他有时候看迷糊,心里期待着黑水里跳起黑鱼,或出现巨大怪物,譬如小人书上画的黑龙或黑河马,跃出河床,沐浴夕阳……

河水确有奇怪的臭味,不过,从苏北来的难民们把岸边当成栖身之所,他们敢直接饮用河里脏水,同时也把更多脏东西扔进河里……

新甫和新成年龄相差三岁,性格相近,总在一起,如影随形,店里大家就叫他们二乔师傅。连裁衣,他俩都一起干,不是把工序分开,而是每道工序一起干,如果不需要互相帮助,两人就重复程序,你弄完,我摆弄一遍,不会疏忽。他们两个心意也相通,这边十九路军一驻扎备战,兄弟俩就把老婆送到了法租界相熟裁缝师傅家暂避,他们不离开,要在岸边观战。

新甫趴在中式飞檐楼斜顶南侧青瓦上,只探出额头眼睛,看对岸十九路军噼噼啪啪跟日本兵开仗。

日本人的炮弹不仅从东边街巷后头打来,还从天上唆啰啰成串往下掉;东洋飞机就像脑袋长错地方的红头苍蝇,漫天飞舞打旋,肆无忌惮地轰炸民房和十九路军的街头工事。黑烟一柱柱从闸北断垣残壁间升起,爆炸的震波越过苏州河,让趴在屋顶上的新甫也感到五脏六腑毛痒,喉咙就像没盖,胃里东西要溢出来……

三层楼不算高,望不见大片战场,不过,十九路军军装颜色比日本海军陆战队的颜色深,其近河岸的攻防一目了然。广东兵个子虽小但阵脚稳定,任凭炮弹轰,没撤退的意思。日本兵一冲锋,起先兴头浓浓,很快就被打退……新甫对十九路军越来越敬重,恐怕自清朝以来,中国兵给人的印象总是爱逃跑,如今给人印象焕然一新。

新成一早就去西服公司了,昨晚乔老板找过他们兄弟俩,问他们有无碰上十九路军的士兵。其实战场和英租界隔开苏州河,河面宽百多米,枪炮声在耳,却没枪弹朝南边来。十九路军自然严守命令,不对英租界放枪;日本海军陆战队看来也小心翼翼,不想挑衅英租界。

苏州河上有通车设卡的桥,历来也有草草建造用以两岸居民互相走动的木桥,这些陋桥从前没巡捕把守,"一·二八"开战后,工部局捕房匆匆派了些印度阿三和华捕到乔家兄弟寓所附近小木桥边拉起了简易铁丝网,放下十几只沙包,封锁了木桥。现在,对岸人虽能跑过桥面,却轻易进不了租界。陪着锡克人巡捕站岗的华捕正告租界里靠河居住的居民不要靠近小木桥。桥事实上关闭了。

乔端冕关照新甫新成把店里存的纱布拿出来,分给裁缝师傅们裁成合适尺寸,用酒精消毒,再准备些西药房出售的药棉,同绷带止痛药一起放到一些小布袋里。乔老板解释说:"军人在打仗,难免受伤。你们兄弟俩住苏州河边,万一碰上十九路军伤兵,代我们把这些急救小包送给他们用。"

新成一早就去店里拿大家连夜做好的"伤兵袋子",新甫在家也没闲着,将小铺子里买来的一堆水壶灌满凉开水,准备一见十九路军士兵靠近,就送上去。想必这些巡捕好商量,不会阻止这小小的慰问。他等着阿弟,听着对岸枪炮,爬到屋顶张望了一阵。

没想到阿弟不是一个人回家来,一辆小汽车嘀嘀呜呜开来了苏州河边。新甫忙下楼,见老板乔端冕带着个七工师傅,跟着新成一道来。

大家七手八脚把准备好的东西搬了一部分上楼,喝过水,都从对着苏州河的老虎窗窗口朝对岸望。这时有一个编队的日本飞机刚扔完炸弹往东边飞回去,大家恨恨地仰看机身上的太阳球,说不出话。对岸民房基本已被炸烂,幸好居民大部分早已逃来租界。

突然乔端冕叫声好,手指着天,大家顺着望去,一架日本飞机被高炮打中了,打得不轻,像被打中的鸟,慌慌张张拖着黄烟往下栽。这可是头一回见!四周民房里爆起欢呼声……

日本海军陆战队正在冲锋,兵士晃动刺刀,刺刀耀起光斑。日本兵的头盔像扣在头上的瓦盆,是最显眼的移动物。十九路军没动,全趴在掩体里打枪。打着打着,像互相接近了,就见中国士兵们从掩体里跳出来拼刺刀,两群人纠缠在一起……

还是乔端冕眼尖,他手一指:"有人上木桥了!"

四个人争先恐后往楼下跑,新甫背着那些水壶;他们从汽车里拿出特意放着的"伤兵袋子",各自捧牢,朝小木桥边来。很多人也在往桥头跑,脸上的表情兴奋而迷惘。

确实是十九路军的十几个兵士往桥这头过来,越来越近,还搀扶着受伤的。他们的钢盔看起来比日本兵的好些,有钢铁的色泽,但身上军装比较马虎,上身军服都已皱巴巴,布料很差,下身穿着仅及膝盖的军裤,膝盖以下打绑腿,脚上是蒙灰的布鞋。

新甫说:"看,他们斜背的是子弹带,像没子弹了嘛;挂在胸口的,那是……每人两枚手榴弹咯。"

士兵越接近铁丝网,脸上越显犹豫,他们当中好像没当官的,都是兵士,都像老实巴交的农民,皮肤黧黑粗糙,露出黄黑牙齿。兵士们有几个身上渗血,血滴落桥面,咧着嘴,受痛着。

一个华捕对十九路军的兵士们喊:"这边是租界,不能进!"

兵士们脸上露出了笑容,那种逆来顺受乐天知命的笑。一个年纪大些的喊道:"我们不进来,搞点水喝喝!渴死了!"

华捕对着印度人说了几句,然后大声说:"这里是战区之外,我们没准备水,我们没水!"

他的话音未落,新甫已经不管不顾跑了过去:"我有水,我有水!"他扑到铁丝网上。

巡捕们互相看看,没拦阻。新甫挥着手,把水壶从铁丝网上方轻轻抛出去,年轻的兵士们欢呼起来:"谢谢老乡,谢谢老乡! 你救命了!"

乔端冕一步跨到印度巡捕们面前,他穿着好西服打着漂亮领带,看着就是上等人;锡克人挺起身,向他庄敬地点点头。乔端冕说英语:"请允许我们给伤兵几个纱布袋。"

他们把纱布袋也一一扔过铁丝网。士兵们喝了水,打开袋子,开始给伤兵裹伤。新成喊:"袋子里有止痛药,痛得狠了,就吃一粒。"

士兵们站成一排,向铁丝网这边的人群敬礼,脸色凝重起来;他们拿起枪,又朝交火的地面跑回去。一下子跑进炸烂的街巷,不见了。

那个三十多岁的华捕摇头叹:"作孽,作孽,里头那几个小兵我看才十五六岁!"他大概家里有小孩,孩子年龄与兵士接近,心就软了。

大家站着议论纷纷,这一座桥,封死了兵士逃出战场的"生路",大家站在生的一边,看死亡在桥那边上演。

乔端冕谢了巡捕,才要转身,只听有人急喊一句,声调恐怖:"日本兵! 日本兵过桥来了!"

锡克巡捕们的眸子里不可自抑地闪烁害怕的神色,他们求救似的环顾人群:"你们,喂,谁会说日本话?"

很多人不理他们,转身逃跑,像一群雀儿望见老鹰的影子,四散而去。

乔端冕伸出手，像安抚众人："我会说日本话，别怕！"

新甫和新成不自觉地挪动身子，站到了老板前头，像是一对保镖。

日本兵们正犹犹豫豫走过桥面来，他们抬着两个倒下的兵士。

他们走近了，头盔下同样是农民样子黧黑的脸庞，他们的军服比中国兵的好，裤子是长的，小腿处是在裤子外边打绑腿，他们的鞋也是橡胶的。乔端冕看见日本兵腰里扎着皮带，皮带上一边挂短剑，一边挂手枪匣子。他们现在没端枪，步枪挎在肩上，对这里的人似乎并无恶意。

日本兵一共七个，两个受了挺重的伤。他们还犹豫，犹豫着慢慢走近铁丝网，望着那两个印度巡捕。

他们开始讲话了，只有乔端冕能听懂。说话的是个低级军官，他说："请帮忙，伤兵快要死了，我们的救护品用完了！"

乔端冕把他的原话翻译给了巡捕们。

巡捕的回答和先前一样："这里是英租界，我们没有准备水和药品。"

日本兵们疲惫地放下他们受伤的同伴，沮丧地站立在铁丝网外面。那个军官凝视着苏州河黑色的水流，叹了一口气，手朝后摸，从手枪袋子里摸出枪。

他转身去看那两个伤兵，又蹲下身子，对着伤兵喃喃说什么。乔端冕仔细听了一会儿，才听清他说的是会负责把尸首送回国，现在，他提醒那两个伤兵，他们需要对天皇说出他们最后的敬意。

伤兵并没听从他，一个神志模糊，另一个摇着头，嘴里喊的是"卡阿桑，卡阿桑（妈妈）"……军官等待了一会儿，手渐渐移动，手里的枪拉开了枪栓。

"且慢，"一句日语从铁丝网这边响起，震惊了日本兵们，"不要杀死他们，我这里还有些纱布绷带和止痛药。"

乔端冕看看周围的中国人，他小心翼翼对新甫说："把剩下的扔给他们。"

在所有人瞪圆的眼眸的注视下，几个纱布袋子飞过了铁丝网。日本兵小心翼翼察看了袋子里的东西。立刻开始给伤兵包扎伤口，还往伤兵嘴里塞了止痛药。

那军官用日语向乔端冕道谢，他没和乔老板套近乎，像不太明白乔老板到底是日本侨民还是中国人，他只是说："谢谢关照，我们要回去桥那边。"

日本兵们抬起伤员，军官最后一次回过头，看着乔端冕："水？有水吗？非常渴了！"

乔端冕听得清清楚楚，不过他也回答得明明白白："急救品可以，救命的。水，恐怕不行。你们现在是在上海，正在杀死我们中国人！"

日本兵们全听清了，那军官对着乔端冕微微鞠了一躬，转身哑着嗓子喊口令，勉力一起朝对岸战区跑回去，渐渐也消失在大家视野里。

二

民国二十一年中日淞沪战争①期间，尽管英租界的一部分被当

---

① 指1932年淞沪抗战。后文不再逐一说明。

成了战场，工部局却自始至终保持着难堪的沉默。

作为由土地租赁者和工商业纳税人选举的自治政府，工部局没外交权，它和英国领事馆的关系也从未达至和谐。日本人派军队和舰队到公共租界内外大打出手，完全没把工部局的英美大班们放在眼里，这是明摆着的事实。

战火为租界带来了六十余万难民的临时负担，国际贸易在战争期间完全停顿，关税收入急降百分之七十五，交战范围内近千家工厂和商店灰飞烟灭。听说日本军人的伤亡数字接近十九路军和前来增援的中央军总的伤亡数，中日双方相加，大约有一万年轻士兵非死即伤。被战火摧毁的闸北和杨树浦，平民的死伤更触目惊心。

国联代表着的所有其他国家都上了日本的当，日本人在上海杀人放火演一出戏，那边厢却偷偷将溥仪弄到东北，迫不及待成立了满洲国。

"永远不要忘记，满洲才是日本的春梦。狐狸心里老想鸡，至于骚扰南边马，只为到手北边鸡。"

以上结论是喜好打猎的卫惕南爵士早就同乔百祥私下说了的，当初爵士并非为谈日本而分析日本人的计谋，爵士是在家招待脑子挺好使的下属乔，先从大清和英国聊起的。爵士坐在他那位子上，私下爱说什么说什么，口无遮拦。

爵士夫人获得了乔百祥的完全敬慕，乔什么都肯告诉她，包括他同美国女人桃丽丝的秘情。

夫人没法帮乔一把。在夫人眼里，桃丽丝完全是个堕落到无可救药的魂灵，她只想可怜的乔能得到救拔。怎么帮乔走出这"死荫之地"，怎么向乔伸手，免得他沉沦？夫人暗暗拜托了夫君，让爵士想办法。

春天打了仗，闸北杨树浦毁完，夏天又闹霍乱，这一年上海滩难上加难。到得冬天，像一切转圜了，希望又回人间。上海只要一从灾难里探头，贸易一恢复，就会枯木逢春，发达得更厉害。

第一场雪落下那天，爵士带百祥到上海总会，坐在长吧台后用午餐，忽然打开了话匣子：

"乔，听说好多人在夏天就买了股票，你也是吧，这会儿已发财了？"

"爵士，每到上海大难临头，就要准备好买跌下来的股票，这是规律。"百祥第一回听爵士问起投资，决心把自己的经验都讲出来。

"上海让大家这么挣钱，我们归根结底该感谢谁呢？"爵士喝着威士忌笑了。

感谢谁？这倒是个好问题！作为开埠口岸的上海，八九十年前还不存在，只有个江边小县城，如今却巍然成了亚洲首屈一指的贸易港和销金窟，到底要谢谁？

爵士的意思，是要中国人感谢英国吗？

百祥正为难，卫惕南爵士却露出幽默神色："可能要感谢从前一个清朝官员。"

"谁？"百祥洗耳恭听。

爵士没直接回答，爵士说："权力这东西，为什么需要谨慎对待，低调使用？因为我们其实不晓得它是什么怪物，会怎样作怪。"

"嗯？"百祥有兴趣听，爵士像有高见。

"打个什么比方？挺难的。"爵士点燃雪茄，忍不住深吸一口，"就好比只有你有权开闷罐子，但你不晓得罐子里头装了什么。绝大多数情况，罐子里什么也没有，有时候有点不值钱的纪念品，但说不定你就把关着的魔鬼给放出来啦。"

"说得是,所以,这同上海要感谢谁有关,是吗?"百祥笑道。

"上海绝对应该感谢那个清朝的能吏林则徐。"爵士点头,"没有林大人,就没人敢虎门销烟;没虎门销烟,且坚信自己干得对,拒不赔偿,就不会有鸦片战争;没这战争,就不会签《南京条约》,上海就不会开埠。"

"你看,"爵士朝总会门外黄浦江指指,"这里所有的贸易和财富,或掠夺与争斗,都来自一个官吏对自己手中权力坚定不移地使用。当年的林大人会想到今天这个上海滩吗?"

百祥有点接不上嘴,即便哼哼哈哈,也难冒充有想法。

"所以,今天日本人为什么要在上海同中国人开仗,面对历史的魔镜,他们到底会制造什么结果?日本人朝命运迈出新的一步,像被牵着走,不能自己决定。"爵士喝酒,摇头,"其实,东北才是日本的核心利益。"

百祥点头:"爵士,你当初说得非常有道理,满洲能养肥日本,让它长出爪牙和肥膘,不过,很难想象以日本人的理智能看清自己,贪婪没有边境。"

"如果没有英国美国和法国的存在,日本早扑到扬子江中下游来了,毕竟扬子江积聚了中国最膏腴的财富。我可以再次预言,若日本人固守满洲,慢慢喝上一百年满洲血,它一定会成为可怕的世界强国;但只要它定力不够,想快速吞并更多中国土地,那它就只是迫不及待走向死亡的猛兽,只会是人类历史上众多速生速灭暴发国的翻版。"爵士说着,轻蔑地哼了一声,"我看要不了多长时间,以日本人的性格,他们会把事情搞砸的。"

喝第二杯时,爵士任由雪茄灭了,他转换话题,现在落到工部局实务上:

"乔,电是很重要的事情,电在谁的手里事关城市权力。你还记得从前罢工罢课罢市闹到上海瘫痪,最后靠什么解决的吧?工部局对于上海只设一条底线,就是上海的贸易和工业不能受影响。没人平白无故到上海来,来的人都是为了利润和财富,如果这一根本被威胁,我们就会为上海拼命。"

"所以,前几年董事会把工部局电气处出售给美商上海电力公司就基于这个考虑吧?中国人虽也想买电气处,甚至答应保留所有三千五百名职员,那怎么也是妄想吧?英租界不可能让中国人管电。"乔百祥轻声静气用语中性,像他与此彻底无关。

爵士没答,爵士总如此,他只说出他觉得体面和确切的答案,其他付诸富有启示力的沉默。

"如今的难题不是中国人,公共租界已有华人董事;现在是日本人闹得凶,想要增加日籍董事席位。"爵士摇头,"中国人的理由是交税多,理由成立;日本人的理由不成立,日本人想告诉大家,日本如今是列强之一,有资格同英美分权。"

爵士敲敲吧台,要侍者送账单:"乔,请你帮着说服上海市政府那边的官吏,电力交在他们手里是靠不住的,一打仗就全完了。但我们可以帮他们,上海电力公司可以向华界供电,还可以把利润分给他们。"

百祥明白爵士把沟通大事的任务交给了自己,就答应一声。

签完账单,爵士仿佛犹豫,不过还是说了:"还有件棘手的事,是巡捕房求助。福建路那边战后冒出很多衣庄,其实是在买卖旧衣服,不卫生,且占路晾衣妨碍行人。巡捕房屡禁不止,要采取武力,被我拦下了;令尊在服装业,过去还当过工部局顾问,想请你问问老人家有没有好办法。正如适才所言,使用权力必须有节制,不要让历史找到生魔的机会。这是我的立场。"

百祥点头答应，他明白卫惕南爵士的贵族气，爵士对法租界强硬处理宁波人墓地四明公所造成的惨剧非常反感。爵士说过卫生考量是法国人夺地筑路的借口，不见得为了消除墓地寄放尸体这种"卫生问题"，需要冷血地制造出更多尸体。

爵士想在上海的繁荣中让自己的家族通过经营工商业分得一杯羹。至少，一直到现在，上海还在满足他的愿望。他也许靠了一点祖荫，不过，他不贪婪，是个良善人，他还能时常想到这城市里寄居的可怜人。乔百祥因此情愿紧跟爵士办事。

姚远纶从教会学堂毕业后暂没出来做事；百祥也还没登门拜访了解她的家庭。姚远纶没主动给百祥摇过电话，总是乔端冕正经八百问百祥，百祥才当着阿爹的面，打电话到姚府，请姚小姐讲话，邀请她吃西餐或逛霞飞路。

阿爹摆老子腔调教训儿子："对姚小姐不可轻浮。百祥，你也不年轻了，过去种种，到此为止，算历练人生。你要好好把握现在，姚家是发达人家。姚远纶我看了，也是大家闺秀，还聪明，配得上你的。"

百祥喏喏，想想自己三十四五岁，在上海滩虽说不算老，确实也该落定尘埃，像那些稳重的华洋朋友们一般。

卫惕南爵士夫妇也对他说过同样的话，好像只要他还不成家，就是亲友和上司心里的一个犹疑。

是呀，过去的自己是有些荒唐，虽说在上海滩算不得稀奇，毕竟不好意思讲出来，像拥有了一样隐秘的生理缺陷。

只要与姚远纶结婚，一切就不一样了：过去便会成为迎风飞上云霄的鹞子,但凡悄悄在鹞子线上给一剪刀,鹞子就跌出人们视线,无影无踪,只留淡淡遗憾……

是不是到了把过去种种当一只鹞子放了的时候?百祥现在养的信鸽越来越多,每天飞进飞出,不但不走失,还带回落单的鸽子。鸽子是住着不走的,但旧日往事,该当飞走飞远,永远不再回来!

姚远纶欢喜穿旗袍,她穿旗袍袅袅婷婷,正是上海滩仕女图角色。姚远纶没赶时髦穿高跟鞋,她显得清雅,一看就不是那种捞世界的女子,她是大家闺秀。

她扑哧一笑,面上有浅浅酒窝:"百祥,侬做啥紧张兮兮?阿拉又不比谁缺点啥,霞飞路是法国人的,也是阿拉的,来,学学法国人,潇洒点逛马路去呀!"

法国人凡碰头,男男女女左一记右一记地香面孔,是为法式吻面礼。百祥和远纶一起看见,他本想拿这打趣远纶,想着想着就忍住了,他还是肃然的。远纶笑:"法国女人面皮厚。"

百祥点头:"大庭广众让男人香面孔,总是有碍观瞻。"

"我倒不是这意思,"远纶比百祥更大方,"我是说那些男人各有各的胡髭,她们的脸怎么受得了?小时候我阿爹亲我一下,我就被扎哭过!"

百祥心里佩服远纶。她一个字不多,能把话儿说得这般周到,让听的人舒服。她真是个体面的上海女郎。

远纶想跳舞。嗯,百祥寻思,当然要去合她淑女身份的地方,哪能去骚浪舞女出没的渊薮?远纶经的世面虽不多,但气质好比幽谷百合。百祥要找些合适的花瓶器皿,才好盛放她。

不过,远纶晓得谁都错看了自己,她可不是男人们想象的那种人。

百祥约见工部局卫生官。新从马来西亚聘来的卫生官首先对福建路那些衣庄表达体谅,他手里有一封由二十余位衣庄经营人联名呈递到工部局卫生处的信,哀告该行业生意低档难做,经营旧衣服实属无奈,皆因顾客战后拮据。而在店外人行道展示旧衣服,乃是约定俗成的做法,否则很难有效吸引顾客。衣庄业者恳请工部局予以体恤,而衣庄间愿互相监督,不让周围出现垃圾和脏污。

卫生官告诉百祥他已到该路段考察,确实衣庄业者为维护生意将店铺周围打扫得较干净,卫生上可议的小隐患是那些不知来处的旧衣服,或有虱蚤传病。

卫生处公议的意见是尚可保持现状,等待适宜机会再对旧衣买卖予以取缔。

百祥又找工部局交通股,特别向成立不久的交通委员会询问衣庄占用人行道的问题。这交委会的主要职责是对市内交通调查研究、提供咨询,头儿是个脾气和善的英国人。百祥才一问,英国人就笑嘻嘻拿出调查报告来了,他们早已主动做好"衣庄占路"的调查。

英国人说他的人马在福建路连续观察了一个月,每天轮换去做记录。所谓靠人行道展示衣服才做成生意的说法缺少说服力。结论是衣庄在店堂里经营新衣,不想让旧衣服与新衣相混。

百祥谢了交委会,觉得这事不能简单应付,他家自己的生意是上海服装业魁首,其实他该回避;事情处理不好,对工部局对恒必祥都不利。

傍晚到店,阿爹正好有空,百祥就拿福建路衣庄的事来请教。

乔老板平时啥事体都"好好好",听这事就凝重,只点点头:"晓得了。我先过问一下。"

百祥既约远纶在华懋饭店吃西餐,就辞了阿爹出门朝东走。他看时间有余,索性走来福建路衣庄街看一眼。

果然眼前繁杂,马路两边人行道挂得个百衣招展,有男装有女装,都是曾经有主的,衣庄收来洗涤修补,挑惹眼齐整些的挂到店外。百祥走近那些铺子四下看,就听两个小阿嫂低声嘀咕:

"衣裳也不便宜,料子还不错,就怕是从死鬼身上扒下来的。"

"侬覅触霉头哦! 不过,刚打过仗,闸北那边一摊烂,真不敢买这种。"

进华懋饭店,霎时换了天地。

漫步沙逊爵士营造的大理石宫殿,百祥不由得揣度沙逊将其家族庞杂的印度产业全部搬来上海的魄力。

姚远纶闪出旋转门,往大堂正中一站,一身俏丽百花白绸旗袍,手臂挂银烁烁小洋坤包,眼神水灵;刺啦一声,她甩开黑金西班牙折扇,轻轻往耳边扇风。

百祥迎上去,让远纶挽了胳膊,一齐慢悠悠朝西餐厅走;他低头殷勤问候她今日里心情,只嗅着一股花香,雅致又热烈,像一个春院子落到身旁。百祥便赞:"你这香水可好,肯定是舶来货。"

远纶道:"我可是打扮齐备了,吃过饭,何不就去舞厅? 也让我乡下姑娘见识见识人间。"

百祥替她拉开椅子,服侍她入座,聊了些闲天,东家长西家短,百祥把心里衣庄的难题拿出来煞风景,告诉远纶听。他一边讲,一边惊讶自己何必拿这种事唐突佳人,难道没更合适的话题?

没想到远纶却认真对待他这突兀的话题,问了些诸如店家数目和"是否真有女人买旧衣服"之类的问题。

"爵士把这事交代我帮办,我有点为难。不是不能办,但结果总要让一边不满意。"百祥摇头。

姚远纶点点头:"要不要我给你出个好主意呀?"

"哦,"百祥笑了,"原来大小姐你有好主意?"

远纶并不在意他的轻慢,微微一笑:"别的,我们女人家是不懂,不过,衣服嘛,女人家肯定计较。旧衣服来路不清,只要穿着好看,还是好东西,不是人人嫌腻腥①。依我说,工部局不能砸人饭碗,但又要腾出人行道,不如好事做到底,学美国人爱搞的周末集市,找个地方把旧衣服集中交易;再照英国人规矩,让工部局卫生处帮忙彻底消毒,肯定就会很多人去挑。岂不皆大欢喜?"

百祥忍不住击掌,赞道:"有见地,真是好主意!"

远纶这下子没矜持住,脸高兴红了,眼波流转:"真是好主意的话,你快奖赏我呀。带我去舞厅吧,今天就去!去大都会舞厅,要么去百乐门?"

百祥也很雀跃,不过他转转念头就敛了笑容:"你家恐怕不许你去,那种地方鱼龙混杂,还有很多不太得体的女人……"

只听一声恼,远纶把红酒杯蹾到桌上,亮眼盯百祥:"百祥,你这就不像话了!你要从不去那种不得体地方,不见不得体的女人,你的舞场名声哪来的?你能去,我便不能去?什么道理?"

百祥蓦然一阵窘,这窘迫他从前没体会过,算第一次。他有被远纶的质问钉到墙上的感觉,才一瞬,额头就沁细汗……

又闻扑哧一笑,远纶说:"紧张啥呢你?我同你既然被长辈们

---

① 脏。

看成青梅竹马，你比我大，可得好好让着我点。你可以暂时把我当小兄弟嘛，先顺着我，带我见见世面，将来我会念你好的。"

百祥觉得自己被远纶从墙上摘下来，又放回椅子。他摇头说："你这人机灵古怪，明明是个大姑娘，我怎么拿你当小兄弟？"

远纶看看四周，压低嗓子："世兄，我好奇舞厅里那些红舞女！人家都说男人不爱家里三妻四妾，就爱骚叽叽红舞女，你肯定明白为啥是吧？我也想去看看！"

百祥竭力端正了脸色，对远纶正言："我去舞厅，是的，不能不去。不过，我可不是为红舞女去的。你必须明白，坏女人在上海永远去不了高尚场所，也永远不可能被你这种好姑娘欣赏。你若明白这道理，我才愿带你去看，偶一为之。"

"那是自然！"远纶喜不自胜，"我们就去？我跟大哥说过今天会晚回家。"

乔新吾和孔繁玲的婚事办得不奢侈，却也不简单。

也许因为独女居家迟未嫁，孔繁玲的父亲并没挑剔女儿婚事。他堂哥堂嫂被国民政府外派访欧去了，女儿婚事也就没"族长"给意见，否则想必多生波折。

反正，孔繁玲的父亲对她说了些私密话儿，正告她新吾家境不高不低，新吾这人这般年纪还窝在北大、不出来干有用的事，她结了婚必得催着男人往高处走。不过不必担心，机会不是孔家女婿要发愁的东西，等堂伯堂伯母欧游回来，肯定替新吾设法。如今你只要多吹吹风，叫新吾机灵些。

孔繁玲一一答应，这北方的女子必须得顺服着父亲，好比柔柔细草，透出服帖大风的意思。然而，一旦嫁给了乔新吾，按传统，她又得顺贴着新吾,新吾才是她新的航轮。

孔繁玲晓得自己早就喜欢着乔新吾,各种拖延和拒绝其实全是变相的等待,算是上帝安排定了,马路上走走就能不经意地等到他,终成正果。

繁玲是喜悦的,这喜悦秘密着,也就越发纯粹。

新吾暗暗感激繁玲,繁玲简直是适时飞降的仙女,拯救了慢慢崩溃的他。

民国十六年回北京,他是奔母丧的,没想到母亲却只是骗他归家的诱饵。听说上海的同志们大多数被捕或"失踪",新吾的心从此结痂不落,淤积了无法翻转的自责和羞耻。无论别人怎样宽解,他认定自己是懦夫,临阵脱逃。

那位湖南籍同学死了,乔新吾事实上与共产党人断了联系。北大的治外法权研究虽延续,且延续了五六年,不过渐没人来联络他,他们仿佛忘了他的存在,或,像新吾担心的,他们对他有了什么看法,已弃他而去……

不管他如何想方设法要找到"同志",却不能够。上海曾经的那些旧雨,死了寂了,想求新知,新知不知何处。

当然,他不自责的时候也想到情势。

情势变了,似乎也不允许他此刻得着旧日的热闹和友伴。你看,那些同他新吾有同样理想的人这几年被政府军逼到了怎样的穷山恶水,在那儿辛苦挣扎!

报上总有夸张或不那么夸张的"剿匪消息",新吾知道远走高飞的友人们正在受苦,正在减员,面临被老蒋赶尽杀绝的厄运……

这种时候,他又怎能盼人家还记得他新吾,他又能做什么有用的事?他只有默默为他们祝福,希望子弹、炮弹和刺刀不能将他们杀灭。

寂寞是种疾病，新吾在这慢性病里头消减，他不再魁伟精神了，他添了些秋气，常滞留北大图书馆，冬天兜着长围巾，夏天穿长衫，默默伏向故纸堆。其实他也不再研究什么治外法权，没什么好研究的了；他看穿人家列强是来殖民，不同你论理，只愿枪炮上找结果。

新吾只有等待，等待情势起变化。等有一天有人悄悄敲他额角，问他是否还是原来的他。

孔繁玲简直是落到他书桌上的大彩蝶，她带来了他缺少的其他。

记忆中穿白上衣黑裙子留童花头的孔繁玲是纯洁天真的女学生，现在，她变了，变得生动、性感而世俗，却依旧善良温柔。

繁玲体悟到新吾心里的落寞，她问："想些什么呢？不管你想什么，首先得想开！"

是的，她没冒冒失失揣度他，她只希望他"想得开"。

新吾晓得自己的心病必须料理，很多事变了，自己总得有个出路。他愿意进入崭新的有了繁玲在身边的人生。

新吾想他那些朋友被局限在荒原和边地，对北平上海一无所知。他们将来回来，一定要问。

自己可以多探听多留意多记录，把一些要紧事记下，等老友们敲响自己窗户，他有东西可送。

蜜月过得舒心快活，小夫妻俩去了繁玲的家乡山西，他们没惊扰亲戚，悄悄游玩繁玲向往的五台山和云冈石窟。他同她单独在一起，愿怎样亲热就怎样亲热。新吾从没体验过这般旖旎风光，他松弛了，心甘情愿从水面沉到水底，觉得不一定回水面去。

　　像顺流而下到了水流平缓的谷地,新吾和繁玲,在历史和历史之间难得的隙缝里,体会注定短暂因而珍贵的稳定。一对新人,高高兴兴依偎,五台山的春夏之交青葱郁郁,美得叫人惊喜。

　　繁玲说:"新吾,公公答应我去乔四爷当掌柜的新店呢。我也不要做别的,就想学做旗袍,可能的话,我把旗袍生意做起来,让城里女人都来做新衣。"

　　新吾笑她:"你这人可真有志向!"

三

　　汀康并没答应百祥什么,他不可能如此答应百祥。汀康虽非英雄落难,但他是一战老兵,从死人堆里爬出来的,不会像寻常男人那般解读自己的生命。

　　汀康一直顾左右而言他,等百祥起身告辞,他伸出手,懒懒在百祥西服袖管上拉一把:"如果你力所能及,不如借我一笔旅费。我已去过日本,把钱用完了。桃丽丝不在日本,我想去香港,如果她也不在那里,我回来还你这笔钱。"

　　百祥按汀康提出的数目给了他钱,汀康就此又从上海滩消失,巡捕房似乎彻底摆脱了这号人物,不必担心名誉受污损。

　　百祥产生过同阿瑟聊一聊桃丽丝的想法,不过,不是他开不了口,而是阿瑟对桃丽丝这类话题总三缄其口,他不愿讨论涉及种族的任何问题。

　　"百祥,这怎能诉诸语言呢?你用脑子去想,嗯,事情只有两种:可谈的和禁忌谈的,你学会分开吧。"阿瑟仿佛没什么再可以教给义子的了。阿瑟对上海的冬天深恶痛绝,他一年比一年忍受不住湿寒……

于是,百祥养成了自己同自己讨论桃丽丝的习惯:在空寂的寓所里,他喝着威士忌,以"彗星"指代桃丽丝,对自己喃喃:

"不可能在香港,彗星会回去美国的。买一片欠开垦的地,雇上一群人,从里头选一个身强力壮的,在白教堂举行婚礼……"

"汀康就是个混账东西,他以为彗星会落在香港肮脏的小巷里……"

"彗星不会回上海了,我再也见不到她了。"

不出所料,没过秋天汀康就跑回了上海,一文不名。

这回,他没再去骚扰巡捕房的前同僚们,他幽灵般出现在百祥的座驾边,穿着带污渍的旧西服,一声不响看百祥。

百祥认出喝肿了眼皮的英国人,他笑笑,轻描淡写:"你从今天开始别碰酒,等你的脸像个样子,就来店里上班吧。"

百祥从西服口袋掏出软皮尺,舞蹈般绕汀康一圈,量了他的尺寸。

"轻松的工作,打起精神,穿漂亮衣服,在南京路和静安寺路亮相,引着所有倾慕你衣着打扮的人走进恒必祥。"百祥轻声说,"你得把自己弄得像个豪杰,汀康,不要像个垃圾瘪三。如果再借酒浇愁的话,不如早点上船回老家!"

日本海军陆战队带着战死者的尸袋从杨树浦码头上船回国,樱井先生不久又把工厂开张了。这一回,他离开了苏州河北岸,原先的厂房和机器都已炸成残片;他拿着日本政府给他的赔偿金搬到浦东的江岸边再碰运气,他到处张贴并刊登招工布告,欢迎前雇工们回厂。

战争期间，樱井没联络过乔家，现在，他带着礼物，和太太一起来了恒必祥。

日本人走进恒必祥并不稀罕，不过，樱井夫妇一齐穿着整洁而刺眼的和服走进恒必祥，不能不引得路人侧目。要晓得，自从日军撤走，日侨们普遍紧张害怕，都龟缩在苏州河北"小东京"日人区，紧紧依附虹口的日本海军陆战队司令部，不敢来苏州河南边。

樱井一见乔端冕，眼泪就下来了。夫妻俩鞠躬如仪："给乔先生请安，战争期间，大家受惊了。"

乔端冕见过世面，赶紧将老朋友引到楼上写字间，小师傅奉茶。

樱井再鞠躬，说："军队太残酷了，战争真可怕。"

乔端冕探问樱井来意，这时候上门，一路并不安全，肯定无事不登三宝殿，问清楚才好应对。

樱井却解释说自己夫妻俩并不为什么实务上门，就是心里难受，过意不去，要亲自来向老朋友致歉。看到恒必祥没受什么损失，心里宽慰许多。

乔端冕点头："老朋友之间，何必放在心上，这种事不是你能阻止的。"

不过，樱井却频频摇头，说苏州河北的日人集聚区气氛不好，最近诸位最好别去，互相间打死了人一定有仇恨，所以日本人也不敢离开"小东京"跑过外白渡桥。

原来他是放心不下，才特地跑来提醒乔家暂时别走动。援军撤了，焦虑和仇恨并不曾淡漠。也许从前新吾老去虹口和杨树浦，樱井想到他，一定要冒险来提醒。

"我们把厂搬到了浦东。"樱井说,"浦东不属于租界,希望今后一切可以好起来。"

乔百祥从工部局当差回店,碰上了正要告辞的樱井夫妻。百祥从前对樱井先生不怎么热络,这天却很周到,特别对樱井太太嘘寒问暖。

过了几周,店里又来一个穿西服的日本人,年纪不大,五短身材,有点神经质,说是樱井先生介绍他来店里做西服。刚到上海,请多关照。

做西服不是什么难事,乔百祥正好有空,又怕伙计们对日本人冷淡,就亲自为他量尺寸。那人自我介绍叫松岗太郎,是日本综合新闻社派来上海主持上海支局的新闻总管。松岗太郎很逗,定做了两套西服,却说自己刚到上海,手头有点紧,希望能先做衣服后付钱。

乔百祥看身边店员犹疑,一笑答应,说不妨不妨,方便时付款就行。

松岗并不急着走,说樱井先生谈起过乔家从前在日本有店,那能不能接受综合社的专访,要知道,目前日本读者们都关心上海人对日本的态度。

乔百祥掂量了掂量松岗的请求,他把松岗请到楼上,让他直接同阿爹谈,阿爹才算是从日本回来的,阿爹诸事老成。

没想到才不过几天工夫,西服名店恒必祥和老板乔端冕就上了日本各报新闻栏,最显眼的是《朝日新闻》经济版,介绍上海西服业"旗舰店"恒必祥,刊出乔老板的亲善态度:乔君欢迎各国客人,战争已结束,西服店生意复苏;上海正进入新的经济腾飞期,没人排斥日本商界的投资,民间应该友善。乔君兼任宁波上海制衣公会主席,他母亲曾是日本知名和服设计师,乔家仍有亲戚在东京……

拿到松岗太郎派人送来的日本报纸才两天,恒必祥门口就被人放下了一颗模样可怕的铜头炸弹。

乔端冕有老板气派,并不特别害怕,他喊巡捕收拾了炸弹,自己索性到《申报》刊登声明:恒必祥生意是在日本国学的,民间友谊无须成为战争祭品;吁请日本停止武力谋华,今后凡争议望以政治方式解决,云云。

店里生意没受什么影响,之后也没人再送炸弹来,像事情就此过去了。

松岗太郎闻讯过意不去,他既身为上海新闻业协会的新理事,就托协会里的中国人代其上门向乔老板致意,表示慰问。

乔百祥代表阿爹阿伯回了一趟奉化乡下,收拾乔家物业,托乔三家的孙辈代为照看。因为阿爷乔方才创办的裁剪学堂还遗下学徒,百祥和族长及村老们商量了,要把学堂开到上海滩。

不过,毕竟奉化是奉化上海是上海,学徒们真贸然去上海,赛过还没成才就花了家里铜钿,恐怕要从长计议。

百祥也觉得上海学堂的规模若搞得像村办的这么大,确实一个恒必祥很难消化。一时间他也没好方法,只求阿爷事业不就此中断,可先把若干底子打得好的学徒们带去上海,也把学堂保住。

就此委托大学徒乔林喜在奉化选定十来个愿意同去上海的伙伴,乔百祥先回沪勘定办学地点和方法。

这件事看看八字没一撇,不过,只要真想做,想必会有路。

姚远纶如愿以偿,同乔百祥到大都会及百乐门跳了舞,见识了上海滩传扬一时的弹簧地板新舞池、有黑人吹萨克斯风的小乐队,及沪上的莺莺燕燕。

远纶高高兴兴对百祥讲:"百祥,我看你吃不落这些女人的,尽管你在工部局当差,舞场里有名,算上海滩一流小开。"

百祥没想到远纶如此直勾勾开销过来,有点招架不住,不晓得怎么回答。

远纶从旗袍襟口摘出薄手绢敷敷嘴唇,眼神亮晶晶,笑说:"这个呒啥好尴尬,换作我,我也先要尝尝花花世界的味道。只是我看得清,这些红舞女浊气在身。女人家出来捞世界嘛,当然想钞票。心里一想钞票,就俗了。"

百祥稀奇她的话,转过来问她:"那么,不想钞票的女人又怎样?真有天壤之别?"

姚远纶笑说:"我哪能晓得?关于女人,百祥你自然比我这没出道的小阿妹懂。尽管讲故事给我听好了,我是热心听众,绝对不扫你兴。"

百祥又局促起来,额头冒汗。从前他没这种窘迫,只在远纶面前有。他觉得有什么陷阱晃荡着,要叫他落下去,而一旦落下去,大大不妙。

阿爹见百祥同远纶相处蛮好,就宣布两家长辈准备会面。虽彼此老家在奉化同村,毕竟发达到了上海和沿海沿江其他租界,姚家生意历来比乔家做得更有威势,乔家要请教姚家的地方多。哪怕不为婚事,同姚家结交结交也好。

远纶从阿哥那里打听来乔家设想,笑嘻嘻来跟百祥讲:"喂,百祥,我同你,目前赛过结拜兄弟哦。我阿爹过世早,只有我阿哥照应我,我晓得阿哥千方百计想将我这个阿妹推出去嫁人,我可怜兮兮哦。百祥,你,不要同他们一道坑我,凡事要帮我哦。"

百祥面对这位说话声音沙沙哑、明摆着比自己老到却要装小朋友的姚小姐哭笑不得。百祥从前不曾想过娶这么个同乡小姐当夫人,跟她相处一阵,特别是心里不由自主拿远纶同美国女人桃丽丝作对比后,他弄明白桃丽丝无论怎样也不适合变成家庭一分子,而远纶,却颠覆了他从前对"宁波老坫"这四个字的成见。

远纶,自自在在编织着一张网,并向他招展这女性的网罗,显出一种要让人自动落进网去的自信……

乔老板终于率领乔百祥同姚远纶的二叔和大哥见面了。

姚家经营了几十年钱庄,如今同人合股在上海滩开张了西式商业银行,也算是江浙财团里的新银行家。

姚家二叔和远纶的大哥早把乔百祥的底细打听得清清楚楚,他们对乔端冕一味地尊重,对乔百祥则半拉拢半敲打。说要同百祥一道经营上海滩,却嘲弄百祥其实是个宁波长相的外国人。

百祥啊,你洋文说得比外国人都滑溜,这是哪能一种境况呢?

大家同买办先生本是合得来的,怕只怕百祥你已越过了买办本分,有了大班脾气咯!

百祥鼻头闻得出人家对他的忌惮,他从小面对宁波人这种自然的排异情绪,对此早有定见。

这不是人家的错,问题在于自己特出,譬如,阿爹将自己安排到阿瑟门下,早弄懂华洋两界。百祥猜远纶的大哥实质还是看重自己的,而姚家二叔从一见面就不停地考校人。

百祥历来不敢在阿爹面前显摆自己,这是乔家家教。不过,既然人家考校自己为的是远纶,百祥就在双方长辈面前道出自己的心向:

"工部局虽好,恐非久留之地。乔家,定做西服这行,我作为独子,肯定要接恒必祥的老牌子。只是,哪能做大这块招牌,真的还须请教二叔和大哥。"

这么一吐心意,首先百祥被自己惊到:原来自己如此这般在意远纶,不知不觉间,心里已要争姚家看得起。

乔老板感到安慰和惊喜,他不用再说什么。

姚家二叔和姚家大哥交换了几回眼色,又照着百祥上上下下看:没错,这个就是有名的舞场小开,也是有名的工部局大帮办,还是裁剪名师!样子长得也好,潇洒利落。难怪远纶看得中。

阿哥只要小妹好,嫁得开心。

二叔则深谋远虑,有备而来。

姚家二叔敬乔老板酒:"亲不亲,奉化一村邻。这门亲事我看就定下吧,早办早喜。我不空口说淡话,这样,大家是生意场上老人,我们银行想筹钱入股恒必祥,趁现在经济好,在公共租界法租界好好多开几爿高档店。做西服固然好,也可以做新式女装同旗袍,甚至我看开家意大利皮鞋店也大大有生意做,不晓得乔老板跟乔小开意下如何?"

乔端冕眉开眼笑,端起酒杯:"我们在奉化开的裁剪学堂正要搬来上海,人才够用,确实万事俱备只欠东风。姚乔两家合作,何愁上海事业不发达?"

"那好,讲定了。"姚二叔喝光杯中酒,"人是门当户对,可讲俊男美女。店也该一流高档,阿拉只做上海最高档的衣冠生意。"

乔百祥在酒意里觉得振奋,他其实已多年没振奋了。桃丽丝走后,他并没找到机会振奋起来。

现在这振奋的机会,是姚远纶轻巧巧带来的。

一下子,他明白了。

四

新吾同繁玲新婚燕尔，说得上如漆似胶相爱得很。新吾眼里景色都不同以往，像蒙一层釉色，好看又新鲜。

不过，他晓得一直不动声色的岳父大人在认真观察他，很为他费思量。

根据繁玲的心思，新吾同她没随阿爹阿姆住在冠德西服店大院，他俩另赁了胡同里斜对门小院住，既不离开大院，又独有自己小天地。繁玲的意思是也不必同她娘家走得太密，繁玲的亲妈已过世，现在父亲续弦，她同继母不怎么有话说。

新吾有数岳父确是打量着自己，大概想给小辈做些规划，而且，新吾担心，岳父对自己的现状不那么赞成。

新妇回门那日，岳父喜洋洋，对女儿女婿温和有加，准备的酒宴真是一等一，邀新吾对酌山西汾酒；岳母年纪不大，坐在繁玲身边像姐妹，也对新吾礼貌殷勤。

岳父说："新吾相貌堂堂，同繁玲挺般配，我越看越满意。"

酒酣耳热之后，一家人沐在阳光里喝茶休息。岳父就问新吾今后打算，新吾直言相告尚在北大从事对治外法权的研究，不过，这研究显得不太符合世情了：日本人抢了东北，对内蒙和华北亦有虎狼之心，这时候若对其他列强提废除治外法权，似乎不智。因此，个人而言，没决定接下去做些什么。

岳父点头："新吾，好在你快人快语，今日我们自家人讲体己话，我的意思，你尽管保持你的研究，不过，过日子要有经济的，繁玲也是聪明女人，浪费了可惜，我看，既然我们孔家有名会做火油生意，你不妨也跟着试试。

"现在孔家的火油公司基本交在我手里，我想你是浙江人，不如江浙两地的生意交给你和繁玲操心，繁玲一向在火油公司帮办，她万事全熟悉。令尊同我讲起你负责过上海西服店的采购，虽隔行，想必总是一样的交涉和世故人情，你一定行。"

新吾喏喏，繁玲也不置可否。

岳父以为他同意，就引新吾到书房细谈，将孔家火油生意的缘起和今日里难易简介于他听，笑问新吾这同面料买卖有何不同。要晓得，火油从前的进口还没面料大呢，如今算是做大些。

岳父见新吾整日面色红润心情畅快，晓得他同繁玲相处得好，问："新吾，常想问你一些事，我晓得你和繁玲是在'火烧赵家楼'那会儿认识的，如今你怎么看学生闹风潮？王正廷我认识，是个爱国的人，他在南京被学生打得头破血流辞了职，这合适吗？"

新吾晓得岳父是免不得要来考校自己的，他笑了："'火烧赵家楼'那是十几年前的往事了，我的幸运是因此认识了繁玲。爹，你不用多操心我们，如今我既理解学生的心情，也理解王正廷这样的事务官。我明白学生为抗日，也明白王正廷其实也抗日。日本要征服中国，中国人都别忘记这真相就好。"

岳父叹气，像是不太体会新吾的深意："抗日是天下同心，委实欺人太甚。不过，新吾，你是乔家独子，我也只有这么个宝贝女儿。我今日求着你一件事，无论如何你要顾家，任何时候，先求自己生存，才顾得上别人。有机会发达，也必定要抓住机会。不能看见别人的苦，自己就消沉，那不是大丈夫所为。"

新吾只觉一股气流冲到鼻子里，几乎引发泪水："爹，我懂你心思,你放心,从前我是孤单单的一个人,现在我和繁玲在一起,我会处处保重的。"

回家,两口子琢磨长辈的计较,繁玲说:"乔四爷的新开店生意不错,王府井那地儿就是个旺火炉口。乔四爷听了我的话,特开了旗袍专柜,这些日子来做旗袍的比做西服的还多。"

新吾笑:"你爹爹要气死了,你不好好替他卖火油,倒去做没出息的裁缝婆。"

繁玲续道:"不如这样,也不能让爹没面子,你索性就先答应他。江浙地方火油生意大,怎能不去上海? 我一心想去上海看西洋景,你正好带我去开开眼!"

倏忽就过一年,正逢元月起始,北平天寒地冻,很多人家闭门不出。只听报童在大街上叫喊起来:"号外,号外! 日本军攻陷山海关! 华北危殆!"

新吾正和繁玲在家一起做火油公司年终账目,听见报童卖报,赶出去买了一张新闻纸。东北之惊痛还无时无刻不在心头,竟然又"华北危殆"! 北平的苟安日子还过得下去?

繁玲见新吾彷徨,抚摩自己肚子:"我还没来得及告诉你,乔四爷一家正商议要离开北平。乔四爷说自己年纪大了,身上不稳,想着叶落归根。他们家孙辈也想去上海同爹娘团聚。"

"那是要关店?"新吾发愣,乔四爷的新店开张才不久。

"我听他家孙子媳妇说老人家其实是害怕,当年他在哈尔滨,逃小日本逃来北平,如今他觉得北平也维持不住,就想赶紧回老家去。

"再者,我也早想告诉你,我爹前日里也说我堂伯通知把公司赶紧搬去上海。这可不能对外说。爹的意思是让我们也早点安排，还好我肚子还看不出，爹说从天津坐船去上海就好。"

新吾觉得寒冷的冬日蒙着浓浓黑雾，仿佛大难临头。

兵临长城了，东北军退入关内之后，山海关也失守了。

新吾读过岳父给他的《圣经》，那是在南京当官的堂伯特意让人捎来送给新吾同繁玲夫妻俩的，堂伯和堂伯母已从欧洲回了国。

新吾记得《圣经》上的话，他觉得自己就是一根发干的葡萄枝，没法接到壮大的葡萄树上。自从他的同志们从北平和上海销声匿迹，他缺少他们的音讯。他心气干涸勇气消减，过着蝇营狗苟的日子。中央军一次次围剿红军的消息传来，红军似乎正失去最后的根据地……

令人愤怒的是中央军对日军的步步进占毫不抵抗，简直是不敢同日军开战。蒋中正挥舞着拳头说"攘外必先安内"，那腔调叫新吾恶心。

可新吾看看抚着肚子的繁玲，心思就乱了，怒火登时就熄了，一股苦痛的柔情弥漫在他头脑，是的，逃吧！若外面有抵抗有战事还可期待，现在这样，只有赶紧去上海投靠叔父和堂兄。

一想起叔父和堂兄，新吾心里有了光亮。那是另一条路，或能带来希望。

可阿爹虽同意新吾带繁玲去上海，也同意从乔四那儿抽回剩余股金把王府井那店关了，任乔四一家回南方，可他和秦梅却不愿离开北平。

"在北方留一点根基吧。"乔老板对儿子说，"我和你阿姆老了，搬来搬去不方便。北平的店还有很多老客户。再说，日本人果真来了，也未必会对我们怎样。我是在日本出生的，我会日语，我会同日本人周旋。若实在受欺负,再去上海也不迟。"

"阿爹,那你千万保重。"新吾觉得自己已失去语言能力,世事有时像骤然来的狂风,叫人毫无思量余地,难决何去何从。

当年当大学生,浑身充满勇力;后来在上海联络工人,也奋勇无忌。怎么现在觉得身如汪洋孤舟,舟上不但有自己,还有孕妇和老父老母。

新吾实在没得选择,只能随波逐流,听任岳父安排自己离开是非之地。

乔正冠嘱咐儿子到店里相帮几天,店里接了一批高级军官服的定制,有几个大人物可能要来店试衣。新吾该帮着接待,不妨也借机会见见人。

新吾想起从前到上海店里求做军服的黄埔军校军需官,兴奋起来,不晓得阿爹在北京店接了什么军队的订单,是定做中央军那种土黄色呢料军官服?

他特意穿了自己的正装中山装,踏上皮鞋,去店里见客人。据说来量尺寸的军官人数不少,加上两回试样,恐怕这阵子大栅栏这边要反复见着军官。新吾想到长城边战事,猜想这些军官要奔赴华北前线保家卫国,心里充满了敬意。

可到了冠德店堂一问,新吾才知不是中央军,是少帅本人要带一群军官来做东北军的官服。式样已有人专程送来,这两天得空,军人随时到店量体裁衣。

不过,乔正冠小声同儿子讲他的狐疑:"面料是专门送来的,奇怪的是不是中央军的土黄呢料,是从前东北军那种灰色呢料!"

新吾想了想,冷笑一声:"原来是不抵抗将军啊,回不去东北的东北军,围剿红军的一群丧家军官。"

正冠提醒儿子:"喂,我们是生意人,这是你乔四爷介绍过来的好买卖,东北军老大的派头,大洋都先付讫,你可别说怪话得罪人!"

新吾点头:"这个自然,来者是客,我们只是做衣裳的小裁缝。"

没想到这天只有一个年轻军官上门,通知说少帅第二天傍晚来,届时可能先有卫队来布防,请乔老板包涵。

新吾见这军官年轻,英气勃勃豪迈自得,不由心生倾慕,请他上楼,先把他的军官服尺寸量好。

借着量体就同小军官攀谈起来,晓得这人叫苗剑秋,言辞颇爽朗。苗听说乔家原在日本开业,说起自己曾就读东京帝国大学,两人一攀年齿,竟然只相差一岁。

新吾见阿爹不在,忍不住对这位苗军官叹气:"东北军如今不能回东北,日本人太毒辣了!"

苗剑秋竟毫不见外:"我们东北军的耻辱不在于回不了东北,而在于不能同日军作战,还要当走狗去打内战!"

新吾觉得那是苗军官的肺腑之言,不由得敬佩:"日本人打到了山海关,不让打仗也得打了吧? 总不见得把华北也送给日本人? 如果苗长官去打日本人,请带我一起上前线!"

苗剑秋看新吾长相英挺,也有点惺惺相惜:"我们憋屈呀,想打小日本,却要剿匪。乔兄别着急,终有和日本人决战的一天。"

新吾量完尺寸,笑说:"苗长官过一阵还请来小店一回,我做一件中山装给兄当礼物,我可能去上海,衣服留在店里。若你去上海,请一定到南京路上恒必祥西服公司见我。"

两个人就此交了朋友,新吾一晚上都很开心。

第二天傍晚，少帅果然莅临，周围将领簇拥，威风八面。乔四爷亲自带着两个孙子过来招呼，乔正冠也一团和气出来张罗，新吾晓得自己容易失言，就自觉在一边量尺寸，只做事不说话，一面瞧少帅。却见前日里来的苗剑秋围着少帅有说有笑，一打听，才晓得苗竟是少帅的副官兼机要秘书。

几个大军官的衣服尺寸都是乔正冠亲自测量，少帅交代说送来的衣料不多，也不晓得够不够，若不够，掌柜的尽管收钱补料。

少帅又说衣服要做得有样子，这衣服主要拿来拍照留念，是原先东北军自己的军服，并不穿着去打仗。

苗剑秋找个空当过来同新吾打招呼，立马又忙去了。不多时，各路军官皆量完了尺寸，乔老板安排的伙计端上店里特制的绿豆汤和奉化汤团，请军官们享用。

俄顷，少帅高高兴兴要告辞，却见乔四爷颤巍巍跨前一步，拱手说："少帅，我在哈尔滨待了半辈子，日本人一来，家业全抛在水火里。万望少帅多多保重，有朝一日带东北军弟兄们打回老家去！"

乔新吾冷眼看那张学良，张学良猝不及防听到乔四老人这番冒失话，他愣了愣，并起靴跟"嘭"一声，朝乔四爷敬了个礼，什么也没说，转身走了出去……

几个大军官都跟着少帅向乔四爷敬礼，转身出去。苗剑秋握握新吾手，对乔四爷和乔老板说："拜托，拜托！穿了你们做的军服，打日本人我们不是孬种。"

这一批精壮汉子跑出去，坐黑汽车去得远了。卫兵也集队离开，留下街边的槐树在凉风里摇曳。

新吾久久不语，总觉得空寂中还是站满人马，皮革和钢铁的气味弥散在空气中……

五

姚远纶第一回看见孔繁玲是在华懋饭店大堂。姚远纶先到，想想自己当阿嫂，对方年龄却比自己大，做弟妹。

远纶自己挑了旗袍穿，不晓得孔繁玲会穿什么衣服。从北平来的少妇，对远纶而言还是个谜。远纶很兴奋，正为百祥的弟媳妇是北方人。

百祥千篇一律穿着他为自己裁制的某件西装，他挑衣服是按顺序拿，衣橱里时新的西服总有十几件，假使做了最新的，就从衣橱里拿掉一件穿腻的。并不见他将穿过的西服送人，他说正装不能穿过再送，否则自身就和别人有了别扭的联系。他一定把西服拿回恒必祥工场间里亲手拆掉，那穿过的旧西服就此消灭于无形。

衣冠楚楚的百祥对远纶总透着一种既宠溺又敬畏的怪情绪，像她先是个十分在意他爱情的少女，同时却并不太佩服他，暗地里具有更高的心智，需要他加意对付。

离远纶同百祥的婚礼还剩那么十几二十天，他唯一的堂弟带着家眷来上海。新吾离开了好几年才第一次回上海，他从前待过上海滩，有过伤心事。

远纶不怎么了解细节，全听百祥说。百祥说旧事不必再提，不过，新吾当初不是为女人，他不是那种容易为男女私情动心的男子，新吾，更像一条北方汉子。

那么，新吾是怎样一个男人呢？

百祥的阿爹和新吾的阿爹是孪生兄弟,这越发让人想看看新吾与百祥的相似处和不同点。说白了,远纶想看看自己要嫁的这男人会不会被他的堂弟比下去,或者,如同自己摸中航空奖券,说不定百祥比他堂弟更出挑。

拿未婚夫同他弟兄比,这是寻找刺激;而远纶心里更在乎那一点沉沉的压力,这是自然的咯,既然要男比男,那更会女比女,自己也是某种心照不宣的较量中胜任或不胜任的一方,恐怕周围人人都想对比对比:到底是姚远纶还是孔繁玲更漂亮,前者还是后者更迷人?

马上,如果不出意料,就十来分钟里头,新吾和繁玲就该出现在眼前。

仿如跑马场开赛,所有的骏马都走出来啦,答案会一目了然。

远纶想到这点,小心脏就在曲线玲珑的身体里怦怦速动。

新吾跟繁玲入住礼查饭店。这不再是上海滩顶顶舒适的饭店,只为繁玲对外滩抱着浪漫猜想,第一站不能不在礼查饭店驻足。

最早最老的上海英租界就是周围这一圈,对着饭店古色古香的窗户,沿黄浦江岸绵延着外滩群楼,这上海的face(脸面)。繁玲一进客房,来不及看房间,先扑到窗台朝外望:"啊,大上海,洋场十里,买办世界!"

他俩走出礼查饭店。繁玲还是火车上穿的那身洋装,白上衣绛红色裙子,头颈里垂下的珍珠是她最宝贝的,一粒粒全是东洋海珠,清一色有种淡灰调,与众不同。

繁玲执意捧着给百祥和远纶带的礼品,就这样美物满怀走在南京路上,有点像个走丢了跟班的大小姐。没走几步路,她只好吐了舌头:"新吾,我是不是出洋相了? 怎么这些走路的女人手里都不拿东西的?"

新吾笑吟吟接过夫人手里的物品:"没事儿,咱们阔气,手里就拿上礼物呗!"

繁玲笑了,笑得开心,学新吾表情:"咱们阔气,礼物多!"

她放开了累赘,一阵轻松;左右旋体,满面笑容,打量周围洋楼各自建筑上的趣味。

没走几步,华懋饭店就在眼前,繁玲这才想姚远纶究竟多大了呢,听说还是个娇小姐,典型上海滩的小女子。那么,百祥年纪倒比新吾还大,又是个什么样的买办先生? 听讲,他从小在洋人学堂混大,比上海滩上华人谁不洋气些?

繁玲眼神亮起来,她想看看这两个,将来恐怕会和他们很亲近呢!

那一天,远纶一眼望过去,宾馆旋转门里走进来一对璧人,在华懋大堂雅静灯光下浑身像蒙一层辉光。

男的模样像她听评书听来的赵子龙,女的,感觉复杂些,一半是远纶心里的王熙凤,另一半却是孟玉楼。远纶绝不会说出自己曾偷读那些乱七八糟的书,只在心里暗笑了一下,纳闷自己的直觉,并不当真。毕竟,对北方女人,远纶没阅历,只有好奇。

繁玲听见身边新吾朝远处大喊一声"阿哥",顺他眼神望去,她先看见百祥。

百祥在玉石灯罩折射的光晕下不像真人,倒像个剪影。他是这么个淡淡的男人吗? 一身海蓝色西服将此君柔和地围裹在安详空气里,细细瘦瘦的男人没像新吾那样大声回话,只张开了双臂,朝新吾微笑,也笑吟吟看繁玲。

繁玲有一种喜欢百祥的感觉了,可这心绪还没成形,已被手拿小扇、调皮微笑着歪头打量自己的女孩子勾住了。想必这个就是远纶咯,哎呀,画片上的摩登女郎,烫大波浪头的旗袍小姐!

繁玲已走来了远纶跟前,嗅到她身上淡淡玫瑰香。

两个女子拉起了手,眼对眼地笑:繁玲觉得远纶的手凉凉的,纤细而光滑,她有一双漾满甜蜜的亮眼睛;远纶想繁玲如画般的大眼睛大嘴巴高鼻梁,确实是北地大美人;她的手怎能如此暖热呢,暖得一股热气进了远纶手臂,就像已拥抱了她。

新吾局促地捧着礼物,低头注视"阿拉宁波小妹"。百祥体贴地从他手里接过东西来,让新吾对远纶说话。

新吾正经收拾了闲散表情:"嫂子,我这就给你行个大礼吧!"

"啊?"远纶吓得一哆嗦,手里西班牙扇子跳了一跳打在手腕上,"这算啥? 我有那么大辈分吗? 千万不要,千万……"

新吾登时笑了:"吓着你了吧,在咱们北方……"他看看繁玲,"……规矩大着呢!"

"不敢不敢,全免全免,这里是上海滩,照着上海规矩来。"远纶急忙宣布。

繁玲一直笑着和百祥点头,这会儿找到了说话的机会:"嫂子,你上新吾的当了,他这是先下手为强呢。"

新吾得意地朗笑起来,百祥一直静静旁听,像这一切都不怎么有他的事。等大家笑过,他很温柔地看着繁玲说:"弟妹,我们等一等一起去福州路上一枝春用餐,现在先到沙逊爵士最得意的咖啡厅吃西点谈谈心,可好?"

"好好,特别好。"繁玲拉起远纶的手,走在前头。

新吾这才侧脸对身边的百祥说:"百祥,屋里厢阿爹老头好?一百年没见啦!"

百祥笑笑:"你现在这样真好,老婆交关漂亮,人样子老好的。"

不晓得两个女人悄悄说了啥,一齐在前头笑起来。

爱神咖啡厅到了,就在华懋饭店二楼,从咖啡厅望出去,正是电气灯亮堂堂绅士淑女多如过江之鲫的南京路,堪比巴黎的香榭丽舍大街。

六

百祥和远纶的婚礼若换在其他人家想必很难运筹。道理是这样:做洋服生意交的朋友三教九流,且都是有力之辈,忽来个场面把各路朋友请一起,内中难免有冤家对头冷不防照面。若客人们给主人家留面子还好,万一一个冲动,宿仇当场翻脸,岂不把主人的好事给搅黄?

百祥在工部局当差这么些年,其实他发请柬时心里也没底。上海滩不是奉化老家。

还好远纶家更是浙地大户,长辈们见过世面,现当着上海滩银行家,有底气就不怕邪。姚家二叔说:"百祥,人人请到,不多不少,摆它一百桌。"

孔繁玲同姚远纶讲不上一见如故,不过,远纶终究受教会学堂熏陶,愿意接纳从北方来的繁玲。《圣经》上讲"爱人如己",放其他人身上或许做不到,放到弟妹身上,她心里一百个肯。上海滩北方女人不多,从北方来上海,终究生活习惯差别大,吃又吃不适意,繁玲必定会有烦恼。她越不讲,笑嘻嘻对大家,运纶越去体贴她的辛苦。

可远纶的难处在于她年纪比繁玲小蛮多。

孔家生意大,新吾夫妻俩并不是纯粹来沪吃喜酒。新吾马虎不得,已经各处出面见人。繁玲的堂伯新从欧洲公干回来,被政府急急地发布了大官任命书,一时间走马上任没半点空。等忙过一阵,肯定也要召繁玲带新吾上门去认亲。

繁玲虽不想多受堂伯和堂伯母的摆布,但看看新吾,男人好歹要搏个出身,需要人举荐,她也就无可无不可,留起顺水推舟的心。

百祥家经营着上海最高档的洋装店和布料铺子,他本人又得工部局董事会青目,这些年顺风顺水当帮办,座位稳若泰山;妻家从前开大钱庄,如今又合股新银行。

繁玲想上海滩与北平不同,百祥家景同北平城里累世官宦存续下的大户人家有得一比,样貌不同,但称得上沪上名门。何况,暂时工夫,就像从前一样,新吾还靠叔父和堂兄照顾。叔父和堂兄对新吾好,亲如一家,甚至爱屋及乌来礼待她,繁玲自然要对远纶生出一片投桃报李之心。

快将成为妯娌的两个女子,一北一南,你说是飞到一起两只蝴蝶也好,是狭路相逢一双花雀也好,反正,正遇上民国二十三年上海的好日子,日光暖亮,月色撩人,黄浦江江面泊满远洋大船万国货物,租界地面夜夜笙歌。民国二十一年淞沪的炮声已远,闸北炸烂的里弄重建了簇新民居,公共租界和法租界都仿佛受鲜血营养,再演每次战争后投资发大财的老套路,迎来金河银流并更多华楼丽厦的设计师建筑商。这般金色日子,对富家少妇而言,正是纵情享乐的时光。

下午一场骤雨,庭院里石榴花红得湿漉,落朱点点。远纶并无倦意,等着恒必祥的旗袍师傅上门替她试样。她没什么事要担忧,一心冥想自己有无"帮夫运"。

她已问了阿哥三趟,到底啥时候注资给恒必祥,姚乔两家到底准备合开几家新店,英租界几家法租界几家,找到热旺市口没有?

要明白,难得百祥也动了心,对家里产业有了点热情。他阿爹年纪大了,总要交班给儿子的;百祥大概在工部局也待够待腻,若趁淞沪战事后做笔大文章,恐怕他愿意转过来掌舵。

远纶从小就对铜钿的事煞辣清,阿爹没过世的时候夸过她,说女人懂得经济是一切家务的根基。远纶也明白家里钱庄生意顶顶挣钱,家里凡愿意把钱借给谁,谁就会发达。

阿哥笑说阿妹你这桩婚事二叔和百祥阿爹是谈好了的,我们银行的投资简直就是你主要的陪嫁呀。你可看好了自己老公,让他把心思用到自家生意上。

漫看石榴花想金钱的事,远纶有过默默的自嘲,不过,对宁波女人来讲,倒挺合乎甬式浪漫。

外头有人声飘来,管家婆笑嘻嘻通报:"北平弟妹来了。"

孔繁玲捧一束红色镶黄边的唐菖蒲高高兴兴走进来:"远纶,这是什么花儿?我从前没见过,太漂亮了。"

花插进玻璃花瓶,和房里的林林总总混成一团,顿时陷落于远纶放满漂亮小物件的闺房,很难再被注意到。

繁玲说:"我好羡慕你!你什么也不用想,也不用揣摩长辈意思,就舒舒服服等着自己的婚礼。"她从洋装口袋里掏出一只小盒子,递给远纶。

"是什么?"远纶打开。

一只水晶蜜蜂,镶着小金叶子翅膀。

"送给你了。我婚礼那天,我把它佩在大红礼服袖子里侧,只有我能看见它。我告诉自己不过就是做一只蜜蜂,从这朵花飘到那朵花,说什么话都是蜂子在花盘上随心采采。婚礼加喜宴,时间可长了,听说你要摆下一百桌,那么,小蜜蜂要格外辛苦的。"繁玲笑着,心有余悸。

远纶也笑了,觉得繁玲和自己想的不太一样:"玲,我不怕婚礼人多时间长,本来难得这闹猛。我听说还会见到杜月笙,他会送什么礼物呢,我真想事先知道。大家传说上海滩最会送礼物的人就是他,可他才摸不准我和百祥的心思呢!"

繁玲忽然想起新吾对百祥的婚礼寄予热望,他觉得能在婚礼上碰到从前的熟人,一些早已失去联络的熟人。

繁玲晓得新吾的心病,既然自己和新吾都是五四事件亲历者,她不认为新吾想念那些当了共产党的老同学们有什么错。

只是,只是,那些被新吾惦记的人们如今还惦记新吾吗?

"我大哥担心有些客人不给姚乔两家面子,说不定在婚礼上互相闹起来,因为他们出于各种各样乱七八糟的原因早先结了仇。你看,这是上海滩的特色。"远纶梳着头发笑,"我倒觉得万一这么热闹也是好事,反正,我希望我的婚礼越热闹越好,叫大家牢牢地记住;将来我一出面,大家就晓得我来了。"

繁玲笑话远纶,这么小一个女生,心里藏老大的幻想。

"你留在上海把孩子生下来吧!"远纶看见做旗袍的师傅来了,就漫不经心伸手在繁玲肚腹上轻轻抚了一把,"上海有外国医生,保母子平安!"

七

百祥同新吾多年未见，初见面，两个人都兜五兜六地忙，并没时间谈心。

这日百祥午后抽空，从工部局大楼开车到恒必祥店里，新吾在店里做新西服，百祥想弟兄道里可借机叙旧。

百祥停了车，才往店堂里一看，就见店里雇的英人模特汀康穿着新做的正蓝色法兰绒西服，衬衫领下缚一只天鹅绒黑领结，眉头紧蹙，大喇喇对店门站着。

适才汀康见新吾进门，下意识觉得这人他认识，且有某种价值，他回忆了又回忆，终于想起这是谁。

新吾并没留意汀康，他风风火火就跑二楼写字间去了，熟门熟路。

百祥上楼，亲手为新吾试样：华达呢礼服，套一套壳子，前片后片再看一眼；新吾不欢喜口袋盖，宁愿无盖，不过倒欢喜胸口手巾袋，参加婚礼时塞条银纹手巾，好看，配他的个子，显洋气……

百祥看试衣间无闲人，直截了当问："新吾，中央军围剿红军，打得稀里哗啦了，你的老朋友们可还好？你没卷在里头吧，听说戴笠手段凶，阿爹老头跟我谈，担心你。"

新吾没吱声，他任由百祥从他身上褪下光壳子，转身用手捻捻那礼服用的呢子。

不过，既然百祥摆出等他回话的腔调，新吾还是同他说了："阿哥，不瞒你讲，我的痛苦不是通共，我回了北京就没见过那些老同学,他们像跑离了上海北平这些地方。我现在什么也不晓得,也没人见我。我想卷进去也没门路。"

"说起来,你的朋友们是有品的,记得那个湖南人真勇,拿己命换人命。可惜了,他称得上是个舍生取义的豪杰。"百祥回忆当日,至今感佩。

"阿哥,我无所谓老同学老朋友们再认不认我。"新吾推开试衣间门,"我现在照着自己想的去做。我准备去樱井家喝酒,日本人喜欢打听一切,中国人里里外外的事全被打听去了,我也要去打听打听日本。"

"可是,"百祥示意新吾仍旧合上门,"孔家简直就是皇亲国戚,你娶了繁玲,身份终究不一样了吧?"

新吾点点头:"不是为了孔家我娶的繁玲,我俩很早就认识。阿哥放心,我心里有数。繁玲有喜了,我会好好当家的。"

明明婚礼迫在眉睫,合府上下现在正进入状态,忙得像只大太阳下的蜂窝,女主角远纶却轻轻巧巧跑出门,约了孔繁玲在霞飞路国泰大戏院门口见面。

远纶惦记着尽地主之谊,繁玲难得到上海,马上又要大肚皮生小囡,现在能白相一刻是一刻。将来她当了孩子妈,看这个新吾卖相虽好心眼粗,肯定不太会体恤老婆的,繁玲呀,多半会在北方渐渐变成家里的老妈子。所以,不谈将来,只顾眼前,先看胡蝶演的新电影吧!

望见繁玲穿着象牙色旗袍走来,这是她在北平做的旗袍,远纶心里埋怨自己,没顾到前日里同繁玲一道做一身上海流行的。

现在上海旗袍流行大开叉,开衩高到大腿根,走路只见一条条白腿,好看煞! 繁玲只剩一两个月能穿了,等肚子显了,乃至生了小孩,她回去北平,哪有穿上海旗袍的机会!

这么想着,远纶对终日里笑吟吟的繁玲歉疚极了:"繁玲呀,电影要开场了,阿拉先去看,胡蝶演的哪。看完电影,就去恒必祥店里,我找老师傅给你赶做旗袍,你穿了来我的婚礼。"

繁玲嗯一声,她什么都点头称好,从不拗着远纶意思。今天的电影《姊妹花》,市面上都说胡蝶一人演两姐妹,电影皇后有绝活!

看完电影,远纶叫一辆登样些的甲等黄包车,同繁玲坐了往南京路来,不忘记叹一声:"电影总演穷人悲故事,好像家里有点钱的,就没有好人!"

繁玲笑:"大小姐你看看电影也好,晓得天下有那么多命苦的人在扎挣。你拔根毛,确实比人家的腿还粗,嘻嘻。说不定将来你就做上海滩慈善会的老板娘,穷孩子看你是活观音娘娘。"

远纶喊一声,扑哧:"我追着二叔和阿哥早点放款给恒必祥,多开店就多雇人,雇来的人捧起这饭碗,家里老婆孩子就不受穷。阿拉宁波人全是好人,做生意当老板,自家辛苦,替找饭碗的人造饭碗。"

恒必祥,上海滩上一流的洋装店,栖身南京路跟静安寺路交界口上,马路外面就是跑马场,整个租界最时髦的阔佬们经常要从店门口经过,不小心就被登样的橱窗西服或真人模特勾引进店堂;赌马赢了的,往往第一件事就是冲出跑马场,跑进恒必祥来选面料做西装……所谓虚荣,落在男人身上,无非一身洋装行头罢了! 也有会养美人的,无论华洋,也跑进店堂,找旗袍师傅,替太太、小姐、交际花或暗妍做好看的衣裳……

华灯初上时分,恒必祥店里电气灯通亮,明明暗暗各色的高级面料闪烁柔和光泽,顾客盈门,摩肩接踵,生意大大旺过街对面英国裁缝铺子"杰姆斯男装"。乔端冕乐呵呵到处走,同七工师傅们开玩笑,甚至同那个无趣的汀康也绕上几句洋文,汀康破天荒咧开嘴给老板露了个英国式笑脸。

乔老板高兴啊,独子乔百祥终于要和好人家的女儿喜结连理了。亲家大手笔,上门就提出合伙扩大恒必祥生意,简直就是锦上要添花。

上海滩中日一战打得凶恶,毁了公共租界北岸。但现在是又一次的战后,如已故大买办王小虬先生说的,战争时间便是谷底,一旦战争结束,上海会腾空再起,吸引住地球上的闲钱,变得更富有。

恒必祥历来谨慎,已错过几次机会,这次不能再犹豫。百祥也隐约松了口,答应来挑起家业重担。这就是男人好好娶媳妇成立家庭的好处,心收拢,会端正,会想着自己的正经责任!

未过门的伶俐儿媳同着端庄稳重的侄媳妇一起走进店来,乔老板越看越喜欢,尤其是他偷偷打量了一下侄媳妇的腰肢,看出了一点点端倪:是男是女呢,哈哈,必定是个男的。

同乔老板打过招呼,两个女郎笑嘻嘻到后工场找旗袍师傅去了。

原以为这些天孔家堂伯不会有空想到繁玲,没料到堂伯的秘书老乔给繁玲小住的公寓摇电话:"哎呀,小姐的喜酒没喝上,我老乔简直后悔去了欧洲。怎么样,听说夫君也姓乔? 五百年前是一家咯。"

孔繁玲在堂伯家处得最好的不是堂弟堂妹们(那几个都是小怪物),而是这个跟着堂伯住在一栋楼里的乔秘书。老乔喜欢老实本分的人,他对繁玲亲切,可能他眼里看多了有些人的厉害。

老乔说:"先生太太想请侄女婿侄女儿礼拜六到公馆吃夜饭。"

繁玲一想到堂伯母,心里就一阵别扭,她灵机一动,问老乔:"乔家大哥过几天就要娶媳妇,我陪着要出嫁的这位上海小姐寸步不离,要不我把准新娘也带来认认亲吧,她家现成在上海开着银行呢。"

"哦,哪家银行,老板贵姓?"乔秘书认真问了,"小姐,你等我一等。"

可能直接问了堂伯,繁玲认定老乔其实问的是堂伯母;老乔喜洋洋端起话筒回话:"来来来,欢迎。"

远纶听繁玲讲,立马弄清楚弟妹要带自己去赴宴的孔府是哪个孔府,低眉沉吟:"一时间不能便答应,新任财政部长家的晚饭不是随便可以去吃的,我还是问一声二叔为好。"

不过,远纶的矜持是不得已的,她早就像一只破茧而出的花蝶子渴望着到处乱飞。晚上还不晚,她就摇电话给繁玲,二叔允许她去。

八

新吾这几日同繁玲分头而行,实也不曾闲。每天一早都照约定,拜访火油公司的诸多老客户,同人家喝茶换帖,像今后就是他出来做担当似的,其实心里没谱。

他人还没出北平就给樱井先生发电报,通告自己来沪访旧。

樱井急忙复电说家里备下了最好的清酒。

樱井一家并没搬迁住处,还是租住在虹口的"小东京";淞沪战役里日军紧紧护卫着这里的侨民,而中国军队也无意攻打日侨居住区,所以侨民的房屋没受什么损失。

新吾照自己从前习惯,一个人朝东北方向步行,走过外白渡桥,沿北四川路去樱井先生家。

走在自己历来不曾留心观看的外白渡桥上,新吾抬头,正对桥梁钢架上一串弹孔。大概枪弹只打穿了无足轻重的装饰部分,或是工部局工务处故意要留下一点战争痕迹,就没拆换这钢架。

新吾忍不住想象战时大批难民从苏州河北朝这座桥头蜂拥而来的情景,又想起从前自己走过这座桥去探看苏北人的贫民窟。他头晕得厉害,像一个人竭力摆脱缠绕自己的噩梦;远眺出去,他再次看见黄浦江边密如虫蚁的苦力,苦力们全光着上身,身体焦黄细瘦,竭尽全力为外轮搬运沉重货物,一如从前几十年间……

迈进日本侨民聚居的"小东京"街区,新吾奇异地感觉像回到了童年,那些在横滨度过的无忧无虑的虚幻日子……

樱井先生和樱井太太身穿洁净蓝色和服,盛装站在院子门口,已等待他很久。新吾鞠躬送上礼物,感到一种人和人之间真诚的友情弥漫四周。

樱井先生比新吾年长二十多岁,却没父辈给后生的压迫感。新吾每次来,就像来见一个温雅有节的兄长,怎么也不能把樱井先生和蛮武的日本兵想成同一族类。

樱井太太笑容可掬端上了温热的清酒,又奉上日式小碟作点心。

谁也不曾想到,乔姚联姻,婚礼还没举行,姚家二叔和远纶的大哥就约着百祥频频见面。

工部局大楼离外滩洋行大道很近,姚家控股的银行就设在外滩洋行大楼里。姚二叔说生意人必须勤勉,也该对年轻人认真,不在婚礼前谈好投资洋装店的预案,有点不放心把侄女嫁给百祥……百祥晓得姚二叔一半是开玩笑,另一半,作为生意人,却是当真的。

二叔和大哥既然从银行里来,当然要考考百祥。

自从前一年美国宣布大量收购白银,浙中银行在风口浪尖上翻滚,好像鲸鱼升到水面,大口换气,大口吞小鱼。远纶的大哥本身是老练的鉴银师,淞沪战役结束后,他带着银行里一大帮鉴银师成天在地下金库鉴定中国各个省份成色不一的银锭,以及早就流通在市面上的卡洛斯三世银圆、墨西哥银圆和少量"袁大头"……美国人把银价炒上去,所有头脑活络的银行家都在卖银子给美国,卖出十个银圆就能赚回一个的价值,变成美元外汇,谁抢先谁抢得多谁发财。不过,老百姓就不太懂,他们是银锭贸易的输家。物以稀为贵,银子这东西在国内变少了,银价自然就昂贵,物价就贱,手里没银少银的人自然就穷下去些。而农民是要纳税的,如果手里没现银,银子贵了,等于要付更多的铜钱才能完税,有些农家的纳税数其实已比前一年多出了一大半!

这个百祥是怎么处理银钱的?百祥听二叔和远纶的大哥打听这事,脸不改色气不重,说店里跟顾客收取银两作为制衣费,因要留足美元进口呢料和布匹,所以定期会把营业收入换成美元。假使二叔的银行给更好的汇率,宁愿今后到浙中银行来换汇。

两个银行家看不出百祥有何破绽。百祥又说,其实如果外汇足够应付进口需要,不如把银两拿去换成黄金更好,因为从老祖宗以降历来靠银两,如今中国银两积聚上海的银行,这样子被投机卖出去,虽然我们生意人不懂政府的事,想必后头会有不妙的事发生。

二叔点头赞扬百祥,说这么做生意,立于不败之地,无可挑剔。

说到心底深处,百祥如今也有一展宏图的野心:在工部局事无巨细地浸淫参与十来年,他可以说基本摸透了英国人管理上海城的底细,方方面面粗细迂回的内行讲究都像碑拓一样印入他脑子,甚至他能成篇背诵董事会会议记录上许多重要资料数据,这些数据像人的脉息,他早已学会如何给上海滩把脉。

百祥觉得幸运:自己十几岁时,阿爹英明,安排美国人阿瑟教授儿子上海滩人情世故,一窥人在面具后的模样;二十岁之后,竟又如愿进到上海的心脏工部局当差,从大城内里一探究竟,一上手就连着干十年,得到了董事会上司和同僚们的信任。

百祥现在通晓沪上百事,知道凡事怎么拿起、怎么铺开,又如何拿捏、如何收束并获益。他很想放手一试。

姚二叔和远纶的大哥都认可百祥是干才。你想,银行的钱哗哗流出去,好比将美妇人撇在大街上过夜,得找到百祥这样的人照看着才放心。赚钱法门各行各业相似,只缺懂行又肯亲身把控的能人。

相洽了几回,上阵父子兵,乔端冕也出来见姚二叔,双方谈了扩大洋装生意的方方面面。姚二叔私下对远纶的大哥说:"远纶命好的,这百祥是个好手。我跟董事会吹风去,早点签约。行里客户全是同乡,几多宁波老板捏着铜钿急寻安全的投资!恒必祥名店名师傅,正中投资人下怀。等远纶婚事办好,阿拉就把钱划到恒必祥账上。"

汀康心里有缠绕着感激的愤恨,是针对乔百祥的。

汀康每天穿得漂漂亮亮,站在上海滩上,却只不过是个西装模特;他两顿饭都可以在店里吃,店里的烧饭婆是雇来的扬州人,欢喜称呼汀康"大块头",一定要给汀康盛比别人多的饭菜,自作多情,也不容汀康推辞。

汀康越吃越肥壮,新做样装穿到他身上,恐怕一天比一天费料子;乔百祥还不肯把汀康只当一只衣裳架子用,仿佛肯把他看成一个同类的人,这让汀康更紧张更局促更敏感。

乔百祥欢喜穿西装出面,还欢喜打各色领带。但凡恒必祥西服公司这位少东家出场,永远头势清爽,面目整洁,西装革履,心平气和,还待人有礼。

母语是宁波话的这位上海小开身上混杂了很多气息,华洋铺陈,中西合璧;这些气息蛮平和,互相处得和谐,时刻变动着相互妥协,以至于他像由一团绞绕在一起的漂亮海鱼组成,是一个耐看的动态虚影。

小开还喜欢信鸽,店铺上头三层楼朝着后街的阁楼上现筑有大鸽子笼,每天清晨同傍晚,乔家声势浩大的鸽群飞翔在静安寺路和南京路上空,阴晴不定,翻卷成云彩……

乔百祥曾告诉汀康:"托尼,假使你今后在上海滩有难,不要害怕,给我飞一只信鸽来就好。"

果然他不信口开河,送了汀康一只白鸽,让他养在住处。

乔百祥从不挑战年龄接近的汀康的英式自我,他交代说:"托尼,你做你的工,不需要东想西想。你身材很完美,等七工师傅把新西服做好了,你穿上,就在店里走来走去,也可以到店门口抽烟……就这样。"

汀康漠然瞪着身前的空间,他假装看不见乔百祥:"假如我是个模特,我就得尊重身上衣服,不能叫衣服起皱纹,不能弄脏它,是吗?"

乔百祥摆摆手:"不等到起皱纹出污渍就换新的了。恒必祥的模特,常换新衣。还譬如,谁同你一样身材,想要你身上那套西服,你当场脱下来卖给他好了。"

汀康仔细看乔百祥,想以一双前租界巡捕的眼睛看清乔老板话里是不是带讥讽,不过,他看见的是和善的笑意,不光在脸上,也在眼神里。

"托尼,你的个子太适合展示西服了;你的眼神,这种若有所思或满不在乎的神情也实在适合男模特!"乔百祥笑,"保持,保持,永远不必与他人混同,做你自己罢了!"

乔百祥并不时时在店,他父亲老乔老板倒坐镇在账台上,赶也赶不走。乔百祥一般每天下午三点左右来店里看看,他不关心生意,只关心一件事:有没有新面料进关。

直到当了恒必祥半年的模特,汀康才明白乔百祥并不是个吃用靠爹的蠢材,乔百祥本身是七工师傅大裁缝啊。同店里其他裁缝(包括其父)的区别只有一样:别人为做生意裁剪衣服,乔百祥其实只肯为一个人做衣裳,就是他自己!

乔百祥身上那别有韵味的西服原来出自他自己的手笔!汀康算开了眼界:这种西服收腰不凶,下摆修长,领子呈现中国柳叶的线型,胸袋有个隐隐的装饰条,白手绢塞进去,特别考究。西裤也修长匀称,休闲但讲究。

乔百祥痴迷面料,他支持阿爹定期从英国和法国进新面料。凡碰上手感细腻视觉新奇的货,他一定手痒,就来店后头工场间动手裁衣。

少东家做完自己的新西服,店里就等于有了两个模特,一个西人,一个华人。乔百祥对汀康招手:"托尼,吃香烟!"

他俩站店外落地大玻璃橱窗前,一个高大威猛,一个像只中国白鹤。他俩抽着烟,用英语交谈。乔百祥反复问:"托尼,你不喜欢女人?"

汀康反问:"那么,你是要举行婚礼咯,跟一个同文同种的女孩子?"

百祥脸上笑容瞬间凋萎,汀康怕是上海滩上唯一知晓他跟桃丽丝故事的人。在桃丽丝这话题上,汀康总竭力表现得与他平等。

百祥极轻地叹息一声,拍拍汀康宽大的肩膀:"日子如长河,汀康,向前漂流!"

一天傍晚汀康看看怀表要下班,乔百祥坐汽车从外面来店里,走过汀康面前,又回转身:"托尼,下了班别走,到厨房吃点东西,晚上陪我去舞厅。"

"舞厅?"汀康看看自己,很久没想过舞厅,自从桃丽丝消失,夜场是他记忆的陷阱。

"有啥不好?去呀,放松一下,你当模特,绷得太紧。别穿这身西服,去换件舒服的。"乔百祥关照。

汀康将自己锁在试衣间,面对镜子,眼前掠过穿英国军服的自己,穿便装走在英格兰田野上的自己、穿巡捕制服的自己,还有一度光膀子落魄亚洲小城的自己……现在他是一只活衣架,上海式西服在他身上变幻流水。他又要去舞厅,那里有美国女人、中国女

人、日本女人,还有东欧和白俄女人,都是舞女,唾手可得……汀康
冷漠的眼珠里淌出无形烟雾,他手心里捏了汗……

汀康想的是,这个亚洲人乔打什么算盘?难道我汀康身上还
有其他可利用的价值?

"托尼,舞场里现在流行打架,要是真碰上动手,就靠你了!"乔
百祥在嚷嚷,裁缝师傅们哄笑。

汀康忍不住微笑了一下,这些中国人承认他有特长。与其告
诉家里自己在做西服模特,不如告诉他们自己目前暂屈居私人保
镖的位子,这比较不那么丢脸。

九

百祥同意繁玲带上自己的未婚妻一起到孔府认认亲,新吾当
然得去,自己就不必。

至于是否就此邀请孔部长及夫人出席乔姚两姓的婚宴,百祥
也不起劲,对繁玲说:"请帖可奉上致意,想来令堂伯这身份是不方
便出席的。"

新吾倒不犹豫,问清了日子,准备同繁玲远纶一起上西爱咸斯
路孔府去。礼物全由两个女子拟议准备,新吾只负责押运。

乔秘书来电话说请略微早到。繁玲担心远纶和新吾不从容,
就把她那堂伯讲得家常:"人家都叫他夫子的,笑嘻嘻一个好好先
生,出过洋,对女人特别客气,是好相与的,就是忙。他太太嘛,你
们上海人该比我们更熟悉些咯,待亲戚也顶客气的。我们就去叫
几声堂伯堂伯母,吃了饭就告辞。"

新吾倒好,笑说:"这么大一尊菩萨,我还想求点慈悲。"

远纶听出他话里意思,也笑:"侄女婿不可调皮,让侄女好做人些。"

繁玲叹道:"还是我们妯娌之间晓得体贴呢。"

西爱咸斯路实在是窄窄的,站马路头上望去,简直没什么视野。

司机把汽车开到孔府门口,下午五点多,乔秘书一个人站在洋房门口接客人,笑容可掬。

孔先生据说去了中国银行还没回家;大家才进门,已听见二楼客厅嘈杂。乔秘书解释说几个孩子都在,绕着太太乱缠,你看,孔府上天天这般人气旺盛。他拍拍长衫,先跑上楼通报。

新吾同繁玲和远纶站在门厅里,夕阳照到门厅里高俏的西洋瓷瓶,挺耐看。

孔夫人穿着宽松的灰条纹布旗袍走来二楼楼梯口,脸上挂着被夕阳映亮的浅笑:"繁玲来了?都请上来。家里吵闹得很,别见怪。"

从人几个还在楼下提着客人送的礼物,夫人先拉起繁玲的手,看看脸,说你瘦了;又堆起笑,回头端详远纶,自言自语般:"这位女小囡好看得很,阿拉上海小姐,奉化是老家?"不等远纶回答,接着便看新吾,仿佛眼里一亮:"侄女婿,第一回见面,来吧,客厅坐!"

二女一男,孔家三个孩子在家。十八岁的大姑娘同繁玲熟的,跑上来拉手;小姑娘和大公子站了站,换到角落里坐,不言语,就像来的是些非亲非故的人一般。孔夫人也不管这些,张罗大家在沙发上坐下。

"我们去了欧洲公干,没参加你们的婚礼,遗憾了。"夫人眼神犀利,说着话看见繁玲的肚子,"有喜了喏? 你堂伯看见你要高兴了,他最喜欢亲亲戚戚的小小孩。"

繁玲相比平时有点拘束,像有点怵这个堂伯母;没想到新吾却轻轻松松同夫人对答,夫人也对他好,有说有笑,俩人倒像挺投缘。孔家儿子和小女儿对别人不感兴趣,不过但凡新吾讲话,他们就抬起头来听。

夫人看见儿子的神态,就唤他一声小名,要他来沙发上坐。那少年来了,对新吾道:"阿哥你长得蛮神气的,我很想看看你穿军装的模样。"

繁玲笑了:"他又不是丘八,军装是不穿的;他家现成开着洋装店,还是穿洋装好。"

新吾却笑说:"哪里,有件往事你不晓得,当年黄埔军校创办,军需官是奉命到我家店里做的第一批军官服。"

这下子热闹了,还真有这么一个故事? 新吾说开了,就又提起已故孙总理当年在横滨到乔家店设计中山装的旧事,当然那发生在长辈之间。

孔夫人笑道:"世界真小,这个有机会可以讲给我妹夫听,军校不是他的吗?"

大家显然比之前热络起来,夫人就定睛看着远纶:"远纶家的银行,我晓得也是江浙财团的主干,对蒋先生的革命军历来有助。今日里我们尤其欢迎远纶来,你就要当新娘了,我们一道沾沾你的喜气。"

说着话呢,孔先生座驾回来了,外头有招呼声传扬。不多时,一个胖滚滚西服男子戴着礼帽跑上楼,嘴里嘿嘿哈哈,圆眼镜片后面的眼睛透着笑意,先同夫人打招呼:"来了? 繁玲呢?"问过,四面张望。

繁玲笑吟吟上前叫了"大伯",手里拖着新吾和远纶,小辈们纷纷致礼,复又入座。孔先生对新吾和远纶都好奇,嘴里准确说出恒必祥和浙中银行,一脸蛮看得起的模样。

"今后都成了亲眷,有需要关心的,可以跟夫人开口。"孔先生脱下西服交乔秘书,仍系着斜纹领带,吊带西裤大腹便便,点点头又点点头。

还是远纶机灵,远纶笑盈盈报告老孔,说出门前乔家长辈关照,托她捎来各色面料样品,请孔伯伯、伯母及几位弟弟妹妹这几天里挑一挑,试试乔家的西服与旗袍,小妹妹嘛,可以做一身洋装。

大家叫好鼓掌,老老少少欢喜新衣裳,人之常情。

开席了,夫人吩咐厨房准备了西餐。大餐台本是法式,一阵阵洛可可繁复雕琢的金辉,餐具据说是某位前白俄公爵送的,宫廷风格的银器。大家欣赏。

头道上来罗宋汤,边吃汤边听孔先生大谈意大利之行,那罗马的美景,以及墨索里尼的言谈。汤后上的是法国鹅肝酱,夫人说这是欧洲之行亲身带回来的"战利品",是从巴黎最有名的肉铺子里买的,那天简直把肉铺子里的存货都买空了。于是孔先生又哈哈起来,学一个法国人的嘴脸,动嘴唇鼻子,说那巴黎老头想要中国人匀一方鹅肝酱给他当晚餐!

新吾饶有兴趣追问采购意大利军机的事,对飞机的战斗力感兴趣:"如果从浙江空军基地起飞,飞到东京要多长时间?"

孔先生听出新吾的潜台词,不由得摇手:"和平,和平为要! 有飞机不是为开战,是为了有资本求和平!"

少年孔公子不忘记又调侃一句："乔家阿哥样子像军官，应该请去当空军飞行员！"

繁玲在堂弟肩头砸了一拳："说什么呢，我可不想当英烈寡妇！"

跟日本人讲和平还是对抗，这登时成了饭桌上突兀却赖着不走的话题。新吾不由得又讲论起东洋人和西洋人的不同，东洋人处心积虑灭亡华夏，只有迎战没其他选择。而同西洋人，关键在于讨回治外法权。孔先生言辞并不激烈，但细心讲论了同日本上层的外交可能性，他在东洋和西洋都驻留过，自有一套成见。夫人尊重男人之间的话题，沉默着听新吾同老孔讲论，盯着新吾看了几眼。

繁玲抓住一个空当，手伸去握了夫君的手，轻轻一捏，笑对堂伯堂伯母："新吾这些年没干别的，留在北大研究治外法权了，所以特别对这个能说几句，其实特别枯燥无聊。我们难得来拜见大伯伯母，还是谈谈自己家家常好。"

老孔鼓励地点点头："繁玲婚礼我们没法到，遗憾得很。新吾的兄弟是叫乔……百祥？好得很，那么是恒必祥的少东家了吧，好得很。这位……远绲妹妹是姚家姑娘，晓得晓得，银行家的千金，了不起，好得很……"

他还在"好得很"，繁玲笑道："大伯，我把乔家请柬带来了，他俩的婚礼请你们大驾光临呀！"

"好得很，好的，好的。"老孔接过新上的牛排，举起刀叉，"婚礼在哪里办？请的客人都有谁？你们把客人名单给夫人看看。"

大家认真对付了一会儿牛排，夫人不怎么碰荤食，她要的是一碟子法式蛋卷。

没想到大家才放下刀叉,拿起小匙子要尝餐后布丁,夫人却直截了当对新吾说:"侄女是熟得不能再熟的,侄女婿今天才第一回上门。"

新吾放下小匙,抬头喏喏,觉得夫人话没说完。

夫人就转向她先生说:"我看繁玲这么个机灵姑娘,自己恋爱的绝不会是庸才。老孔,自家的亲戚,一家人不说两家话,你看看有什么合适的位子让新吾去做。"

老孔连声称是,好好好,可以可以可以。

他放下小匙,用餐巾擦嘴:"北大乃藏龙卧虎之地,当然要委以重任。自家人,容我慢慢思量,找一个能让年轻人大展宏图的位子。"

只见这怀上孩子的繁玲对夫人目露感激之色:"我和新吾谢谢大伯伯母,新吾有点书呆子气,还要大伯好好教导!"

老孔笑得很慈善:"嗬嗬,你们看,繁玲这孩子,结了婚不同我撒娇了,说话也客套起来。"

夫人微笑说:"证明孩子们现在都长大了,懂事了,和年幼无忌的过去告别了,这是好事。新吾、繁玲,还有远纶,都是亲戚,老孔你都要关心。对远纶要嫁的百祥,也一样。"

远纶笑着感谢,夫人问:"那么如今是百祥管着恒必祥这一大摊子?"

远纶摇头,说百祥不管店里事,他一直在工部局当差,当着董事会的大帮办。

"哦?"老孔接咖啡杯的手抖了一抖,几滴咖啡滴在桌布上,"百祥在工部局替英国大班们办事呢?这可不简单!"

十

孔繁玲暗自琢磨未来的小堂嫂,感觉远纶这上海小女人有种跃跃欲试的劲头。

南方女子显然比北方女人容易水灵些,不光靠气候跟水土,还同当地男人有关。孔繁玲一到上海就看出了南北普通男子的区别:在北方,男人是镇压式的天穹,笼罩在女人头上;在上海,或许男人受洋人影响,比较习惯平心静气看身边的女人们。

自然,上海也是中国的土地,尽管英美人法国人建立租界地,租界地上绝大部分的人口还是中国人。中国人只是忌讳外国人,不会顺从。中国男人终归是男人,比女人家有力得多。上海滩上占主流的华人男子是江浙男子,细瘦的多,高大的少,沉静的多,跋扈的少,心机深的多,直肚肠的少,像百祥的多,像新吾的少……他们虽不驱策统治身边的女子,但同样不赞助鼓励。女人想要在上海滩做啥闺房之外本属于男人的事,只能靠自己狠,冒出来,像野草里的韧头星,不计较周围眼色,自己长横壮了……

孔繁玲认为年纪轻轻的远纶正有野草韧头星的蹿势。她不晓得如何评价远纶这种倾向,不过,她意识到远纶绝对不怵自己一向忌惮的堂伯。

远纶自从跟着繁玲拜访孔府回来,虽一门心思在准备自己的婚礼,但一旦同陪在身边的繁玲聊天,不像繁玲态度以新吾为主,她显得很有主见,不怎么考虑到百祥。

远纶憧憬说,其实百祥完全可以留在工部局当他的大帮办,这是上海男人难得的好差事。恒必祥的商务,不要说还有阿公掌管,就是阿公年老力衰,将来也可以通过她操办。百祥拿主意,她远纶去摆平市面上的一切。再说了,银行的钱是她家牵来的,她代表姚家,也完全应该过问生意。

繁玲笑这准新娘:"你呀,真是的,婚礼就在眼前,你不好好全盘推演一下,倒去想那些不着边的事情! 你呀,要当老板娘的心很大哟!"

其实繁玲只看见女人,看见远纶这些密密细细的思虑,她毕竟远道而来,不习江浙地方风气。

婚礼只是个过场,一种因果,一种宣示,一次规模庞大的交际和联络,是表象而已,其实不重要。重要的事情,乔端冕父子同姚家二叔远纶大哥,加上双方请的华洋律师,抢着在婚礼举行前一一商定并落实。一份份文契,一个个印章……如两棵并排移植到一起的树,在泥土下秘密地以各自根系一根根互相缠绕,建立起彼此信任的共生。

好在乔姚都是奉化人家,还是一个村里出来的,没树种上的排异性,整个连接过程是友好且顺畅的。用姚家二叔的话说:"乔家是明白人,我们这些天做了这么多交易,脑门上的青筋一回也没跳起过!"

婚礼前夜,乔端冕父子、姚家二叔、远纶的大哥在恒必祥二楼写字间里最后一次"喝茶",茶毕,他们把远纶和正在店里的新吾夫妻俩也请进了写字间,宣布两家的协定:并不是恒必祥开设新分店。确定的是行业的大扩展——

在公共租界苏州河南及法租界将同时新开张五家礼服店,各自拥有新店招和独立董事会,全由恒必祥和浙中银行占同等比例的大股。

在公共租界苏州河北日侨居住区,新开张一家和服店。与此同时,在公共租界和法租界新开张五家呢绒绸布庄,批发零售共举,由恒必祥控股。

店铺选址皆位于一等商业闹市,以南京路、静安寺路、亚尔培路同霞飞路为主。

除了恒必祥作为名店收揽一切西服、中山装、和服及旗袍生意外,其他各爿新店以专门制作为特色。分为男女西服专门店、和服旗袍专营店及中山装等中式新礼服专门店。

乔端冕透露说孪生兄长乔正冠与同在北京经营的乔四爷亦是参与这次扩张经营的投资者,因此需要在最终决定做出前,听听新吾夫妻的意见,看新吾夫妻是否也来参与扩张及营业管理。至于远纶,姚家已明确由远纶代表其股份及店营。

这件事始终透着一股兴奋劲,好像乔姚两家合资制作一艘大航船,要下水赶上民国二十三年战后上海滩的经济洪流,能跻身其中的将来都会是上海滩的男女富豪。谁会拒绝这种玫瑰色的前景呢?

只有一个人:新吾。

新吾已接到阿爹从北平发来的电报,告知他阿爹阿姆对北平在日本人觊觎下的前途不再抱长远期待,同乔四爷反复相商,准备找机会也把生意移到上海租界内。这次上海扩店正是大好机会。

新吾回复父母,说经同繁玲商量,繁玲向来对旗袍有热情,她产后可以参与旗袍专门店。自己则另有计划,不过,采购一道还算熟悉,如需要,可以帮忙。

姚家二叔听闻新吾心意，摇摇头："不然，不然，新吾，我们宁波人历来以家族事业为重，这是宁波人立身之本哪。我希望你还是代表北京乔家，全心参与这次合作。喏，我们银行考虑过了，行里还有一笔火油商行的投资与一家做了很多年的茶丝东洋庄，可以考虑一并交给你们夫妻俩经管。"

新吾虽不太愿意，暂时无可推托。

而大家要一起商讨决定的大事涉及百祥。

所有股东方都提出由百祥亲自操刀上海高级制衣业的大扩张。

百祥不仅是沪上有名的裁剪高手，更是工部局高级帮办，且年纪恰当，正好从父亲手里接班。何况今日里他联姻上海银行界，这股东风太正太妙，上海滩一定会给予积极的评估，十多家新店的冒险自然就大有赢面。

百祥表示自己已向工部局董事会提交了辞呈，虽还未获批准，想必没不批准的道理。

大家点头称好，只有远纶坚持说百祥若能留在工部局更好，生意是可以筹谋的，不必为了虚名的热闹丢弃实在的地位。

大班台上铺开盖完了印章的一摞文契，众人满意地看看这些字纸。姚二叔点起雪茄咬在牙齿间，对百祥点头："好，就这么干了！百祥，你的时代到了！"

他拿开雪茄，对着远纶的大哥、新吾、繁玲和远纶画一个圈："我是说，你们这一辈的时代到了！啊哈，好好干，让我跟冠冕兄可以轻松，经常吃吃茶下围棋！"

姚家男人都回了，新吾和繁玲还没走，新吾告禀叔父："我岳父大人关照我们尽可能地将手里银子都换成美元和黄金。我没问原因,叔父既然收到银行大笔银钱,我想该告诉你。"

繁玲点点头,似乎肯定那是她父亲的嘱咐。

乔老板父子对看一眼,都点点头。乔端冕说这就由百祥去办。

那婚礼庞大而喧嚣,仿佛上海滩蓦然召开了一个小型嘉年华会。

工部局董事会的大班们坐满了贵宾圆桌,他们给乔百祥的礼物是工部局乐队的祝贺演奏。这面子忒大,简直是上海人能得到的殊荣。

不过,孔部长和孔太太没能出席,他们临时去了南京。代表孔家出席的是孔家二子二女,全被安排在主桌上,由新吾和繁玲照应。百祥的寄爹阿瑟陪乔老板坐主桌,他倒和孔家大少爷聊得特别有情趣,这孔家少爷趣话迭出,小小年纪绝不刻板。

主桌上除了亲戚,百祥还特别安排上他在法租界的两个老朋友:法国老板范里克斯和一贯礼貌周到的浦东人杜先生。杜先生好端端坐在主桌不动,文文静静;工部局董事会的大班们基本都认识杜先生,不过,他们假装没看见他,也没看见有名的法籍娱乐业老板范里克斯。

大概乔姚两家在上海的亲友、贵人和生意伙伴们都到齐了,整整一百桌,新郎新娘走上一圈都是旅行,不过,看这新娘姚远纶年纪轻轻,仿佛精神头比百祥好,她脸上洋溢着真正的喜气,仔细端详,还有一种豪气在笑容里。新婚夫妻一桌桌敬了酒,靠一对能言善语酒量宏大的傧相保驾。

酒席之间早已传开乔百祥要接班且乔家生意商银联姻大肆扩张的消息,宾客们互相询问,既然大家都是乔姚两家的朋友,发财的事能不能挨个边呢？

只有少数人不在考虑投资发财，新吾一眼看见了一个旧友，他朝这旧友跑过去。主桌上的杜先生其实也看见了这个人，他对身边的范里克斯说："记得民国十六年百祥托你找我换人那件事？记得就好，其实我卖了你俩大面子，不是只换一个，是换了两个人出来。喏，看见那边穿中山装的高个子？他是其中之一。"

卫惕南爵士和爵士夫人在婚宴正式开始前找到新郎，告诉他一个未便马上发布的消息：工部局董事会倾向于慰留他，因为他历来办事牢靠，在局内有声誉，可以考虑创设一个合适的新职位，至少可以留为工部局正式顾问。对乔家的生意，工部局不发表意见，乔可以担当任何家族企业要他担当的角色。

爵士夫人送给新娘一份特别礼物，是手工制作的英格兰纯银花冠。

第九章
1935—1937年　上海

一

想来就是由繁玲堂伯操刀的,财政部发行了法币,法币取代了银两。中国人从此不再用银子当货币了。

法币同美元有固定的汇率,市面上恐慌了一阵,倒还真没发生什么风潮。这几年由银两带来的问题渐渐消弭了,大家慢慢就习惯了用纸币。

乔端冕提醒儿子继续保持手里的黄金和外汇头寸,需要用多少法币可即时兑换。

不明白是不是乔家有祖传秘术,反正,对当事人而言,这是喜上加喜:孔繁玲十月怀胎,产下一对双胞胎儿子。

略显遗憾的是,新吾不能常陪身边。或许正因繁玲对堂伯提起而堂伯放在了心上,他们拜访堂伯后才过几个月,孔府乔秘书亲自到新吾繁玲下榻的公寓跑了一趟,既是看望他们,也是请新吾出山,到财政部下面某公司干些事务,拿一份好薪酬。

新吾去了不久,就常跟乔秘书到香港办事,一去必是十几二十天。

繁玲爹妈从山西老家物色了两个沾亲带故的婆子送来上海,替繁玲理家带小孩。新吾的阿爹一时间还不能离北平南下,新吾的阿姆便先来了上海;说是帮繁玲忙,其实是心疼孙子们。

这时候,恒必祥老号新投资的众店纷纷开张:专做工商界老板们商场西服的"新奉昌",专做高档旗袍的"美玉琪",专做中山装和官式正装的"士铭",在虹口"小东京"承接和服生意的"花织",还有定制婚丧礼服和各类制服的"新北乔",这几家店都吸足上海人眼球。

繁玲被孩子占住了,哪有时间和精力去掺和美玉琪的生意?好在姚远纶善解人意,自告奋勇替繁玲先管一阵,等她慢慢从一对"讨债儿子"身边拔足出来。

百祥的婚礼在某种程度上确实成为上海滩的一个广告,告诉大家他即将接手家业。

第一个对百祥抛来橄榄枝要求合伙的是法国人范里克斯,他又请百祥到家里吃法餐了。法国范说乔你是明白人,我博彩娱乐业做够了,现在想慢慢转进传统行业。我并非来分你一杯羹,是想合股做一样包赚不赔的平常生意。

百祥笑对范里克斯夫妻,讲乔家只会裁剪衣服,其他都外行,肯定不敢踏足。

范里克斯摇头,讲这行业离乔家不远。你想,做高档衣服的人去乔家店，最苦恼的是啥？从选料开始，到谈样式再到量尺寸，外加屡次试衣改样，来回折腾实在费时耗力，也从没地方能坐下歇歇，是吧？我是巴黎人我最懂，阔佬们需要的是可以坐下歇口气喝一杯的咖啡馆哪！

范里克斯叫人惊奇，他准备在所有乔家店隔壁，或者就用乔家的店堂闲地，开设大小不一的法式咖啡馆，相对独立，其实紧连乔家店，想必乔家客人会欢喜，就算做一笔顺风生意。不过，前提是乔家共同投资，以利生意。

百祥心里明白，如果这么说起来，恒必祥一定也要入股的，就像是朋友之间除了说好话，凡事还借人一只臂膀。

百祥说范里克斯你是上海滩上有名的会赚钱的人，你说这个好，这个一定赚钱。我回去同阿爹商量，他同意最好，哪怕他不同意，你范里克斯开口，我自己的钱也会投进来，朋友就是这么做的。

范里克斯的老婆听了特别高兴，转身托出一盘法国船新送的花色羊乳奶酪请百祥。

范里克斯讲，那么，自然让杜先生也入股。

没想到百祥却推开了美味奶酪："杜先生已经表态？如果他还不晓得这事，我劝你还是不要吧。范里克斯，你怎么说还是个商人，只做生意，杜先生他并不是这样。上海滩瞬息万变，十年不晓得下一个十年，我劝你凡是生意，最好全部让生意人投资。"

范里克斯听懂了，点头同意："对的，乔，碰到麻烦可以找杜先生。那么，我筹划一下再商量！"

远纶未出嫁时还保持一点富家小姐的雍容闲适，结婚后她像变了个人，十二万分地勤勉。

百祥和远纶搬出了法租界,住到公共租界西边的愚园路。他们这栋宁静的小洋楼是从工部局某大班手里买下的。

繁玲很喜欢远纶的新住宅:这弄堂深处,安静得如置身世外;西班牙式院落种着红白两色夹竹桃,正符合繁玲对婚后生活的梦想,在北京和山西,可没如此梦幻般的独居环境。

在能把宝宝们交给婆婆看护的那些下午,繁玲常往愚园路来同远纶谈心,远纶不常居家,但繁玲一说要来,她就回家等候,自己动手做时兴的咖啡,请繁玲吃下午茶。

太阳照在邻家洋楼奶油色的围墙上,从乔家二楼客厅大窗户望出去,近处是同样的安静小洋楼,一栋连一栋;闪闪烁烁的五彩光是插在洋楼围墙上的三角玻璃片,防贼用的;洋楼的瓦片是绛红亚光的,瓦片上停着斑鸠,偶尔也飞来鸽子;若眺望出去,能看见路口救火会的黄旗帜。

“好安静,安静得像北平空关的旧王府的下午,却是洋房的景。”繁玲说,“远纶,有些朋友出洋就不回来了,寂寞地住在外国像你们这样的房子里。可是,你我却不会寂寞。”

“寂寞?”远纶摇头,“等你放得下小孩,出来做事,肯定不会再寂寞。我一天要办好多事呢,还见好些人!我劝百祥多去工部局,家里生意由他拿主意,先交我替他办,我办不了的,他再出马不迟。其实你看,哪有办不了的事?我都一一给办妥了!”

繁玲心里涌上一阵不安和烦躁,说不清也不好说,可是远纶是自己人呀:“我有点担心新吾,成天不晓得忙些啥。”

远纶想一想,说:“新吾不是跟着你堂伯办事嘛,应该不会错呀,我看,赚钱是肯定的,你家堂伯堂伯母一看便是大精明之人。新吾既然从不入迷洋装这行,也未必要拘束他。你不用担心男人的事，倒最好自己把旗袍店看起来，这样就会踏实。"

繁玲犹豫，心里还是烦躁，不过忍住了，没把藏着的话吐出来。

不过，她决定听远纶的，把孩子多托给婆婆，自己出来管原本要她代管的旗袍店。这样，人可以不老去想那些想不明白的事，好有个分心。

新吾并没瞒她，他很早就同她说过了。果真他在百祥婚宴上见到了很久不见的老相识，同失去联系的那些老同学也辗转接上了关系，就是那些被中央军围剿、从前同新吾繁玲一起参加过五四事件的人。

繁玲就是觉得心烦，不晓得怎么评估新吾的状况。新吾历来就这样，并非后来才如此。繁玲也不觉得那些当过学生上过大街现在被围剿个不停的人有什么问题，他们只是走了另一条路。

繁玲只好对新吾说："你万事小心，不要天真。"

繁玲倒把希望寄托在全不相干的乔秘书身上，乔秘书在堂伯身边这么多年办事皆牢靠，新吾由他带着，想必都会周全，自己真不用担心。

"我告诉你，繁玲，市面上华资银行都在传不好的消息，说南京在打上海各家银行的主意。咱们可是亲戚，你帮忙打听着点，我二叔和大哥最近都成了热锅上的蚂蚁呢。"远纶冷不丁打断了繁玲的思绪，说出这段话，语气没变，脸却一下子拉长了。

繁玲愣了愣，心口添一阵凉，这不就是自己一直同堂伯堂伯母保持住微妙距离的原因吗！

不方便说不等于疑忌不存在，看远纶对堂伯说话无拘无束，当时自己心里担忧的也是这点。

别因为我繁玲，让姚家甚至乔家对堂伯堂伯母孔宋两姓生出什么玫瑰色期许！堂伯夫妻是肉食者谋,任何同他们来往的人要晓得自己保重。

"远纶,我明白你信得过我,不过,我今日里郑重提醒你:小事可以靠家里关系,大事,你不如读读《石头记》吧！做人,从来是不能寄望于亲戚的,有时候亲戚会比老虎还凶。跟那些办大事的人相处,我们离远点才安全。我还担心新吾呢！"繁玲一委屈,把心里话漏了出来。

姚远纶点点头,倒是面不改色:"这个不用说,宁波人又不是三岁小孩,假如吃了亏,那是自己蠢。我的意思是希望我们妯娌之间多通讯息,我想要耳聪目明呢。"

繁玲点点头,忽然就下了个决心:原本不喜欢同堂伯堂伯母走太近,可是,假如要有益于新吾兄弟俩和远纶,自己就不能不改变一下。

她终于从愁容里绽开一个笑脸:"晓得了。我会多去走动走动,听风探色,你放心！"

远纶拉繁玲走进自己卧室边的衣帽间,一拉布帘子,不得了:这些天借着店里琢磨新款,小妮子已替自己新做了五六款新式旗袍！

远纶打量繁玲:"你身材比我高挑比我丰满,穿旗袍好看煞,就是你有点守旧,不肯露大腿显身材！"

周五下午,新吾从香港回来了,他径直回家,抱着两个儿子开心。繁玲下午同远纶去了旗袍店,被一群上海太太缠住了不放,抱怨旗袍师傅交货慢。

回到家,看见新吾和两个玉雪可爱的小男孩,繁玲才忘怀下午的聒噪,她笑了:"你回来了!"

新吾刚刚洗过脸刮了胡子,显得光彩照人:"繁玲,今天我们带阿姆和小孩一起下馆子吧? 我有开心事,啊,我真是开心!"

繁玲顿时也开心起来,问他:"什么好事呀?"

新吾把繁玲请进卧室,关好门,让孩子和阿姆婆姨们留在客厅里:"听说我的老同学们突围了,前些天已到达了陕北! 中央军没法把他们赶尽杀绝!"

繁玲点头笑:"都是些机灵的人哪,你不用为他们操心。正好你回来,听着,你可是陪我太少! 百祥常常带远纶晚上去跳舞,远纶说了好多次,要你也带我去!"

"好,我不怎么会,不过,也去得!"新吾一口答应。

摇了电话,一切顺畅,远纶决意去仙乐斯舞厅,那是如今最贵气的娱乐场,是老沙逊在百乐门受了舞女的气,一砸万金自己新造起来的豪华舞厅!

夜上海,名气响得天下闻。就像把上海全城的玫瑰花都拿来放在彩灯下,也把绕着玫瑰飞翔的蜜蜂全吸引到灯影儿里,仙乐斯舞厅闪着七彩霓虹,门口马路边的法国梧桐挂上了星星点点小宫灯。几乎所有女士都是由西装革履的男士陪同前来,好人家的女人们可不想被人指指戳戳误会成舞女。场子里当然也有舞女,那是她们的营生,大家心照不宣。

穿洋装的女人没几个,大多数上海女士都穿了时下流行的旗袍。天气凉下来了,旗袍外头围上披巾的有,穿了西式小背心的也有,不过所有女士都烫了大波浪发式,看上去就像是些极其端庄大方的上海黑凤蝶。

繁玲终于穿上了远纶处心积虑鼓励她穿的新式上海旗袍,这旗袍在北平是怎么也不敢穿出去的,实在,实在有点太过勾引男人的目光。

繁玲生了小孩之后被婆婆妈妈们照顾得好,显得比产前更丰腴,身材在北平不显高,到了上海却比南方女人高挑,总之,新吾趁大家不注意,凑到繁玲耳边说:"你太漂亮了,小心变成舞会皇后!"

百祥还真的是上海滩舞场的知名人物,不但舞场大班对他笑脸相迎,替他泊车寄放衣装,还免费送香槟款待,有些笑盈盈的男女们也跑来同他寒暄,百祥则一贯冷冷淡淡的表情,对此司空见惯。远纶笑对新吾夫妻:"百祥爱跳舞,自己还不承认,跟我讲是来舞厅替恒必祥西服当模特儿的。"

华灯早烁,歌声初起,舞厅雇了一班白俄人做演奏班,又有法国女郎现场演唱。绅士淑女一对对滑入舞池,翩翩起舞……

"我看这同下饺子有点像。"新吾发感叹。他有点犯怵,他的舞技捉襟见肘,也不晓得从哪学的。

不过,新吾怎么也跟着百祥下了舞池,搂住繁玲在彩灯影儿里慢慢旋舞,这舞池是个曼妙世界,他和她在舞曲里忘记心头烦恼,像重新回到过去的愉悦时光。

一曲既终,又来一曲,新吾没放开繁玲的手,他俩又进入了新的幻境……良久,大家慢慢走回自己的小圆桌,拿起桌上的香槟。

新吾同百祥悄悄谈了起来,渐渐地,一种紧张感又回到他额头和脸颊上,繁玲看在眼里,暗暗叹口气;她同远纶有说有笑,看着满场舞动的人群,心里就是单纯的愉快。

有两位中年绅士上来邀舞,百祥对远纶笑笑,远纶站起来就跳舞去了。繁玲抱歉地对邀请者摇摇头,说:"我跳得不好,您请自便。"

百祥回答了新吾一句，赶紧对他说："陪好繁玲，她难得跳舞。"

繁玲其实耳聪，早听见了。

新吾便坐回她身边，握着她手，等新舞曲一起，他像挺喜欢跳舞似的，立马站了起来。

远纶跑回来讲："刚刚跳舞这个爷叔面熟的，原来真是交通银行的哟。他也听说南京对上海的银行虎视眈眈呢。我有点担心我二叔，他那个脾气。我哥倒还不烈性。"

百祥点点头："听见先放在心里，看看再讲。其实，很多谣言经不起几天时间……"

话没说完，舞场里男女尖叫起来，只见一个外国人同两个华人拉扯着，声音越吼越大。一个年轻的华人打了外国人一拳，外国人立马还手，饱以老拳。边上年纪大些的华人也动了手，不过，他不是用拳头打人，是奔到舞池边，抄起一把空椅子……

百祥跳起身，从舞池弹簧地板上一字溜滑过去，滑到打架人面前，那抬着椅子的男人正冲过来，百祥扯扯外国人袖子："快跟我来！"

外国人跟着百祥就往舞池那一头跑，一跑就跑出了舞厅。百祥看看此人，嘴角已淌下血来，倒不慌张，还笑对百祥："我去洗手间擦擦。"

百祥跟着外国人走进洗手间，一边打开水龙头洗手，一边说："没事吧？不要打架，西方人的君子相别轻易打破。你这样蛮，上海人见了会迷失的。"

那人笑道："你英文真不错。不过，我不说英文，我是说法语的，为女人打架是一种荣誉。"

他整整衣裳，从口袋里摸一张片子给百祥，原来是个比利时人。

百祥说我没片子，我只想帮你摆脱困境，毕竟你人在客乡，打坏了没人会照顾你。还是不打为妙。

比利时人笑道："好的，我叫比尔森。我知道你，你是乔。"

百祥想舞池里知道自己的人不少，没什么稀奇。他看看比尔森的西服，考究。那偶然露出的衬里看上去极高档，又有细节，穿在身上，真有派头。他很想仔细看看这件西服，肯定是杰作。

比尔森拉了拉衣襟，往外走，百祥送出门："你的衣服欧洲做的吧，很漂亮。我替你叫黄包车。"

比尔森上了黄包车，笑嘻嘻说："谢了，乔。改天我去找你。"

黄包车朝着西边跑去。

回到舞厅，远纶正和繁玲喜洋洋地聊天，手里都扇起了西班牙扇子。新吾替百祥斟一杯，接续先前的话题："老孔同日本人有自己沟通的管道。在香港，乔秘书排满了饭局，都是同各种各样的日本人见面。乔秘书说所有日本人，各个层次的，都开始担心关东军不听话，而且，据说日军里的少壮派军官天不怕地不怕，一不满意就犯上作乱，似乎天皇都压制不住少壮派的陆军。"

百祥点头："阿爹告诉我，你阿爹快动身南来了。这一回来，应该不会再北上了吧？乔四爷清了盘，也一起来上海。我们在租界，安全不用多虑，毕竟上海是英国人开的赌盘，只要大英帝国不倒，上海绝不会出大岔子。可北方压力大了，日本人一旦对华北下重手，我怕民国二十一年的战事重演，你看，凡东北华北乱，租界地就会卷进战火。"

新吾觉得堂兄有见地，正待问，百祥说："小虬先生从前说的恐怕又要应验。我们的新店生意虽不错，万一开战，也受影响。我看这会儿先要收收，你的采购占款赶紧理一理，库存多了的，宁愿让给有缺的同业。"

枯燥乏味的生意经被远纶清脆的声音打断:"还跳不跳呢? 不跳的话,我们去霞飞路吃夜宵吧?"

二

上海滩报纸不少,有名气的英文报有《字林西报》《大美晚报》《大陆报》和《密勒氏评论报》等,中文报则有《申报》《新闻报》及《大公报》。各国记者都在公共租界及法租界里自由采写新闻,当然也不时有中外记者为这阐明真相的事业殉职。

不过,要说上海人喜欢读新闻,这话差点气:上海人无论华洋,读报纸的首要目的是看经济,晓得一番会影响生意的时事,不怎么需要娱乐或小道八卦。

新闻纸就像经济的天气预报吧,这么说更容易理解。毕竟报纸服务的主要是英美人当管理层的公共租界,中国乃至远东与全世界的贸易也仰仗公共租界,报纸要让上海滩的工商业得到及时的工贸消息,以及有宏观影响的政治及灾害消息。

这一天,报上的头条新闻确实有爆炸性:张学良杨虎城在西安发动兵谏,蒋介石被扣留。

放下报纸,百祥轻声问还没吃完早餐的远纶:"你管新店管得很好,阿爹昨晚还同我夸你,这几个月工部局事情忙,我还没问问你生意。"

远纶喝着橙汁,懒洋洋挥挥手:"你忙你的。生意一个月好过一个月,我跟二叔说了,既然这两年的大扩店替股东发了财,银行要不要再加投。我去看了北四川路、南京路、静安寺路和霞飞路，俄国人和日本人开的成衣店呢绒店生意也不错，说明我们还有增设店铺的余地。你说呢？"

"先不要，我有点担心。"百祥摇摇头，将报纸递给远纶，"看看，出了大事，看不清后面了。"

远纶看一眼，感叹了一声，把报纸还给百祥："这同我们开店没什么大关系吧？城头改插大王旗，多少年的中国多少年的军阀。"

百祥友爱地看看她，笑了："蒋介石可不是什么军阀。蒋总司令差不多就统一中国了，你看他用尽浑身力气想掐死共产党，大家都以为他必成呢！可是，西安，出事了。可能历史就改写了。"

"什么历史改写？跟我们高尚制衣业肯定没关系呀。就像你说过，衣服是可摸可碰可套在身上的虚荣心，谁有点钱能不做新衣服？"远纶不解，怕也不以为然。

百祥并没急着回答，他给自己倒了杯牛奶，坐得离远纶近些，放低声音："喏，生意是要往前看五年十年的，一步走错，前面赚的钱都可能倒贴进去。西安的兵变不简单，我们得好好观看。我早就让新吾不要积物料，手里要多留现金。"

繁玲没想到自己来上海后就此待了下来，先是考虑保胎，随后新吾又得了堂伯照应，帮办堂伯的事。孩子生下来，乔家和姚家正大展宏图，请自己照看旗袍店。

本喜欢旗袍，没想到渐渐也懂了旗袍，不但明白些裁剪之道，还操办了不少挺有效用的旗袍广告。

大家都说繁玲穿旗袍特有风韵，也确实，她无论什么面料，织锦缎也好，湖纺杭纺也好，真丝或香云纱也好，做成旗袍穿身上，总让新吾眼神一亮,变得更痴迷她。

上海滩离松江近,繁玲听见松江出产的布料当前清时常解京作宫廷的贡品,就请远纶安排了一道去看。不看不晓得,一看大喜,她挑了上好的丝棉交织的云布,有赭黄、大红和真紫诸色,又觅到很为欧洲人垂青的紫花布,拿去霞飞路上绸布店高价转售,也让做旗袍的洋妇选用……

旗袍店的生意简直比其他新店更好,大家恭维她或想让她有满足感,都夸她经营有方。

其实繁玲知道,上海这大码头卖什么好东西生意会不好!正是大家赚钱大家发达的时代,女人们求美求富贵,哪离得开旗袍这身虚荣的战袍?

所以,新吾跑回来要她一同去西安,繁玲第一感觉就是不太愿意。上海的店如今是她除小孩们之外最重要的牵挂,没事去西安干什么?或者,新吾一个人去就好。

新吾晓得繁玲会一头雾水的。他夜里同她说明这是老孔的意思。西安发生了这么大的事,老孔自己不去而孔太太的大弟要去,这怎么行?如果繁玲跟新吾去一下,好歹是孔家人,自有人会来联络。若促成老孔那位连襟早日脱险回南京,善莫大焉。

繁玲几乎张大了嘴巴,怎么也没想到堂伯会在这么大的事上利用自己!这根本不是她能做的事呀,除姓名里挂的这个"孔",她无法象征什么。

新吾倒有点跃跃欲试,他告诉繁玲,东北军的将官曾一起跟着少帅到他阿爹北京老店做过军官服,他还因此交了一个姓苗的军官朋友。此去,或许能有机会见到他们。

见繁玲犹豫,新吾又低声说,老孔那边的消息,东北军剿匪,暗地里同匪剿出了感情。

西安的事，说不定还和老同学们有关，有可能在西安见到他们！

繁玲明白了，这碰着了新吾心病的病根，看来不去西安是不行的。

新吾说："不用同别人多说，我俩带点衣物，家里交给阿爹阿姆，乔秘书会派车来接，专门有飞机把我们和其他人一起送过去。"

繁玲没怎么准备东西，匆匆去找远纶办交接。

跟新吾去西安，卷在这种事里，她是不情愿的。但新吾愿意呀，新吾要去做的事，自己总要跟上去。

她没瞒远纶，把要去哪里、为什么非得去都说了，放心不下的是两个孩子。不光要跑开一些日子，且她惴惴不安：卷在这种事里有风险。

远纶微微蹙起远山似的眉头，说繁玲已能听懂大半的上海话："搿事体，难道勿是该托付上帝吗？人能做点啥？"

人能做点啥？堂伯究竟为啥要侄女侄女婿去那边？

远纶忽又叹气，看看繁玲："你嘛，当然不想去西安。其实换了我，我倒特别想去看热闹。这种大热闹，看到几眼长几多脑子的！可惜了，我不姓孔，去了没用。"

远纶决定在繁玲不在的日子里每天上新吾家看看两个小孩，有什么需要逃不过她眼睛的，繁玲自可放心，路途上照顾好老公同她自己。

百祥自然从新吾嘴里知道他要去哪里办啥事，百祥讲其实西安这事体看看奇怪，内里不奇怪。

马路上小孩子都会唱俚俗童谣:现世报,现世报,勿是勿报,时辰未到,时辰一到,全部报销。

为兄的难得伸手拍拍堂弟肩膀:"阿弟,记得民国十六年阿姆'病重'叫你回北方去哦?"

新吾点点头,不懂百祥为啥提这个。

百祥有点感伤,手在自己头顶捋捋,叹气讲过去是过去,现在是现在。过去阿哥可以想方设法保护你,如今不可能了。新吾啊,你历来做事不大有清头,现在越加。你,好自为之吧!

新吾立起来,准备告辞,从口袋里摸出一个信封:"百祥,拜托!"

百祥接过信封,告诉新吾自己准备暂时打烊几家绸布店和一家西服店,担心后面不再是闷声发大财的年头。

难道是生意落下来了? 不是,现在生意蛮好,还有点好过头。

百祥讲:"我看,快要跟日本人拉破面皮了。张学良是东北人,哪肯跟共产党拼光老底? 老蒋要他消耗东北军,除非跟日本人拼,东北军也不愿意。这件事,现在摆明了世人都要蒋抗战,放过共产党,不管张学良通共不通共。如此一来,日本人要下决心的了。"

新吾笑了,讲阿哥是明白人,一看就看见大势。我去西安,不瞒阿哥讲,面上是老孔自己不敢去,想对外说派了孔家人去,其实我前些天见了孔夫人的小阿妹,对,就是孙夫人,她也有托我办的事。她托的事,我一定要办到。蒋事我旁观,想来我夫妻俩就是去开开眼界传传话的角色。你不用担心。

百祥点点头,眉头紧蹙,没有喜乐表情。他再次伸手,搭牢新吾肩膀说:"阿弟,我心里蛮重,世事一局棋,就要走到走不下去了。张杨逼宫,一切明朗化,日本人难道还犹豫? 恐怕一场大战又要在华北或上海开打,凶险! 家里老人们还是回去奉化养老的好。"

新吾呆了呆，摇摇头，没说啥，迈开腿走了。他一直也没回头看看，百祥倒是看着他背影，面上表情蛮悲。

要说服远纶把赚得不错的生意缩减下来并不容易，远纶虽读的是教会学堂，她竟从她大哥那里学过珠算。她从自己的玩物堆里翻出一只小小的、只有她的纤细手指可准确操作的小银算盘，噼噼啪啪打，告诉百祥现在关店的损失：等生意不好的端倪露出来再关店也不迟呀！人家前几日还想扩张开新店呢！

百祥苦笑说自己怕的是日本人会在上海第二次开战，你看看西安，如果老蒋答应抗日，那么日本人是吃素的吗？

假如再一次像民国二十一年那样，中日军队在公共租界大打出手，那还会好好收场吗？

远纶是女人，女人如蒲柳，却是愿意相信自己直觉的女人。远纶认为百祥可以怕打仗，但不必害怕没生意做。因为，就算国军同日军再次大打出手，租界还是固若金汤，租界里的日子会照样过。

舞池若夜夜笙歌，哪需要担心女人不做旗袍男人不做洋装？顶多进出口生意停几天几礼拜，那也动不了生意场的筋骨。说穿了，难道日本人不要做生意，他们在上海的生意也不小啊！

远纶对变得有点不聪明的百祥笑："你忘了谁是租界的老板吗？真怪了！"

百祥同样纳闷，为啥自己听见西安发生兵谏就晕呢？讲不清为什么，就是忽然对自己的前途信心发生了动摇。这当中肯定有些神秘，一时讲不清爽。

三

民国二十六年炎热的夏季很快就来了,北平已没有乔家的生意,既打烊了乔正冠的冠德老号,也关停了乔四爷的铺子。

乔正冠虽没乔四爷那般大年纪,不过他夫妻俩同样过不了上海喧嚣的日子,回上海不长远,跟儿子新吾和媳妇繁玲交代了在上海店的股份,就匆匆随乔四爷回奉化乡下颐养去了。

永定河枪声一响,上海男人们都跟惊了蜂窝的蜜蜂似的,又慌张又兴奋,远纶和繁玲却都沉静。她俩现在也算是上海滩小有名气的老板娘了,全城几乎都晓得这两个女人精明能干眼光独到,赚到了别人(甚至自己男人们)赚不了的大钱,是恒必祥第二代真正厉害的角色。

远纶和繁玲不约而同都变得比从前更矜持。

远纶摸摸心窝,对坐在身边沙发上的少妇讲:"繁玲,不能不佩服乔家几个老的,怎么就能提前嗅出日本人的气味,从北平全身而退啊!又赶上我们在上海扩店,非但没损失,反而大赚了!"

繁玲也摸摸心口:"还好那天我在街头碰见这冒冒失失的乔新吾,后来跟他来了上海,否则,我若这会儿还在北平,也不晓得怎么办呢!你们宁波人真是会看风势啊。"

侥幸虽如此被两个女人悄悄庆贺,但远纶说了句公道话:"我以为百祥胆小了,其实他是对的。亏得他提醒,否则我又拿更多钱开新店了。这半年生意确实不如去年啊,大概人人预感要打仗。百祥说只要华北真开战,很快上海会遭殃。"

　　她俩在一起商量完,就像热锅上的蚂蚁那样四处乱跑起来,去各处店里收拢现金或抛出存料,安排年纪大的七工师傅们暂回宁波,登时就半打烊了好几爿呢绒绸布店,还停止在虹口"小东京"那边的花织和服店新接单,连忙把客人已订的和服赶出来送上门去。等最后一件和服交了货,快快把店关了,店里值钱东西和剩下的师傅们尽早搬来苏州河南边。

　　看着自己辛苦两年经营起来的好局面就这般烟消云散,远纶对繁玲说她本该生孩子却做了这么一番劳累无结果的梦。繁玲不晓得如何安慰她,只好说我有两个儿子,送一个给你好了。远纶发神经,立刻要繁玲决定把"舟"送她还是把"帆"送她,繁玲笑而不答,远纶自作决定说那就是"帆"吧,毕竟,船还得留下给船老大。

　　远纶记得自己心里过继了"帆"那天是七月二十五日,那天苏州河北边的日本区发生了很丑的事。一大早日本兵荷枪实弹跑到虹口和闸北的街上到处搜查,说一名日本水兵失踪了。这实在和华北卢沟桥那边刚上演过的戏本太相似,还记得民国二十一年淞沪战役的老百姓一下子"恍然大悟",不到中午,大批逃难家庭就手推肩扛涌到了跨越苏州河的所有桥梁上,进入河南的公共租界。可是,当天下午日本人就恶心了全上海,那个擅离军营出外嫖妓的水兵自己回营报到了!

　　远纶当天晚上对着来家里聚会的新吾夫妻和百祥哭了,她仿佛有莫名的委屈,她的经营天才明明兴旺了乔家姚家的投资,生意却一下子毁在了荒谬和无耻的日本人手里。

　　新吾说他想去虹口看望一下樱井先生,一旦开战,可能就很难再见面。百祥历来和樱井走得不近,这会儿却说同新吾一起去。

　　工部局得到消息说日本人有意在上海大规模撤侨,到底是不是真的,到樱井家一看便知。

繁玲的父母离开北京之后就回了山西,山西还是安全的,有阎锡山在,他们宁愿留下。

八月很快来了。八月十日,全城都听见了一个匪夷所思的新闻,一种不祥的气氛立刻牢牢罩住了上海滩:前一天晚上,两个日本兵在虹桥机场和中国军人发生枪战,被击毙了。

两个日本人确凿无疑已被击毙,尽管听说中国军人也有伤亡,不过没人再留意这个。

新吾和百祥雇了马车去樱井先生家。

樱井先生本不知道他们兄弟俩会来,他带着恍惚表情跑出家门,像刚从睡眠中醒来。樱井太太闻声也从屋里跑出来,她脸上还挂着明显的泪痕。

"百祥君真是稀客呀。"她连连鞠躬。

日本海军陆战队确实来过了,要求所有日本侨民立刻进入海军陆战队司令部避难,否则对其安全不再负责。很多人家已匆匆忙忙跟着军人的汽车离开了。

樱井家完全没有收拾行李的迹象,樱井对乔家兄弟摇头说:"我们不去。我和太太会想办法去浦东厂里,听说张发奎张将军占领了浦东,我想我们会得到允许进厂的。"

"到浦东去有风险,路已差不多被难民堵住了。"百祥冷静地说,"我们来得正是时候,来同樱井先生您道别。您还是回国避一避吧,这样我们也放心了。"

樱井转脸看了看妻子,他向她伸出手。樱井太太低下头,把抽屉拉开,放一封信在樱井手心。

"我想今天是告诉你们我是谁的日子了。"樱井脸上露出了痛楚的轻松,"你俩可以看看这信。"

新吾没伸手,因为百祥是兄他是弟。百祥接过信,轻轻打开,先看信的落款,好像他有过预感似的,这是他留在日本没回国的祖母米慧留的信。

米慧留的其实是一封类似于身份证明的文件,信的对象很可能是任何地方的审核机构:她证明樱井小川是樱井守一同她的非婚生子。

"这下一切都明了了。"樱井先生点头说,"我既是日本人,也是宁波人。中日交战,我绝不能躲到日本军的堡垒里去,这就是一切。谢谢两位乔君来看望我,我不能以你们长辈自居,我想让你们知道的是我要去浦东,在厂子里同我的工人们在一起。"

新吾的惊愕远远大于百祥,他抬起了脸,久久看着房上木梁。百祥把信还给樱井:"好的,我们有马车,要不要同我们一起走呢?我们送你们到外滩的轮渡口去。"

往浦东的轮渡没那么拥挤,浦东是农村和工厂区,大部分人不会去这么近的地方躲避战火。樱井夫妻没小孩,他俩互相搀扶着,并不避讳身上的和服。

"再见,樱井先生,你们保重。"百祥和新吾祝祷。

"再见,请多珍重,我已经得到东京的消息,日本本土往上海增兵了,战争规模一定会超过上一次,请一定保重。"樱井沉吟,"如果从此我们再不能见面,请两位乔君记住我们。我们存在过,我们牵挂你们!"

兄弟俩照着日本人的模样向樱井先生鞠下躬去,樱井夫妻俩深深一躬到底,等乔家兄弟上了马车扬长而去才抬起头,双双向马车离去的方向挥舞手臂。

渡轮靠上了码头，这时，苏州河北传来零星枪声，过桥的人群不安地骚动起来。

远纶巡视公共租界和法租界所有的店，然后回到恒必祥见阿公乔端冕。老乔老板如今什么都不做主，就给儿子和儿媳妇当当顾问和"店管家"。他已经十分喜欢远纶，远纶同百祥真是天作之合，事实上儿媳妇当着这些礼服店的总管，而且胜任有余。

乔端冕是过来人，见过不同的战争，当然民国二十一年的上海是最让他刻骨铭心的。他安慰远纶："打仗就是老天给店家的休息日，你看去教堂的人每逢礼拜天就安息了，我们从来没好好安息，现在打仗，就照着天意不做生意，做些别的。"

不做生意能做什么有意思的事？远纶就是没法回答这问题，所以心里总火急火燎。

老乔老板亲自给儿媳妇泡了杯龙井茶，递给她："国军打日本，我们就悄悄帮军队。"

他把五年前怎么给十九路军伤兵送急救小包和水壶的事告诉远纶，还把乔新甫和乔新成两个七工师傅叫来，让他们讲五年前的淞沪战事给远纶听。

远纶的眼珠发亮，不过，她听乔新甫说后来给日本伤兵也递了急救小包，一挥手喊："不给日本兵！这回我来指挥，只帮助国军！"

三个老前辈都看着她苦笑。远纶放下茶杯，说店里留在上海无事可做的人都要编成队，如果打仗，就去租界边上候着，能帮多少是多少，送吃送喝，给药给衣服，要什么给什么。

乔新成笑了，说士兵自然需要食物水和医药，不过大部分情况下是缺少弹药,尤其来的若不是中央军,是地方杂牌,更缺枪缺子弹,着急时候就是白送人命。

远纶没回答乔新成,她历来不随口乱说,不过,她回到愚园路宅子就问了正和百祥在一起商量事的新吾。新吾大大方方回答:"你要什么子弹?先搞清国军用什么枪。别担心,我自然有办法搞到。"百祥没插嘴,像没听到这对话似的。

八月十二日中午,远纶从恒必祥出来,特意叫辆黄包车往江边去,看见外白渡桥被苏州河北潮水似的逃难人堵得水泄不通,一打听,才晓得留在闸北还不肯走的人这日一早醒来全吃一惊,街上不晓得从哪里冒出了大批身穿黄褐色军服的中央军士兵,个个精神饱满,一副不怕死的神情,在街上修筑工事。

再没人怀疑大战在即,闸北居民一天内逃空。

远纶坐在黄包车上见难民苦恼,回到恒必祥就拜托乔新甫和乔新成给难民买食物,从手袋里掏出自己私房钱。

她直接去了法租界新吾家,约繁玲一起到收容难民的大世界去看有什么可帮忙的。

十三日早上,所有上海人都像等来了雨那样吐口气,苏州河北边终于传来由稀到密的枪声。枪声不断加强,然后炮声隆隆。真交火了!谣言说大批国军戴着德制钢盔占领了闸北大街小巷,同日本人开战勇得很,日本人占不到上风。

四

范里克斯不是个缩身在马赛曲旋律里谨小慎微的法国人,范里克斯摇晃满头深褐鬈发,跑来工部局找百祥,告诉百祥他在礼查饭店顶楼租下了朝南朝北房门面对面的两个套间,准备在这两个房间里观战。

当然这不是回力球赛,但不是更值得一看吗？百祥可以来一起住,当然,不瞒百祥,如果不嫌冒犯,说实话是在沪上法国人之间开了个赌盘,有很多可以赌,当然,希望中国人打赢,这是赔率很大的……

百祥没说什么,跟范里克斯你能说什么呢？他就是这样一个好事之徒,一个貌似成功的赌徒。

百祥感谢了范里克斯,答应说合适时间会带着兄弟去礼查酒店。

临走,范里克斯耸耸肩:"乔,不得不告诉你一些令人反胃的消息,关于日本人的残忍。我的手下今天上午去了外白渡桥,你知道,全是难民。首先日本哨兵刺死了靠近的难民,有照片记录下这种暴行;此外,太可怕了,桥周围发生了踩踏,一些老人和孩子被人流踩扁了……"

百祥皱起了眉头,喉结抽动,范里克斯说完他的话:"我说这些,是因为我恨不得给这些日本人扔一个炸弹。"

开战的头一天除了枪炮声并没给租界带来什么不适,晚上,百祥开车在南京路和霞飞路兜一圈,才顺着静安寺路回愚园路去,所有的舞厅和酒吧照常营业,在炮声里跑出来寻欢作乐的人仿佛更多,因为今天有充满刺激性的好谈资。百祥感到街上的风越刮越大,法国梧桐朝着西边深深鞠躬下去,黄浦江面上刮来大风。

第二天是民国二十六年的八月十四日。

新吾一早就离开了家,他轻声叮嘱繁玲一切小心,也要提醒远纶小心,靠近苏州河不是不行,但要看清情况,别轻易置身险境。新吾去同百祥会合,去礼查酒店。

坐在黄包车上朝恒必祥去的时候,新吾听见那种像大金龟子轰鸣的怪声音,他惊讶地抬起头,正看见六架编队的单翼战机从头顶飞过,由南往北飞。机身上喷涂的青天白日标志清清楚楚跃入眼帘,黄包车夫欢呼起来。几乎就在同时,新吾看见了飞机朝黄浦江方位投下成串炸弹,传来沉闷的声音,好像被水闷着了。

繁玲在新吾出门后,还一直痴痴呆呆看着早餐桌边的一对双胞胎舟和帆。她有一种从未如此强烈的悲伤感觉,她觉得最后人们选择的总是同归于尽的道路,而且义无反顾地扑上去。

自己今天随远纶去接济军人,万一中流弹,这两个孩子就成了没娘的苦孩子了……

她穿上自己从北平带来的素色旧旗袍,告别了婆婆,远纶开着她的小汽车在楼下马路边等她。

繁玲惊讶地发现小汽车里塞满了各样东西,远纶只给了一句解释:"国军可能需要的东西都在这里,我们等候他们靠近连接租界的桥,把东西递给他们。两个老乔师傅和我们同去。"

远纶毫不掩饰自己的情绪,她把车开得左冲右撞,像要赶时间。

百祥早就站在恒必祥的大玻璃门边,他穿得端端正正,像要去出席别人的婚礼,这套西服是淡灰色里透出天蓝色,夏季的薄面料,英国料子,衬出他的清爽。英国人汀康穿着同样薄料的黑色套装,扎着鲜黄色领结,同百祥说着话。

上了轿车朝江边开,到处是乱窜的行人,太激动了,他们喊着
"炸中了,炸中了日本兵舰"。百祥咬着牙根,很快把车开到礼查饭
店门口,把车交给泊车的锡克人,和新吾跑进了门厅。

敲开范里克斯的门,一房间的法国人,兴高采烈,上午就喝得
脸红,叽叽呱呱喷着法语,并不注意跑来的百祥和新吾。兄弟俩看
看黄浦江面,并没看见什么特别的东西,只是昨晚的大风还没消
停,吹得岸上燃起的一团火纷纷扬扬。范里克斯说:"中国空军炸
了两回了,可惜,投弹不准,风太大。"

才说着,满房间法国人又欢呼起来,天上又飞来了青天白日符
号的战机,日本兵舰立刻高射炮齐放,打出朵朵小云彩。中国空军
飞机不能低飞,高高投下炸弹,炸得黄浦江白浪翻腾,有一枚似乎
击中了日本的线缆铺设船"冲绳丸号",另一枚落在江岸上,炸红了
一个小型油气罐……

远纶和繁玲跟着老师傅乔新甫和乔新成走近由英国兵看守着
的新垃圾桥,桥对岸是四行仓库。这里已经站了很多市民,呆呆眺
望日本炮弹雨点般打在闸北民房上。有人开始哭泣,他们也许是
这些房子的主人。英国兵沉静而同情地看着上海人哭,他们同日
本人并没什么真的交情。

可惜事与愿违,远纶和繁玲看了老半天,国军遥远的身影很稳
定很沉着,并没有人离开防御工事朝苏州河南岸跑。整整两个小
时过去了,乔新甫和乔新成给了周围市民一些急救包,让他们守候
着,劝了两位太太回去恒必祥休息吃午饭。

远纶见风把闸北区的黑烟往西南边吹,黑烟成团跑得比乌云
快,这鬼天气,中国空军还一拨接一拨飞来,很鼓舞人心。

回店吃了午饭，在沙发上坐着打个盹。远纶倒没做什么白日梦，可繁玲看见新吾抱着几枚炸弹朝着日本船跑去，他跳在水里，像要拿炸弹去炸日本船的船底。繁玲的心跳得要冲出喉咙，她看见了水里浮起奇怪的黑色大鱼，她睁开了眼，兀自喘息……

繁玲没告诉远纶自己不舒服，下午快三点，两个女人打扮打扮，出得店门，带着几个拿东西的店伙计，朝南边不远的大世界走去。大世界的老板心慈，让苏州河北过来的难民在这里歇脚，远纶和繁玲送点食物过去。

百祥新吾同这些法国人一起在礼查饭店吃的午餐，法国人在午餐台上注意到了这兄弟俩，他们以温存的问候开局，慢慢倾倒出他们冒犯人或不冒犯人的一大堆问题，好像这兄弟俩能解答他们对亚洲民族的所有奇特疑问。

"如果日本人占领了上海，你们会离开还是留下？"

"中国人没有合适的武器装备，为什么还要抵抗？"

"如果是巴黎，我们法国人绝对不愿让它毁于战火，我们会……投降。两位怎么看？"

"日本军会占领公共租界，这是不容置疑的。可是法租界不一样，他们会保持尊重吗？"

"乔，你服务于工部局？英国大班们束手无策了吧？英国人！"

新吾根本不听这些外国人说些什么，百祥温和地微笑，尽量保持礼貌，他只是反复强调："先生们，战争已经打响了，先让我们看看胜负吧！"

吃过午饭，大部分法国人带着醉意告辞了。百祥新吾同范里克斯喝了咖啡，听见外面风声飒飒。今天还会有空军轰炸吗，不至于再飞来了吧？百祥想去看看北面中日地面军队的搏击,几个人就上了电梯,回客房来。

站在朝北的大窗前,闸北和虹口战场尽收眼底。两军午后打得并不激烈,但可以俯瞰到双方各自派出了小股侦察兵,在窄窄巷子里往前挺进,常常与对方狭路相逢,双方互相射击,倒在地上。

新吾的手指颤抖个不停,反映了他的心理。

百祥对范里克斯说:"中日双方目前都遵守着条约,没有人朝公共租界苏州河南边射击。"

大家闲聊得渴睡,换到对面房间看黄浦江面,正有些头晕目眩,耳朵里听到了异样的声音:啊,中国空军又来了!

范里克斯打开窗户,一股劲风当面扑来,大家凑在窗台上看。日本人的"出云号"旗舰就停泊在日本领事馆边上,近在眼前。范里克斯突然惊呼一声:"炸'出云号'？别让江风把炸弹吹到我们头上来啊!"

日本兵舰再次高炮齐射,只见一架青天白日飞机让了一让,掉下两颗大炸弹来。

范里克斯号叫起来,百祥眸子里闪出害怕的灰色光,他推了一把新吾,让新吾倒在床上,他自己往地毯上扑下去……

没有爆炸声,炸弹肯定飞过了礼查饭店,爆炸声从附近传来,巨大而沉闷,震动了饭店的楼板。百祥想:工部局惨了,挨炸的是外滩!

他们几个立刻从床上和地板上跳起来,奔出房间,从楼梯跑下去。大堂里的英国门童激动地对他们喊叫:"是华懋饭店被炸了!"

跑过桥和马路,他们冲到了华懋饭店门口,那里惨不忍睹,到处是残损的人体……华懋饭店对街的汇中饭店也挨了轰炸,门厅里倒下许多尸体……

　　远纶同繁玲听见了巨大的爆炸声,她俩刚把食物分发到难民中的老人和孩子手里,这就匆匆跑进大世界三楼窗户朝北边望。远纶眼尖,看见天空中两架飞机正在降低高度,呈现一种不祥的姿势。然后视野里冒出两个越来越大的黑点,对着人面掉下来。

　　远纶拉起繁玲朝里跑,还跑着呢,巨大的震动差点把人掀翻在地。繁玲面色发白,勉强扶着远纶站住,摸着胸口喘气。

　　好一会儿,她俩大着胆子跑回窗口朝外望,爱德华七世大街和敏体尼荫路上冒起黑烟,路面上全是流血的人。

　　远纶看见了店里跟来的伙计们,她朝他们招手,伙计赶来护着两位少奶奶下楼去。她俩平生第一次看见这噩梦般的场景,残损的人体和殷红的血浆……繁玲喉头一甜,呕吐出来;远纶闭上眼,鼻子里全是血的腥气……

五

　　卫惕南爵士召工部局警务处长、巡捕房刑事侦查处主管及高级顾问乔百祥举行非正式会议,紧急评估中日交战期间公共租界的治安及危机干预。

　　警务处长报告说中国军队比较规矩,迄今对租界保持尊重,未有枪击或炮击租界的行为;但很可能中国军队将因此付出更多代价,因为日本军的堡垒虹口海军陆战队司令部将得益于此,变得更加易守难攻。恐怕中方会贻误战机,日军运送援兵的军舰已在

311 313 of 414

海上。

刑事侦查处主管报告说日本浪人们在租界和租界外到处行凶,身上有枪有刀,随意杀害中国平民……

百祥缄口无言。

爵士指出苏州河以北事实上已成为交战区,其属于公共租界的部分暂时脱离了工部局管辖,但巡捕房有责任确保苏州河以南的治安。出于人道同时保持中立,如遇中日双方伤兵要求援助,可在解除其武装的前提下准许进入苏州河南租界,及时送医并分别通知日本领事馆和华界上海市政府。

等警务处长和巡捕房刑侦主管先行告辞,爵士留下乔百祥,毫不掩饰地问他是否有渠道能联络驻扎浦东的中国军右翼军总司令张发奎。

"日本人欺人太甚,不但在公共租界使用重炮装甲车,毁掉民房和工商建筑,还从黄浦江岸的军舰上炮击,造成太多平民死伤。我看,我们可以不做记录地帮张司令一次。"爵士带着情绪,强调事后工部局不会认账。

张发奎的炮兵能力太差,天天从浦东炮击日本军舰,从没打中过。爵士告诉百祥,可以让海关大楼里的英国人藏匿一个中方炮兵观察员,同时让张司令设法铺设通过黄浦江底的专用电话联络线,观察员就能通过肉眼观察,随时报告"出云号"舰的移动,帮张司令把炮打准。

百祥点点头,站起来说:"我这就去办。"

范里克斯找来了杜先生,可百祥竟在范里克斯家同杜先生商量事情而不让范里克斯旁听。法国人耸耸肩走开了。

杜先生告诉百祥:"事体包在我身上"。

日本旗舰号称有神灵看护,中国空军老炸不到它,还闯了"黑色星期六"大祸。本来"出云号"继续肆无忌惮停靠在日本领事馆外侧码头参战,没想到黑灯瞎火的夜里却连续莫名其妙挨了浦东的炮击。疑神疑鬼之下,它终于驶离岸边,游弋到远处江面去了。

得着这几年在恒必祥的喘息,汀康活了过来,犹似冻黑的维多利亚玫瑰枝返青,竟还保住了自己在共济会里的秘书位子。正是凭了共济会的人脉,就在一九三七年年头,终于有家英国公司愿雇用他这当过巡捕的人充任纺织厂的"工人监理"。

汀康被心头的复活感感动,觉得上海滩这地方天也新地也新。

乔百祥听见他要辞工,只嘴角绽开一丝微笑:"好的,谢谢你站了这么久的柜台,你高个宽肩体形很适合展示西服。对了,账房结工资时,那些按你体形裁剪的西服都归你,算额外一点礼物。"

汀康穿着时髦西服来黄浦江对岸上任,他在厂区同几个未婚英国同事有共用的宿舍区、厨子和用人。很快他丧失了去对岸租界的动机,他必须替曼彻斯特的老板看好这厂里所有不稳定的中国工人。

汀康用自己最黄金的二十年,睁开英格兰人的眼,看清上海是善变戏法的城市:每天都变,变幻无穷,一刻不停。只要前后隔开五年,就变异出全新的城市外貌。

一个人,若不是时刻准备适应陌生,调整队形,用不了几年,就会像旧螺丝从上海永动的齿轮上脱落,被遗弃在阴暗里……汀康觉得自己就曾如此老化,失去了灵活性,已失足于暗地,幸好运气尚在,被乔百祥捡了起来。

好运不可能第二次降临,汀康具有英国人的现实态度,他知道自己必须牢牢立足于帝国的这家远东纺织厂,像秋天里一只鸣蝉要时刻注意飞进阳光:一旦曼彻斯特认为他这位在本地雇用的价格便宜的员工无法尽到职守,那战云密布的上海就不再有他的经济来源了。

纺织厂男女工人们从上海华界的瓦房里,或从更远的苏浙皖乡镇出来,在公共租界这染缸获得了足够浸泡,既可能隐藏有布尔什维克分子,也可能属于沪上帮派,甚至国民党、共产党甚至日本人的特务,都可能是他职务里潜在的麻烦制造者。

无论工人们开展罢工、破坏机器,抑或等待机会攻击日本人或与日本人合作的当地人,这种种意外都立刻会成为他汀康的灾难,导致他丢掉丢不得的饭碗,像推他入深渊。

难道一个英国人,一个帝国公民,肯下贱地回去求西服公司怜悯,再当什么丢人现眼的"活衣架子"混饭吃吗?

厂区的地理位置在淞沪会战期间简直就是观战台,一边对外滩,可眺望浦西,发现中国军人的布防和移动;另一侧正是防波堤,日本军舰在堤上安置了军人。日本旗舰"出云号"就停泊在汀康视野里。汀康目睹过多起血腥事件,不过,对一个从一次大战欧洲战场上退役的老兵来说,除激发他沉寂已久的血性,并不能让他产生种种软弱情感。

厂区就在中日交战区侧翼,蒋介石的部队处于下风,日本人有"出云号"旗舰指挥的海军,他们能把强有力的炮火倾泻到虹口和闸北的中国阵地上;但浦东仍在张发奎部队控制下,日本海军陆战队只占领了防波堤和一段江岸。

飘在纺织厂大楼顶上的英国旗十分显眼,交战双方显然也努力避免直接射击或轰炸英国产业。汀康同几个英国机修师留在厂里,中国人只留下门房和经理室的秘书先生。

汀康很亢奋,自一次大战后他还首次置身战场中,双方攻击的都不是他,但他提着来复枪,一直在厂区能瞭望的地方走来走去,观看双方的较量,看见外滩的天际线上镶着战火熏出的黑云。

那只倒霉的小舢板是反常地从南面往北划进来的。这种简陋的舢板简直是漂在黄浦江面上的一张大树叶,或像一块木片,你可以把舢板里的情况看得清清楚楚。

汀康本来只认为舢板的风险是吃流弹,不过,他不太有把握地扭头看了看防波堤上的日本兵,这时他便叫喊起来,先朝日本军人挥手,然后他放弃了,朝面前不远处的小舢板喊起上海话来。

来不及了,日本人开枪了。毫不犹豫的枪击,子弹强硬而粗鲁地飞过纺织厂外墙,准确无误地打中了小舢板。小舢板上并没什么叫喊,但船身马上失去了控制,在原地打旋,朝汀康面前的堤岸靠过来。

汀康觉得热血几乎昏花自己的眼睛,他暴怒地跳到围墙边高台上,对着防波堤上的日本军人破口大骂:"你们这些畜生! 枪击平民!"

舢板上是一对典型的中国夫妻,穿着棉制土布衣服,他们带着六个孩子。汀康从舢板上抱下六个小孩(都活着,没受伤),但是,那女人已经心脏中弹当场殒命,男人手臂挂彩,委顿在地……

日本人派出一个小队,想从厂门进来,要搜检舢板上的"狙击手",他们带着一个会讲英文的随军翻译。汀康挥舞来复枪,不让日本人进入英国产业,他反复用粗话侮辱日本兵,引起了日本兵们的骚动。不过,最后汀康赢了,日本军队停止了搜索,旁观汀康用英国厂的汽艇把受到枪击的这一家人送去浦西的英国医院。

汀康知道自己的真相并非公义，他不同情伤亡的中国人，他觉得他们自寻死路，是彻彻底底的愚蠢，不可救药。

他那么狂怒，只因为他对另一个亚洲民族的蔑视：日本人是嗜血的野兽，自命不凡的矮子，众所周知，他们一直觊觎大英帝国的产业，在工部局里争抢董事席位。

这种想和白种人竞争的狂妄叫汀康反胃，他不计较自己的安全，他只想露出他的高大身材和不修边幅的英国脸，肆意怒骂和侮辱日本兵……

让他们开枪吧，来吧，子弹！

百祥带着新吾、远纶和繁玲悄悄在法租界请杜先生吃了一顿晚饭。远纶先当面谢了当初杜先生送的结婚礼物，同时和繁玲一起拿出两袋子美元现钞。

"杜先生，这是我们女人家的一点私房，想给打仗的士兵送点吃的和治伤的药，想来想去，只有杜先生能办到，拜托拜托！"远纶口齿便给。

杜先生没推辞，当场打开钱袋看看："代军人感谢两位夫人，一定去办。我的人马其实跟国军一起在打仗！"

上海人变得听惯了枪炮声和坏消息，心也一天天沉下去。日本兵舰在杭州湾登陆直扑松江之后，一切鏖战的激情都暗沉了。中国军队伤亡惨重，开始撤退。

不过，苏州河对岸的四行仓库像演一幕大戏般升起了青天白日旗，据说八十八师留下一个孤军营要跟日本人死战到底！

远纶和繁玲天天跑去苏州河南岸看四行仓库的战事，繁玲比远纶冷静些，她悄悄在留意新吾，觉得他安静得有些不正常。

杜先生让人来递信,说乔家劳军的钱已变成了美国牛肉罐头,送进了四行仓库。

数日之后,孤军营幸存的士兵和长官都撤到了公共租界苏州河南岸,接受英国人的监护。淞沪会战的硝烟弥散了,这场绞肉大战在各国大班和上海人眼皮底下断送了中日双方无数年轻士兵的生命。

日本人是不懂得低调的,他们困在某种自我主导的公开表演之中无法自拔,百祥气愤地告诉大家日本军要在公共租界苏州河南的外滩举行胜战仪式,完全无视工部局的权威。对此,工部局也只好退让了。

为远纶繁玲采办一些放在急救包里和食物一起送给对岸国军的子弹时,新吾其实还悄悄得到了一箱十二枚德制手榴弹。他买下这些手榴弹,并不确知为什么,也许为防身?不过,新吾现在有了新想法。

繁玲同他一起从西安回来时也许看出了他的心绪,她试图安抚过他,告诉他凡事多一分耐心,不要急着在心里求结论。

回上海过了一阵子,新吾觉得心里的结论已很显然,只是没人可说。

繁玲似乎已有能力感知他内心,她又一次对他明言:你那些老同学今非昔比,他们经历的你没经历过,若他们没给你热烈的回应,你不必失望。

这些都很正常。

新吾也知道。

他们经历了生与死,不是从前的他们了。何况自己在西安,同繁玲一起代表谁,他们都知道,怎能贸贸然接纳并信任自己?

但是,失望,同样无法拒绝。失望,越来越大,越深。

可繁玲是亲的,孩子们是亲的,世上有需要自己照顾的人,不能做鲁莽事呼应心里豪情而连累他们。

道理他全知道,他也想约束自己。不过,他还是不由自主在做一件事,并不确定自己能收摄自己内心的欲望。

新吾完全孤立地行动,他在华懋饭店六楼开了一间房,这间房面朝黄浦江,有两扇可打开通风的窗户,窗户之下就是江边大道。

如果日本军闯入外滩庆贺他们军事上的胜利,必定要列队经过他窗下。

是的,他开房间时带着行李,行李就是那十二枚德制手榴弹。

自从两军交火,上海租界里几乎所有的高档制衣店都失去了顾客,门可罗雀。

中国军队撤退之后,孤军营还在四行仓库进行最后抵抗时,竟有几个日本人巴巴地从苏州河北边的"小东京"跑来恒必祥总店,态度虽不像从前那样谦恭,但还是很有礼貌,求问能不能定制一批和服,男式女式都有,整整数百套。

老乔老板有点吃惊,先请客人上楼,奉茶,再问缘由。

几个日本人说就是大家一起制作新衣,如此而已。

乔端冕是什么人?在日本出生长大的宁波人。老乔老板笑笑,摇头拒绝了这单大生意。

若不能老老实实说出缘由,这种生意宁波人不会稀里糊涂地做。

日本人发急了,表示可以全款付清再量体裁衣。只因打仗,日本裁缝们跟着吴服店老板回了九州,所以才来麻烦恒必祥。花织礼服店不是恒必祥的子公司吗?请帮个忙吧!

老乔老板问制作的和服是什么样体制,用什么面料。

日本人的回答干巴巴,而且令人费解:顾客提供红豆丸纹的白棉布,男女同料,就做最简单的样式。

"穿不了多少次,不用特别费心,拜托了。"他们鞠躬如仪。

远纶傍晚到店里坐,听阿公老头讲日本人做和服的要求,没听完就摇手:"不做。我决定把和服店关了,省得人家今后骂我们是汉奸。"

乔端冕微笑,说这批和服确实做不得,日本人这么着急要,款式又如此轻省,特别蹊跷。

可不接生意最好有个合适借口,得罪刚结束的战争中的胜利方不能体现生意人的明智。远纶,你能说出什么理由不接单?

远纶啐了一啐:"要什么理由?做和服的师傅们本住在闸北和虹口,现在家被轰掉了,还希望他们好好做衣服?"

乔端冕笑笑:"理由是硬理由,只不能这么直着说。如今,我们还是叹苦经为好,就说没人手接单。"

一老一女,商量好,安排回复了客人,以为事情就这么过去了。虽是一笔钱没赚到,但有些钱实在赚不得的。

忽然又来了不速之客,这天老乔老板不在,正巧百祥在店。客人是日本综合新闻社上海支局局长松岗太郎,这人从前在恒必祥做过西服,还搞过给乔家惹麻烦的报道。

松岗太郎不是来做礼服,是给人当说客,希望恒必祥接下那笔和服订单,而且赶着时间要衣服。

松岗太郎以他一贯的和蔼语气连连致歉:"作为反战的日本

人,我深深为淞沪战争遗憾。这批和服是在沪日本人为日本军长官设宴所用,如今一下子找不到裁缝师傅。乔家的铺子在日本有名气有渊源,所以大家托我来打招呼。"

"哦,胜战庆祝大会用衣？豆纹如红日,庆祝在上海得胜?"乔百祥没表情地问。

松岗太郎显得更加和蔼亲近了:"不是庆祝战争,战争是可恶的。在沪日本人是想通过招待驻军长官建立言路,以后能为上海的和平顺利进言。"

松岗很流利地说完,看上去一团和气,一番好意。

百祥沉吟不语,但脸上挂着微笑:"太郎,如果你不介意的话,我想提醒一下,你很久以前在我手里做过两套西服,早就提货了,不过没付款,我想你大概忘记了?"

"哦？是吗?!"松岗跳了起来,"还有这样的事情？难道我忘记了?"

喊来楼下记账先生,翻出很久以前的账目。松岗先生很狼狈地掏出钱包付了钱,然后颓然坐在沙发上,像忘了自己来这店里干什么的。

百祥倒上茶水,回答松岗说:"和服的生意是有利润的,哪个店都愿意接。不过本店有个克服不了的困难,制作和服的师傅们全逃难去了。我刚到苏州河北边看过一看,我们的花织和服专门店已炸成了废墟,恐怕今后再也不会做和服生意了。太郎,请你多多体谅了!"

早上出门时新吾紧紧抱了抱繁玲,他深深看两个小孩;他想笑一笑,可没能咧开嘴。繁玲问他是不是不舒服,新吾摇摇头。

有些事不需要解释，也不需要多想，就像云化雨时不会缠绵，闪电总抢在雷声之前。

新吾打听到了日本军的庆祝行军时间，他需要做的就是赶到华懋饭店自己订的房间去。他从前托付过百祥照顾老人和他的家人，百祥是不用重复叮嘱的人。

为了不连累他们，新吾早想好了，他订房间用的是假名，他准备把最后三枚手榴弹绑在胸口留给自己，日本人一定看不出尸体是什么人……他给繁玲留了信说自己今天赶去香港了；有个人事后会去当面告诉百祥发生了什么，百祥将会遮掩住事实。

等了很多年，这一刻终于要来了。

他打开华懋客房的门，关上，俯身看床底下自己的行李箱。

时间还没到，新吾站到窗前，朝东边放眼望去：阳光已照在黄浦江上，日本人的兵舰停靠在外滩岸边，工程舰艇正打捞数十日前国军凿沉了来拦阻敌军舰艇的旧船，浦东江岸上飘摇着刺眼的太阳旗。冬天凛冽的江风把这些旗帜吹得鼓凸，像是凶恶人的眼目。

新吾已得着了南京沦陷的消息，老孔的属下惊恐地描绘日本军在南京的暴行。

新吾忽然想起了北平，想起了自己走在大街上喊着反日口号的那个五月四日。自己又偷生这些年，今天可以了结浑身的脏污和心底的羞愧了！

从外白渡桥北边传来了军鼓的敲击声，一面红白的日军军旗撑得高高的，侵略军们迈着得意扬扬的步伐，以不可冒犯的威严向南行军。扛在军士们肩头的步枪上着明晃晃的刺刀，吓得路人急急避让，有的可说是抱头鼠窜了……

新吾深吸一口气，不再思想，他关闭了思想的路程。

新吾推开窗,让冰凉的风吹在自己额头和脸颊上,他掏出第一枚手榴弹,把引信绕在手指上:不需要用力投,只要轻轻抛出去,划一条弧线,就会在日本人的队列里炸开;要紧的是速度,他假想着练过一回又一回,就像把西瓜一只只连接着扔下去,不能卡住,不能暂停,连续九根优美的圆弧线……之后,也不要停,停了就会生变化,要抱住最后的三枚。新吾,你勇敢些,把三根引信同时拉开!

他看见日军走到了华懋饭店门前,他估量了队列的长度,等待这队列的中段来到眼前。

老同学们得到这消息之后,就明白他是真心实意的。他不责怪他们,时间会证明一切!

他慢慢拉紧了手榴弹的引信,他想,拉开后等它一秒,就抛下去。

他正要闭眼用力,忽然看见了奇怪的景象:楼下南京路上飞快跑过来一个穿着青色长衫的中国男人,他发了疯一样朝江堤上扑去,好像日本军的队列根本不存在。

日本人叫嚷和拉枪栓的声音脆豆般嵌在寒风里。新吾目瞪口呆,只见这人扑在两个日本兵身上,一股刺眼的亮光,然后才传出轰然一声爆炸!

新吾的手指僵住了,他浑身筛糠,倒在床上。

日本人朝天鸣枪,四散开来,军威不存。新吾放开手榴弹,觉得那人就是自己。是自己冲入了日本军,拉响了炸弹!可是,此刻他还活着,没人知道原本还有九枚手榴弹会从天而降……

第十章
1938—1941年 上海

一

一九三八年在恐怖且密集的战争消息里来临了,南京的陷落给上海的中国人和外国人都带来了心理创伤,日本人显露了他们的原始性和兽性,表明明治维新远没有达到让日本民族文明开化的目标。而上海租界则成了日占区中间的孤岛。

元旦那天,恒必祥店里来了一位久违的老朋友,也是一位变得忧郁消沉的老朋友。伍连德博士来找乔四爷的两个儿子及乔端冕父子告别。伍博士在上海苦心孤诣维持了整整七年的海港检疫管理处被淞沪会战中的日军炮火炸成了废墟,他的结发贤妻也在战乱的这一年病逝。伍博士简直心灰意懒,决定回到南洋去和家中长辈团聚。南洋时下也不太平,日本人同样觊觎那里的岛屿。

伍博士决定由新甫新成陪同到奉化探望一下乔四爷,然后就在宁波港上船离开中国。

博士对百祥说："年轻人要坚持。我还会回上海的,等赶跑了日本军,我们再相见!"

这孤岛里的生活,看上去似乎一切照旧,但实在不可能如此。正如过去每一次发生在上海租界周边的战争结束后那样,尽管日本军以征服者的姿态在租界之外和租界苏州河以北区域耀武扬威且刁难世人,租界的经济仍然复活,国际贸易和航运恢复了,内地和上海的通商在日本人插手牟利的前提下也渐次恢复,耐不住寂寞或渴求安全的资金涌入公共租界和法租界,在公共租界投资贸易和商业(杨树浦工业区被日军控制),在法租界投入房地产,股市也恢复了交易,交易量重又攀升……

难道上海滩真是一只战火里的不死鸟? 这问题无人回答,人们只是摸着自己腰包,拥有厚厚腰包的人才能在上海滩谋求一席之地……

范里克斯在恒必祥投资的铺子边开设的咖啡馆生意出乎意料地好,甚至在战争期间洋装店旗袍店门可罗雀时,咖啡馆因为市口好仍能满座,以外国人为主的咖啡客热衷于每天聚在一起讨论战况……

范里克斯和百祥作为这些咖啡馆最大的两个股东经常找机会见面。有时候百祥没空,远纶越俎代庖出来和范里克斯商量经营;范里克斯作为法国人,保持着对女人的礼貌,同远纶相处愉快。甚至,范里克斯告诉百祥远纶能把咖啡馆生意做得更好,她懂得舒适对于客人的吸引力,又能以很小的成本增添咖啡馆的舒适度。

由于远纶的介入,范里克斯带着太太来同百祥夫妻交际,法国人仿佛在百祥夫妻这边嗅到了更新鲜的商业机会。

挂"时尚男人裁缝铺子"招牌的俄国西服店虽算不上恒必祥众店的对手,但它在霞飞路上经营日久,成了一道风景。做衣服不做衣服,上海滩人人知道这爿罗宋店,还必定要走到橱窗前,窥视一番立地玻璃墙里头的罗宋人裁缝。上海人很多都叫得出三个罗宋师傅的名字:迪卡诺夫、赛宝谢洛夫和罗布斯托夫。

"夫夫夫,罗宋夫,坐在凳上做西服;裁裁裁,白俄裁,逃来上海难发财",弄堂里童谣唱出了失去祖国的白俄人的尴尬,他们的女人在当舞女,男人坐吃山空意气消沉……

范里克斯竟然受白俄人之托来找百祥夫妻:"俄国铺子不想做了,一家老小要去美国,恒必祥接不接盘?"

远纶吃一惊:"夫夫夫,三个翘胡子老头不做衣裳了?!"

她其实是伤逝时光,心里泛起一点点疼痛。她当然想接盘这个霞飞路上的景观店,哪怕不做衣裳,也可以当咖啡馆,保证会有很多人想坐到白俄洋装店吃咖啡怀旧!

范里克斯叹气:"百祥看看,夫人真是会做生意! 我没想到那里开咖啡馆更好。"

话是这般讲,凡事必要盘算好,坐下来先谈谈生意。谁也没料到迪卡诺夫这个白俄老头会来拜访恒必祥。他要同百祥单独谈一谈。

迪卡诺夫穿着淡灰色西服三件套,脚上亮闪闪的羊皮皮鞋,身上洒过香水,胡髭剪过,左手一根斯蒂克,右手握着一束五色百日菊。没想到来上海这些年,老头的上海话已说得很地道了。

"乔老板好,久仰了,同行是冤家,从前不曾登门拜访,恕罪恕罪!"他笑嘻嘻,透着和气。

百祥请他到二楼写字间坐,奉上龙井茶:"老人家请用,阿拉欢喜侬店,蛮多美好记忆在霞飞路上。"

迪卡诺夫收起笑容,竹筒倒豆子,一五一十把自己的要求摊开,希望百祥接盘。他家自然是要离开上海,才如此不计较边边角角,想把店卖掉。他从口袋里掏出一张软软羊皮纸,上面是店家的常年客户名单。

百祥心里有计较,所以不谈价,只想问问迪卡诺夫为啥要搬到美国去,难道生意不好了?恒必祥倒见证生意在恢复,差不多已恢复到战前水平。

迪卡诺夫收起笑意,摇摇秃头,叹气说他爱上海,上海是全家的福地。不过,假使租界今后换了主子,就不是好玩的事。

百祥有点吃惊,到底这白俄凭什么设想租界会换主子。大英帝国占据这大江入海口拼命吸食中国财富已快一百年,日本人并不敢动租界脑筋呀!

百祥对迪卡诺夫说:"你开的条件我可以接受,我夫人想把你们的店改成保留西服店原貌的咖啡厅。老客人有需要,可以转来恒必祥做衣服,我再给他们熟客折扣。假使你着急用钱,我们可以速办。"

迪卡诺夫没想到乔这般爽气,连还价都不还,就有点感动,也有些过意不去。他感谢了百祥,并不着急回家,问百祥有没有两手准备,不一定为目前,或者为防今后的万一。

怎么讲?租界现成由英美人管理,日本人只有少数票,日军也不敢进驻租界,除非,除非……

"难道日本会同英国和美国开战?"百祥惊问。

迪卡诺夫摇摇头:"乔,你晓得,我们白俄同日本人开过战,并不怕他们。其实,你们把眼睛放在英美日人身上,忘记了背后还有一个名叫斯大林的苏俄!"

迪卡诺夫并不否认自己是被苏俄赶跑的白俄,但他说就是因为这,他琢磨苏俄很久了:"不是斯大林,日本恐怕至今还在蚕食华北,不会匆匆对华全面开战。在西安逼着蒋介石宣布抗日的其实是苏俄,只要中日一开战,斯大林就觉得自己安全了。"

百祥从前只想着日本人的反应,这时才想到日本1905年的战争对手身上去。迪卡诺夫见他恍然,就添油加醋:"日本人发动所有战争的根源是他们的恐惧,如果不是天降台风,忽必烈和高丽早在十三世纪就征服了日本列岛。日本人看如今的斯大林就是忽必烈,所以才瞄准夹在中间的朝鲜和中国东北,建立屏障。"

按照迪卡诺夫的见地,上海租界长远前途不妙,不是落入日本人手里,就是落入苏维埃联邦的势力之下,英国已在这里吸血一百年,如今势力减弱,早晚会被赶走。

"我们白俄,怕日本人的统治,更怕苏维埃的势力,所以,为了家里后代着想,不能不走了。祝恒必祥在上海继续发达!"迪卡诺夫说出心事,仿佛不再感觉亏欠百祥,起身告辞,回家准备商铺过户的协议。

百祥送走迪卡诺夫,没回写字间,走进楼下生意兴隆的法式咖啡馆,让跑堂的端了杯摩洛哥咖啡来,一边喝这一口口的烫咖啡,一边觉得心底有了大大的忧愁。这忧愁,不是迪卡诺夫的礼物,迪卡诺夫像是根偶然的火柴,点着了百祥储藏的烟卷,现在,冒出了越来越浓的青烟……

百祥是生在公共租界里的,与其说这里是中国,不如说是大世界;如果内地是一块纯净的单一族类的水晶,那上海滩就是一小丸雨花石,各国各族人聚居,什么斑点都有。百祥是个不晓得有朝廷的假洋鬼子啊。

如果英国大班们黯然离去,无论日本人还是俄国人,哪怕是广袤大地派出来的中国人,他恐怕都无法面对。他刻下那种淡淡的翩翩风度,那种才情和能力,必须是同英国大班们对接,换成别人,他有自知之明。

不过,这还是远事,百祥以为十年里面不会有什么紧迫事变,暂且可以放放。他的惆怅,还有别的原因。

远纶让所有人都认定她是个快乐少妇,她很醉心婚后的生活,诚然。她喜欢经营,比百祥更喜欢恒必祥的生意。上海滩的战争终于熬过去了,国土虽一片片沦陷,上海孤岛的经济却暗暗繁荣。

二叔和大哥都告诉她金融是日本人要和国民政府甚至列强争夺的要务,在眼下这片丛林里,民营银行的前景一片黯淡。自从繁玲的堂伯堂伯母离开上海去香港和重庆之后,姚家控股的银行已经做好最坏准备。好在一大部分钞票已投到各地实业中,远纶管着的其实是家里的大投资之一。远纶并不悲观,远纶对姚家男人说:"只要留下足够种子,我们祖宗是农民,永远能够种出收成来!"

百祥自问喜不喜欢远纶,他独自一人想起她会面露微笑。她对于他,很多地方还是个未成年的女孩,百祥甚至有时带着父辈的观感爱怜她。远纶既聪明又刻苦,既有做生意的天分又有出力吃苦的决心,这就是宁波人家出来的后辈,常青出于蓝而胜于蓝。有远纶操持着生意,百祥是放心并省心的。连乔端冕也说儿子有闲情之福,总有人代他勤苦。

不过,百祥有时会感到一阵无奈的深广的虚空,感到自己什么都已失尽,其实了无生趣。他明白这是为了美国女人桃丽丝。

这种情绪令百祥感到极端的难堪,你想,远纶是纯洁而健康的,就在身边,何以怀念一个不洁净的带着脏脏欲望的已经远离的异族女人?

百祥拥有理智的时刻是正常人,他娴熟地处理市政方面的咨询,为工部局管理层出谋划策,还能调理上海滩人际关系,再则处理恒必祥的日常问题,帮远纶对付每天的难题。

而百祥不怎么理智充沛的时刻,独自忍受心里的煎熬。每当午夜梦回,他的心被梦里同他说话、游戏、亲热乃至尽情做爱的桃丽丝用看不见的火焰炙烤。她不在跟前了,她失去联系了,她只是一个看不见嗅不到摸不着的幻象了,他已永远同她分开……这认知叫百祥发狂,拼命深呼吸,不让自己啜泣,以免惊醒身边的远纶。

百祥到浦东找过汀康,汀康龟缩在那个厂房里不出来,在那里舔自己的新旧伤疤。百祥带着上好的威士忌去的,还带给汀康很多食物。

汀康是个当过侦探的人,虽说并不太能体会他人心地,但至少晓得乔不可能喜欢他这人、当他作忘不了的朋友,乔这般来找自己喝酒,自然是因为没人能同他说说桃丽丝。

汀康起先带着报复心思装糊涂,不想让这个上海滩上好命的华人小开在自己这儿找到诉说或倾听的机会,他想让乔的苦恼闷在心里发酵,这是他应得的……

不过,等乔第二次来访问他,汀康就心软了。汀康觉得乔从前收留他无非是因为桃丽丝,桃丽丝虽好,好不到汀康以这样的情感待她,毕竟她是个自愿从事妓业的女人,汀康同她之间的一切她都以美金了断了。乔对他汀康甚至好过桃丽丝待他。

汀康告诉乔自己没有桃丽丝任何消息,不过,他凭他干过侦探的第六感,始终觉得她没回她的美国去。

别逗了,一个在上海滩这种地方以这种方式活过的女人是不可能去享受什么农庄人生的,就像百乐门的红舞女跟了男人,哪怕明媒正娶,最后都要离婚回百乐门,宁愿有一天珠黄在舞池里……一样的道理呀,乔怎能轻信一个操皮肉生意的女子!更别说生出这种不可理喻的……爱情,乔真是貌似英杰实乃天真!

汀康带乔到厂区的江堤上喝酒,指点着告诉他日本兵如何枪击黄浦江上的舢板,一个养育六个孩子的女人如何当场毙命。汀康问乔以自己的感情去同情每一个人是否明智。

从前汀康没见过乔喝酒,但乔在他面前大口喝威士忌,不怎么说话。后来,乔有点醉意,告诉汀康他想到处去找找桃丽丝,不为别的,只为上帝曾在合适的时候把她光溜溜地放在他面前,轻轻巧巧带他溜出处男城堡……

每次悄悄见过汀康,百祥回到店里和家里,总对远纶特别好,不但百依百顺,而且会变着法子讨好她,让她开心。远纶是个聪明人,她发现了这点,但她确信百祥没什么风流韵事,她的直觉始终是她的骄傲。

远纶觉得百祥对她特别好的时候她可以提出让他为难的要求,于是她就如此尝试了。很好,百祥根本无意让她扫兴,她要怎样处理恒必祥的事务,他觉得都行,她甚至不用问他。

百祥不晓得远纶其实同繁玲的堂伯母私下有直接的联系,那还是为老孔全家做衣服时结的缘分。远纶婚后尚不忙,是她再次带人上老孔家去试样和送衣服的。

孔夫人和远纶相处愉快,有一天曾突发奇想问远纶有没有买过公债和股票,远纶摇头,说自己很感兴趣,只碍着二叔和大哥不让她玩。夫人笑了,说你拿自己私房钱试试吧,随口告诉她民国二十三年关税库券现在打七折,买了就放着,等看见涨,不要黑心,有钱赚就赚,若是贪心,就会输钱。

远纶还确实当了真,回家收罗自己私房钱,还问繁玲有没有私房钱,把两个女人的私房钱都买了"二三关"库券,繁玲没怎么在意,远纶却盯着看,没多久看见券价高涨,按捺了几日,也不敢去问孔夫人,就在九折上把库券卖掉,挣了两档的钱。还没数钱呢,那券价就崩了,后怕得她直摸自己手指,摸着手指她明白过来了。

远纶把繁玲的本钱和收益给她送去,繁玲以为她家现成开着银行,知道怎么赚这种钱,谢了她,也没在意。远纶把自己挣到的钱全拿出来,自己还往里加了点,到豫园的金店打了几套金饰品,找个上午又去了老孔的公馆,送礼物给夫人。

夫人向远纶一问,夸她是个不懂得买却懂得卖的天才。这回,夫人不再假作无意,告诉远纶可以在某个股票上慢慢吸货,做个多头……

其实,虽然百祥蒙在鼓里,他阿爹老乔老板眼神明亮,早发现远纶动用恒必祥的营业款和备用金,他当阿公的,睁只眼闭只眼,假作不晓得,不过,这些资金很快都会回到账上,天衣无缝。阿公想儿媳妇大概做些私房买卖,并不是什么要紧事。

淞沪会战日军一胜,老孔和夫人连招呼都来不及打就跑了,远纶去孔公馆送礼物扑了个空。证券交易所重新开张之后,远纶照着自己的悟性又买卖了几回股票,正是市场复旺时,叫她高兴,又挣了几笔外快。

远纶想孔夫人夸过自己是天才,莫非这真是娘胎里带来的运道？她看见做房地产的股票开始涨,战后自然要在废墟上造新房子的,于是调集她能调集的资金,连恒必祥周转货物的款子都拿上,全部悄悄买了几种房地产股票……

可是,自然,既然是赌,总不能每次都顺,怎么也没想到,她才买这些股票,气都还没喘匀,股价就大跌,等一等,跌得更深,这下把恒必祥的大钱都套进去了,账房先生着急来问,远纶不想事情穿帮,径直回娘家,同二叔借钱填眼前的窟窿。

二

新吾没跟着乔秘书去香港,他留在上海当联络,还得着一份固定的津贴。

一九三七年的上海战事和南京屠杀仿佛两剂哑药灌进新吾嘴巴,他现在话极少,不爱同人说话,即便对繁玲和孩子们也一样。他有温存的表情和目光,但仿佛失去了语言功能,常叫周围人以为他神游天外,其实他仍在现场。

他留在家里的时间倒多起来了,他更多地陪伴繁玲和双胞胎儿子,甚至,他有时买了菜,自己动手给老婆孩子做菜做饭。

繁玲每天要去旗袍店,有时也到恒必祥,和远纶一起同她阿公谈谈生意上事情。百祥有时也在,新吾对店里生意毫不关心,他只照看一下岳父的火油生意,但也不肯用功。新吾总送繁玲出门,有时公司的车来接,有时订了固定的黄包车。新吾总尽心看她上车,好像很不放心。

繁玲想要和远纶一起拉百祥新吾出去吃饭看戏跳舞,不过,新吾老是迟疑,简短地说:"不是太平日子,外头不安全。"繁玲明白新吾不像其他上海人,他记着日本军就在苏州河北岸驻扎。

但新吾也不是不敢到"日占区"去,他和樱井常要碰头,所以仍旧常去樱井家喝清酒,这好像成了一种习惯。

樱井在淞沪会战后没再像一九三二年战后那样到恒必祥来上下问安,其实真没什么可说的了,日本人现在就是租界之外的主子,哪个中国人跑出租界敢不向日本军低头?走路都有关卡,无论华人还是西洋人,看见东洋哨兵都要脱帽行礼。新吾也一样,去看樱井先生的路上就要对日本哨兵行礼,他行礼如仪,并没有特别的举止。日本人看看他西装革履像个沪上买办,并不特别刁难他。

是的,这一阵新吾不再穿中式衣服,他总是打扮整洁,抹匀头发,系好领带,穿着百祥替他裁剪的西服出门。他觉得这衣服过于潇洒,有些不合气氛。

松岗太郎很欣赏新吾这身打扮,他总在霞飞路巴黎上海百货商场边上的高卢雄鸡酒吧同新吾碰头。自从他俩在樱井先生家邂逅,倒是交上了朋友,一起谈谈自己关心的事。新吾在松岗太郎面前不沉默。

两个奇怪的人彼此之间倒始终坦诚相见,新吾毫不掩饰自己对日本占领军的态度,松岗太郎也直言不讳地说中国军队不堪一击是因为军队上下腐败。松岗太郎一开始就表明自己反对日本侵占中国领土(包括满洲),反对战争,希望停战撤兵,他说这些话有事实依据,连老孔都知道他这个日本媒体驻华负责人,晓得他有反战亲华的口碑,还被关东军军方威胁过。

"新吾君,看见你神气健康我很欣慰,"松岗太郎把新吾迎入白天比较清静的法国酒吧,为新吾拉开一把椅子,"中国军队在台儿庄取得了胜利,虽说我是日本人,我还是愿意同你悄悄干杯庆祝一下。"

新吾点点头:"我想国军是贻误了战机的,应该乘胜追击,最后却止步不前。"

松岗太郎笑笑,说这样也好,双方少战死一些士兵,毕竟人命是宝贵的。

想了想,见新吾不语,松岗太郎又说日本人认为中国人不珍惜人命,宁愿死那么多军人和百姓也不投降。

新吾瞪圆了眼睛,看着松岗:"当然不投降,我们兵器不行,只能靠血肉长城!"

松岗息事宁人地张开臂膀,表示完全理解中国人的英勇和高贵。

他点了双方的饮料,然后认真地对新吾说:"我和你要感谢上海,只有在租界这种地方,我们还可以交朋友,像正常人那样各抒己见。我是日本人,我为日本军感到羞耻,作为记者如果我能做点什么有益和平的事,我一定去做。"

其实,新吾和松岗都明白,之所以在这种时候有常常见面的必要,还勉力交朋友,是因为彼此需要。松岗知道新吾是老孔的亲戚,新吾则晓得松岗出身名门、同日本政界高层素有渊源。

"新吾,我俩是在尽我们本分做好事,我们及时交换信息,这不是当间谍,是努力帮双方决策者了解事实避免误判。假如我们的努力能带来局部或暂时的和平,哪怕只是让当局者观望,就是对人类的贡献。"松岗几乎每次见面都重复这种话,好像怕新吾对自己产生怀疑。

新吾话不多,他总带着一些问题来提问松岗,松岗不但口头加以解释,还会尽可能告知新吾他各种信息的来源。新吾不能解释松岗的一些疑问,甚至不愿对他某些提问置评,松岗也不会生气,总是说,不方便就不要回答,不知道也无所谓。

新吾会把同松岗见面聊的大多数情况告诉身在香港的老乔,松岗有些问题听上去本来就是问老孔的,只不过通过新吾传达。

不过,老乔不晓得新吾同样把所有信息告诉给他那些老同学派来的联络人。老同学们如今境遇改善,部队还经过改编拿到了国民政府发的军饷,一致对抗日军。不过,老同学们和他们的老板们都没有安全感,不晓得宽松日子能过几天,他们想晓得发生在上海、南京和东京的任何新闻,以及内部消息。

"新吾君请放心,只要你强调要保密,你告诉我的任何事我都不会为抢新闻而捅出去,除非从其他可公开的渠道得到相同的,而且我会注明消息来源。"松岗如此向新吾作出承诺。

每次上海区域发生战事,不等到战斗沉寂,老练市民不会轻易放弃自保措施,毕竟要留牢了青山才有柴爿烧。但只要看见大城恢复了商业航运,他们就舒一口大气,跑到马路上庆祝上海复活。

洋行大班也一样,只要国际航运在战后恢复,上海的生意重归原先轨道,他们就认为新时间段开始了,不管血腥场面犹在眼前,他们就要向未来看了。滚滚财源又来临,发财,发财,弥补所有的战时损失!

日本人比五六年前猖狂得多。但这又如何?只要他们的士兵肯约束自己,待在苏州河北岸他们的老地盘里,哪怕个个有狼的眼睛,英国人美国人法国人都不在乎。

卫惕南爵士和夫人邀请百祥远纶出席爵士府晚会,爵士特将这对夫妻请到大松树下谈几句私房话。

爵士说乔呀远纶呀,上海的好时光还能存留多久呢? 一回又一回的战后经济增长会到头吗? 你们记得,现在并非战后,日本军人只是暂时去了其他省份战斗。明白吗? 生意上有钱赚,快快赚。其他我还能给你们什么忠告呢?

爵士夫人悄悄问百祥:"乔,如果我们出售这爵士府,你看能找到下家吗?"

百祥这才震惊了。

女人喜欢只记住别人话里她听得进的部分,远纶从爵士府夜宴回来,找自己好妯娌繁玲商量:现在各家店生意都恢复得好,怎么能哄哄生蛋的鸡,让它们把今后的蛋也提前生下来?

繁玲带孩子带得高兴,不懂远纶这种压力重重的生意经:"饭一口一口吃,干吗着急呀? 你想杀鸡取蛋?"

远纶笑而不答,问繁玲有啥办法叫旗袍在上海滩刮起摩登风潮。

繁玲嗤了一声:"先别提旗袍能不能风靡上海滩,美玉琪总被太太小姐们抱怨交货慢,旗袍师傅少,没得办法。"

远纶露出胸有成竹般的笑意:"我问了老师傅们,西服师傅还是能做旗袍的,只是量尺寸和试衣服更烦点,女人家尺寸各有千秋嘛。所以,我们先涨价,然后调动所有西服店师傅们一道赶制旗袍。"

远纶这是打什么主意? 哪来这么多旗袍订单?

远纶其实打好了腹稿,她眼光蛮凶的:"繁玲,我准备办个群芳会,让上海各大舞厅里中俄美日各色舞女都选选美,莺莺燕燕好好出来斗一斗。她们姹紫嫣红,还怕没人做旗袍? 规定旗袍做选美派对的指定服装!"

啊,这么个主意?繁玲咋舌,从前历来等客上门,怎么现在要这样子催人当顾客?再说,替舞女们做衣裳,会不会坏美玉琪名声呀?

不过,繁玲通常不会诘问别人,她不如远纶会做生意,她愿意听远纶和她阿公的。乔端冕在店里过看店的清净日子,听儿子媳妇讲要搞"群芳会"选美舞女,大家做旗袍,先愣,后笑,觉得也没啥不可以。

远纶交代老公:"你做好准备,选了美舞女,我接着准备评上海滩绅士舞客。怂恿他们穿新西服配旗袍女跳舞。"

百祥没直接回答远纶,他进到工部局,让秘书把淞沪会战后上海滩逐月的经济数字拿来,等翻完数据,百祥觉得远纶直觉是好的,她正踩在一个慢慢拱涨的大浪上,应该能赚到钱。

不过,爵士的话犹在耳边!

这是不是上海滩最后的高浪了呢?一九三九年来临了。

在上海租界之外的中国,一九三八年和一九三九年都是血与火沸腾炙烧的年份,中国军民在异族铁蹄下成批痛苦地死去。

每逢节日,上海人无论是否发财,都难有喜乐之心。武汉和广州也都落入日酉之手,连老蒋的夏宫庐山也被日军占领……沿岸城市沦陷殆尽。

上海滩的日本人不会太太平平待在列强同他们划定的界线外,军队可不入租界,但便衣人员无法阻挡,威胁恐吓常对准租界里的特定人物。也许乔家这种经营服装的商人尚不是日本人骚扰的目标,但亲戚中还是有人被日本人威胁了:姚远纶的二叔和大哥身为银行家,时时品尝着风声鹤唳的滋味,市面上风传日本人要绑架上海银行业的老板们!

百祥告诉远纶这就是为何尽力把恒必祥及家里的法币尽可能换成外汇和黄金储藏的缘故,碍着租界,日本人一时还不能摧毁中国货币,不过,只要在战争中占到上风,尤其当日本有力量克制列强时,就一定会发行由它控制的货币。

例如华北沦陷区,日本人迫不及待成立了"联合准备银行",发行联银券同法币斗法,虽一时间还赶不走国民银行的法币,但长久下去,只要战争优势握在日本人手里,法币崩盘退出华北是极可能发生的。到那时,拿着法币资产的人就惨了。

远纶聪敏,远纶说每天挣来法币,每天就尽可能换成黄金和美元。或者,买成恒必祥的原料,如进口呢绒和优质布料。

"所以,百祥,现在是最该你我辛苦的时候,能挣进来的钱要拼命挣,万一七个丰年之后就来七个灾年呢!"远纶说,"外国钱也不那么可靠,金子最可靠,我要换黄金!"

她找到了举双手支持她办"群芳会"选美比赛的合作者,范里克斯向选美比赛提供他回力球场的场地,还准备承担一半的比赛开销,并不需要远纶给予额外回报。范里克斯想在法租界成立上海红舞女俱乐部,如果有这么个俱乐部,就有很多名堂赚快钱。

"快啊,"连范里克斯也说,"不晓得上海还有几年能独善其身,其他的现在我没心思干了,只想挣快钱!"

他连连给远纶送鲜花,还当着百祥的面送了一枚漂亮的奥地利水晶胸饰给远纶,"聊表对夫人的敬佩"。

三

如今的汀康往员工宿舍镶在床头的穿衣镜里一看：再没记忆里穿一战尉官服、戴大盖帽挺胸直立的年轻军汉，只一个满脸邋遢胡楂、目光呆滞、脸蛋肿胀的中年白人。

汀康看自己扔满地的卷烟烟蒂，墙角横倒的威士忌空瓶……是是是，落魄的路总和烟雾酒臭做伴，当然，也并非从陡峭悬崖一脚踏空，像总还有挽回的希望，只，只是，汀康害怕自己烂在浦东这厂房里了，哪也去不了，更回不了英国。

离一九三七年中国人淞沪会战已整两年，蒋介石在这不友好的滩涂城市拼掉了他输不得的德械精锐部队，接着自然失了首都南京。日本兵，正如汀康对野蛮民族不齿时能意料的，在那个倒霉的首都里尽情释放了兽性。如今，上海的英国人也只能勉力迟延日本人的进逼，靠拖时间打发不祥的日子。

作为当过十多年上海巡捕、爬到过相对高位、对公共租界有广角视野的英国人，汀康最忌惮及厌恶的还不是日本兵，倒是那成千上万常住虹口的日本国平民，他们比军队更好斗，是国际化的公共租界难摆脱的隐患。日本居民们就像躲在房屋里的郊狼群，瞪着眼等待天时，要出来撕咬猎物。

一九三九年春天的早晨，形单影只、离开纺织厂就会身陷困境的汀康从繁复无意义且恼人的梦里醒来，宿舍外除婉转鸟鸣，还飞扬汽笛声。江面上交通自由，没被日军封锁，也就是说，他该立刻起床吃早饭，工人们马上要坐船从对岸浦西租界过来浦东厂区上班。

如此一转念，汀康明白了自己为何一夜烦恼，连觉也睡不好：厂里大部分工人已宣布罢工，纺机都停了，曼彻斯特经理部也已接到电报。

马上来上工的只相当于平时四分之一的工人，这些人要么急需钱用，要么向来同汀康关系处得不错，或受过汀康关照。他们愿意给汀康一点面子，好让他向上司显示他还是管住一批工人的。汀康虽不能把这些人当平等人看，但愿意保护和善待赶来上班的人。对他们好，就是对自己好。

这天的天气也真奇怪，推开宿舍小窗往江面看，黄浦江暖风吹来，汀康忽觉心里软酥酥，有种不合时宜的幽怨。他凭借自己的身份和个子，常粗暴打骂中国工人，以求迅速摆平很多麻烦，他这种人心里发生女人般的幽怨，原是奇怪的，像一种征兆，但他不晓得是什么。他当然不会晓得，只有天晓得。

汀康随手摸摸自己的络腮胡，这部胡子伴随他已有五六年，他对胡子产生了某种依赖，像一旦躲到胡子后，胡子可保护他免遭当面挑衅。工部局巡捕房当初暗示他主动辞职，就是一种激烈的挑衅，他经受了，受了一种看不出的伤，他不想再重温那种难受滋味。

汀康取出自己的小剪刀，对着穿衣镜努力把胡子修剪了一下，让自己看上去过得去：尚有工人渡过黄浦江来上工，这是对他重要的支持，他们帮他留住饭碗。他告诫自己脾气好一点，把这些工人当人，给予他们适当的照顾和温情。本地工人嘛，无非喜欢偷懒和互相争抢（虽然没东西可争，争抢也许是战乱期间人们的习惯），自己暴躁的脾气少针对他们，至少这些天不要……

汀康知道很多中国工人都怨恨他，这自然，公司雇用他，就是雇用一只牧羊犬,他的工作就是让工人们随时与机器合作,生产,生产,生产。哪有牧羊犬能讨好羊群的呢?汀康知道厂里还是有几个老工人了解他的,他们从前特意传讲过他在一九三七年战争期间的义举。

江面上传来了汽艇声,汀康打开对着江面的厂门,亲自去迎接没罢工的工人。这时候他看见了厂区外大群的罢工工人,他们正愤怒地靠近汽艇码头。

汀康依旧保持着原巡捕的敏感,他立刻明白罢工工人的目标是那些不罢工的人。汀康转身折返,拿起了自己的来复枪。他瞬间下了决心:不能让罢工者殴打不罢工的人。

江滩上尖叫推搡的人群制造出春天早晨不安的噪音,他们身上飘来一些酸臭气味。守卫浦东的日本海军陆战队营地有军官拿起了望远镜。

汀康挥手斥责迎面而来的罢工工人,非但无法阻止他们,反而听见上海工人们大声的讲话:

"汀康先生是欢喜打人的,向来对阿拉拳打脚踢,今朝给他点颜色看看好哦。"

汀康明白自己的权威受到了挑战,他犹豫了几秒,终于举起来复枪,对着罢工工人头上的天空开枪了……

罢工人群停住了脚步,他们瞪着汀康这个"帝国主义殖民分子";汀康身后是船上下来的上工工人,他们缩头缩脑吓得不轻。而英国人汀康站在两群中国人之间,觉得自己的饭碗真要保不住了!

但让他没想到的事却发生了:一队日本海军陆战队士兵全副武装走出兵营,往英国人的纺织厂开进……

日本兵并不是急匆匆赶过来,他们都穿着整洁的黄色军衣,衣服上有海军陆战队的标志。他们枪刺朝天统一挎枪在右肩,形成一条跳动反光的锋刃弧。

汀康朝天鸣枪,暂时吓住了罢工人群。他视野里旋即出现了令人不安的黄色,是日本兵的军服色。汀康从口袋里摸来复枪子弹,他放低枪杆,往弹仓里填弹。

狗娘养的日本兵,好管闲事的鬣狗,这是英国人跟中国人之间的事,他们应该滚远点。汀康把填满了子弹的来复枪举起来,枪眼对着天上白云。日本人走近了。

"此地是日本军队控管区。"一个日本人征用的翻译用上海话喊叫,意图让人数众多的罢工人群服从,"停止任何形式的斗殴,否则严惩勿贷!"

"滚,侬,卵!"汀康胸口烦躁,他用自己习得的上海话喊,"覅瞎三话四啦,这个厂是英国产业!"

罢工队伍瑟缩起来,仿佛害怕的不是汀康的来复枪,而是日本的三八大盖。汀康身后来上工的工人,一个个乘机溜进了厂区,躲避日本兵。春天明媚的阳光现在懒洋洋照在汀康身上,在他身后留下黑色影子,人影子手里是枪影子。

日本兵一共十一名,由一个小队长带领。他们同中国工人长得很相似,但更加内敛,沉默不语,单眼皮小眼睛齐刷刷注视着手里拿长枪的汀康。

汀康如今孤零零一个人面对日本人站着,人高马大,俯视这一小群东洋兵。汀康觉得受冒犯:同样是亚洲人的眼睛,中国工人总躲避他眼神,而日本人目不转睛直视他,像在看怪物。他们眼里没恐惧,也没有怯懦。

"一个英国人,十一个日本兵。"汀康喃喃自语,他知道所有厂

里的工人，无论罢工的还是来上工的，无论男女老少，此刻都看
着他。

大英帝国前陆军中尉，一战绞肉机的幸存者，前上海工部局中
央捕房侦探，身材高大的男人……汀康觉得肾上腺素飙起，人在春
风里异样熏醉，他并没喝什么早酒。

汀康无法同十一双挑衅的眼睛对视，他只能轮流扫视日本兵
们。他把手里长枪举平了，枪口对着日本人："你们，日本人，回去，
回军营去！这里是英国产业！"

日本人不是没反应的傻瓜，他们听懂了他的吆喝。

他们笑了，一朵朵冷峻而戏谑的冰花绽开在日本人脸上。

汀康感到狂怒席卷自己数十年人生习得的克制，他是一个找
不到刹车的司机，是失去了起落架的空军飞行员，他感到前所未有
的晕眩，这些亚洲人竟敢嘲笑他，当着他的面。

咔嗒，他摆弄手里长枪，随时可以击发。日本人根本不信他的
动作，他们面面相觑，小声交谈，轻蔑地吐出几个短句。他们也举
起了枪，枪筒和枪刺都对准汀康。

似曾相识的黑暗感又来了。汀康认定自己被捉弄，有看不见
的手伸来拨弄他的脑袋。不，不是这群该死的日本兵，他们没这
能耐。

汀康真切地感觉自己被戏弄了；其实何止自己，工部局也在被
戏弄；何止工部局，何止小小的飞地上海，整个大英帝国的势力范
围可能都处在巨大的阴谋中，只有他汀康领先感知到吗？

阳光迷住滴汗的眼皮，人声齐暗后变得清脆可闻的鸟鸣拨动
他的神经，汀康木然看着十一个日本兵：他没看见日本人，看见了
中国人，只一个。

他在光天化日之下看见乔,乔却不在这里,不在浦东的英国纺织厂现场。

汀康终于放低了来复枪,枪口朝下,他转身走进工厂敞开着的大门,把日本兵丢在厂外空地上。没有茶给他们,没有,也没咖啡。他们不能进厂,这是极端认真的,这是大英帝国地盘上的规矩。

接过门房递上的毛巾才擦了擦脸,刚关闭的厂门上就轻轻响起敲门声。日本兵中的一个,还没成熟的男孩子的嗓音,蹩脚的英文:"打开门,打开门!"

汀康感到困惑,他的经验里,亚洲人从不如此咄咄逼人。他已经退了,在全厂男女工人面前退缩,回到了厂区里头,关上了厂门。

按中国巡捕们通常互相取笑的说法,汀康已当了缩头的乌龟。日本人还要干什么?难道他们还没得到面子?

他耳边忽然响起总是很愉快的乔的那句口头禅:急啥,看看再讲。

不急,看看再讲。

日本兵不敲门了,汀康以为他们列队回营了。可是,猛然"啪啪"一阵叫人胆寒的声音让女工们惊叫。厂门添了弹孔,几丝冒烟的阳光泻入。日本兵开枪打烂了门锁,持枪站在洞开的厂门口,枪口指着地面。

两个英国同事同时伸出手,想拦住汀康。

汀康才从遐想里惊醒,一时间乔跳舞的影子还在他眼前,他摇摇头,奋力甩开那幻影。他不明白日本兵闯进厂子,自己这护厂的,为什么会去想一个不相干的上海商人。

汀康推开同事,紧攥住来复枪,朝门口大踏步走过去。他不但没害怕,反恼怒得发抖:这些长得矮小雷同、龇牙咧嘴的东西,竟敢武力破坏厂门。他回头对英国人喊："发电报给曼彻斯特,告诉他们找外交部!"

汀康一步到位,来复枪交在左手,右手推搡领头的日本兵:"滚蛋,出去,叫你们长官来,赔偿!"

日本兵面面相觑,汀康毫不手软,一个个轮流推。算克制也算客气的,他把日本兵推到厂门外:"赶紧走,你们站错了地方。"

也许因为他确实克制着自己,也许因为他高大壮实,更可能毕竟他是英国人,或者日本人对开枪这件事有点心虚,日军小队长带着同伙们退了。不过,他们没走,他们留在厂区外头,手里端枪站成一排,如执行戒严。

汀康强自按捺住涌上喉头的恶心,他不晓得曼彻斯特会如何评估这事。如果他们置身事外挑剔,很可能自己就会失去工作。他不敢想象失去这尚过得去的栖身之地后自己会如何,他感到汹涌的黑暗在阳光下积聚,盘旋在他周围了。

也许,就按乔曾告诉他的:"托尼,如果你在上海滩有难,不要害怕,给我飞一只信鸽来就好。"

这位上海小开喜欢信鸽,他店铺上头有大鸽子笼,每天清晨同傍晚,乔家声势浩大的鸽群就飞翔在静安寺路上,阴晴不定,翻卷成云彩……汀康将乔送的那只鸽子养在宿舍厨房阁楼上,并不放飞,害怕它一去不回。

真要向上海滩上什么人求助,汀康宁愿是乔,不找巡捕房。虽然乔是中国人,虽不明白他想从自己身上得到什么,汀康还是本能地信任他。

汀康停住回忆,来到厂门口,看看厂区外站着的日本兵。他眼睛朝厂房楼上看,想看见那只关在笼里的信鸽,不过,他看不见。

想必只要信鸽飞起,乔就会知道汀康今日碰到的凶险。

他决定不再去想厨房里的信鸽,英国在上海大势已去。亚洲人已不再沉默,他们露出了自己的真心真面目。游戏快到最后的时刻,等于博彩要开奖。坏兆头已全部露出来:日本兵是狰狞的兽类,而中国人蕴蓄着完全不同的力量,越发难以捉摸。

汀康现在明白一切力量都由隐匿者操纵,无非是时间和记忆误导了人,时间越久长,记忆越清晰,人受的误导就越大。中国受了日本军队的重创,中国的军队撤退到看不见的内陆深处。不过,汀康的直觉告诉他,日本人不可能取得最终胜利,中国人仍没露出自己的底牌。

有一个日本军官骑着战马,从远处慢慢过来。

汀康站到厂门外,看见了这名骑马者,他猜想他的军阶与自己曾获得的相同,是个中尉。

汀康弯下高大身体,从墙角采一朵鲜黄色的蒲公英花,他把花茎横过来咬在牙齿间,眺望那来客。

日军中尉的脸部在视野里清晰了,这是个三十来岁的男子,满脸倦容,像非常厌烦周围的世界。如果谁对他好,该允许他立刻躺下来睡一觉。

马蹄声落在耳里。日军中尉一耸身,披的战袍迎风鼓起,形成沙黄色圆帆,他跳下马,忽然一并靴跟,啪地向汀康敬了个军礼。

汀康蓦地拿开嘴角黄花,木然看着这军官。

"我们可以不进入厂区。"日本军官说起了英语,"但请允许我们带走闹事的中国人,今天上午他们在我的辖区制造了骚动,这是不被允许的。"

汀康打量这比起同伴身高陡增的日本军人,他戴着雪白手套,牵着他的马;他的军靴擦得锃亮;他的笑容疲惫但高傲。

汀康看看手里的蒲公英花,嘿,既然采下,这也就是残花了,不值得,不值得……

汀康把花往地上一扔,对日军中尉说:"谢谢你约束你的军人不进入英国产业。中国工人全是英国工厂雇用的,不能在厂里被带走。"

"我的名字是佐佐木,"日本军官绷紧了脸,"我现在告诉你我的名字,凭军人的荣誉起誓,我必须带走制造骚乱的中国人。我允许他们自愿从厂里出来,我只要那几个领头的。"

汀康慢慢举起来复枪,对准了这日军中尉:"我说过了,英国工厂不会向你交出厂里的工人,现在,你们可以掉转头,开步走了。别引起外交纠纷!"

佐佐木中尉凄然看着汀康,摇摇头:"英国人,放下你的枪吧。我说的可是英语!"

汀康抬头,一惊,他看见自己的信鸽从厂房墙壁上飞起,哗啦啦拍打翅膀,冲向蓝天。也许太久没飞翔,鸽子在厂区上空绕圈,几次降低高度,终于向黄浦江对岸飞去……

大概是那个厂里英国人共用的仆人放飞信鸽的吧?他听汀康说起过信鸽的故事。

汀康一下子觉得自己比抗拒佐佐木更抗拒乔。英国人来到这儿,已掉在坑里了,从这条大江的入海口搬走多少财富,想必将来要向这片广袤的大陆付出加倍代价。

可能别人没感觉,汀康已经感知到了。一个人,一旦意识到死神站在他周围,他就平添聪颖,理解从前难以理解的事,仅凭直觉。

同样凭直觉,汀康觉得有什么重大且本质的东西在悄然改变:

这日本中尉骑上了马,尽管身形瘦小,但居高临下。更叫人恼恨的是日本人的神态,他全没巡捕房里那些印度巡捕或中国巡捕表露出的自卑。可恨的就是日本人这种似暗实明的态度,听说他们号称自己"脱亚入欧"了,真是欠揍啊!但谁又能教训日本人呢?他们已爬到了工部局头上,上海滩上的英国领事起作用了吗?大英帝国的威权和尊严呢?

一阵歇斯底里的怒意占据了汀康的头脑,他非常想立刻喝一整杯威士忌下去,他继续端着来复枪,枪口瞄着日本中尉肚子,他大声斥道:"滚开吧,小矮个。我去过日本诸岛,你该用日本人的谦卑跟我讲话!"

佐佐木中尉听懂了,他脸颊抽搐,绽开一个难看的笑容。他傲慢地直视汀康:"先生,我希望你好好醒醒酒!"

佐佐木拔出指挥刀,军刀闪烁,反射连片阳光。日本兵开始向前走,逼近汀康,逼近厂房大门。

汀康下意识拉了枪栓,他心里浮起了固执的等号:日本人进厂等于杀害中国工人,等于自己重大失职,等于被工厂解聘,等于无路可走了……

厂里英国同事冒死奔出来,扯住汀康手臂,有一个老成的对佐佐木说:"请原谅,他喝多了,请不要在意。"

汀康看看左手和右手的英国人,啊,这些人已跪在亚洲人面前乞求宽恕啦!

汀康恶狠狠对同僚说:"放开我,要不我先请你们吃枪子儿!"

佐佐木挥挥手,日本兵蜂拥而上,压低了来复枪枪管,汀康猛力扣扳机,子弹近距离射在土地上,噗噗连声,烂泥高溅,弄脏了每个日本人和英国人的脸。汀康喊:"这里是英国产业,我有权开枪保护它!"

来复枪落到泥地上,日本兵推开其他英国人,五六把步枪刺刀对准汀康。只听见佐佐木短促地吐出几句日语,刺刀纷闪,瞬间用力扎下,都刺进了汀康的衣服……

"住手,你们这些野蛮人,他是英国公民,你们会后悔的!"

汀康感到身体几处凉凉的,然后又烫热起来。他听见了英国同事那些抗议,他抬头看,只看见上海的云和蓝天。他想,我已在这片天空下待了二十年,我确实待得太久太久了!

谁也不知道英国领事的抗议能换来日本军队什么表示。但英国领事确实在次日就正式抗议了,并要求日本人立刻准许把汀康转到租界的英国医院治疗。

日本的报社记者拍摄了汀康躺在日军医院的照片(无神的眼睛同憔悴的表情),也采访了日军中尉佐佐木。日军医院表示汀康没有大碍;佐佐木中尉"诚恳"说明自己执行了军事任务,目的是平定发生在日军管理区内的骚乱,防止意外攻击事件。佐佐木甚至文雅地表示:英国先生的暴躁无助于事情圆满解决,不过,祝他恢复健康。

事实是,当这些日语新闻发布在上海日语报纸上时,汀康没得到及时治疗的内伤正加速恶化,他处于内出血过程中。

租界医院获准从日军医院接出汀康时,这个前租界巡捕(侦探)正在止不住地颤抖。他失血过多,感到越来越寒冷,那是不可抵御的极度寒冷。

到达租界医院,他被立刻送入手术室。英籍医生发现日本人只是简单包扎了汀康的刀伤,并不顾及他被多处刺伤的内脏。

汀康死在手术台上,他没留下什么话。

日本人随即发布了军医的声明,该声明表示汀康进入日军医院后用英语侮辱医护人员,并拒绝接受治疗。他们引用了汀康的"原话":小个子们,你们会死在中国的,就跟我一个样!

四

繁玲记得那个神秘的访客在上海滩深秋昏黄的傍晚如何轻轻叩击公寓的房门。

后来想起这件事,繁玲觉得这就是新吾这位大汉命里注定的高光时刻之一,她亲眼目睹了一个已经沉默寡言很久的男人如何突然将心里热切的岩浆倾泻出来,那一刻,新吾在昏黄暮色里闪闪发光。

不知道来客是如何知道新吾住处的,这一点正说明他们这些人神通广大。繁玲打开门的同时拉亮了门口的灯,她眼前是一个黝黑瘦削的外地人,正用眼眸里的笑意向她打招呼,嘴巴却紧闭着,没说什么。

找谁呢?

找新吾兄。

新吾来到门口,繁玲刹那间怀疑两个男人之间存在着久久受到压抑的情意,这感觉虽然短暂和荒唐,却给她留下了永久的记忆:新吾居高临下抓住那人的肩膀,他们互相打量,眼睛闪光嘴唇颤抖,然后紧紧拥抱在一起……

新吾说这就是他北大同寝室的湖南同学之一,很多年没相见。

繁玲还没形成自己的印象,她想马上给客人泡茶,并且用什么好吃的东西来款待他。那人却笑了:"嫂子,我见过你!五四游行队伍里有你!"

这一下子,繁玲就被牵扯进了共同的青春记忆,她感到背上一阵麻酥:"是吗,你还记得哟?那简直是上一辈子的事啦!"

对方的回答好像不是敷衍她,又像是某种对自己的交代:"我们多幸运呀,经历过五四事件。今天的一切,都是五四时撒下的种子长发开来!"

新吾仿佛急切地等待着繁玲结束同客人间的寒暄,繁玲感觉到了,便走开去泡茶弄点心。她听见两个男人立刻开始了高速度的对话,好像很多很多话必须抢在短时间里说完似的。

她端着茶水和点心回来客厅,心尖尖抖了一下:新吾正在流泪,流着泪听他的老同学讲什么事。他们抬起头,那人眼里也噙着眼泪。

客人抢在新吾之前解释说:"嫂子,我们寝室的同学们只剩下我和新吾两个啦!"

繁玲恍然大悟,心头也一阵凄然,她放下茶,伸出手在客人肩膀上放了一会儿:"请止哀。"

老同学毫不客气地拿起茶水和点心,边吃边说饿坏了,他是个爱笑的人,眼泪还在眼眶里,笑意已经漾满了脸颊:"嫂子,有没有饭,随便搞一点给我吃。"

繁玲先快手去做鸡蛋挂面,她边炒蛋下面,边留一只耳朵听客厅里说啥。她听见客人对新吾说中国人不仅要战胜帝国主义,也要对敌封建主义,前者不仅是赶走日本人,也要让所有外国势力离开中国,而后者,譬如看看上海吧,这是个畸形城市,内地很多地主逃避土地改革,带着几代剥削来的钱财,跑到租界里醉生梦死花天酒地,完全不顾国家在日寇铁蹄下呻吟和垂死……

繁玲觉得客人能说会道,至于说的那些,她并不太懂,也不想去弄懂。她端上鸡蛋挂面,客人欢呼一声,不怕烫就呼溜溜吃了起来……

新吾脸上放着难得的光芒,他像是被点亮的烛台。

繁玲先前做了红烧肉,她想着到底是放在锅子里送给这位客人,还是用油纸包起来让他带回去吃。

客人很快吃完了面,舔着嘴唇,笑盈盈向繁玲道谢,然后又同新吾说了起来。现在,他吃饱了,很满足,好像暂时放下了斗争的念头:"新吾,我们已经打通了通往莫斯科的国际线,接通了苏维埃俄国,这就是说,我们已经立于不败之地,你懂?"

新吾点点头,转脸对繁玲笑说:"你去哄孩子吧,我们在客厅聊天。今晚上我和客人睡客厅,多聊一会儿。"

繁玲明白自己在场,他俩有什么事不便聊,她懂事地走去孩子的房间,同时留意给客人续上茶水,又给他俩一大碗红烧肉和煮土豆,夜深了就和孩子们一起睡到了床上。

第二天早上,她一早就醒,想着赶紧给客人做早饭,咖啡面包想来客人吃不惯,煎蛋和上海人爱吃的泡饭也许凑合。

她推开门,朝客厅里看看,不晓得什么时候,客人已经走了。只有新吾和衣斜坐在沙发上,托着腮,默默思想……

繁玲走过去,在新吾头发上抚摩:"你没睡吗?好好的别太兴奋,来日方长!"

"是的。"新吾笑了,好像没睡觉也浑身是劲,"他说他们收到了我传递的情报,对他们来说很要紧。"

繁玲心里忽就一酸,好像身体充满了委屈的感觉,不过,她控制住自己,笑着对新吾说:"你喜欢做什么,就去做,我们在租界里,还安全。不过,碰到有事记得要跟我讲,不要瞒着我。"

新吾轻松愉悦地答应了她,忽然握住她手,凑近来,在她脸上吻了一下……

就像雨滴骤然落在干干的青苔上……

下午繁玲跑去恒必祥,远纶还没有来,倒是百祥在,一个人在工场间他的席位上忙乎。繁玲想同他聊聊新吾,却发现他聚精会神,在条纹英国花呢上画线,画了改,改了画……

抬起头看见繁玲,百祥笑了:"我忙得没看见你。"

繁玲问他折腾什么,百祥看看她,挺认真地说:"我原先的西装样式不太合时宜了,我想设计一款如今穿着合适的新西服。过去的太轻盈潇洒,我想现在该凝练庄严些,毕竟在打仗,国破山河碎,大家都不想在服装上轻佻!"

繁玲看四周无人,赶紧把昨天家里来客人的事同百祥说了。

百祥听明白,点点头:"繁玲,别担心。这里是上海滩,有事我们会设法的,他这样子德行不是第一天。我看,你不要同你堂伯生分了,有时候要靠他们帮你和新吾。"

繁玲听明白,使劲对百祥点点头。

一九四〇年春,乔四爷在奉化过世,乔端冕举家回奉化参加这位邻居的葬礼,老小团聚于村落;四月,百祥的美国寄爹阿瑟告别上海,前往马尼拉。百祥和远纶伴送阿瑟至香港,于香港盘桓数日后返沪。

同年春，汪精卫政府在南京成立，汪精卫的头衔是国民政府代主席兼行政院院长。陈公博担任汪伪政府之上海特别市市长。

六月里，正是天气转热时分，远纶不晓得为啥有点心慌，还在苦思究竟，范里克斯端正了面孔，捧一打紫色的大花飞燕草跑来了恒必祥。他对远纶和百祥一鞠躬："我的朋友们，不祥的消息，法国向德国投降了！戴高乐逃到伦敦坚持抵抗，我再没心思做生意啦！"

百祥还没开口，远纶却激动地握住范里克斯的手："我们方才听说了，贝当元帅当了法国的汪精卫！"

范里克斯摇摇头："我曾是有荣誉的法国军人，我也参加过一战。今天，我要追随戴高乐。公董局警务处的郝白副总监决定立刻回欧洲参加自由法军，我儿子也要回去！"

这个上海滩上的赌徒眼里泛着泪光，爱国情怀像圣洁烛光从他皮肤里散发出来，他像猛然换了一颗心，现在这一颗既严肃热烈又深沉坚定。

"我暂时会留在上海，黄浦江上法国军舰的海军将士需要我的帮助，他们希望悄悄离队，回欧加入戴高乐的部队。百祥，这些法国人必须进入公共租界，获得工部局的健康证明，才能得到欧洲的入境许可，这事我们只有靠你帮忙了！"范里克斯凝望百祥，"我和其他支持戴高乐的上海法国人负责筹集这些军人的旅行费用。"

百祥伸出手，同范里克斯重重一握："你托付的事，我一定帮忙。法国兵到了公共租界，如有耽搁，可以住到恒必祥宿舍，我另为他们每人准备一套旅行便服。"

第十一章
1941—1943年　上海·昆明

一

当时，姚家二叔听说汪精卫同日本人合作，而陈公博主政上海，拍大腿喊不妙："小日本要经营上海了！架子搭起来之后，肯定要做坏事体！"

二叔悄悄同老少乔老板商量，要破釜沉舟。

汪伪政府名不正言不顺，就是当年日本人提出"二十一条"设计的"孝子政府"，各级政府机构都听命于日本顾问，恶心得很！

欧洲不太平，英国人靠不住，中国人的银行越来越没指望，这口饭今后日本人不会再让中国人吃的，姚家必须早做打算，宁愿在上海滩新的工贸热潮里再搏一记！

二叔提出姚家控股的银行同恒必祥再合作开一批女时装店、新式鞋帽店和男女饰物店，且试试投资男女成衣工厂。同时，姚二叔投资扩大恒必祥在上海的西服裁剪学堂,改办成收费职业学校,同时举办旗袍裁剪学堂和时装裁剪学堂,公开招聘中外学生。

如此拍板定下,乔姚两家齐心落实,抱着将银行资产消化到产业里来的救亡目标,跟日本人赛跑,不让汪伪政府有机会对银行予取予夺。二叔说,将来只要日汪一动上海银行业脑筋,浙中行就立即宣布破产,结束营运。

时运不饶人,远纶这下子更忙了。有阿公和百祥撑腰,恒必祥职业学校及时提供受过培训的学徒,店虽越开越多,她主持全局仍胜任有余,她是两家事业实际的执行长。

现在,各家店铺(包括新开时装、鞋帽同饰物店)又显著赢利,利润逐月上升,渐超淞沪会战前的最高水平。开新店试新厂的同时开办学堂,远纶觉得心里踏实:生意越做越大,人才充裕,看起来蛮健康。

她始终没怀孕,但并不焦急,也不羞耻,恐怕那并非现在该做的事。

从前只听百祥引述过老买办王小虬的话,现在她亲眼目睹,且身入其中:上海滩是疯狂的! 究其实质,它什么也不是,就是一个立体的金钱旋涡。

明明日本军队占领了租界之外广阔的中国领土,租界内却根本没沦陷城市模样:

苏州河北岸淞沪会战留下的断墙残垣刚清理掉,战争亡灵的坟头草还没长绿,租界的繁荣就已像枯槁的还魂草在雨水里重新舒展!

何止重新舒展,不知来源的各种金钱像决堤浊水涌入被所有人视为安全宝地的租界。若不能顺利投入工商业,搭上又一轮战后（无所谓战争赢家是谁）不可遏制的经济腾飞，就以最快速度投入上海的证券交易所，通过股票和债券分一杯羹。

南京路和霞飞路分别是公共租界和法租界的门面，各个华洋老板的新店新铺子如雨后蘑菇争先冒头，平添一股勘破生死的纸醉金迷气味……

是啊，大家都对自己说上海仍是自由港，日本人被挡在租界外，租界便是最后的伊甸园。

哪怕未来不可期，眼前紧紧抓住，有钱拼命赚，有舞连夜跳，蜉蝣人生非我选，我必"春宵一刻值千金"。这是上海逻辑，上海的价值……一旦过去，好时光不会再来，人，只活一世。

从一九三八年到一九四〇年年底，百祥远纶和新吾繁玲几乎都卷在恒必祥的事务里。乔家这一代，正好是他们四个，把恒必祥生意做到了顶点，钱哗哗流进，像小河汇激流。百祥听见工部局大班们都在讲：快一点，努力赚，可能是最后一波了！

新吾自从把一箱十二枚手榴弹埋到大树下，心就宁定了，像没什么再能吹拂他心里的柳枝，现在这些曾痒痒得不行的柳枝全部凝固，成了钟乳石。

最了解他变化的是繁玲，经过一两年连续观察，繁玲欣喜了，新吾成了靠谱的男人。

他安静地在堂伯的乔秘书那儿帮办，赚钞票回家；又兼顾恒必祥名下二三十家店各样的采购，条分缕析，井然有序，得到大家称赞。百祥直截了当说新吾省下的钱不少于店里赚到的钱，这是他对阿弟的大褒扬。新吾甚至夜里到裁剪学堂讲授采购同生意的关窍。

所谓"盛极"也许就是这况味,乔家和姚家都来不及问满街的高档服装店是不是太多,只晓得顾客盈门,总来不及交货。奉化带出来的徒弟们现在都成了大师傅,手艺一流头脑子活络的乔林喜当了职员大领班,学堂的学生们不停地被叫到店里工场间帮办。

看上去真是黄金时代啊,上海滩租界地上男男女女赶制漂亮衣裳夜夜笙歌,而这个国家却一天又一天流血流脓。国军在一个个城市拼死抵抗,又黯然战败,折耗掉年轻军人们宝贵的生命;其他城市都没上海滩的命,轮番在战火中战栗毁伤,如长沙那样,在火中成了焦土……

公共租界是英美人当大班管着,可惜英美人不如租界华人们那般乐观。工部局警务处长道森几乎要崩溃了,他的人马甚至也成了日本军队暗中的猎物。

道森同百祥一起在工部局廊柱下抽雪茄,他面色发青,眼里布满血丝。

"特务,特务!日本人和汪政府的手段就是绑架和暗杀。我晓得极司费尔路76号,我也见过那个姓丁的。沪西如今成了歹土!但巡捕房有什么办法?我们在明人家在暗,人家背后是日本宪兵队和战斗部队,我们呢,工部局是地方自治的市政组织而已,我们的万国商团也只是民众自卫队,不是正规军!"道森一反往日矜持,几乎大叫大嚷。

百祥点头叹气:"道森,冬天里《申报》记者被杀,人头挂在马路电线杆上,我开车路过正好看见,真可怕!"

道森只顾摇头。

百祥忽然想起一个人,他叹息说:"假如汀康还活着就好了,若允许他归队,他绝对会参加每一次同日汪特务队的枪战,他是一战老兵,战斗力很强。"

道森愣了愣,点头同意百祥的话:"我很伤心他被日本人刺死。从他之后,我的巡捕房不少巡捕都死在特务枪下,法租界也死了法国人捕头和越南巡捕……租界既然禁止日本军队进入,他们就组织恐怖活动。"

日本军队驻扎在租界周围,甚至在公共租界苏州河北边。那些鼓胀的单眼皮的日本眼睛阴森森打量着英国人和法国人最后保有的、肥得流油的城区……

那么,往后如何演绎?百祥揣摩租界是否还有对付日本骚扰的方法。

明眼人如卫惕南爵士是不会迷失本性的,他和妻子在府邸举行夜宴,他对应邀而来的百祥说:"大英帝国在扬子江入海口已经营了近一百年,我的家族和你们乔家一样,在近百年里得到了扬子江的滋润。中国人说'风水轮流转',如果真要转,我已经有准备。"

百祥依旧潇洒点头,下意识展示自己的伦敦口音(尽管没去过伦敦):"爵士,我生在公共租界,我不懂租界之外的生活。"

爵士夫人沉稳地把手按在百祥手背上:"乔,别担心,如果我们回英国,你可以带上全家,跟着我们走。"

农历辛巳年(一九四一年)除夕前倒数第十天,傍晚百祥同远纶在恒必祥店里商量是否新年里恢复和服生意:市场需求很强,老客户表示不满,她们是平民,有日常生活需要。战争已远去,没人会敏感恒必祥重开和服店,这对那些擅长做和服的大师傅来说也公平……

店堂里进来一个、两个、三个、四个、五个、六个……最后整整十八个面色阴晴不定的男人,都穿黑棉袍戴黑呢帽,没一般顾客的和气并俗腔,这些人是阴郁的、难相处的、表情带某种暗示的、很可能会制造麻烦的。

百祥给远纶一句话:"万一出事找爵士帮忙。"

他去迎客,他几乎猜到这些人是哪里来的。

"我们大家一道来做西装,每人都用黑色料子,用最好的呢子,要三件套。"领头的中年刀条脸男人没笑容,直截了当对百祥说。

"欢迎,欢迎!"百祥不卑不亢,"现在就量尺寸吗?"

所有在店的店员和师傅学徒都跑出来为十八位客人量尺寸,百祥亲自为领头的中年男人量;那人点点头:"恒必祥是老牌子,衣服肯定做得好,我侪放心的。我们是很爽气的客人,要过年了,今天先把账结清!"

百祥客气说不必,等交货再清账好了,方便的话交个定金,不方便,连定金也不用。

那人哈哈笑:"哦哟,乔老板,我们是久仰你小开大名的,做人果真上路!但是,我们也是爽气人哪!钱都带来了,付清,过年!"

十八个阴郁的男人都咧开了嘴,那种笑怎么看怎么叫人不舒服,会联想到一群秃鹫围住了受伤小鹿。中年男子看尺寸已量好,从黑棉袍里掏出一卷颜色奇特的票子。

那是汪伪政府发行不久准备用以取代法币的"中央银行储备券"。

这种日本人发行的钱,臭名昭著,遭到上海滩所有中外银行和工商业一致抵制。

百祥正发愣,远纶气呼呼跑上来摆手:"不行,这中储券我们不收。我收了用不出去呀!"

十八个男人看远纶的眼色各个不同,却都充满邪气,好像秃鹫开始打量小鹿,准备下嘴。百祥走前来挡住远纶,拱手说:"诸位第一回光临本店吧,好说好说。首先我们从来尊重客人,中储券确实现在收下用不出去,本店还是以法币结账的。不过,不要紧,钱财乃身外之物,来客都是朋友,我们先把衣服做起来,各位年后试样取新衣,今天不必付款,以后再说。"

"那么,乔小开你的意思是一定要收法币咯?我们只有中储券,难道你不收?"有人浪声浪气插话。

百祥悄悄握住远纶手,不让她接嘴。百祥笑容可掬:"各位穿上合身西服是我最关心的,收不收钱、收法币还是别的,过了年再说吧。大家春节快活,过年发财!"

打发走这些黑衣男,百祥埋怨远纶:"你看看风色再说话呀!这些都是什么人你看不出?他们明摆着为难各商家来的,后头有日本宪兵队撑腰。我看马上有人会遭殃。"

果然不出百祥所料,福建路上的衣庄没后台,因为不肯收中储券,被黑衣人掏出手枪打烂了柜台。幸好没伤人,过年过节的,大概这些人也怕杀人放火叫他们自己不吉利。

过春节乔家有机会一起讨论了黑衣人和中储券的事,老乔老板、百祥和新吾三个男人竟想法一致,远纶是聪明人,马上也点了头,繁玲则根本没把事听真,她有别的事要想。

春节之后,那十八个黑衣男仍是找一个黄昏来恒必祥,进门鬼鬼祟祟,一脸阴晴不定。百祥出来招呼,对领头的中年人道过新年好:"讨个吉利,开年旺市。十八套西服算我乔百祥个人送给诸位的年礼,不收钱,请诸位今天试样,一周后到柜台取。"

那些人脸露满足之色，到处张望恒必祥堂皇的店堂。那带队的似乎还要面子，从棉袍里掏出个红包："乔老板大方慷慨，我们也是明白人，领情。提醒一句，中储券是迟早要用的，这个我们已尽职上门提醒了。喏，小开你收下我们一点心意，新年大家吉利！"

黑衣人们一哄而散。百祥打开红包，里头没钞票，放着一张油印纸片，上头写"中央银行 中国银行 江苏农民银行"。百祥不知何意，皱着眉头把红包放在柜台上。

一周后来了三五个黑衣人，取走十八套西服。他们的西服做工同别人付钱定制的没两样，只是百祥特别关照了师傅们，上面不得留下恒必祥名号商标，是些无商标无名号的西服。

再过一个月，上海滩闹出了大事，报纸连篇报道，乔百祥才恍然大悟：日本背景的特务袭击了江苏农民银行和中国银行在上海滩的员工宿舍，大开杀戒，当场枪杀江苏农民银行十多人，绑架中国银行一百多人；三天后特务又将定时炸弹送进中央银行在爱文义路的办事处，炸死八人，炸伤四十二人……

赤裸裸的恫吓和杀戮，只因为银行拒收中储券。

工部局震怒了，日本人这是要独吞上海滩的利益！但工部局又能怎样，英帝国在欧洲面临困难，哪顾得上远东的自治的上海滩？工部局没有外交机构，连提出抗议的资格也没有。只能派员协商，但到底和谁协商呢，人家在暗处，阴森森的，并不露面。

不过，工部局照旧按自己的节奏办理着公共租界的事务，给人英国式的不以为然和不屑一顾感，仿佛绅士们暂碰上几个为非作歹的流氓，不需要大惊失色。

爵士请顾问乔来自己办公室，告诉他工部局将举行一系列回顾和纪念性的颁奖，以纪念上海的昔日和今日，他本人将代表上海城的英国管理当局对许许多多曾有益于上海的华洋人士给予感谢和表彰。

百祥正想问为何不等到租界百年就匆忙举行回顾纪念活动,爵士站起身掩上了门,转身对着百祥,露出纯理性的笑容:"乔,我不得不再请你帮我办一件事,私事。我们想尽快出售房产,你能帮忙找下家吗?"

百祥血液冲向脑部,他明白了,这是时间!

时间到达了一个极其重要的节点!刹那间,他感到恐惧,恐惧是一张巨大的光亮的白油纸,在阳光下熠熠发亮。

爵士的声音和缓地在他耳边飘荡:"别担心,乔,不用担心。我正要问你,考虑不考虑同我家一起去伦敦定居?亨利写信问起你很多次,他会乐意在伦敦看见你的。"

新吾连着几日在家里待着不出门,一则叔父和堂兄不让他去恒必祥店里,怕他同突然上门来的日汪特务起冲突;二则他仿佛有点什么心事,繁玲觉着了,也故意拿家务烦住他,怕他跑出去生事。

新吾像突然觉察自己有一对双胞胎儿子,他仔细观看舟和帆的打闹和嬉戏,怔怔地托着腮,点头叹息。

繁玲问他这般留心儿子们是什么意思,新吾说:"人生下来,同在一个屋檐下,却天定了命运不同。就像百祥和我,他是他的脾气,我是我。我这两个小囡,我怎么看着是一个模样脾性,看不出哪里不同。"

"他们还小嘛。"繁玲笑道,爱怜地看看舟和帆,"我也觉得这两个猴鬼没啥两样。"

小男孩们温和地朝着父母笑,新吾和繁玲让他们做什么都乖乖服从，从没自行一套的样子。

新吾忽然冷笑："你看他俩长得团头团脑一番和气，将来长大了倒是能在日本人统治下继续当店老板的。"

繁玲听这话不是滋味，蹙眉埋怨："你自己的孩子们，你怎么这么说！"

新吾转脸来看繁玲，繁玲见他神色，就害怕了，连忙说："堂伯堂伯母现在重庆，你最近怎么也不办乔秘书那边的事呢？我看，恒必祥今后的生意未必做得下去，你还是见见老乔和堂伯，看看能有什么机会。不行我俩就去重庆，反正现在还能飞香港，从香港飞重庆。"

新吾点点头，说老乔正要他去一趟香港谈事，只是还没定日子。

二

日本军人是在一九四一年十二月八日上午接近中午时分以坦克和军车编队，整军通过苏州河各桥梁开进公共租界的。

就在这一天，日本飞机如成群红头苍蝇飞临夏威夷，其中一部分军人是去自杀的，他们驾机冲入美国军舰的烟囱，发动了太平洋战争。

法租界派出大批巡捕，在爱多亚路上设路障，断绝与公共租界的交通，以免日军顺势进入法租界。

已在上午击沉黄浦江上英国军舰"彼得列尔号"的日本军队首先涌入具象征意义的上海总会，命令正在上海总会里的英国大班们离开。

上海滩如今可耻地落入了日本人手里，沪上英国人若不马上设法安排自己离开这个远东乐园，等待他们的或将是集中营。

恒必祥却如一双刚放进冷水的热手，什么痛苦也没感觉到，前前后后这些天，生意照常。

日本军人没进驻工部局大楼，但工部局实际上已由日本董事们掌控。为数不多的两三个日本董事共同召见工部局现任顾问之一的乔百祥，既不刁难也不和气地问他一些他曾经手的事务，他们想得到全盘管理这个模范租界的秘籍。

百祥没理由不告诉他们经验，管理经验是公共财富，造福市民，属于共同管理这城市的所有专业人士，无论城市落在谁手里。

日本人进公共租界没几天，新吾就带着繁玲一起来店里跟叔父、堂兄及姚家代表远纶商量，新吾想要带上同他很要好的乔林喜及其他三个西服师傅，再带一批料子和手工设备，马上去香港。他们这是同孔家联络过的，从香港会有飞机转飞昆明，去承办一批特殊的军装和西服生意。假如那边情形好，也是恒必祥日后一条退路，万一日本人逞凶，大家除奉化，还有敌后可去。

知道新吾性格脾气，大家又见繁玲凄凉凉坐在一边为夫加持，都答应新吾但去不妨，说不定是条好出路也未可知。

远纶坐到繁玲身边，搂着她肩膀对新吾说："繁玲和孩子们这就搬去我们愚园路宅子住，你不用为家里担心。"

既如此，一切甚好，像早经专人安排似的，新吾带着乔林喜他们几个，整顿了东西，匆匆就离开了日占租界，飞去香港。

到达香港后，新吾特地拍电报到恒必祥报了平安。

远纶和繁玲坐着由司机驾驶的汽车从愚园路家里去恒必祥，

在静安寺路上被日本兵拦下；日本兵命令她们下车，核对她们的身份证件，然后仔细搜查过汽车才予放行。

恒必祥的生意仅仅混沌一两个星期，忽然又特别地热闹：

来了一批城市新贵，他们需要象征荣耀和权力的洋装打扮门面。

这些人是中国人，是决心同占领军合作的中国人。他们需要做全套行头，并且在恒必祥旗下特色店里定制礼帽和皮鞋，将自己从头到脚包裹进昂贵的料子里。一位这类人物建议说："乔老板，你们为什么不开一家配套的眼镜店呢？我们需要盲公镜，就是西洋人那种墨镜，每个人都要。"

百祥说："我明白。不过认识你的人仍旧知道那是你。"

"只不过一阵子罢了，等我自己心里踏实下来。"那人实在回答，并不想掩饰。

然后有一天他们前呼后拥地带来了他们的头脑汪先生和陈先生，这两位也要做西服，不是英式西服，是日式西服。汪先生说恒必祥有日本渊源，衣服肯定做得比较正宗。

老乔老板不让百祥和新吾出面，他自己老资格地出来接待汪和陈。

乔端冕同汪一道回忆了各自待过的日本，那久远的老时光。说得虽平淡，但还是愉快的。

乔端冕说放心吧衣服一定做得令你们满意，但是，有个商量，能不能不把恒必祥的商标缝上去，没商标的新西服你们能接受吗？汪愣了愣，同身边的陈对视一眼，一字一句回答老乔老板："老人家，难为你了，怎么都行。"

仿佛要羞辱所有上海人，上海证券交易所的股票交易在这种时候又一次旺火起来：这次上升充满了赌场的喧嚣气息，股票价格一路大起大落，有人发财有人落难，像飞机在上海天幕上忽上忽下，飞得人心要从喉咙里跳出来。

有一队身穿便衣的日本人找来恒必祥，询问从前恒必祥拒绝和服订单的事情。这些日本人态度严厉，对乔百祥说那是不可接受的敌对行为，除非恒必祥旗下所有店铺悬挂欢迎日本顾客的广告牌，否则限时关闭所有门店。

范里克斯当着乔百祥和杜先生的面嘲笑日本人说大话。关掉恒必祥所有店？法租界的店铺他们就鞭长莫及，恒必祥可以转移到法租界继续经营。

杜先生抱歉地说帮不上百祥的忙，公共租界过去不曾容许他发展势力。不过，若卫惕南爵士出价公道，爵士府邸他倒愿意吃下来，就算帮爵士一个小忙。

乔姚两家谁也没刻意运动关系来保恒必祥。

不接日本人的和服生意，这是当时的决定，乔家男女没一个后悔的。若日本人为这事要报复，乔家也没办法。姚家虽心焦，也不能劝亲家服从日本人。有心肝的人不能干这种叫万国万众不齿的事。

若店被关，大家就先回奉化，再想别的方法过日子。

新吾带着乔林喜等人到达香港，乔秘书亲来机场接机，晓得来的人马全部姓乔，他高兴得像个大小孩。先为大家接风，到尖沙咀弥敦道林荫路喝酒吃饭，再送大家到酒店下榻，称呼这伙人为"乔家班"。

安顿了大家，乔秘书带新吾去孔家公司，乔秘书讲老孔和夫人都不在香港,但昆明的公事是夫人从她二妹那里替乔家揽下的,是件会出风头的光荣的事。

要晓得,夫人的二妹蒋夫人现成当着航空委员会秘书长,有个美国上校陈纳德带着美国志愿航空队帮忙抗战,全是蒋夫人在张罗。现在还是秘密,美国志愿队就要到昆明,由国家提供一切后勤支持。那些飞行员是招募来的,算是一支雇佣军,蒋夫人事无巨细都得考虑;新吾此去昆明,先为美国飞行员治装,一旦有仪式,航空队可以有整齐的服装。若需要,还要经常为其修补战斗中受损的空军军装。

新吾点头,心里激动,原来是帮打日本兵的美国飞行员做衣裳,正合自己心中所愿。他忽然想起那年陪着繁玲和远纶去老孔府上,孔家公子指着他这堂姐夫说要看他穿军装,岂不是一个预言?自己虽不能亲身开飞机去炸日本人,但能切近出一份力也是荣光。

新吾对老乔道:"全靠乔叔叔提携,才得到这样让人舒心的机会!"

去昆明搭的是老乔安排的一架货机,两长排乘客面对面坐在机舱货物之中一路颠簸,有人都呕吐了,但全是去昆明为抗战服务的人员,彼此关心打趣,像一起奔赴光明前程。

直接转车到达昆明的军用机场,新吾等人被安排在机场服务人员的宿舍里,这宿舍比起大上海的楼房自然简陋得多,不过乔林喜等几个师傅同新吾一样,盼望着看见美国兵,尤其想有机会看看美国飞机,亲眼看他们在天上空战,将日本红头飞机打下来。

美国飞行员们虽然驾着战机来了,但显然身有要务,夜以继日地忙碌,哪有时间让几个裁缝师傅到营房量体裁衣?

恒必祥既然打定了主意，也不想到处求告，索性静等日本人来动手。

等待的日子，先加加班将客人已定制的衣裳赶出来，新单子劝客人多走几步路到法租界恒必祥的专门店去试样，同时也将店里的物料工器悄悄往法租界运。

不晓得工部局的日本董事们从何处得知消息，特意请乔到董事办公室过问了一番，似乎想显示好意，替乔家从中调解。

乔耸耸肩膀，回答日本董事先生们："淞沪战事将我家在虹口经营的花织和服专门店炸成了碎片，当时做和服的师傅们四散逃难去了，怎能因此今日里就惩罚我们？我家是上海滩有名的商家，我们理应获得日本军的赔偿才是！其实恒必祥是有计划恢复和服生意的，但一直没人赔偿我们。"

日本董事们点头，答应代恒必祥去通融。

樱井小川也听说了恒必祥的事，他立刻跑到日本宪兵司令部运动解释，愿意以自己的厂产保恒必祥。不过，他这表态不起作用，军人们只是敷衍他这样的侨民，不将他的话当真。

就这么过了一天又一天，日本人像忘记了自己做出的威胁，任由恒必祥开张做着生意，不来骚扰也不来查封。

百祥想可能是工部局日本董事们帮了忙，那么，礼貌要尽到的。他再等了一阵子，看见的确无事发生，就备了礼物到局里致谢。

日本董事们摇头，告诉百祥军方并不理会他们的通融，没答应豁免恒必祥。

董事们说，真正起作用的是日军司令部里一个新晋上尉，他是一九三二年上海战争的参战者。

那个上尉报告宪兵司令部他认识恒必祥的老乔老板。

老乔老板能说日语,在一九三二年战争中救助过日本伤兵,他是当时的低级军官,正是目击者和当事人。

于是,日本宪兵司令部最终撤销了对恒必祥的惩罚性措施,让这家上海老店继续经营下去。

不过,因为发生过这桩事,百祥和远纶决定让花织永远成为历史,恒必祥当真再不制作和服了。

范里克斯带着太太前来告别,同他一起在上海组织"一如既往的法国"抵抗运动的法国侨民爱高被归顺维希政府的法国军队抓捕了,已经解往河内,他必须赶到河内去拯救他的朋友。

范里克斯骄傲地拿出他儿子的来信,这个同他一样脾气的年轻人一九四一年初就离开上海加入香港威尔士海军陆战队,后来竟然在开普敦"开小差",单身前往非洲法属殖民地刚果,沿刚果河航行三千多公里,终于加入了自由法国军团,还见到了戴高乐将军本尊。据说,戴高乐马上向他询问上海法国领事的近况……

百祥和远纶送范里克斯夫妻美金和黄金,范里克斯婉拒了:"这些我不缺。上海的产业我托付了杜先生。我要回来的,上海滩才是我这人的福地!"

昆明的冬天并不寒冷,穿一件毛衣就足以保暖。无事可做的新吾带着林喜等人成天在芒果树下喝茶聊天,看美国飞行员们在机场上跑来跑去,起飞降落他们的战斗机。那些战斗机是P-40型,据说本来是美国人卖给英国人用于欧洲战场的,英国人要了更好的机型,把这留给了来中国的志愿队。美国志愿队的飞行员们在机头下涂画了鲨鱼的牙齿,远看那些飞机就像长出了螺旋桨头角的一条条大鱼……

再过几天就是圣诞节,这天上午新吾和林喜在房里各自给家里写信,忽然一个师傅跑来:"快去看,美国飞机都飞起来,跟日本人打空战了!"

原来日本人照例认为昆明没空军防卫,派轰炸机群例行轰炸昆明,美国人埋伏已久,等新吾等人跑到机场旁边看,机场上停着的二十多架小鲨鱼已全部飞入了云端!

所有人都跑出了机场附属的建筑物,翘首望天,新吾捏着拳头,眼里噙着泪水。林喜说:"总是日本人炸我们,今天倘若能打下日本飞机就好了!"

他们等了又等,看不见云层里有什么,也听不到飞机打空战的声音……忽然眼力好的人叫嚷起来,空中出现了越来越多的小黑点,看不清是美国还是日本的飞机。从前大家看见这景象总转身便逃,找防空洞和房子躲,今天却没人挪窝,全希望这是得胜归来的美国飞机。

小鲨鱼们一架接一架落到机场跑道上,飞行员们打开座舱盖子,在那里喊叫挥手;有几架飞机落地时勉勉强强,显然被日本飞机打伤了……

当翻译的国军翻译官跑在跑道上大声欢呼:打胜了,打胜了!

那个陈纳德上校也跑到了跑道上,长相挺凶的脸挂满笑容,近看皱纹密布,嘴里咬着点燃的雪茄……

美国飞行员们共打下九架日本轰炸机,只让逃回去一架!啊,空前的胜利!

仅仅一架美国飞机掉在稻田里,飞行员毫发无损。

新吾感到多年的憋屈顺着美国飞机轰开的窟窿往外泄漏,他心里敞亮极了。他跑回宿舍,把这写进家书,急急送到邮局寄给繁玲……

打了胜仗,又逢圣诞,这下新吾他们终于有机会替飞行员们量衣服尺寸了,目下的计划是替上校和所有飞行员及技术人员做一套深褐色西服,同时修补他们在战斗中受损伤的飞行服。

打了胜仗的美国人高兴坏了,冲进机场酒吧嚷嚷成一片,打打闹闹。看那样子,一下子是很难安静下来量尺寸的。新吾和林喜两个跟着翻译官先去找陈纳德上校。

上校也一样兴奋,在作战计划室同副官喝上了,他很高兴让裁缝师傅量尺寸,很有礼貌地道谢。林喜比较矮,索性站到椅子上替那高大的副官量肩宽。

新吾决心要给上校留下印象,他请翻译官告诉上校:"听说您喜欢打猎,我代表上海名店恒必祥制作一套猎装送给您,希望您提出对猎装的要求。"

这一下子挠到了上校的痒处,上校高兴得了不得,不但询问新吾姓名和恒必祥西服渊源,且亲手在纸上画了他所需猎装的样式,他需要猎装有更多的口袋装东西,并有结实的扣带可临时挂猎物。他正准备去昆明湖上打野鸭呢!

替刚刚经历空中生死战的飞行员们量尺寸,新吾和林喜量一个就当场在柜台买一瓶威士忌当礼物。这些人没见过世上有这般慷慨的裁缝,看新吾长得雄伟,也就都记得他。

爵士将府邸出售给杜先生,与工部局一部分英国董事一起将搭乘法国兵舰前往加尔各答,转船回英国本土。爵士夫人遣散了所有仆人之后,在这座树木葱茏的府邸里最后招待的一对夫妻就是百祥和远纶。

那最后的景象是难得见到的,深深刻在百祥记忆里。

所有需要带走的东西都已送到兵舰上去,爵士府邸的厅堂干干净净,什么都没留下。百祥注意到撤走了大型油画的爵士府是如何的落寞枯寂。

但草木依然是充满活力的,春天已来临,树木绽开新叶,草地正从黄色中透出新绿,鸟儿的鸣声如今更清脆了。

爵士亲自给大家倒上最后一杯威士忌,没冰块了,只有醇厚的酒浆。

酒随人心意,就连远纶也一口饮了那酒。

爵士夫人说:"乔,远纶,我们先走一步,在伦敦等你们。我们会帮你们在伦敦开新店,你们会受到英国人欢迎的,我保证!"

爵士点头说:"不要对日本人抱有幻想。当年没人肯在上海总会接待日本人,是我第一个带着三菱的日本人走进总会,然后是什么呢?他们占领公共租界的第一步是把英国人全部赶出上海总会。那是我们英国人在上海的俱乐部,不是他们的!"

爵士又恢复了幽默:"乔,我肯定,接下来,日本人会要求你关掉所有的西服店,改成他们能接受的和服店。"

百祥和远纶笑了:"他们已经差不多那样做过了。"

他俩把和服事件告诉了爵士和爵士夫人,如果不是那个日军上尉记得旧事,恒必祥已经打烊了。

当天傍晚,百祥和远纶开车送爵士夫妇到外滩码头上船,爵士夫人悄悄问远纶:"你准备好了吗,去英国?"

远纶悄声回答:"我们有一大家子,需要点时间。夫人,但愿你不嫌我们来得多!"

爵士夫人搂紧远纶说:"我们有大大的庄园和城里的房子,早点过来!"

告别爵士夫妇,回家见了繁玲,远纶就告诉她爵士夫妇临别的邀请。繁玲听了落下泪来:"新吾是怎么也不会离开中国的,我嫁鸡随鸡,嫁狗随狗,只能在这儿待下去。"

想到那新吾,远纶也默然了。繁玲紧紧抓住她手说:"你俩能不能带上舟和帆?"她的泪水溢出了眼眶。

她没对远纶提起新吾刚走、她在家整理东西要搬来愚园路时发生的那件事。

那天她心绪不宁,要整理的东西太多,天气又不好,外头一直刮冷风,她在孩子们房间里放了手炉,可两个小孩宁愿受冻也不要手炉,他们在玩一种她不懂的游戏,笑得嘿嘿哈哈。

有人在门上敲得紧急。新吾不在家,她常常是不应门的。

她走到门边听听,也许那是坏人,假使她打开门,她和孩子们就危险了。

可是,她听见门外的人在喊"新吾",她马上打开门,那人在暗处喊了声"嫂子"。

是新吾那个老同学。

新吾不在家? 男人脸上露出尴尬和绝望的神色,他手里拿着一顶半旧的呢帽,长衫前襟上沾了脏污。

"嫂子,我还是走吧。请你告诉新吾,有人在追捕我,让他暂时不要同我们联系,你们保重。"男人说完,戴上帽子,转过身要走。

繁玲听见底楼一阵叫嚷,有人走在楼梯上的杂乱脚步声,她明白过来,不知道哪来的力气,一把把这男人扯进房间,轻轻关上了房门。

新吾的老同学进退两难地站着,低声说那是日本人的特务,他不能连累女人和孩子,他得马上出去。

繁玲四处看,拉住男人手臂,把他拉进孩子们的房间,朝床底下指指。外头已经人声喧嚷,男人钻进了床底。繁玲对两个傻看的孩子说:"舟,帆,来做个游戏,要是有人跑进来嚷嚷,你们就给他们表演傻子的笑。还记得吗,傻子笑笑!"

有人用力打门,繁玲不关孩子房间的门,把头发一把弄乱,好像正在做家事的模样,她跑过去打开门,门外站着好几个戴黑礼帽穿黑褂子的男人:"太太,有没有看见一个穿长衫的男人跑过?"

繁玲摇头:"我在哄孩子,没开门出来过。"

男人们朝着她上下打量,繁玲板脸说:"我要关门了。"

问话的那个伸手挡住门,掏出证件:"太太,我们是当差的,并不想打搅你,但要进门看一眼,行吗?"

"你们要吓到孩子的。"繁玲摇头。

"太太,请你原谅,我就一个人进来,你站在门口别动,我看一眼就走。"这人装作有礼貌,低头把皮鞋脱了,穿着袜子犹犹豫豫往客厅里一站,四处打量。而后他跑到各个房间,推门朝里看,在孩子们房门口他愣了愣,大笑起来,边笑边跑出来,对繁玲道歉,说小孩子们真可爱。

一行人一下子就跑开了。

繁玲关上门才后怕,怕得浑身颤抖,她慢慢回到孩子们房间,舟和帆一起学傻子,把舌头伸出来,翻白眼朝后仰,嘻嘻笑。繁玲一把搂住两个小孩,哭了起来。

天暗了,她把做的肉馒头和熟牛肉包起来,塞在新吾老同学手里,请他一路小心。

"你不能再来了,我和孩子们明天就要搬家。"她说,"新吾人在昆明,一时半会儿他不会回来的。"

繁玲知道如果再有一次,她肯定不会再为这人开门。为了新吾,她已经把自己和孩子们放到过绝险的境地。

如果远纶和百祥能把孩子们带到英国去,她就能陪着新吾待下来,不管今后会发生什么,她都不害怕。

"答应我,远纶。答应我。"繁玲恳求道。

"当然可以,只要你想我们这么做。"远纶忍不住心里犯嘀咕,"你不能说服自己老公离开这儿? 他首先得照顾好老婆孩子呀!"

繁玲带着泪花笑了:"远纶,你忘了新吾不是个上海男人? 我们都是从北方来的呢!"

三

一九四三年的春天染绿了上海滩上的法国梧桐树,租界里到处是法桐叶的清新甜味。

辽阔国土上战火不绝,战地所有的坏消息全传来上海,从前是噩耗带来阵阵金钱浪涛,现在突然不一样了! 近百年的规律仿佛不灵了!

日本人成了公共租界的主人,他们吓退了本要涌到上海滩搏一把的投机客,谁也不想手里持有的金银外币和法币被兑换成日本人搞的中储券啊!

金银和外币自不待言,法币虽不断贬值,毕竟仍有国民政府的背书。中储券算什么？就是抢劫犯给的白条,光兑换法币的过程就抢掉你一半价值,白白被日本人捞走。

百祥同阿爹吃茶,说起店里营收难。如今,寄人矮檐下不能不低头,上海滩所有商家都必须接收中储券,百祥安排了合适安全的黑市路子,每天把营业收入及时换成金子,虽要付出很大一笔手续费,但还能保住一部分利润的价值。

物价不时上涨,现在恒必祥接生意也不得不经常涨价以跟上物价上涨的节奏,这让店里对老客人感到抱歉,但不这么做就是做赔本的买卖了。百祥告诉阿爹,这样子做生意,从前和客人的友好关系难以保持了:客人不看那么多,涨价就会抱怨。

阿爹说,上海变了天了,英国人一走,聚宝盆已不聚财了。等到做衣裳也不赚钱那天,不要戆,关了店保住身家。

百祥晓得阿爹坐镇在店里不肯回宁波颐养就是为替自己把关,他心里涌起温情,跟阿爹讲会尽心做到不能做的最后一天。但凡有希望,总不放弃恒必祥。

这么讲了,心里毕竟有点悲的,百祥就跑到柜台上算账,想仔细搭搭各家店生意的脉搏。正算得细心,不料有人进店来对准他哈罗一声,打断了他的专注。

抬头一看,竟是自己在仙乐斯舞厅里帮过一把的那个比利时人。

这人那次派给百祥片子的,记得名字叫作比尔森。

比尔森精神抖擞满面春风:"乔,我老在舞厅里候着你,老见不着你,今天特地上门来看你!"

百祥合上账本,请比尔森到旁边咖啡馆坐下,其实他对这个比利时人是有点牵挂的,还记得很想看看他那套高级西服的里子。

对一个行家来讲,想见见好东西的欲望很强,也很难忘记。

比尔森东瞻西望,心情轻松愉快:"乔,我同德国人有点交情,德国领事馆给了我一份护照,日本人拿我没办法,我还是照样享受上海滩的好风情。"

他接过咖啡,捏捏自己留的小胡须,笑道:"乔,不过我该承认我在上海朋友不多,所以我想起你来了!"

百祥笑道:"是吗,你当我是朋友?不是特地来借钱的吧?"

比尔森喝口咖啡,得意道:"我倒是从不缺钱,还想着给朋友送点钱呢。"

正说着,窗外人群急急闪避,百祥和比尔森望过去,正看见一队日本兵举着军旗列队前进,好像庆祝什么事情似的,一个个脸色铁青,摆出威风样子。

比尔森摇头说:"我最不明白的就是日本兵的表情,用上海人的话讲,就是'杀千刀面孔',简直让我怀疑日本人的人生太悲惨。"

百祥多打量那些日本兵一眼,忽然觉得比尔森讲的话有道理:难道你觉得这些征服者很高兴吗?

他们像一群公牛那样列队走过去,可他们也是有母亲有妻子儿女或有姐妹兄弟的人,他们难道喜欢杀人放火,没有一颗人心?假若有一颗人心,驻扎在上海兵营里,他们不会愉快的,他们只是战争机器而已。

比尔森回过头来,恢复了喜洋洋的神色:"喂,乔,我给你一个发财的点子,你做,你赚,我只要事后得些服务费。"

他所看见的只是乔懒洋洋的神色,乔也许听惯了别人的推销?

比尔森并不气馁,他从口袋里掏出一个信封。打开信封,里头有一张花体英法双语的授权书:"乔,瞧瞧,这是欧洲名牌蕾藤委任我的权限。"

百祥知道蕾藤，是欧洲服装界的一流品牌。他看了看这份授权书，尤其细辨了措辞，应该是有可信度的文件，盖着蓝色纹章。比尔森拥有该品牌在东亚使用的特权。

比尔森点燃小雪茄，灰蓝色眸子闪出一种难得的谦逊微光："不要惊奇，没什么秘密，唯一的秘密就是我是蕾藤家族一员，我不但拥有蕾藤百分之二十的股份，而且，我恰好是董事长的长子。我来远东冒险，我的眼光和对家族品牌的责任感获得了董事会的信任。"

"你想让我投资，同你一起搞蕾藤的远东品牌？"百祥平淡相问，看得出只为保持礼貌。

比尔森连吐两回烟圈，抬头看着咖啡馆天花板，然后他衡量妥当，拿开雪茄，对百祥一笑："乔，其实比这简单，因为我这人什么都好，就是没耐心。我需要挣快钱，你懂，日本人才不会看着你大发财呢。在他们醒悟过来之前，我必须把钱藏在自己靴子里闪人。"

乔还是懒洋洋的，喝自己的咖啡，往咖啡里加了块棕色方糖。

比尔森就直截了当了："我觉得你的女装时装店和西服特色店以及所有配套饰品店可以从恒必祥旗下另立出来，换上我蕾藤的品牌，成为蕾藤上海合营公司。我喜欢这么说，你今天这些店的总利润算作百分之百，凡换牌后增添的利润，我取百分之三十作为特许使用费。"

百祥晓得比尔森只求一个君子协定，他大概觉得恒必祥是体面人家，会遵守君子一言的古训。百祥不由得点点头："我只有一个疑问，即便上海滩的欧洲人懂得蕾藤的价值，其他国籍的人和华人或许并无所知，换上蕾藤这牌子能有用吗？"

比尔森收起授权书和信封，放进西服口袋。他那漂亮西服的衬里又露了一露，让百祥眼神一亮。比尔森说："乔，蕾藤重要的不是品牌，是销售方式。你必须把这些店的销售方式改成和蕾藤一致，那样，就很快哗哗来钱了！"

"你这些店今后卖的不是时装和西服了，是奢侈品。"他悄悄对百祥耳语，"乔，不是想买就能让他们买！"

百祥隐约懂得了比尔森的意思，他觉得心里微微震动一下，还有很多因素要考虑，不过自己并不反感这个比利时人。这人是如此充满活力和自信，又长得英俊，这是一种天然的吸引力。若恒必祥手下有这么个人给各店当推销，似乎正是生意上需要的，自己却浑身提不起劲头干这些！

百祥考虑了一番，对比尔森说："请找时间再过来一趟，我太太主管这些专门店，具体方法你同她谈谈。"

远纶还是不由自主暗中将百祥同新吾相比，有时她是暗地里反感新吾的，这个兄弟长相虽偶傥，却不太可靠，尤其对依附于他的女人而言。看看繁玲，繁玲确乎有些叫人可怜呢，不但男人一跑丢开了她和小孩们，而且，据说新吾早就同共产党来往，总给繁玲带来危险。虽说国共一致抗日，大家却晓得是同床异梦，不定哪一天又翻脸无情。而日本人更反共，对上海滩上现身的共产党人物严加追缉，狠命捕杀。

繁玲又要忍受寂寞，又要面对不确定的压力。远纶因此对投靠在身边的繁玲倍加体恤，两人相处好得不能再好，情同姊妹。

不过，既然把老公同他堂弟相比，总说明她心里留着什么疑惑。百祥为人看上去安宁内蓄，但作为枕边人，远纶当然比旁人要心知肚明:百祥大概从前吃过什么苦头？他这种样子,仿佛是消极抵抗他的人生。

更让她心里火急火燎的,是百祥这种温吞水的态度似乎向身边所有人发出微妙的信号:远纶并没燃起他的热情!

至少,新吾还有热情,也许放错地方,但毕竟火热地跑去了他真心牵挂的地方:繁玲说他偷偷去了前线,和美国空军在一起!

新吾不在身边,繁玲那样风姿绰约的少妇,常一个人出出入入……有个男人是她家火油公司在上海的大客户,近来像牛皮糖一般缠她。新吾甩手跑开,她是不能不周旋客户的。

繁玲同远纶讲了这男子,不是无赖汉,是个死了原配没续弦的买办,倒是圣约翰大学毕业的,家底厚,家境好,有修养,所以令繁玲更难对付。

远纶对这事倒有一套方法,她先冷不防拷问繁玲有没有动心,繁玲苦笑说自己的苦恼是时刻牵挂新吾,若非两个小孩和家里这些生意,她很想马上去昆明找新吾,哪怕住草棚土坯房,她终究要和自己男人在一起。

远纶笑道那就无妨,假使上海这男人追得紧,哪天约了见面,带上我远纶在一旁。

远纶是常见很多陌生男人谈恒必祥旗下生意的,这百祥总放心叫她单独出马,像并不在乎别的男人动她脑筋。

远纶对百祥这种态度恼火很久了,只是发不出这无名火。

这日百祥又说有个比尔森上门谈生意,要她见见。远纶一见比利时人,马上认出就是在舞厅里同人打架的那位,不由得好笑。在她受启蒙的教会学堂里,比尔森这类人属于需要上帝特意加怜悯的小混混。上门来谈生意？十有八九是阿诈里。

比尔森在百祥面前得意扬扬挥洒自如，不晓得他怎么想，见了远纶却恭恭敬敬循规蹈矩。

他把雷藤的授权书拿出来给远纶过目，忍受远纶疑心重重的盘问，很谨慎地找机会介绍雷藤在英国法国的经营手法："太太，不能让顾客很方便地买到雷藤，请了解并想象我的说法。对了，就要让人想买买不到，才会有很多人愿意出大钱。让人抢着买，最后忘了价格。"

远纶想这不就是上海人说的阿诈里吗，诈人钱财不是好事，这比尔森也不会是好人。

比尔森察言观色，晓得自己辛苦半天，这长相聪明干净的上海女人并没认可他。她没去过欧洲，没见过雷藤的胜景，也不能怪她。唉，就是没见过世面咯，从前中国的皇帝不也如此？

远纶觉得比尔森差不多可以告辞的时候，比尔森神秘地掏出了一个礼盒，正是雷藤牌子的真丝围巾："夫人，这是我的礼物，请看看雷藤的货，其实是用中国丝做的。你我找机会再谈。"

送走比利时人，打开他的礼盒，确实只是一条丝巾。

不过，远纶被这条丝巾的漂亮精致及礼盒的细致精美打动了。打个比方，假如要去见繁玲家的显达亲戚，哪怕见她堂伯母的二妹，送这礼物也拿得出手！被它一比，其他东西尽管价值高昂，也显得不够体面。

看来比尔森并不纯属阿诈里呀，他确实有好东西在手。

那么，恒必祥旗下的货倒是配不配得上雷藤这牌子呢？

美国志愿航空队的飞行员们几乎个个是吃喝玩乐的好手，除训练和打仗,连上校本人也管束不住这些打空战不要命的勇士们。

基地的中国人很容易同这些美国人打交道,只要投其所好,他们就对你表现热情。说到底,美国人的本质就是热情外溢的。要是运气不好摊上了仇,例如为女人争风吃醋,他们也很容易对你饱以老拳。

新吾对美国飞行员抱着由衷的敬意,他为了同他们说话,把个国军翻译官当好友天天供着,有空就请他吃香喝辣。这位服务普通飞行员的翻译官业余就当了新吾的翻译官。飞行员们都称呼新吾"泰勒(裁缝)",表明他们同他的关系还停留在裁缝与服务对象之间,没什么特殊性。

新吾很想交上些飞行员朋友,他想同他们聊聊日本人,聊聊他们的空战,尤其想晓得美国人打中日本飞机的那些细节。新吾明白自己不可能成为空战参与者,他只想当上参与者们直接的听众,崇拜他们奋勇死战的那些瞬间。他会听得脊背发凉汗毛倒竖,他会创造一切机会让惊心动魄的叙述回荡在自己耳边……

美国人不傻,他们晓得新吾作为一个"随军裁缝领班"为什么掏自己私房钱请他们喝酒,他们晓得他有听战斗细节的瘾。如果这人不是个寻找素材的作家,那么他就是个有国仇家恨的苦人吧?他们才不会没礼貌地追根究底,他们喝了酒就豪爽地告诉新吾那些记忆里坚硬的节瘤,关于他们开火的瞬间:

"那架笨头笨脑的日本轰炸机在我正前方炸开,一个火球,我的飞机被震得像大风里的树叶……"

"我飞进他们返航的轰炸机群,他们不敢对我开火,因为很容易误伤自己的编队。这样我就毫不客气地开火,一共打中了四架,然后我的油箱空了,我往下降,正好看见备用机场。感谢上帝!"

"我打下那架轰炸机，眼前跳进来一架日本战斗机，我哪敢怠慢，我们头对着头互射了两秒钟。我觉得飞机就要对撞同归于尽了，于是我开始祷告，可日本战机从我机腹下方滑下去了，我打中了他，他没打中我。我想我们机头的螺旋桨尖大概才相距一英尺，这就是他妈的奇迹！"

……

新吾瞪着明亮的眼睛听美国飞行员叙述，他要为他们的故事再请一圈威士忌，这真实的瞬间像成了他自己的，他觉得自己也飞在云上，目睹了空战的一切。

有个当官的飞行中队长在白天遇见新吾，给了他一个忠告："别再给我的小伙子们喂酒，他们成天醉醺醺，上了天很容易被日本人揍下来。要明白日本人可是非常遵守军纪的。"

这个凡恩上尉性格孤僻，同他的部下格格不入，他指挥不动手下的悍兵，常愁眉苦脸一个人待着，不时跑到部下面前，命令他们遵守军纪。可惜他的飞行员们对此很反感，并不听从他。新吾觉得该和这个凡恩交个朋友，他实在没朋友。

有几个晚上，新吾晓得凡恩上尉的手下们都跑进昆明城玩乐了，他就和翻译官一道请凡恩喝酒。凡恩哪怕落单也不怎么喝多，他很有礼貌地接受一杯为限的款待，他对新吾说的是航空队的困难：日本飞机太多了，很快航空队的飞机和人手都会短缺的。他带着悲天悯人的神色同新吾聊天，让他明白那些豁出命来打仗、不要命地胡闹的年轻人都活不长，他们会渐渐从白云生处掉下来，成为片片枯叶……

日本人是报复成性的，在哪里中了伏击，就要在哪里复仇。

轰炸昆明的日机白日来过夜里来，美国人把飞机藏到了新吾他们平时纳凉的芒果树林里,日机炸坏了跑道。

这时候营地周围的中国人都找到了报效国家的机会,无论是国军还是周围居民,都立刻投入填弹坑的劳作。

新吾带着林喜他们干得最起劲。林喜笑他好好的上海滩店东家不做,偏跑来昆明当苦力。

日本人不晓得他们飞走后没过几小时机场跑道就被修复,下一批日本轰炸机连护航的战斗机也不带,就牛烘烘再想轰炸昆明市区。早升空守在云层里的美国飞行员们又一回大开杀戒,当场打下一大半轰炸机。余下的日机受了伤,恐怕也很难飞回基地。

陈纳德上校穿着新吾和林喜做给他的卡其布猎装打了一次鸭子,他想送点猎物给"泰勒先生",却亲眼看见新吾在苦力群里埋头发力填平跑道上的炸弹坑……上校很感动,问有什么事可为新吾效劳;新吾抓住机会说希望上校有一天能带他上飞机,让他亲眼看看空战。

四

一九四三年一月的某日,百祥看见登在《字林西报》上的消息,足足愣了三分钟:美国和英国同时决定撤废在中国的特殊权益,终止其治外法权(领事裁判权),并终止在租界享受的权利,将协助国民政府收回对租界的行政权。

虽然上海公共租界已是日占区,英美人的影响正被强制消除,这消息还是震撼了百祥。工部局跟治外法权有千丝万缕的关系,工部局管理上海仰仗了治外法权,现在英美治外法权终止了,历史正式改写,那么工部局也快要迎来尾声了吧!

百祥还来不及考虑这新闻同自己前程深深的关系,他连忙想办法把这消息告诉身在昆明的新吾,新吾该比他更关心,新吾在北大研究这个很久。

早上办完了这些,百祥特地走来工部局警务处找道森,道森是局里还在履行职务的几个英国人之一。日本人仍需要巡捕房帮助维持租界治安,他们给了道森某种承诺,使他继续履行职责。

百祥请道森抽好雪茄,他从黑市搞来一些古巴雪茄,保存得非常好,用行话讲没有死,全是活的。这种"活雪茄"比没保存好走了味道和湿度的"死雪茄"不知金贵多少倍。

"乔,你能耐的,这时候还搞得到这般好货! 日本人是看不得我们抽雪茄的,我告诉你,日本人正悄悄在上海到处开'燕子窝'! 他们赶走了英国人,一心想恢复鸦片走私呢!"道森猛吸一口雪茄,看着整齐的灰色雪茄头深处蕴积的红火,"嗬嗬,他们惦记鸦片的好利润哪,听说在满洲国他们发了不少鸦片财。"

百祥看一眼道森:"领事裁判权被废除了,你看这工部局……?"

"是啊,乔,"道森向后仰,整个人靠在廊柱上,这可是他这位绅士从没做过的动作,"说实话,我已处理完了我在上海所有的债务。日本人答应我哪天巡捕房关门哪天离境。乔,工部局许诺我们的退休金还会支付的,你放心,这是凭着英国的信誉。"

百祥感到自己有一种冲动,想好好打量一番道森,这个并没什么人格魅力却努力履行了警务处长职能的中年英国人,他被大家背后称为"红狐狸"。他经常拿原则做些小小交易,不足以被申斥,但给他自己带来便利,是租界司空见惯的小聪明。百祥感激他懂人情世故,他历来帮到百祥的事,百祥都记住了。日后,大概在上海滩很难再看见这种英国管事了,或将是东洋人,或是未来的中国人会取代他,反正,大英帝国的时代正式落幕了。

百祥从臂弯里拿下挟着的木盒递给道森,是未启封的二十支古巴雪茄:"道森,多谢你这些年关照我。"

道森接礼物的手指微微颤抖,他仿佛身体状况不佳,有一种泫然的表情。道森点点头,抿抿嘴:"乔,我给你一个忠告,对日本人,千万别公开对抗,假如不乐意,还得先学他们点头哈腰那模样,当面糊弄过去再另想办法。你晓得76号吧,那可不是什么巡捕房,那是地狱!日本人就拿这个对付不顺从的人。"

他们抽完雪茄,互相握了握手,这握手,仿佛是同工部局的灵魂在握,如此惨然告别。

百祥回到恒必祥,孤单单站在店门口抽卷烟,呆看路上行人。

有个穿着蹩脚西服的中国人绕着他来回走了几趟,像打定了主意般凑近:"乔老板吧?您好。跟您说几句话可行?"

百祥抽着烟看看这人,并不认识,但这人也不像江湖骗子,眼睛还挺有精神的。百祥就冲他点点头。

"我是新吾的老同学,"那人自我介绍,"新吾同我关照过,万一有着急上火的事,可以找您。"

百祥俯身到路面上撳灭了烟,对这人说:"好的,来,喝一杯咖啡。"

他们就在门口咖啡店内堂坐下,百祥点了咖啡。那人从西服口袋掏出新吾给他留的信,叫百祥看。百祥看看,确实是新吾的笔迹,交代有急事可找吾兄。

"你是共产党?"百祥压低嗓门,直截了当问他。

那人点点头,把信放回口袋:"乔老板,是这样,我要接待几个

重要朋友,可是,得保证他们不被骚扰。偌大一个上海,如今很难
找到合适地方。您是上海滩小开,您给指点指点?"

百祥接过两杯咖啡,放到桌上,等侍者走远,端起自己的喝了
一口:"开会?"

那人又点点头。

百祥想了想,说公共租界恐怕不合适,要不就去法租界,日本
人还不能在法租界肆无忌惮。

"如果没地方合适,可以到我们法租界的西服店。我安排。"百
祥说。

那人却摇头:"乔老板是一片真心,谢谢。但法租界我们否决
了,一来那儿密探更多,二来,你该晓得,那是杜的地盘。"

百祥明白了,他想起了民国十六年。杜手上有共产党人的血,
人家没忘记。

"那也好办,你们就来恒必祥吧。我们后边工场间有地方,你
们将就将就。"百祥见他不报姓名,只凭着新吾的信,晓得那是人家
规矩,他也不问。

那人舒了口气:"我和新吾几年同窗,睡在一个房间,所以不揣
冒昧来找乔老板帮忙,感谢的话见外,我就不说了。"

百祥点头:"不要见外,新吾是我阿弟。为了妥当起见,告诉你
的朋友们是来恒必祥做西装的,你们来了,我就量体裁衣,这样,就
完美了!"

"乔老板考虑得周到。"那人没碰咖啡,站起身就告辞了。

百祥还略坐了坐,想想这事也问不了千里之外的新吾,也没必
要告知阿爹和远纶,知道的人越少越好。

次日百祥不在店里，老乔老板同儿媳妇远纶在写字间谈论物价。

万物价格飞腾，无论是日本人强迫上海人使用的中储券还是上海人暗地里还使用的法币都日渐贬值，战争打到这民国三十二年，日本人乏力了，吃不动中国这桌满汉全席了，可蒋委员长的部队也无力反攻，从北到南，蔓延火线，彼此消磨。

可这种时刻，消磨得最厉害的还是天下百姓的脂膏。淞沪会战至今已五年半，日本人开进公共租界也已一年半。日本人用他们发行的军票和中储券明抢，重庆国民政府用法币贬值硬撑，民脂民膏被吸尽了，上海的经济捉襟见肘。恒必祥是实实在在靠手艺吃饭的，衣服再精美，也不能无限制涨价。

远纶提醒阿公，现在差不多踩在收支平衡线上，已经没钱可赚，再差一步，生意就要赔本。

老乔老板点头说他都晓得，远纶你先沉住气，再看一看，看明白了再动。

"就像生病，不妨先吃点药，躺着休息。大部分病，自己会慢慢好起来。"他安慰儿媳妇。

楼下伙计忐忐忑忑上来报告，店里来了日本军官。

老乔老板对远纶摆手，让她留在写字间，他自己下去看究竟。

毕竟乔端冕的日语依旧流利且非常礼貌，两个日本军官原先绷着脸，听见乔端冕说大和民族的客套话，脸色就松了，对着他欠身："我们听说乔先生是在横滨经营过的，很钦佩。我们来是定制衣服，是公事。"

乔端冕想军官来定制衣服，这大大棘手，肯定是日本军官的军装，店里是万万不能接的。又要闹到关店地步了！

不过，现如今，照着这借口关了店，倒也并不惋惜。

他心里计较着，把两个日军军官请到咖啡店里坐下，用咖啡点心招待。

日军军官说："不是我俩做衣服，是驻军长官统一定制新的军官服。这个乔老板应该熟悉，同你在横滨做的日式学生装和士官服类似。我们都有式样，会和料子一起送来。"

乔端冕请他们喝咖啡，想想这是两个小副官，同他们没必要展开。但这事不要让百祥和远纶搭手，做对做错都是我老头子一个人的事。

乔端冕就同两个小军官谈谈横滨和东京，没想到这两个一个确实是横滨附近藤泽的人，另一个也不远，是箱根的农家子弟。乔端冕谈日本旧事谈得温婉，那两个日本人也像了人样，好像忘记了两国交战，眉开眼笑。一个谈起富士山的美景，还忍不住流下了眼泪……

抓住时机，乔端冕说："做衣服，必定先要量尺寸，不劳你们的长官上门，我带人去你们那儿测量。"

送走日军军官，乔端冕心里已有了计较，他想用最软的手法，来逃过一劫。

比尔森何只是个聪明人，他还是个实干家。

比尔森第二次拜访远纶，发现远纶对他态度缓和了些，问了他一些实在问题。比尔森晓得那条丝巾给远纶留下了好印象，他还有"第二道菜"。

耳闻不如目见，比尔森告诉远纶周日他要在霞飞路文艺复兴咖啡馆院子里搞一场雷藤品牌旧品拍卖，所有手头存货都是货真价实的雷藤品牌,但希望远纶从恒必祥挑一点服装鞋帽给他,去除恒必祥商标,用雷藤商标,他会注明是雷藤本地产品,请远纶到现场看看拍卖会情况。

由于好奇,远纶答应了比尔森,请他自己到法租界的店里去挑货。

礼拜天百祥陪着远纶去了文艺复兴咖啡馆拍卖现场,虽然很多英美人被日本人遣送进了集中营,但瑞士人、意大利人、德国人和北欧南欧很多人还是自由自在徜徉上海滩,他们听说雷藤搞拍卖,个个兴奋得像吃了牡蛎,准备来把手里越来越不值钱的纸币换成好货。不过,比尔森及时识破了这些人的诡计,宣布拍卖会只收美元。

百祥和远纶亲眼见识了西人对奢侈品牌的狂热,他们手里的美钞像只是印花纸,只要能换成雷藤的货品,再高的价也有人出。最后,比尔森把从恒必祥挑来的衣服和鞋帽作为本地雷藤产品卖了差不多一样高的价格。比尔森乐呵呵地对百祥远纶说:"看看,收的是货真价实的美元哪!"

还没回到家,远纶就告诉百祥她愿意同比尔森合作,不为别的,实在是恒必祥和上海绝大多数工商业一样,事实上已成了日本人抢劫的对象,现在以中储券标价的货物同一天的价格也可能不同,恒必祥收了客户钱,等交货,已经亏到肉里,还不如关门大吉。如果比尔森能这样捞美金,就算赚了钱他拿大头,都是可以的。

话虽这么说,远纶还想难一难这个滑头滑脑的比尔森,看看他到底几斤几两。她眉头一皱,计上心来。比尔森第三回来拜访,远纶就笑说:"你还得帮我办一件事,要办得圆滑,办好了,我们就合作。"

比尔森笑道:"夫人你有难事都可以交给我,我是个泥水匠,我给抹平了,还上一层好看的清漆。"

于是,繁玲的烦恼有人解了。

那个死缠着繁玲的中年男人一定要请繁玲吃饭,繁玲答应了,才在红房子西菜馆大餐台落座,就偶遇了结伴而来的比尔森与远纶。

虽尴尬,有身份的男人还是"大大方方"请"好朋友"们一起用餐。

比尔森真是个情圣,谁都看出他竟对繁玲一见钟情,好像失忆的罗密欧遇到了失意的朱丽叶,一个糊涂一个清醒,文章却是老一篇。

洋人做得太明显,登时远纶拉下脸来,那聪明的中年男人全部看在眼里……

等头道菜和主菜上过,局势在人心里已然分明。

恍悟自己不是主角是观众,这种感受最令人难堪。远纶受够了,找个借口要走;那中年男人跳起身道:"两位慢慢谈心,我去会钞,再送送这位女士。"

到了外头马路上,远纶对此君道:"什么晦气事情,都让我们碰上了! 洋鬼子不得好死!"

这中年男人深谙世事,软语温存,一定要当绅士,送远纶回家。远纶倒不远,就去了恒必祥。

中年男人疑惑道:"女士同孔小姐是什么朋友?"

远纶哈哈一笑:"哪是什么朋友? 我和她是妯娌!"

乔端冕上苏州河北边日本海军陆战队司令部去,自然带的是新成新甫两个老伙计。他们认认真真量了那些杀人不眨眼的日酋各自的衣服尺寸,告辞出来。乔端冕请他们兄弟俩到福州路喝酒,说自己干的这件事凶险,等衣服试样裁制完毕,你俩暂时回奉化去避一避。

新甫新成听了老乔老板解释,安慰他说:"也只有这一条路走,也许还有转圜,先不要怕!"

恒必祥店里,百祥把六七个客人引到后头工场间的休息室,平时这里是裁缝师傅们吃午饭的场所,现在打扫干净了,摆上茶水点心。

百祥对新吾那位同学说尽管用房,需要什么告诉伺候的婆子,等大家休息,我亲来为诸位量尺寸。

客人里头有个文质彬彬的肖先生一直笑眯眯端详百祥,说我们都听说过你乔老板,你是上海滩上有名的小开。

有人同这肖先生打趣说你自称小开却是假小开,今天见了真小开。

百祥并不接嘴,只微笑说自己就在楼上,任何不便都请随时告知。

大概新吾的这些朋友认为这里很清静很放心,他们关起门讲话,也不出来,竟然一直讲到恒必祥打烊,上海滩万家灯火,他们才打开门出来。

百祥下来为这些人量衣服尺寸,一面让厨房开出晚饭。除了没酒款待,一切妥妥帖帖。

过了几天,这些人说是试样,其实还躲在工场间里头开会。百祥有点纳闷,他们有那么多事情要细密商量吗?他不时站到二楼写字间窗口朝外望望,街上可疑的人不是没有,但百祥并不害怕。

为他们试过样,百祥亲自动手各做成一套休闲西服准备送他们。他们看起来不像穿三件套出门谈生意的,所以粗花呢的上下两件正合适。

第三回来恒必祥开会,这些朋友见了新衣服,一个个忸怩得很,说何必,乔老板竟真的做了西服。

内里只有那个肖先生本就穿西服打领带,他试了试新西服,特别开心,说这是他最合身最挺刮的行头了。将来要再做西服,一定来恒必祥。肖先生拿出钱包要为大家会钞,百祥笑说哪能如此见外,新吾不在,我就是新吾。

那些朋友谢了,当场穿上新西服出门,手里提着换下来的旧衣服。肖先生落后一步对百祥说:"乔老板,你最机灵,我们就是来做衣服的,来三回。不管将来见了任何人,我们也是这么说!"

果然这些朋友很久没再露面,再露面的不是他们,是前一年跑来强推中储券的黑衣人。这回换了个带队的,不是中年汉子,是个马脸大汉。他们不是来做衣服的,他们客客气气对百祥说:"乔老板,听说你是有名的公子哥儿,我们不难为你,公事公办,请你同我们走一趟。"

去哪里?这些人不说。只掏出证件朝他面前晃晃。

百祥跟阿爹乔端冕交代了一下,老乔老板说百祥你保重,我有数了,这些人是76号的。

百祥跟着来人一走,老乔老板就快快转动脑筋,他不明白为什么76号来人逮的是百祥而不是自己。

老乔老板想,如果得罪了日军军官,他们该冲着自己来呀。不过,这不见得是死罪吧,百祥至少没性命之虞吧?

老人家有点害怕了,他几日前亲自带人把店里精制的日本式三件套西服送到日军司令部,是按照每个军官的尺寸做的,选的全是舶来的好面料,凡是人,穿上这身衣服,没一个不开心的。确实如他所料,军官们客客气气都试了西服,认为是他恒必祥讨好驻军献的殷勤。

不过,日本军官们没想到这乔老头送完了西服又撂下话来,说是时下店里营运困难,物价飞涨,老师傅们都回了老家,年轻人没做过军服,实在不敢接军服生意……说到底,就是一口回绝了驻军派上门的军服定制。司令官穿了恒必祥做的好西服,当时没动声色,也不摇头也不点头,让这会说日语的宁波老头儿走了……

乔端冕想,或者是自己做过头了? 也许那些日本军官注意到西服上连恒必祥的商标也没有,所以这就找上门来,对百祥下手,要给自己颜色看?

他心里七上八下,不晓得为这危难该去请托谁。

百祥生在租界长在租界,进工部局当差后还间接参与过巡捕房的事务,却还是第一次被人这样"捕"走。

他并没有害怕的心理,他也并不确知捕他是为了什么,最可能的是一次假借名义的绑票,最后敲诈恒必祥的钱财。

到了地方,进门前抬头一看,果然没错,是极司菲尔路76号。

带百祥来的人还算客气,让百祥在一间房里坐了。这房里就一个板凳,什么都没有,对了,连窗户也没有,也没人来送茶水。

好像人家把他忘了,百祥坐在板凳上胡思乱想,到底为什么把自己弄到这臭名昭著的地方来?

肯定同日本人有关,否则不会是76号。哦,或者同新吾的那些朋友有关?

他想不明白就不再往这事情上想。他大部分时间想的是平时不想的,是的,他奇异地想着桃丽丝了。

桃丽丝,哦,桃丽丝……

这间空荡荡的单间有点像他初见桃丽丝时待的小房间,那时,他还是一个中学生。时光变着戏法,桃丽丝如一只在枯枝上爬动的橘色七星瓢虫,不时举起翅羽,却不飞走,她慢慢地爬过百祥的岁月,在他记忆里飞翔了……

百祥悲哀地闭上了眼,谁能想到,他这个锦衣华服的沪上小开爱上的是一个美国妓女。百祥此刻明白自己从没真正爱过其他女人,只爱着,仍旧爱着、思念着无处寻踪的桃丽丝……

也许是76号恶名带来的恐惧,百祥不由得想象自己或将无缘无故在这房子里死去,那么,最不堪的人生时刻倒可以避免了,他不会再被远纶诘问,也不用亲自承认自己对远纶只是友爱……

从切近的地方突然传来一声惨叫,接着又是一声。百祥吓得从板凳上直跳起来。惨叫声又开始了,仿佛有人受着极大的痛苦。百祥发现那声音就发自隔壁,而墙上却正有一只窥视孔。他觉得这是恶魔的诡计,但实在忍不住凑上去看一眼:几乎就在他眼前,一个胖子两手张开,手脚都被固定在铁器上,他眼睛前有两根铁刺,对着他双眼!看清了,这人头颈后更有两根尖利铁刺,只要他一换姿势,移动头颅,不是眼睛被刺,就是后仰、让脖子被刺。事实上,他的头颈已"挂"在那两根尖刺上,地上滴着血……

房门外传来了神气的脚步声,百祥慢慢转身对着狭小的门。

门口出现两个人,一个是精瘦精瘦的陌生人,一个是曾经带十七个手下来过恒必祥店里的那个中年人。

中年人油腻腻一笑:"乔老板,幸会,很久不见了。"

百祥点点头,心扭结着,模样儿却还是淡淡的。

那个精瘦的陌生人摘下眼镜,用一块手绢擦擦,指指那板凳:"坐吧,坐吧,乔小开,你不是犯人,请你过来只是问问事情。"

五

新吾听美国人传颂激动人心的消息:美国空军在太平洋上空打落了日本海军联合舰队司令官山本五十六的座机,山本五十六死了。

新吾想,淞沪会战里将上海苏州河北夷为平地的就是日本海军陆战队,这次美国空军多少替上海报了仇。爱屋及乌,新吾又买下一批洋酒送给在机场驻扎的志愿飞行员们。

这天上午他正在榕树下眺望新来的美国B-25型轰炸机,上校的副官跑到树下找他:"上校让你准备准备,坐他的飞机上天。"

新吾心如鹿撞,赶紧跑回房间换上一套干净利落的灰色旧西服,跟着上校副官来到机场跑道上。一架接着一架战斗机在他面前匆匆起飞,然后,轰炸机驶离机场跑道,疏散到芒果树丛下。上校穿着飞行服从楼里出来,对副官挥手:"我自己飞,你们赶紧上机。"

上校的飞机是架破破烂烂的双引擎C-47型机,他不参加空战,只是旁观并对空战进行评估。

飞机飞越云层后,新吾一眼看见了高度在日本战斗机群上方的美国飞机编队。美国飞机按照上校的战术两两成组,一架掩护,一架进攻,从上方扑向日机机群。

新吾激动得口干舌燥,他看见美国飞机飞得灵活,打得迅疾,没过几分钟,日本机群就被打惨了,拖着黑尾巴的飞机掉下去,落在苍茫原野上。突然,也有美国飞机被围攻,冒着浓烟往下掉。陈纳德上校驾驶着自己的飞机,保持安全距离,交代副官记录这个记录那个……

不一会儿,空战结束,日本飞行员看上去比美国人呆滞,他们损失的飞机数远远大于志愿队。上校把飞机降落在机场上,下机后拍拍新吾肩膀,没说话就走了。

新吾终于实现了自己的心愿,他看着一个日军战斗机群被美国人打残,而美国飞机并没有坠毁的,只有两架受伤,飞回了机场。

林喜跟着新吾为美国飞行员庆祝,大家喝得酩酊大醉。林喜对新吾说:"我们该回上海了,听说志愿队要离开昆明去缅甸了。"

陈纳德上校给了新吾最后一个"恩惠":如果不想冒着生命危险通过战区回上海,新吾他们就得坐飞机。可是,哪还有昆明飞香港或上海的民用机?上校安排他们几个上了一架军用运输机,让飞行员在夜色中带他们几个到浙江丽水的军用机场,好让他们就近回沪。

上校说:"祝你们好运,裁缝先生们,现在好好的,回家去吧!"

原来76号的人并不针对百祥担心的事,也不针对恒必祥,他们开口询问的竟然关于樱井小川。

"樱井小川这个日本人同你们乔家是什么关系?"

百祥警觉起来,想搞明白是怎么回事。

精瘦的陌生人看百祥犹豫,挥挥手,显得很随意:"你别担心,我们对上海很多外国人都要进行身份甄别,没什么特别的意思。知道他和你们家有关系,问一声而已。"

百祥答说家里长辈曾在横滨开店,樱井家是乔家店的供应商。

这个回答看起来天衣无缝,那瘦子点点头:"那么,樱井确实是日本人咯,他不是个取了日文名字的中国人吧?"

百祥毫不犹豫:"他当然是日本人,不是中国人。这个谁都晓得。"

对方没刁难百祥,问完了话说要派车送他回去。百祥婉拒,说自己在极司菲尔路这边上过学,可以走回家,顺路看旧景。两个讯问他的家伙就送他到门口,临了,那精瘦精瘦的家伙诡秘一笑:"乔小开,我有个老朋友,他身上西服是你做的,真是好手艺,他还常去你店里坐着聊天,哈哈!"

百祥没接嘴,心里纳闷,不晓得这人阴恻恻说的是谁。

他出了76号那道声名狼藉的门,沿着极司菲尔路朝静安寺路走,过去的记忆涌上心头。那家寄爹爱待的飞鹰酒吧早就不在了,现在那地方起了新楼。他走到原先的斜桥附近,心里再次想起了斜桥弄……

唉,桃丽丝即便此刻出现在面前,也不会是百祥当年相处的桃丽丝;同样,对桃丽丝而言,他也不再是当年的公子哥儿乔。时光改变了一切,现在,就等工部局淡出江湖,英美人远走天涯。上海滩开埠以来的一百年就要闭卷了。

百祥走在静安寺路上,他还来得及回到恒必祥去报平安。百祥像从自己的呼气中一口口释放尽桃丽丝留下的丝丝缕缕的气味儿,他眼前开朗起来。

杰姆斯和夏洛特夫妇这天各自穿上一身深蓝色套装,大概这是除了参加葬礼外他们能展现的最阴郁的色调。

交还公共租界给汪伪政府的仪式将在工部局大楼内部庭园举行，大家都晓得这是个低调的仪式，主要原因是汪伪政府并不具备法理上的合法性。真正的国民政府不在上海在重庆。

汪伪政府的首脑都不出席仪式，来的只是小跟班。日本军方为了避嫌，也不出现在现场。

传统上代表工部局的应该是英美洋行的大班们，可惜如果还有这样的大班留在上海，此刻也在集中营里喝稀饭。工部局的日本董事们拉来凑数的代表竟然是意大利人，而杰姆斯和夏洛特这样的观礼者也寥寥无几，之所以要杰姆斯和夏洛特这对英国夫妻来，大概是为记者们的照相机着想。

道森尽到了自己最大的努力，他的巡捕交旗仪式是最后的盛典。但见寥寥无几的英国巡捕站在角落，中间是庞大的锡克人巡捕队，然后是日益扩大的日本巡捕队和常设的华捕队。

巡捕们穿着自己最笔挺的制服，列队在工部局内庭，时代的风吹拂他们制帽下露出的毛发，他们变得越来越模糊和淡薄……

摄影师俯身在相机上，他们贪婪地拍着最后的公共租界巡捕们脸上的表情，妈的，这就是历史本身哪！从这个中午起，这些人就要作鸟兽散，从上海滩消失了。

参加典礼的工部局官员、顾问、服务人员和典礼嘉宾都站在摄影师身后的东廊下，他们等待巡捕房演完最后一场戏，然后对工部局的历史性结束做出庄重宣布。

这时奇怪的事发生了，那个俄罗斯摄影师惊叫起来，抬头仓皇四顾。

气得发昏的工部局日本董事之一跨步向前，用手杖恶狠狠敲打摄影师的背部，让他住嘴。摄影师指着相机，这日本董事跨上前低头一看,也哇地喊叫了一声……

所有有权察看发生了什么的实权人物都依次上前看那架照相机,真是作怪,就在取景框的右下角,在华捕队列和日本人巡捕队列之间出现了一个矮小的身子。

再仔细看,这是个无头的身子,头颈下衣服上还有一大摊血!

可真抬头去看那地方,华捕队和日捕队之间根本没什么鬼影子嘛!

巡捕们莫名其妙地看着这群交接权力的官吏们。

百祥也上前俯身相框看一眼,他看见一个无头女孩走动了起来,朝着相框深处越走越远,渐渐成了飘动的虚影……

日本人和汪伪政府彻底接收了这个城市,日不落帝国的夕阳在黄浦江上归于黑暗……

新吾和林喜他们风尘仆仆出现在法租界,他们在新吾的公寓里歇脚,将自己洗净,还去理了发修了面,穿上最好的衣服回到恒必祥。

恒必祥在民国三十二年的初秋人丁兴旺,他们决定在这飘摇不定的季节为恒必祥举行一次祈福。为此,新吾的父母乔正冠和秦梅也勉力从宁波坐了新式火轮来上海。

全家老老小小欢聚在南京路店堂里,店堂张灯结彩,正如庆生。一对老的双胞胎抱着一对小的双胞胎,好像家族复制着它的特征。

两对年轻夫妻,带领众多乔姓裁缝师傅,他们点头说上海滩的制衣业在乔姚两家的投资经营下,到达了今天的规模。姚二叔和远纶的大哥专程来贺喜,他们送了一块挂红乌木匾,上面写着上海滩通俗的口语:洋装大王!

谁也不晓得,恒必祥正在不停地失血,现在所有的生意,除了比利时人比尔森同远纶合作一起要的小把戏,其实都没法赚钱了。老店名店,越做越亏,日本人指定的花纹斑斓的货币成了吮吸上海人血的巨蛇……

百祥问远纶:"你怎么样?"

远纶咬紧下嘴唇,说:"我答应了繁玲,带上舟和帆一起。"

连中秋佳节都没等到,百祥和远纶要赶上爵士儿子亨利从伦敦为他们安排的不定期邮轮。他俩手里牵着两个侄儿,告别了家人,匆匆脚步抵御想回头张望的仓皇,到外滩码头上了船。

日本人本要严格检查他们携带的行李,是拿着德国护照的比尔森帮忙免除了这种对远游之人不体贴的骚扰。

邮轮的第一站是新加坡,然后是开普敦,再沿着非洲西岸驶往德文郡东海岸。

新吾将爹妈送回奉化,他回来上海,将乔林喜带到叔父乔端冕跟前。林喜是年轻一代乔姓人之中最能干的,老乔老板或可以指望林喜渐渐来驾驶恒必祥这条老船。

新吾问繁玲:"你真的同我一起走?我走的可不是百祥的富贵路。"

繁玲带着喜悦的神色回答他:"不管去哪里,只要同你在一起。"

新吾如今是个有朋友的人,朋友是百祥为他交下的,那位曾三次到恒必祥工场间开会的肖先生神通广大,他竟能让76号的人护送新吾繁玲夫妻和其他几个想去陕北的人一路游山玩水走出日占区。

一路伴送的那个性情猥琐的中年人说，他那身西服是恒必祥做的，只是没商标在上头……

二十二个月之后的一天，上海滩所有的收音机同时打开，传来了日本裕仁天皇接受《波茨坦公告》无条件投降的声音……

乔林喜在时代的钟声里出任恒必祥洋服股份公司总经理……